多元文化视野下的英美文学研究

刘 月◎著

中国戏剧出版社

图书在版编目（CIP）数据

多元文化视野下的英美文学研究／刘月著.—北京：中国戏剧出版社，2022.1
ISBN 978-7-104-05157-2

Ⅰ．①多⋯　Ⅱ．①刘⋯　Ⅲ．①英国文学-文学研究②文学研究-美国　Ⅳ．①I561.06②I712.06

中国版本图书馆CIP数据核字（2021）第213839号

多元文化视野下的英美文学研究

责任编辑：邢俊华
责任印制：冯志强

出版发行：	中国戏剧出版社
出 版 人：	樊国宾
社　　址：	北京市西城区天宁寺前街2号国家音乐产业基地L座
邮　　编：	100055
网　　址：	www.theatrebook.cn
电　　话：	010-63385980（总编室）　010-63381560（发行部）
传　　真：	010-63383910

读者服务：010-63381560
邮购地址：北京市西城区天宁寺前街2号国家音乐产业基地L座

印　　刷：	天津和萱印刷有限公司
开　　本：	787mm×1092mm　1/16
印　　张：	15.5
字　　数：	254千
版　　次：	2022年1月　北京第1版第1次印刷
书　　号：	ISBN 978-7-104-05157-2
定　　价：	96.00元

版权专有，违者必究；如有质量问题，请与出版社联系调换。

前　言

英美文学研究在我国已有较长的历史。早在20世纪五六十年代便有相关文论问世。随着改革开放和对外文化交流的发展，我国学者对英美文学给予高度的重视，研究成果层出不穷。不少著作和文论在学术上有所建树，与国外同行的水平几乎不相上下。事实上，向来崇尚执着与创新的中国学者不仅能以独特的视角来探讨英美文学的诸多深层次问题，而且在专业和学术上已经变得相当成熟，并完全能与外国同行展开平等、全方位的对话与交流了。

文学的学习是语言教学中十分重要的一部分，它不仅可以帮助读者拓宽视野，提高分析鉴赏能力，而且可以熏陶读者的思想情操，从而加强他们对人类社会的认识与了解。也就是说，语言和文学就像一对孪生兄弟，不可分离。

随着国际经济一体化的发展，英语的重要性越来越突出，掌握英语对每个学生都非常重要。语言是文化的载体，是人们交流和沟通的工具，语言的学习离不开对语言文字的阅读和赏析。对英美文学的学习能打下英语语言的扎实功底，英美文学作品中丰富、生动、准确的语言词汇，增加了学生的词汇量，独特语境中的优美流畅的语言更提高了学生的英语语感和应用水平。通过大量的阅读，学生理解了词句间的衔接、语法的应用，掌握了一定的词汇量，阅读能力迅速提高。文学是现实社会生活的反映，是人与人之间关系的反映。文学作品往往通过描述故事人物的生活与命运、思想与感情，阐述典型事件的社会褒扬、社会批判，渗透着人类普遍的、永恒的精神情感体验，具有丰富的情感性，对读者具有很强的感染力。优秀文学作品丰富的情感性往往能在一定程度上满足大学生多元纷呈的情感需求。文学作品本身的美学价值和愉悦功能可以使英美文学课程的课堂具有趣味性、生动性。

本书在文化研究视野中，对英美文学这一重点展开论述，首先介绍了全球化语境下英美文学研究的走向，然后先后梳理了美国华裔文学和中国文化视角下的英国文学，最后重点对英美文学研究与教育的结合进行详细的阐述和总结，从而加深学生对英美文学的理解，提升学生的阅读能力，加深学生对英语文化和英语知识的了解，提高学生的语言运用能力。

本书在写作过程中，参考和借鉴了一些学者的学术著作，在此向他们表示深深的感谢。由于笔者水平有限，书中难免有误，希望各位读者和专家能够批评指正。

刘月

2021 年 2 月

目 录

前　言 …………………………………………………………… 1
第一章　英美文学的文化积淀 ………………………………… 1
　　第一节　英国文化与文学 ………………………………… 1
　　第二节　美国文化与文学 ………………………………… 22
第二章　中国文化视角下的英美文学 ………………………… 30
　　第一节　中国文化视角下的英国文学 …………………… 30
　　第二节　中国文化视角下的美国文学 …………………… 43
第三章　多元文化视野下的女性文学 ………………………… 73
　　第一节　英国女性文学 …………………………………… 73
　　第二节　美国女性文学 …………………………………… 83
　　第三节　女性视角下的英美文学审美 …………………… 89
第四章　多元文化视野下的生态文学 ………………………… 97
　　第一节　英国生态文学 …………………………………… 97
　　第二节　美国生态文学 …………………………………… 110
　　第三节　生态文学解读与生态文明理念构建 …………… 121
　　第四节　文化生态学语境下的多元文化交融 …………… 125
第五章　多元文化视野下的比较文学 ………………………… 130
　　第一节　比较文学的产生和发展 ………………………… 130
　　第二节　跨文明语境下的比较文学变异学 ……………… 133

第三节　文化传播语境下的比较文学形象学 …………… 139
　　第四节　文化全球化语境下的比较文学 ………………… 145
　　第五节　后现代主义的比较文学 ………………………… 150
第六章　多元文化视野下的意识流文学 ……………………… 163
　　第一节　意识流小说的基础 ……………………………… 163
　　第二节　英国意识流小说的杰出代表弗吉尼亚·伍尔夫
　　　　　　………………………………………………………… 171
　　第三节　美国意识流小说的先驱威廉·福克纳 ………… 179
第七章　英美文学作品的文化解读 …………………………… 190
　　第一节　斯威夫特《格列佛游记》的人性研究 ………… 190
　　第二节　《潜鸟》——加拿大印第安人之悲歌 ………… 214
　　第三节　简·奥斯汀《傲慢与偏见》的喜剧美学透视 …… 223
　　第四节　艾丽斯·沃克《紫颜色》的现代发展心理关照
　　　　　　………………………………………………………… 232

参考文献 ……………………………………………………………… 240

第一章 英美文学的文化积淀

文学作品是地域文化的反映。就英美文学而言，其种类繁多，主要包括小说、戏剧、诗歌、文学评论等几大方面。由于作品会受作者个人阅历、时代背景、兴趣爱好等多方面影响，英美文学作品的风格呈多元化特点，但总体来说，都是由文化差异所导致的，而文化的差异又会对文学评论带来直接或间接的影响。英美文学是英美文化的瑰宝，反映了当地人民的生活状态、风俗习惯、宗教信仰以及历史背景等内容。随着时代的发展，英语成为世界通用语，是使用国家最多的语言。英国历史悠久，先后经历了文艺复兴、新古典主义、浪漫主义、现实主义和后现代主义等文化发展阶段，每个时期都形成了独特的风格，取得了伟大的成就。而美国属于移民国家，其文学作品受外来因素影响较大，尤其是英国的影响。美国早期的文学作品大部分是对英国作品的模仿，直到南北战争之后，美国才逐渐形成拥有自己独特风格的文化。第二次世界大战则推动了美国文学的新发展。不同的文化造成了英美文学较大的差异，二者在文化载体、文化内涵以及文化历史等方面都独具特色。

第一节 英国文化与文学

一、英国文化

英国，全称"大不列颠及北爱尔兰联合王国"，是一个历史悠久的君主立宪制国家。19世纪是英国国力最为强盛的时期。殖民扩张使英王统御的域土约占到世界土地面积的25%，因此一度号称"日不落帝国"，英语因此也成为世界通用语之一。虽然第二次世界大战过后，英国势力范围收缩且发展缓慢,但仍然在国际舞台上发挥着重要作用。

(一) 独特的岛国环境

英国是位于欧洲西北部的岛国,由大不列颠岛、爱尔兰岛东北部以及5000多个小岛屿组成。英国南隔英吉利海峡与法国为邻,东对荷兰、丹麦等国,西邻爱尔兰共和国。领土总面积为24.41平方千米(包括内陆水域),南北长不过1000千米,宽不到600千米。

英语是英国官方语言,但许多人不讲英语,在威尔士人们讲凯尔特语,在苏格兰高原大约有8万人讲盖尔语,但在唱国歌时人们用英语同唱"上帝保佑女王"。英国民族包括最早从地中海来的伊比利亚人、凯尔特人、罗马人、丹麦人和诺曼人,但盎格鲁、撒克逊两个民族才是英格兰人的真正始祖。英国人口居住比较集中,80%人口居住在城市,英格兰中部和南部的几个地区人口密度最大,苏格兰人口分布最稀少。

(二) 岛国的殖民与扩张史

从最早的外来垦荒者,到罗马入侵和诺曼征服,不列颠一直处于被"侵入"状态。"百年战争"和"玫瑰战争"使强大的封建王国逐步走向衰落;15世纪中后期开始的"圈地运动"使资本主义经济得到初步发展;对西班牙"无敌舰队"的重创使英国争得了海上霸权,并开始了"外侵"的殖民扩张;"宗教改革"和"光荣革命"奠定了英国在宗教上和政治上的统治;"工业革命"进一步催化了经济的飞速发展和海外市场的掠夺。

公元前地中海伊比利亚人、比克人、凯尔特人先后到不列颠。公元1世纪到5世纪大不列颠岛东南部为罗马帝国统治。罗马人筑城市、开道路、建立统治机构、传播罗马文明给不列颠,因此很多英格兰上层人士被罗马化了。罗马人撤走后,欧洲北部的盎格鲁人、撒克逊人、朱特人相继入侵并定居。7世纪开始封建制度构成,许多小国并成七个王国,争雄达200年之久,史称"盎格鲁-撒克逊时代"。

829年威塞克斯国王爱格伯特统一了英格兰。8世纪末英国遭丹麦人侵袭,1016—1042年为丹麦海盗帝国的一部分。其后经英王短期统治,1066年诺曼底公爵威廉渡海征服英格兰,12月威廉在伦敦威斯敏斯特教堂加冕为英国国王,即威廉一世,开启了诺曼王朝对英国的统治。诺曼时期标志着英国中世纪的开始。

1338 年至 1453 年英法进行了"百年战争",英国先胜后败。1588 年英国击败西班牙"无敌舰队",树立了海上霸权。1640 年,英国率先爆发资产阶级革命,成为资产阶级革命的先驱。1649 年 5 月 19 日宣布成立共和国。1660 年王朝复辟,1668 年发生"光荣革命",确定了君主立宪制。从此,资本主义在英国迅猛发展,英国历史翻开了新的一页。

18 世纪后半叶至 19 世纪上半叶,英国成为世界上第一个完成工业革命的国家。19 世纪是大英帝国的全盛时期,1914 年其占有的殖民地比本土大 111 倍,是第一殖民大国,自称"日不落帝国"。第一次世界大战后英国逐渐开始衰败。第二次世界大战中,英国经济实力大为削弱,政治地位下降,往昔的"日不落帝国"已元气大伤,不易恢复。

二、英国文学

(一) 古代英国文学

在古代英国文学中,无论是英格兰岛的早期居民凯尔特人,还是 5 世纪入侵英格兰的盎格鲁、撒克逊和朱特人,都没有留下任何书面文学。当时流传最广的是凯尔特人创造的口头文学。这些文学故事在口口相传的过程中不断得到加工、完善、扩展,最终才出现了写本。公元 5 世纪时,原住北欧的盎格鲁、撒克逊和朱特三个日耳曼部落侵入英国,创作了游吟诗歌。盎格鲁-撒克逊人的史诗《贝奥武甫》取材于日耳曼民间传说的英雄屠龙故事,随盎格鲁-撒克逊人入侵而传入英国,现在我们所看到的诗是 8 世纪初由英格兰诗人写成的。当时,不列颠正处于新型社会过渡时期。因此,《贝奥武甫》也反映了七八世纪不列颠的生活风貌,呈现出新旧生活方式的混合,兼有氏族时期的英雄主义和封建时期的理想。《贝奥武甫》被认为是英国的民族史诗,是英国最早的文学作品,它与法国的《罗兰之歌》及德国的《尼伯龙根之歌》并称为欧洲文学的三大英雄史诗。

公元 476 年,西罗马帝国灭亡,标志着古代欧洲的终结和欧洲中古时代的开始。6 世纪末,基督教传入英国,出现了大量的宗教文学。此时,僧侣们开始以拉丁文著书写诗。其中盎格鲁-撒克逊神学家和历史学家比德（Bede）所著的《英国人民宗教史》最具有文学和历史价值。之后，随着丹麦人的入侵，很多寺院毁于战火，文学也限于停滞状态。至9世纪，盎格鲁-撒克逊诗人辛尼沃夫（Cynewulf）在其他已问世的文学著作中取材，写了《埃琳娜》《使徒们的命运》和《朱莉安娜》等作品。阿尔弗雷德继位后，一方面积极抵抗丹麦人的入侵，另一方面着手振兴文化，请了一批学者将拉丁文著作译成英文，并用英语撰写《盎格鲁-撒克逊编年史》，这是用英语写史的开始。

（二）中世纪英国文学

1066年诺曼人入侵英国，促进了英国封建制度和文化的发展。这一时期英国文学的主要特点是出现了模仿法国的韵文体骑士传奇。传奇文学专门描写高贵的骑士所经历的冒险生活和浪漫爱情，是英国封建社会发展到成熟阶段的一种社会理想的体现。在整个中世纪，亚瑟王及其绿衣骑士们的传奇故事不断出现在史书或文学作品里。第一个把亚瑟王传奇故事收集起来并使之初具某种系统的是杰弗里（Geoffrey of Monmouth）。约1154年，诗人韦斯在杰弗里的影响下，以法文形式写了《不列颠人的故事》一书。该书在半个世纪以后又成为诗人莱亚曼（Layman）的长诗《不列颠》的张本，《不列颠》是用英文写成的。莱亚曼是说法语的诺曼底人征服英国后英国第一位用英文写作的著名诗人。此后的《高文骑士与绿衣骑士》最有艺术价值，被认为是英国文学的先祖。作品以亚瑟王和他的属下一个"圆桌骑士"的奇遇为题材，歌颂勇敢、忠贞、美德，是这一时期风行的浪漫传奇形式文学的代表作。

14世纪后半叶是中古英语发展的高峰，出现了受古英语诗影响的口头韵体诗，最有名的是教会小职员兰格伦（William Langland）写的头韵体长诗《农夫皮尔斯》（*Pierce the Ploughman*），他把教堂语言和概念化为俗人能理解的形象和比喻，用天堂、地狱和生活的寓言，用梦幻的形式和寓意的象征，写出了1381年农民暴动前后的农村现实，笔锋常带严峻之是非之感。作品以中世纪梦幻故事的形式探讨人间善恶，讽刺社会丑行，表达对贫苦农民的深切同情。作品结构十分散漫，但富有独创性，是集空幻、有趣、感情真挚于一体的好诗，与乔叟温文尔雅的风范不同，其用韵比较粗俗，是后世流行的头韵用法。我们看他写的犹如田园曲一般美的一节文字:"初夏风和日丽,阳光正和煦,我套上绵羊般蓬松的毛毡衣,装束成一位云游四海的修士,出门去浪迹天涯,探访奇闻。五月的一天早晨,我似乎中了魔,于莫尔文山上遇见一桩怪事。"

英国文学史上出现的第一位大诗人是乔叟(Geoffrey Chaucer),他凭其诗体短篇小说集《坎特伯雷故事集》(*The Canterbury Tales*)和其他长短诗集成为英国文学的重要奠基人。中世纪的英国文学如没有乔叟,将是不可想象的。在乔叟之前的英国文学更多地隶属于历史,而非艺术,尽管背后的推动力是人为的技巧和努力。我们可以饶有兴致地阅读这些作品,但却不会有任何愉悦的快感。但乔叟的出现改变了这一沉闷的现状,他的作品仿佛一场突如其来的风席卷过英伦大地。他如一颗耀眼的星在平庸的英国文学界脱颖而出,其横溢的才华使其出类拔萃、鹤立鸡群。像14世纪所有的英国绅士一样,乔叟的身上有很深厚的法国文化底蕴。此时期国王查理第二次当政,王室贵族兴起赞助文人之风,宫廷以法语为高雅身份的象征,甚至在一定程度上蔑视英文,致使当时大多数英格兰文人用拉丁语或法语创作。乔叟译过一些法国人的作品,同时又大胆地从意大利获取借鉴。但他的语言却是英文,尽管并不是非常近代的英文。乔叟有"英国诗歌之父"之称,是英国文学史上现实主义奠基人和为文艺复兴运动开路的伟大诗人。乔叟以宫廷文人身份开始文学创作活动,他对于英国文学的影响,犹如但丁对于意大利文学。中世纪时,英国僧院文学用拉丁文,骑士诗歌用法语,民间歌谣用英语,当时英语被视为一种不登大雅之堂的粗俗语言。乔叟以诗人敏锐的目光,从属于中古英语的伦敦方言中发现其旺盛的生命力,无论翻译或创作,都坚持以这种语言为表现工具并把它提高为英国文学语言。因此,乔叟的出现标志着以本土文学为主流的英国书面文学历史的开始。乔叟首创英雄诗行,即五步抑扬格双韵体,对英诗韵律作出了很大贡献。他的不朽名作诗体短篇小说集《坎特伯雷故事》是从许多源头获取灵感,但又在一条主线下统一起来的故事集。作品以一群香客从伦敦出发去坎特伯雷朝圣为线索,通过对香客的生动描绘和他们沿途讲述的故事,勾勒出一幅中世纪英国社会的千姿百态生活风貌图。与其说这是一个充满了信仰的虔诚的旅行,还不如说他们是在假日进行的远足。每个故事都是优美的,其中尤以记叙朝圣者们的序言最为经典。在书中,乔叟以寥寥数笔将骑士、牧师、僧侣、院长以及其他人物惟妙惟肖地描写了出来。除此之外，没有任何一部文学作品中有如此优雅和清晰的人物性格塑造。人物是从生活的各行各业中选择出来的不同类型，所以这部作品其实是14世纪英格兰社会的一个缩影。故事集中运用了几种不同情绪的叙事风格，从宏大忧郁的悲剧冒险到快乐的喜剧等。乔叟的文笔精练优美、流畅自然，他的创作实践将英语提升到一个较高的文学水平，他的作品是中世纪用英语写作的代表，推动了英语作为英国统一的民族语言的进程。

乔叟还是这一时期最优秀的译者，他通晓拉丁语、意大利语和法语，曾于1381年将薄伽丘的《菲洛斯特拉托》翻译、改编为长诗《特罗伊勒斯和克西达》。后来在《坎特伯雷故事集》中又以薄伽丘的作品为基础，改编了《骑士的故事》《富兰克林的故事》《法庭差役的故事》和《大学生的故事》。此外，他还译出《玫瑰传奇》《贞洁的女人传奇》和波伊乌提的全部作品。由于这些译作，乔叟在当时被法国诗人德尚誉为"翻译大师"。乔叟的翻译为英语翻译打开了广阔的前景，并为确立英语成为文学语言，对英国文学的发展作出了卓越的贡献。在中世纪英语译作中，有很大一部分是传奇文学作品和历史书籍，其中主要有匿名译者的《特洛亚传音》《伊尼亚斯传奇》《亚历山大传奇》《亚瑟王的故事》《帕尔特内传奇》《屋大维的故事》和朗利奇（Harry Lonelich）译的《圣杯传奇》，马洛里（Malory）译的《亚瑟王之死》，特利维莎（John Trevisa）译的《编年史》，利德盖特（Lydgate）译的薄伽丘的《王子的堕落》，卡克斯顿（William Caxton）译的《戈德弗里·德·布莱的故事》等。这时期的翻译，由于受到法国文化的影响，当时有些英译本不是译自原作，而是转译自法译本。如乔叟译《特罗伊勒斯和克西达》和《骑士的故事》，往往整段地增减，有时又是逐字对译，有时则译得与原文相去甚远，使作品面目全非，成了译者的创作。

15世纪后期，马洛里（Thomas Malory）以法国文本为底本作散文小说《亚瑟王之死》，使众说不一的零散故事终于规范化，从而形成一部讲述自亚瑟王出世至他遁居仙岛上的完整故事体系，也使这部书成为后世作家引用亚瑟王故事的摇篮。亚瑟王的故事在不同程度上反映了当时的各种社会现象，体现出人们的各种愿望与理想。在英国古代史上名震一时的亚瑟王和他的气概豪迈的圆桌骑士们，为后世遗留下许多内涵深刻的传奇故事。随着时光的流逝，这些传奇故事浸染了一种神话色彩，与古希腊神话一道形成英美文学的三个支流，对英美文学产生了深远影响。《亚瑟王之死》词句优美，今天读起来依然明白易懂，成为英国小说的雏形。

（三）近代英国文学

1. 伊丽莎白时代暨文艺复兴时期的英国文学

伊丽莎白（Elizabeth）时代正值文艺复兴。文艺复兴的文化和学术开创了现代的自然研究和自然科学，也开启了文学创作的新气象。此时的英国是一个文学高峰的时代，文学创作可谓百花争艳、万紫千红，而最突出的是诗歌和戏剧。同时文学新人辈出，诞生了一批文学巨匠。首先是揭开伊丽莎白时期文学序幕的怀亚特（Sir Thomas Wyatt）和萨里（Henry Howard Surrey）。两人从意大利为英语带来了一种新鲜的形式。怀亚特翻译并模仿彼特拉克的短诗，为英国的诗歌开辟了一个优良的传统，他还尝试着用其他韵律方式创作。他的爱情抒情短歌，以感情真挚、语言自然见称。萨里以其《伊尼德》译本将最初的无韵诗（后来莎士比亚和密尔顿的十行诗）带进了英国文学。16世纪的英国兴起一股爱好诗歌的风尚，这首先是在贵族阶层内酿成的，因为平民难得有受教育的机会。此外托特尔的《杂录》在英国文学史上也是一部里程碑式的作品。海伍德（John Heywood）的杰作是《仁慈杀了她》，作品充满了真正的哀伤与真诚的感情。从语言来看，这部剧作是伊丽莎白时代最朴实、最不加雕琢的作品。海伍德笔下的人物是自然而贴近生活的，正如兰姆评价海伍德所说的"一种散文体的莎士比亚"。

诗人斯宾塞（Edmund Spenser）翻译和创作了许多歌颂爱情和女王的诗歌。1579年斯宾塞发表了他的《牧人日记》，这在英国诗歌史上是一件具有重大意义的事件。它宣告了一流诗人的诞生，紧接着《短诗集》和精品寓言长诗《仙后》问世了。《仙后》既有人文主义关怀，也有新柏拉图主义的神秘思想，还带有清教伦理和资产阶级爱国情绪，情节结构和人物塑造仿古罗马史诗和骑士传奇文学。斯宾塞是继乔叟之后第一个运用绝妙的概念和技巧处理艺术主题的英国诗人，被兰姆称为"诗人中的诗人"。

16世纪的后半叶，文学中最繁荣的是戏剧。英国戏剧起源于中世纪教堂的仪式，取材于古老故事的神秘剧和奇迹剧，在十四五世纪英国舞台上占有主导地位，随后出现了以抽象概念作为剧中人物的道德剧。到了16世纪末，戏剧进入全盛时期。悲剧家马娄（Christopher Marlowe）冲破旧的戏剧形式的束缚，创作了一种新戏剧，成为新剧的先驱。马娄也是英国文艺复兴时期"大学才子"之一，留下了极为可观的戏剧遗产。他的剧作歌颂知识、财富和无限的个人权利，反映了新兴资产阶级力图摆脱封建束缚以求发展的强烈愿望。马娄的代表作是描写巨人式学者的《浮士德博士的悲剧》（*The Tragedy of Dr. Faustus*），取材于一个古代传说，传说中的主人公是一个魔法师，他将自己的灵魂出卖给魔鬼以换取无穷无尽的权力。这个故事曾经被歌德（Goethe）写进他深奥的哲学诗之中，成为《浮士德》永远流行的歌剧主题。在马娄的剧本里，悲剧的英雄人物是诗人自己，他力图冲破人间的一切藩篱，寻求无限的真理。剧本中有许多夸张之处，同时也不乏令人艳羡的精彩部分——它们是英语中最精美、最壮丽的诗篇。其中的无韵诗，即使是莎士比亚的诗也无法与之相比。

莎士比亚（William Shakespeare）是欧洲文艺复兴时期英国最伟大的剧作家和卓越的人文主义思想的代表，他以奇伟的笔触对英国封建制度走向衰落和资本主义原始积累的历史转折期的英国社会做了形象、深入的刻画。他的作品按思想和艺术的发展分为三个时期：历史剧和喜剧时期（1590—1600年）、悲剧时期（1601—1608年）和传奇剧时期（1609—1613年），全部作品包括两首长诗，154首十四行诗和38部戏剧，其中主要有《仲夏夜之梦》《终成眷属》《皆大欢喜》《哈姆雷特》《爱的徒劳》《无事生非》《奥赛罗》《罗密欧与朱丽叶》《威尼斯商人》《温莎的风流娘儿们》《暴风雨》《雅典的泰门》等。

当时的诗人们在剧本中运用重韵体诗的文体，促使诗歌和戏剧两方面都达到空前的成就，莎士比亚将这种诗剧发展到登峰造极的地步。莎士比亚的剧作是西方戏剧艺术史上难以企及的高峰，他的戏剧展开了广阔的生活画面，而剧中每个人又都具有鲜明的个性特征。莎士比亚是无与伦比的戏剧结构大师，他在创作实践中打破悲剧、喜剧的界限，不受严格的传统体裁划分的限制，从而展现出更丰富的饱满的人性和人物的精神世界。他善于描写几条相互平行交错的线索，来促进生动复杂的情节发展，使优美的情节和感人的故事成为剧本的根本特征。他随处收集自己剧本所需的素材，意大利的故事、英国的编年史、普鲁塔克的《传记》等，都能被他以优美鲜活的语言化作故事的"血肉之躯"，他有驾驭故事的非凡才能。人物形象的塑造，词汇的运用，语言和诗的幽默感，这些都展示了莎士比亚的写作天赋。事实上，伊丽莎白时代的剧作家几乎都是抒情诗人，他们的剧作中跳动着歌曲的音符。优美的诗歌恰如绚丽的珠宝镶嵌在他们的剧作中。琼森这样赞美莎士比亚："莎士比亚不只属于一个时代，他属于一切时代！"莎士比亚是语言大师，他娴熟地运用英语，将英语的丰富表现力推向极致。他剧作的语言是诗化的语言，令人回味无穷，许多已经成了英文中的成语、典故，极大地丰富了英语辞藻。语言形式则既以无韵诗为主，又杂有古体诗、民谣体、俚谤与轻快滑稽的散文体对话，可谓多种多样、丰富生动，构成莎士比亚戏剧艺术大厦的基本材料。

17世纪英国抒情诗被划分为三个发展阶段。第一个阶段以琼森（Ben Jonson）为代表。琼森生前在英国文学史上享有的威望是无人可比的，他是稍晚于莎士比亚被同时代的其他诗人誉为"歌之王"的大诗人。他擅写社会讽刺诗剧，是当时最遵守古典观念的剧作家，经常指责其他剧作家只懂迎合"低俗客"的鄙陋趣味。琼森擅长使用喜剧来谴责罪恶与愚行，使得许多人称他的剧本为纠正喜剧。他的诗歌不仅有优美的形式和精当的遣词，而且蕴含着优雅的感情和压制的热情。或许是琼森的博学多识使他的悲剧略显沉重迟缓，但是在他的歌谣中，他的博学犹如被优雅有力的翅膀载着自由飞翔，他的声音如云雀般清脆动听。琼森对于古典诗歌所作的贡献，对他自己的诗歌以及追随他的人的诗歌产生了全面的影响，这些皆缘于琼森从不盲目因袭古人，他学习古人并能取其精华为己所用。贺拉斯、卡特拉斯、马西阿尔深深地影响了琼森。像阿诺德、丁尼生这些后世诗人一样，琼森也敬佩罗马的诗人，相信他们对艺术对称美的要求让英国诗歌具有重要意义。伊丽莎白时代的诗歌有流于怪诞的危险，琼森则借助自身的权威使诗歌虽然有规则却不生硬，考究却不因袭传统，清晰却不流于俗泛。琼森的成就接近于戏剧之王莎士比亚。在整个17世纪，琼森的名声和威望都在莎士比亚之上。他的剧作《人人高兴》嘲弄了那个时代的弊端，是一部非常有力度的"风俗喜剧"。他的学者风范在悲剧《西亚努斯的覆灭》和《卡塔林的阴谋》中有所体现。在这两个剧本中，琼森没有卖弄文学，但剧中的悲剧感是深刻的。琼森的罗马剧在人物的塑造和语言的运用上丝毫不逊色于莎士比亚。他的罗马剧《蹩脚诗人》是莎士比亚和其他诗人都无法写出的。这部剧作的内容主要由那个时代的诗人维吉尔、贺拉斯、奥维德、提巴拉斯之间的对话组成，看起来每个对话者的语言像是取之于他们各自的著述，但实际上却是琼森自己的创造。剧作实际上具有双重含义，琼森以罗马剧为掩饰讽刺与他同时代的人德克和马斯顿。弥尔顿说琼森是"博学的袜子"下面隐藏着一双踢人的脚。琼森喜剧的特点在于塑造具有单一"气质"的人物形象，例如具有幽默、贪婪、狡诈和傲慢的气质等。琼森所有的喜剧中塑造得最好的一个人物形象是伊壁鸠·马蒙，这是《炼金术士》中的一个人物，正如他的名字那样，他是一个具有幽默气质的人，言谈举止同福尔斯塔夫一样，是一个吹牛大王。

2. 詹姆斯王朝（斯图亚特王朝）期间的英国文学

詹姆斯王朝时期也称王政复辟时期。王朝复辟时期的文学指共和时期后 1660 年王政复辟后的文学。许多现代的典型文学形式包括小说、传记、历史、游记、新闻报道等在这一时期开始成熟。此时，新的科学发现和哲学观念以及新的社会和经济条件开始发挥作用，还出现了大量以政治为内容的小册子文学。班扬的伟大讽喻小说《天路历程》就出现于这一时期。大量的优秀诗歌，特别是德莱顿、罗彻斯特勃特勒、奥尔德姆的讽刺性优秀作品，对以后奥古斯都时期的蒲伯、斯威夫特和盖依的成就有着直接的联系。

王政复辟后，新古典主义使文学风气为之一变。当时文坛最受欢迎的作家是班扬（John Bunyan），他的《天路历程》被视为英国近代小说的发端。作品采用梦幻的形式讲述寓言，但揭开梦幻的面纱，展现在读者面前的是 17 世纪英国社会的一幅现实主义图景。作品用朴素而生动的文字和寓言的形式叙述了虔诚教徒在一个充满罪恶的世界里的经历，对居住在"名利场"的上层人物做了严峻的谴责。这里有清教主义的回响，而作品的卓越的叙事能力又使它成为近代小说的前驱。19 世纪中期英国小说家萨克雷的名著《名利场》的书名便来源于此。班扬在布道方面的才华独一无二，能巧妙地抓住听众的心，在写作上也如此。他的《天路历程》以可读的故事形式完成了自己传教的使命，在高雅文学中开辟了一个平民世界，即便是那些对信仰的精神丝毫不感兴趣的读者也能够非常愉快地接受这部作品。他的作品还有《罪人受恩记》《圣战》《贝德曼先生的一生》等。他的《天路历程》写一些人来到天国，他们的衣服、语言引起当地人的嘲笑。这本书在精神上崇仰追求真理的虔诚信徒，谴责压迫者、欺骗者、享乐者，在语言上用纯朴的民间口语，在技巧上采取寓言形式，然而叙事又写得十分真实。这是一种新散文，这是班扬作为本时期重要的散文家所作的贡献。这种新散文，实际也是写实小说这一新的文学样式的先驱。18世纪写实小说兴起，不能不说其中班扬有很大的文学贡献。

　　在17世纪英国抒情诗第三个阶段中，诗人们继续追求诗歌的至真、至善和至美。德莱顿（John Dryden）、蒲柏（Alexander Pope）是这一阶段的代表人物。德莱顿的诗作使戏剧的力量、抒情诗的美妙等昔日的辉煌一并保留了下来，同时又为新时代诗歌的诞生披荆斩棘。德莱顿驰骋文坛，集桂冠诗人、散文家、剧作家于一身，曾一度左右伦敦文坛，成为叱咤风云的人物。德莱顿在英国文学史上杰出非凡，以至于他的名字成为他所处文学时代的代名词。他由于对押韵对句的贡献而成了18世纪英国诗坛的鼻祖，成为诗歌和散文真正的革新家。德莱顿是一个具有广泛才能的天才文人，尤其擅于创作情诗、戏剧、讽刺以及批评散文。他的抒情诗、英雄悲剧以及其他各类体裁的作品时代感强，措辞考究，文句机警，清新灵活。德莱顿是英国最早的大散文批评家。关于戏剧他所写的评论比戏剧本身更有趣。他的《戏剧论》以及其他论文是英国文学批评史上和英诗体著作中划时代的作品。德莱顿之后的时代是散文的时代，而他则是开山鼻祖。他的重要作品是《一切为了爱情》。蒲柏是继德莱顿之后又一位古典主义大师，他发展和完善了英雄双韵体，其成名作《批评论》即以此种诗体写成。蒲柏是一位以讽刺诗见长的伟大诗人，善于用庄重华贵的语言表现滑稽可笑的生活内容，如《夺发记》和《群愚史诗》，制造了令人捧腹的喜剧效果。又如，《书信》和《讽刺》中闪现的智慧之光。这些都代表了他创作的最高境界。蒲柏的诗以精雕细琢、优美动听、诗体变化纷繁著称，特别是英雄双韵律诗，成为当时人们学习的样板。但他的诗虽然极为机敏和优雅，却缺乏深刻的思想，且过多地以议论和哲理为主而少抒情性，特别是运用太多动词而不免让人感到单调和乏味，因而在浪漫主义兴起后日益遭到批评攻击。在他创作的诗歌短章中，受形式所限，华丽的辞章表达的只是他狭隘的思想观念。他写的格言诗的数量仅次于莎士比亚。他翻译的《荷马史诗》显露了他的勤勉和聪慧，并且也为他带来了好运。他的哲学和美学思想在当时都是极为普通的，没有新鲜之处，但是只要经过他自己的语言表达便成了名言警句，如他说过："真正的智慧在于表达人们想说却始终不能巧妙说出的东西。"蒲柏是一个只顾表达明晰和简练，而不顾诗歌的神秘和思想的深刻性的诗人。蒲柏的模仿者凤毛麟角，即使有也极少能够取得成功，并且大部分模仿者已经被人们淡忘。他的诗作《恬静的生活》描写乡村简朴的物质生活和纯真的精神生活，语言洗练，意境旷达。蒲伯写作始终遵循法国古典主义文艺理论家布阿罗的诗论，追求优美协调的诗趣，力求诗句的精工典雅。

3. 启蒙时期的英国文学

18世纪社会的相对稳定和启蒙主义思想的传播，使英国文学出现新的盛况，写实小说兴起，相继涌现一批作家和作品。启蒙时期的重要作家有笛福（Daniel Defoe）、斯威夫特（Jonathan Swift）、菲尔丁（Henry Fielding）等，他们既是启蒙运动的思想家，也是启蒙文学家。他们把文学创作看成是宣传教育的有力工具，致力于反映人民大众的日常生活，描写普通人的英雄行为和崇高精神，深刻揭露封建社会腐朽与黑暗，甚至暴露资产阶级的缺点。

笛福被誉为英国"小说之父"，他早年曾创办报刊，参与政治，并提出了"自由贸易"的理论，直到年近花甲，才开始小说创作。笛福是18世纪英国现实主义小说的奠基人，第一部小说《鲁滨孙漂流记》是流传最为广泛的英文作品，也是英国近代小说的开山之作和现实主义小说的创始之作。作品用写实的手法，描写主人公在孤岛上的生活，塑造了一个资产阶级开拓者和殖民主义者形象，具有时代精神。作者技巧卓越，作者凭着一种新鲜的现实主义想象力，把作品写得引人入胜。

笛福小说中的主人公大都是现实生活中的中下层人物，这是英国小说创作中的新因素，后来到了19世纪，这些人物的命运就成了英国批判现实主义文学描写的主要对象。《鲁滨孙漂流记》富有艺术性，又给人以启发，富有重大社会意义。无论是严肃的思想家卢梭还是文学家柯尔律治，或是政治经济学家马克思，甚至一般读者，都能从中受到这种启发。笛福的另一部长篇小说《摩尔·弗兰德斯》叙述女主人公摩尔在英国因生活所迫沦为娼妓和小偷的经历。作者以情节生动的笔触，把作品写得真实又有深度，具体又有艺术性。该作品被称为"偷窃者大全"，已经反映出作品的吸引力。笛福的《摩尔·弗兰德斯》，语言平静而讽刺尖刻。

现实主义小说家菲尔丁早年从事戏剧写作，对当时英国上层社会进行了深刻讽刺。而菲尔丁的小说也代表了18世纪英国现实主义小说的最高成就，是现实主义小说的进一步发展，并且他是英国文学史上第一个比较系统提出现实主义小说理论的作家。菲尔丁因其书信体小说、散文体史诗、第三人称叙事等小说创作的突破被誉为"英国现实主义小说之父"。菲尔丁的作品善写广阔的社会画景，巧于运用讽刺。菲尔丁曾认为理查逊只是市侩哲学的代表，于是他起而用仿作去讽刺之，其结果是他却因而掌握了写小说的艺术，于是有了他自己的创作。其中最受称道的是《弃婴汤姆·琼斯的故事》，它的人物、风景、场面都是典型的英国式的。故事在乡村、路途及伦敦三个不同背景下展开，向读者展现了当时英国社会风貌的全景图。小说以代表自然本性的汤姆与代表理智、智慧的索菲亚终成眷属结尾，表达了感情要受理性节制的思想。全书共十八卷，每卷都以作者对小说艺术的讨论开始，表现出菲尔丁对小说创作的一种理论上的自觉意识。正是他给英国小说定了型。在小说情节发展的过程中，他灵活运用各种手段使这样的人物撕掉他们的假面具。他显示出了汹涌澎湃的兴致，使得那些伪君子滑稽可笑。作者歌颂真诚、热心、忠实而又不受传统束缚的青年男女，全书弥漫着一种爽朗、清新的氛围，而又结构完整，把现实主义小说推进到了一个新的水平。他憎恨在道德的假面具下掩饰自身的虚伪。从他的创作中，读者看到18世纪的英国喜欢讽刺，也可以找到那个时代所缺乏的精神，他在作品中将这种精神表达得最为淋漓尽致。乔叟《序言》中的教区牧师和菲尔丁《约瑟夫·安德鲁斯》中的亚当都是典型的文学形象，他们都坚信道德的力量，这无疑是英国文学史上的一份宝贵遗产。他的重要作品还有《阿米丽亚》《咖啡屋政客》《堂吉诃德在英国》《历史纪年》以及《大伟人江奈森·雅尔德传》。他的《约瑟夫·安德鲁斯》在客观的叙事中插进讽刺的笔触，批评上层人士的自私和缺乏同情心，而只有车夫助手，一个下层青年，才有同情心，两者形成鲜明的对照。这种夹叙夹议，随时插入议论的成分，不止写当时每人姿态，还提供背景和前景，使句子中所含的信息更加丰富。

理查逊（Samuel Richardson）在继承笛福现实主义传统的同时，特别注重人物的感情描写，从而现代小说一种新的文学类型——感伤主义文学产生了，他的书信体小说《帕米》（*Pamela*）即是这一体裁的代表作。他擅长用一系列书信讲述一个连续的故事，从而树立了英国的"书信体小说"。他的书信体小说描写家庭生活，刻画人物内心活动，推动了浪漫主义运动在18世纪末的兴起。理查逊长于心理分析，使所写人物性格深化。他将视角投入年轻女主人公的内心深处，心理刻画淋漓尽致，令读者潸然泪下。他的作品还有《克拉利莎》《格莱德生爵士的故事》。斯特恩（Laurence Stern）是感伤主义文学的主要代表。他宣扬感情的自然流露，强调个人和社会的不可协调，认为文学的主要任务是描写人的内心世界和变化无常的情绪，因此对当时小说的模式感到不满，义无反顾地进行革新。他在《项狄传》中打破传统小说的框架结构，摒弃以时间为顺序的创作方法，以一种全新的小说文本来描述主人公的内心世界。小说各章长短不一，有的甚至是空白。书中充满长篇议论和插话，并出现乐谱、星号、省略号等。斯特恩对小说形式的实验引起20世纪俄国形式主义批评家的注意，《项狄传》被认为是"世界文学中最典型的小说"。评论家指出20世纪小说中的意识流手法可以追溯到这部奇异的小说。斯特恩的文学实验为英国小说艺术增添了新活力，开后世现代派小说先端，可谓英国最早的实验性写作的大手笔。他另有作品《感伤之旅》。斯摩莱特（Tobias Smollett）以写流浪汉体小说为主，用讽刺笔调刻画英国社会各阶级人物，揭露当时社会的弊端，又以写海员生活见长，喜欢描绘打斗和血淋淋的伤病情景。他的《蓝登传》继承了欧洲流浪汉小说传统，布局松散，是一连串发展迅速、好恶交替、变化急剧的冒险经历的组合。另著有《英国通史》《柏雷葛伦·辟克尔》。18世纪中叶，英国资产阶级革命胜利后，原始资本积累更加迅速，英国发生了工业革命。许多作家面对资本主义工业化发展给大自然和农村传统生活方式带来的破坏发出悲哀的感叹，以大自然和情感为主题的感伤主义作品一度流行。其中格尔斯密（Oliver Goldsmith）是18世纪英国戏剧家，其创作均以嬉笑怒骂的形式讽刺时弊，致力打破当时英国舞台盛行的感伤主义。

  18世纪的诗歌创作也是一派繁荣景象，不仅有世纪初的蒲柏和汤姆逊在创作，就是一些散文名家，如斯威夫特、约翰逊、哥尔德斯密斯和蒲柏，也善于写诗。葛雷（Thomas Gray）也是这一时期重要的诗人。葛雷是一位学者和历史学教授，精通艺术、建筑和音乐，他所处的那个时代人们喜爱自然风光，对浪漫主义的复兴怀有热情。他是对古英格兰民谣、爱尔兰以及威尔士的古代吉特勒文学再度感兴趣的为数不多的几个人之一。葛雷的作品字斟句酌，绝不苟且，他一生诗作不多，仅十余首诗传世，而且那为数不多的诗作多半是用来自娱自乐和供友人消遣的。正如狄更斯所说的，他是唯一一位因写小卷诗作而跨入不朽的诗人行列的。在葛雷的《巴德》中，浪漫主义和古典主义得到了很好的结合，威尔士擅用颂歌形式的传统得到了再现。他创作有《逆境颂》与《春之颂》等。其中《墓园挽歌》最为著名，这首诗写了14年，诗中描述了诗人在黄昏时刻凭吊乡村一处寂静墓地的悲悼心情。那贯穿全诗的凄楚悲切的气氛，往往令读者唏嘘感叹，表达了诗人对时代纷乱状态的厌恶和对自然简朴安逸的向往，吐露了他们的内心感受。他的诗作表明英国诗歌开始逐渐摆脱新古典主义的束缚，理性的优势地位为感情或感受所代替。诗作发表后引来诸多仿作，一时形成所谓"墓园诗派"。诗中的那些熟悉的章节和段落总是让读者熟记于心，不仅诗中的每一节每一句都是完美的，而且整个作品的结构布局也非常出色。诗中弥漫着淡淡的忧伤，是早期浪漫主义诗歌的标志，也是那个时代最完美的诗。与阅读斯弥尔的《沉思的人》一样，读者就等于看到了占据英国诗人思想一个多世纪的"忧伤文学"的开端和完美阶段。《墓园挽歌》因为凝集了一个时期中的某种社会情绪，加上以完美的形式表达了这种情绪，在一定程度上解决了如何革新旧传统的问题而具有较高的艺术价值，因而被誉为英国18世纪甚至英国历来诗歌中最好的诗。

与葛雷的《墓园挽歌》一起而被归为墓园诗派的还有扬格（Edward Young）的《夜思》。墓园诗派创作感伤主义诗歌，诗人以死亡、坟墓为题材，寄托自己的感受和孤独心情，低沉的基调、忧郁的情结，反映了英国许多人在产业革命加紧进行中所感到的痛苦和彷徨。克拉布（George Crabbe）的诗歌以朴素语言纪事，如实描绘日常生活、村庄、教区等，他的作品为英国诗坛注入了新鲜的血液。他在诗体小说《村镇》《厅堂的故事》等作品中，以不同于以往文学作品的现实主义手法，代替了虚幻的田园诗的风格，用来描绘真实存在的世间百态，从而带来了文学发展的新气象。克拉布和彭斯一样是真正的诗人。他的缺点在于他对音韵缺乏感受力，措辞也往往失于生硬和散文化。但是他充满活力，文风真挚，并常常表现出非凡的叙述故事的才能。

(四) 现代英国文学

1. 浪漫主义时期的英国文学

19世纪初，在法国大革命浪潮冲击下，诗风大变，出现了以布莱克（William Blake）为先导的浪漫主义诗歌运动，先有彭斯（Robert Bums）、华兹华斯（William Wordsworth）、柯勒律治（Samuel Taylor Coleridge）和骚塞（Robert Southey）"湖畔派"开其路，继有拜伦、雪莱（Percy Bysshe Shelley）、济慈（John Keats）三大诗人将浪漫主义推向新的高峰，把浪漫主义诗歌带进了更广阔的境界。

布莱克是英国第一位重要的浪漫主义诗人，他是法国革命的热烈的拥护者，但又反对它的哲学基础理性主义，所写的诗也大异于18世纪的优雅含蓄，而着重想象力和神秘感。初期的《天真之歌》写得纯真，《经验之歌》写得沉痛，里面包含许多神秘的色彩，是朴素和谐的抒情诗。后来诗风一变，转而写作篇幅巨大的长诗如《四天神》，其中有一套独特的象征和神话系统。布莱克的诗作想象奇特，极富个性。他的短诗意象鲜明，语言清新，后期的长诗内容比较晦涩。他在诗歌中建立起自己一套独特的神话体系，具有神秘主义色彩。布莱克的革命性、独创性和复杂性使他成为浪漫主义诗歌的先驱。布莱克的艺术修养与他的诗作互相影响，成了年轻诗人眼中的偶像。但是他的神秘主义的象征犹如17世纪的宗教诗一样晦涩难懂，此外，他和那些宗教诗人的关系非常密切。布莱克对浪漫主义诗歌做出了卓越的贡献，但在当时人们的眼中却是一个反理性主义者、梦幻家和神秘主义者，一个远离尘世的人和偏执狂。直到19世纪末叶芝等人重编了他的诗集，人们才惊讶于他的纯真与深刻。接着他的书信和笔记陆续发表，神启式的画作也逐渐被普及，于是诗人与画家布莱克的地位才确立无疑。他的作品还有《美国》《耶路撒冷》《弥尔顿》等。

珀西（Thomas Percy）编的《英诗辑古》引起了人们对古民歌的爱好，开创了18世纪民谣复兴运动，也影响了浪漫主义诗歌，于是仿作者有之，伪造者有之，形成一种对中世纪神往的风气。这时从经济不甚发达的苏格兰传来了农民诗人彭斯的声音，他是苏格兰有史以来最杰出的诗人，是一位真正的苏格兰民族诗人，他熟悉古老的苏格兰民歌、民谣和传说，主要用苏格兰方言进行诗歌创作。他的思想与布莱克非常接近，都对大自然怀有热爱之情。他的诗歌题材丰富，韵律优美，情感真挚，对底层人民充满了深厚同情。彭斯的抒情诗自然生动、感情真挚，讽刺诗尖锐、锋利、妙趣横生，给英国诗坛带来了一股新鲜的气息。彭斯是旧民歌的整理者，又是新诗篇的创造者，其诗歌吟唱的内容则是爱情和自由、平等、博爱的新思想。后者正是法国启蒙思想的结晶，导致了法国大革命的爆发。对这次革命的迎或拒，同情或反对，使英国散文作家中出现了严重的分裂，但大多数诗人却在革命初起的"黎明"时刻对人类的未来充满了希望。在这样的气氛中浪漫主义诗歌产生了。彭斯是英国文学史上伟大的抒情诗人之一，具有吸引读者和打动读者心灵的天赋。他是苏格兰的桂冠诗人，死后他仍然享有这一盛誉。英语语言的苏格兰分支（与其说它是方言，不如说是爱尔兰人说英语土腔）令人难以理解，但是只要把他的作品附上一两个注释，那么世界上任何说英语的人都可以理解了。彭斯所创作的歌曲《约翰·安德森》《汤姆·奥桑特》以及其他百余首歌曲，都是他对苏格兰古老民谣艺术改写后的成果，改写后的作品仍然保留着原有的音调，那些音调是苏格兰传统中固有的，无人知晓这些传统已经延续了多久。但是他的贡献远远不止于改写民歌。他原创的那些诗歌，如《致山中雅菊》《我的心呀在高原》《夜间》和《一朵红红的玫瑰》，虽然也借鉴了苏格兰诗歌中的内容，但是其中更多地融入了诗人自己的同情、幽默与写作技巧。这些都是天才诗人和优秀艺术家的作品。然而他的失败是因为他是一个土生土长的苏格兰人，他呆板、形式化，经常误用语言，这些使他无法创作出像18世纪英国人所创造的那种现代诗歌。

　　湖畔诗派憎恶当时新兴资产阶级的意识形态，逃避现实，喜欢把工业城市和农村彼此对照，主张回到自然，赞美农村宗法制度，认为只有在宁静和美丽的背景中才能表现他们对外在大自然的丰富印象。华兹华斯、柯勒律治和骚塞被称为"湖畔派诗人"。前两人的诗歌合集《抒情歌谣集》以真挚的感情歌颂大自然，描写春日流动的阳光，原野上盛开的鲜花，嬉戏跳跃的鸟雀，随风起舞的柳枝……把自然人格化、心灵化，从自然美中表现诗人所期望的宁静、庄严和高尚，以此和资本主义充满矛盾的现实相对照，流露出诗人的消极避世思想和某种感情寄托。作品或寄情山水，或是神游异域、远古和梦境，诗风质朴、亲切宁静，诗情单纯真挚，在对细节的描写中反映出诗人对普通事物的特殊的敏感和观察力的细致，开创一代诗歌之新风，并以理论著述奠定了英国浪漫主义诗歌的理论基础。

华兹华斯1843年获"桂冠诗人"称号。他酷爱大自然，并从中汲取营养，被人们称为"大自然的祭司"。他的诗以描写自然风光、田园景色、乡民村姑、少男少女闻名于世，且善用通俗的语言描写寻常的事物，在寻常的事物中见到不寻常的意义。他向往旧宗法社会的田园式生活，其诗歌摆脱了18世纪旧的诗歌规范与体式，文笔朴素清新、自然流畅，一反新古典主义的平板风格，开创了自由抒写的新鲜活泼的浪漫主义诗风。因其诗歌成就突出，被认为是继莎士比亚、弥尔顿之后的一代大家。华兹华斯的小诗清新，长诗清新而又深刻，他的十四行诗雄奇，他的《序曲》首创用韵文来写自传式的"一个诗人的心灵的成长"，他的作品无论在内容和艺术上都开了一代新风。他的著名诗作有《黄昏散步》《丁登寺旁》《我心荡漾》《致布谷鸟》等。他的《她住在人迹罕见之乡》，用紫罗兰和星星形象地描绘了Lucy的形体美和心灵美，以及她冷落的境遇，颇似杜甫描写的"幽居在空谷""日暮倚修竹"的佳人形象。全诗用语言朴实无华的歌谣体描绘姑娘天真的形象，内容与形式十分切合。华兹华斯的文章也写得纵横捭阖。宋代周邦彦描写荷花之神态："叶上初阳干宿雨，水面清圆，一一风荷举。"Flash是诗中的关键语，由跳跃的水仙转为人心灵的跳跃，由瞬间感受导向恒久欢乐。The bliss of solitude写幽居之乐得之于想象，是一篇的主旨所在。换言之，由于想象力之功，由于经验在头脑中的反复出现，诗人虽在孤独中却能感到与大自然交结的乐趣。这首诗有劳陇的译文，译文像一首词。傅雷说："从文学的类别来说，译书要认清自己的所长所短，不善于说理的人不必勉强译理论书，不会作诗的人千万不要译诗。"翁显良也说："译诗本应以治诗为前提。"这些话都道出了翻译界的一大共识，因为诗歌是通过声音和意义两方面来表达的。由此看，劳陇的翻译注意了诗歌的本质属性，因此具有可读性。

拜伦、雪莱、济慈三人各有特色，但都忠于法国革命的理想。出于对暴政的反感和叛逆，因此拜伦的诗作表现出追求自由、反抗压迫的精神，注重揭露现实。其作品以东方叙事诗和拜伦式的英雄著称于世，最显著的艺术特点是辛辣的讽刺，锋芒指向18世纪末19世纪初欧洲广阔的社会人生，而把讽刺、叙事、抒情三者融为一体更是他独特才能的突出表现。雪莱着眼于未来的理想社会，他的诗惯用梦幻象征手法，多为远古神话题材，诗风自由不羁。济慈憎恨这个使"青年脸色苍白、骨瘦如鬼"的残酷世界。在艺术上他们都有重大的创新。拜伦在他的杰作《唐璜》里一反欧洲旧传说，把主人公从纨绔子弟转变成热血青年，让他两度横越欧陆，通过他的眼睛见证又通过他评论了广阔的欧洲现实，而作者在本诗里对口语体的运用又达到了前所未有的高峰。拜伦诗如其人，始终为自由而斗争，他的诗作在当时的社会上产生了地域上超越英国和欧洲的文化和政治上的重大影响。他的作品还有《英国诗人和苏格兰评论家》和《闲散时光》等。拜伦的讽刺诗《审判的幻想》还被誉为"英国文学史上最成熟、最完整的政治讽刺诗之一"。他的《她在幽美中行走》一诗，描绘浓纤得当，修短和度，具有中国美学增一分则太长，减一分则太短，着粉则太白，施朱则太赤的意蕴。拜伦诗中富于诗性的随意笔墨，更是吸引读者的散文架构。其诗作文字无所忌惮，洋溢着浪漫主义的新精神。

19世纪中后期，先后出现了布朗宁、阿诺德、罗塞蒂、斯温伯恩等著名诗人，他们以各自独特的风格和接近20世纪现代意识的意境成为19世纪英国诗歌的重要组成部分。英国文学史上，莎士比亚去世以后，没有另外一个时期有这样多的一流诗人，创作了这样大量的为后世所珍视的一流作品。其中布朗宁是维多利亚时期最杰出的诗人之一，他的诗作突出表现在善于运用戏剧独白，有着富于感染力的叙事特点和细致的人物心理描绘，并按照人物特有的立场、思维逻辑和语调，表现其性格。这种心理描写或意识流方法，在英国诗史上是一种创新。他早年从事过戏剧创作，后来专门写戏剧独白。戏剧独白是一种通过主人公的自白或议论来抒发情感的无韵体诗。在《皮帕走过了》《指环与书》等作品中，诗人戴上"面具"，进入戏剧人物的内心世界，以其口吻娓娓而谈，语言极为生动。布朗宁的诗作以戏剧性独白自成一家，其成就在诗坛中少有人能凌驾其之上。他的诗作能给读者带来信心，甚至是宁静之感。他的《晨别》，全诗共四行，如中国的四言绝句对偶工整。前两行写景，意象壮阔，后两行抒情，情深意浓，以日出之景反衬离别之情，以太阳之行程对比人生的道路，自然连贯，含蓄不尽。

19世纪，散文小说的发展也迎来了高峰时期，代表人物有开创历史小说新领域的司各特（Sir Walter Scott）和开创风俗小说天地的奥斯汀（Jane Austen）等。

司各特擅长将真实的历史和艺术的虚构融为一体，作品颇具情节曲折，具有传奇色彩。司各特的历史小说主要涉及从十字军东征到17世纪英国资产阶级革命和18世纪君主立宪时期的重要历史事件，内容主要包括三类：第一类为苏格兰小说，主要反映处于落后氏族公社形式的苏格兰人民反抗英国侵略者的斗争，但同时也指明在资本主义冲击下氏族公社必然消亡的现实。第二类为关于英国的历史小说，描写撒克逊农民反对诺曼封建主义的斗争，反映17世纪英国资产阶级革命时期的斗争。第三类反映法国和欧洲其他国家历史的小说，对欧洲的历史小说发展具有很大影响。这些历史小说，涉及过去时代里民族冲突等重大事件，有一种苍劲有力、雄壮豪迈的笔调，这也是浪漫主义的重要特征之一。这些历史小说再现了苏格兰、英格兰和其他欧洲国家历史上人民起义、民族矛盾冲突和近代国家在反封建的斗争中的建立等一系列重大事件，展示了历史的进程，刻画了众多的英雄人物，也创建了一个新的小说笔调。这种笔调能引起读者对中古的神往，也是司各特艺术上的卓越建树，因此他的文字也总是略早于他的时代的书面体，句子整齐繁复，其中词汇都是正式的，连对话都不是随常口语。他的《威弗利》不仅确立了其作为一个在勾勒角色和描绘自然景色方面有超凡能力的小说家的地位，而且使英国小说得以改变，格调得以提高，范围得以扩展，艺术性得以加强，与他之前的作家如理查逊的低沉伤感和菲尔丁、斯摩莱特的粗俗形成鲜明对照。而且，除了将小说提升到一个更高的水准之外，他还编造了有关历史人物的有趣故事，从而在小说中融入了一种新元素，由此创造了历史小说。司各特的浪漫主义历史小说为他赢得了"西欧历史小说之父"的美誉。他的《密得洛西恩监狱》和《艾凡赫》等小说的特点是讲述了卷入重大历史事件的普通人物的故事，并展示了导致书中人物所作所为的那些社会力量和历史力量。司各特擅长在艺术虚构的同时引入历史真实的细节，情节曲折，富于传奇色彩，从而使得他的小说成为18世纪和19世纪英国文学现实主义和浪漫主义两种不同趋向的完善和发扬。司各特的去世标志着英国浪漫主义文学的结束。

2. 19世纪中期的现实主义文学

19世纪30年代开始，现实主义逐步成为英国文坛的主流，小说也取代诗歌成为最主要的文学体裁。在主题上，小说大都揭露社会制度的种种不合理，批判封建贵族的骄奢淫逸和资产阶级的金钱观念，同情下层劳动人民的悲惨境遇；在艺术上，多采用流浪汉小说结构，"全景式"广泛而深入地反映社会现实，同时塑造典型环境中的典型人物性格，并大量采用细节描写以增强叙事的真实性和客观性。此时出现了以狄更斯为代表的"一派出色的小说家"（马克思语）。其中萨克雷（1811—1863年）的《名利场》（1848年）和盖斯凯尔夫人（1810—1865年）的《玛丽·巴顿》（1848年）都是著名作品。

查尔斯·狄更斯（1812—1870年）是英国现实主义文学最主要的代表作家，一生写了14部长篇小说和很多中短篇小说。代表作有《匹克威克先生外传》（1837年）、《奥列佛·特维斯特》（又译《雾都孤儿》，1838年）、《大卫·科波菲尔》（1850年）、《艰难时世》（1854年）和《远大前程》（1861年）等。狄更斯最擅长以流浪汉小说的形式书写小人物的艰辛与悲惨之路，批判贵族和资本家的冷酷和残暴，但文章结尾常常故意制造大团圆结局，因此其创作风格被誉为是"带笑的泪"。

3. 19世纪后期的唯美主义文学

唯美主义最初由法国19世纪60年代的巴纳斯派所提倡，后来影响至英国。唯美派接受康德"自由美"的思想，提出"为艺术而艺术"的口号，反对"为人生而艺术"的"附庸美"。它的兴起是对英国维多利亚时代资本主义社会物质至上、商业主义、功利哲学和市侩习气的反驳。

戈蒂耶在《莫班小姐·序》中提出了"为艺术而艺术"的口号，代表作为1852年出版的诗集《珐琅与雕玉》。佩特（1839—1894年）被称为"人道主义的唯美主义者"，代表作有哲理小说《享乐主义者马里乌斯》（1885年）和自传性作品《家里的孩子》（1894年）。唯美主义文学的主要代表王尔德（1854—1900年）认为："一切艺术上的坏处，都是从现实感产生的"，而"撒谎，说出美丽动听的假话——这就是艺术的真正目的"；并且"艺术不是人生的镜子，而人生才是艺术的镜子"。

4. 20世纪的文学

20世纪英国作家在秉承19世纪现实主义文学创作传统的同时，也积极探索新的叙事技巧，如采用"意识流"等创作方法，挖掘人物的潜意识、淡化故事情节，进行现代主义文学的创作。

英国新戏剧的创始者萧伯纳（1856—1950年）一共写了51个剧本。他是英国改良主义组织"费边社"的重要成员，反对暴力革命，主张用点滴改良的"渐进"办法实现"社会主义"。这种思想也影响了他的创作。其代表作有《鳏夫的房产》（1892年）、《华伦夫人的职业》（1894年）和《巴巴拉少校》（1905年）。

高尔斯华绥（1867—1933年）代表作有《福赛特世家》三部曲、《现代喜剧》三部曲和《尾声》三部曲。这些小说以19世纪末和20世纪初的英国社会为背景，通过福赛特家族几个主要人物的家庭生活和爱情纠葛，反映了英国资产阶级的盛衰史。

D. H. 劳伦斯（1885—1930年）是20世纪英国文学史上最重要的作家之一，代表作有《儿子与情人》（1913年）、《恋爱中的女人》（1920年）、《查特莱夫人的情人》（1928年）和《虹》（1915年）等。他的作品批判了资本家对工人阶级的无情压榨和剥削。

第二节　美国文化与文学

一、美国文化

美国全称美利坚合众国，是一个联邦制国家，从1776年宣布独立算起，至今只不过200多年的历史，但目前它已是世界上经济实力最强大的资本主义国家。

（一）得天独厚的自然环境

美国本土的主体部分位于北美洲中部，北临加拿大，南接墨西哥，同时，大西洋、墨西哥湾和太平洋分别在东、南、西三面环抱着它。东西长4500千米，南北长2560千米，整个轮廓呈长方形。它的两个最年轻的州——阿拉斯加州和夏威夷州与本土分离，阿拉斯加与加拿大西部相接，夏威夷则位于太平洋中部。其国土面积约937万平方千米，位列世界第四位。

美国总人口已达3亿，位列世界第三位，其中欧洲移民占总人口的80%以上。全国包括50个州和一个行政特区，一个行政特区即联邦政府所在地的哥伦比亚行政特区。

（二）创业与扩张的历史进程

美国是一个移民国家，美国社会的发展史既是一部由移民艰苦创业的历史，又是一部从殖民地转化为超级大国的历史，也是美国民族精神的成长史。

一般认为，美国历史始于 1607 年英国人在弗吉尼亚州詹姆斯敦建立第一个永久殖民点，至 1776 年美国在对英国殖民统治者的战争中取得胜利、赢得国家独立前，这段时期为殖民地时期。

随着北美 13 个殖民地的建立和发展，英国政府也逐渐加紧了对殖民地的剥削。1765 年和 1767 年，英国政府制定出具有侵略性的法案《印花税法》和《汤森税法》，遭到殖民地人民的强烈反对，13 个殖民地决定联合起来，捍卫自己的利益，因此在 1774 年召开的第一次大陆会议上正式结为共同体。

1775 年 4 月 19 日，英军和殖民地民兵组织在波士顿近郊的莱克星顿和康科德发生了一次战斗，打响了独立战争的第一枪。1776 年 7 月 4 日，大陆会议通过了由杰弗逊起草的《独立宣言》，它标志着美国的诞生，这一天成了美国的国庆节。1783 年，英国被迫承认美国独立，第一个独立的资产阶级共和国在美洲建立起来。1789 年 4 月 30 日，共和国第一任总统乔治·华盛顿在纽约华尔街宣誓就职。

独立后，美国开始了大规模的土地扩张。到 19 世纪中期，美国领土面积已从 1783 年的 205 万平方千米扩张到 777 万平方千米。

1860 年，反对奴隶制的共和党人亚伯拉罕·林肯（1809—1865 年）当选总统。同年以南卡罗来纳州为首的南方七州宣布退出联邦，并于次年 2 月在亚拉巴马州的蒙哥马利组成新政府，制定新宪法。至 1865 年 4 月 9 日南军宣布投降，持续 4 年的内战以北军的胜利告终。

内战结束后，共和政府的首要任务就是在政治、经济上重建南方。从 1865 年内战结束到 19 世纪末期，美国社会发生了巨变，到 19 世纪末，美国已成为世界上最强大的国家。同时，美国加紧扩大海外殖民地。1898 年，美国挑起第一次重新瓜分世界的帝国主义战争——美西战争。美西战争加速了美国资本主义垄断的进程，标志着美国进入了帝国主义阶段。

20 世纪 20 年代，美国出现了短期、不正常的繁荣，到 1930 年，国家经济已经比1900年增长了4倍。但社会生产力和人民消费能力之间存在的巨大差距终于导致了1929—1933年期间的经济大萧条，这是资本主义历史上最广泛、最持久、最严重的一次经济危机，它像飓风一样强烈撼动着美国和整个资本主义社会。

第二次世界大战期间，美国一面供应作战双方军火，获取巨额利润；一面坐待局势变化来确定自己的对外政策。第二次世界大战结束后，美国已成为世界上最强大的国家。

二、美国文学

美国文学至今虽然只走过200多年的历程，但这段短暂的历史却展示了这样一个生动的过程：逐渐挣脱欧洲文化母体的脐带，获得自己的民族个性，成为"美国的"文学。

（一）殖民地时期的文学

威廉·布拉德福德写于1630年的《普利茅斯种植园史》虽到1856年才出版，但却是一部尽人皆知的经典之作。北美人出的第一部诗集是1650年在伦敦出版的《阿美利加姗姗来迟的第十位缪斯》，作者是安妮·布雷兹德里特。以《愤怒上帝手中的罪人》为经典布道词的乔纳森·爱德华兹是殖民地时期最有影响力的作家之一，也是美国200多年的历史中出现的最为深邃的思想家之一。但真正成为美国文学先驱的是独立战争时期的启蒙思想家富兰克林、潘恩和杰弗逊等人。富兰克林（1706—1790年）不仅是参与起草《独立宣言》的美国早期政治家，也是科学家、实业家和散文家。他的《自传》表达了早期资产阶级革命家勤俭奋斗、刻苦学习、乐观进取的人生态度；《格言历书》收录了大量格言、警句、谚语，介绍科学知识，宣扬实用道德，在殖民地人民中起了极大的启蒙教育作用。

（二）独立战争至南北战争时期的文学

独立战争激发了民族意识，与此同时受欧洲启蒙学说和浪漫主义文学思潮的影响，美国文学史上第一个文学高潮——浪漫主义文学出现了。

美国浪漫主义文学可以从1829年杰弗逊上台推行民主主义政治为界，

分为前后两个时期。前期为浪漫主义文学初创期，代表作家有欧文和库柏，他们首次采用美利坚民族独有的题材，塑造了美国文学中第一批典型形象。

华盛顿·欧文（1783—1859年）享有"美国文学之父"的称号。其代表作《见闻札记》（1819—1820年）发掘了北美早期移民的传说故事，开创了美国短篇小说的先河。《见闻札记》包括散文、杂感、故事等，其中写得最好的是《瑞普·凡·温克尔》和《睡谷的传说》等流传于哈德逊河谷一带富有乡土气息和浪漫主义幻想的短篇小说，人称它们是美国最早的神话传说。

詹姆斯·库柏（1789—1851年）是美国文学的另一位奠基人，是最早以民族历史为题材的长篇小说家，素有"美国的司各特"之美称。库柏创作中成就最突出的是边疆题材的系列小说《皮袜子故事集》，该作品以一个绰号叫"皮袜子"的猎手纳蒂·班波为中心人物，他是美国民族开辟新文明道路上的一个生动形象。

19世纪30年代至南北战争前的浪漫主义文学，称为后期浪漫主义，文学史家称这一时期为"新英格兰文艺复兴"。此时，波士顿成了文学中心，形成了两个文化圈：一个是哈佛派文人，指哈佛大学一批有高度文化修养的知识名流，其代表有朗费罗、洛威尔、霍姆斯等。朗费罗（1807—1882年）的长篇叙事诗《海华沙之歌》是美国文学史中第一部关于印第安人的史诗。另一个是康科德超验主义作家集团，以爱默生为首。爱默生表达超验主义思想的《论自然》《论自助》等，语句精练，犹如格言，一连串的比喻气势磅礴，有雄辩的说服力和强烈的感染力，被称为"爱默生式"的风格。梭罗提倡超越物质文明，回到自然中寻找生活意义，以达到超灵的境界。他的思想对列夫·托尔斯泰、甘地、马丁·路德·金等都产生了不小的影响。

这时期受超验主义影响，同时又有自己独立思考的作家有霍桑和麦尔维尔。

纳撒尼尔·霍桑（1804—1864年）是19世纪美国影响最大的浪漫主义作家。他深受清教思想影响，将资本主义社会引起的种种矛盾归结为人人心中皆有的"恶"。他写过数量不少的短篇小说和6部长篇小说，短篇小说的主题基本集中在探讨人性"恶"以及原罪等问题上，《教长的黑面纱》《年轻小伙子布朗》《拉帕基尼医生的女儿》等都是如此。霍桑的代表作是长篇小说《红字》(1850年)。小说通过3个人物之间的感情纠葛,表现了新英格兰政教合一时期宗教对人的心灵的摧残,对不合理的婚姻、政教合一的法律和虚伪的宗教道德表示怀疑,肯定爱情、人权和自由。作品深刻揭示出在公开罪恶背后的隐秘罪恶,在法定罪恶背后的道义上的罪恶。

清教思想和超验主义在霍桑心中冲突的结果使他陷入了怀疑主义,他作品中的人物是一群探寻者,但他们并没有找到真正的出路。霍桑作品的特征在于它们具有伦理性和心理性。他被誉为美国心理分析小说的开拓者,其小说创作经常运用象征、暗示、讽喻等表现手法,产生了含而不露、耐人寻味的艺术效果。

麦尔维尔(1819—1891年)是继霍桑之后最有影响的浪漫主义小说家。他的代表作《白鲸》(1851年)通过白鲸的故事对世界、人生作了哲理探索。白鲸"莫比·狄克"是"恶"的象征,在霍桑探讨人心中的恶之时,麦尔维尔则探讨宇宙、外在世界的恶。大海和白鲸都具有浓厚的象征意味和神秘色彩。

这一时期还有一位颇为另类的作家爱伦·坡(1809—1849年),他写恐怖小说和推理小说,被认为是推理小说的鼻祖;他写诗,爱、美、死亡是其作品中经常出现的主题;他写文论,提出"一切艺术的目的是娱乐,不是真理",为其后戈蒂耶、王尔德等人"为艺术而艺术"的主张开了先河。

美国浪漫主义文学在惠特曼诗歌中达到了高峰。惠特曼(1819—1892年)一生只写了一部《草叶集》。该作品在1855年第1版问世时,只收录了12首诗;到1892年第9版问世时,已收录到400多首。它的成长正是美国整整一个时代成长的记录。《草叶集》歌颂美国社会的民主和自由,赞美普通人的劳动和生活,表现乐观主义情绪和对生活的热爱。

19世纪50年代,美国废奴文学创作空前繁荣,代表作家作品有希尔德烈斯的长篇小说《白奴》(1836年)和斯托夫人的长篇小说《汤姆叔叔的小屋》(1852年)。领导黑奴解放运动的林肯总统称斯托夫人为"发动了一场大战的小妇人"。

(三) 南北战争至一战时期的文学

南北战争结束后，现实主义成为美国文学的主潮。战后的美国社会生活各个方面都发生了急剧的变化，工业化和自由竞争的资本主义时代的到来，使重物质、重实际成为时代精神。从社会思潮看，达尔文·斯宾塞主义、实用主义、超人哲学、马克思主义等纷纷涌来，此起彼伏，在社会上产生了极大影响。现实主义正是在这样的背景下崛起的。

美国现实主义文学的倡导者是威廉·豪威尔斯（1837—1920年）。他认为现实主义者应当从生活中最富有特征的方面着手，这种特征"主要是健康、快乐、成就、幸福的生活"。豪威尔斯主张的现实主义是一种"微笑的现实主义"或温和的现实主义，这种平庸乏味、浅薄乐观的主张正是讲究实利、缺乏诗意的时代精神的反映。

与马克·吐温、豪威尔斯同时代的作家还有亨利·詹姆斯（1843—1916年）。他一生致力于写国际题材，即美国与欧洲的际遇，观察美国文明与欧洲文明的差异，描写两者的矛盾冲突，艺术上注重对上流社会的人物心理做工笔刻画，代表作有小说《黛西·密勒》（1879年）、《一位女士的画像》（1881年）、《鸽翼》（1902年）、《金碗》（1904年）等。他是第一个把小说当作艺术探讨的人，著有文艺评论《小说的艺术》（1884年）等。

欧·亨利（1862—1910年）原名威廉·西德尼·波特，被誉为"美国短篇小说之父"。他的300多篇短篇小说多取材于拉丁美洲生活、美国西部的牧场生活和纽约的都市生活，其中以描写受生活煎熬的小人物贫困失业然而还相濡以沫的作品最为动人，如《麦琪的礼物》《最后一片藤叶》《警察与赞美诗》等都是传世佳作。欧·亨利的作品篇幅短小，没有重大的社会生活，也没有深刻的思想或独特的人物性格，但他擅长采用独特的艺术手法，如巧合、反巧合、突变等手法，尤其是所谓"欧·亨利式的结尾"，使他的故事令人难忘。

杰克·伦敦（1876—1916年）是以他的"北方故事"闯入文坛的人，这些作品都是以冰天雪地的北国、白色寂寥的阿拉斯加为背景的，描写普通淘金者在遥远北方的生活，突出主人公在非常艰苦的条件下同自然界进行的顽强斗争。其中的《热爱生命》（1906年）写人顽强的求生意志以及与恶劣的生存环境之间的殊死搏斗。最著名的是以狗为主角的小说《荒野的呼唤》（1903 年）和《白牙》（1906 年）。《荒野的呼唤》是杰克·伦敦创作中的精品，北国荒原上生命的角逐无疑是残酷竞争、无情掠夺的资本主义社会的寓言，作品散发着斯宾塞"弱肉强食，适者生存"的生物社会学思想。

（四）第二次世界大战以后的文学

第二次世界大战后，美国进入了忧虑和怀疑的时代。20 世纪出现的各种哲学流派，如尼采的"超人"哲学、柏格森的神秘主义、萨特的存在主义以及弗洛伊德的精神分析学说等，都在很大程度上影响了 20 世纪美国文学的内容和形式。20 世纪 50 年代的美苏冷战、朝鲜战争、麦卡锡主义和核战争威胁使人们生活在惊恐之中，文坛曾一度趋于沉寂。20 世纪 60 年代至 70 年代，越南战争、民权运动、女权运动、水门事件等后，文坛重新活跃，出现了五花八门的现代派文学。不少作品的中心主题是孤独，作家们都在重寻价值支撑点，对世界和自我进行重新认识。

20 世纪 50 年代兴起的"垮掉的一代"正是这种心态的体现。高压的政治空气使许多青年感到压抑，他们陷入精神危机，吸毒、群居，以颓唐、放纵的生活方式来反抗社会，"反主流文化"运动形成。"垮掉的一代"代表作家有诗人金斯堡（1926—1997 年）和小说家凯鲁亚克（1922—1969 年）。金斯堡的长诗《嚎叫》（1956 年）表达了一代青年的痛苦与自暴自弃的情绪；凯鲁亚克的成名作《在路上》（1957 年）描写了一批垮掉的青年在各地流浪的生活。

20 世纪四五十年代犹太文学崛起。犹太文学的突出主题是探索犹太人的历史命运和寻找自我本质。犹太文学的著名作家有索尔·贝洛、艾萨克·辛格、马拉默德、塞林格等。索尔·贝洛（1915—2005 年）的代表作有《奥吉·玛琪历险记》《雨王汉德森》《洪堡的礼物》等；艾萨克·辛格（1904—1991 年）的代表作有《傻瓜吉姆佩尔》《赛拉姆先生的行星》等；马拉默德（1914—1986 年）的代表作为《店员》；塞林格（1919—2010 年）的代表作为《麦田里的守望者》。贝洛和辛格分别为 1976 年和 1978 年的诺贝尔文学奖得主。

黑人在南北战争奴隶制废除以后仍处于社会底层。20 年代，由南方黑人创造的爵士乐风靡一时，成为白人文化的重要组成部分，与此同时，在纽约哈莱姆区，黑人作家掀起了一场文学运动，称为"哈莱姆文艺复兴"，代表作家有兰斯顿·休斯等。当时一些严肃作家看到社会中的种种罪恶现象，又难以改变现实，于是怀着痛苦、愤怒和绝望的心情，对世情万物、痛苦和罪恶采取玩世不恭的态度，从而形成了黑色幽默风格。该派代表作家有美国作家约瑟夫·海勒（1923—1999年）、库尔特·冯内古特（1922—2007年）、托马斯·品钦（1937—　）、巴塞尔姆（1931—1989年）等；主要作品有海勒的《第二十二条军规》（1961年）、品钦的《万有引力之虹》（1973年）和冯尼格特的《顶呱呱的早餐》（1973年）等。《第二十二条军规》是这一流派的奠基作，象征着世界的荒诞和反理性。

第二章　中国文化视角下的英美文学

随着全球经济化的快速发展，中西方文化的交流、碰撞日渐增多，特别是英美文学正在深深地影响着中国文学，甚至也在影响着新一代年轻人的人生观、价值观、世界观。本章将从中国文化的视角去审视英美文学的发展和特征。

第一节　中国文化视角下的英国文学

一、从莎剧剧名翻译看中国翻译文化

今天，中国的读者一看到"莎士比亚"这四个字，就知道他是英国著名的剧作家，在全世界都享有盛誉。事实上，译名之所以多种多样，主要是译者对汉字的发音及翻译人名的技巧的掌握不同所致。至于"莎士比亚"这个译名是否译得得当，另当别论。从这个例子看，仅仅一个人名译成汉语就可以如此五花八门，不知给读者带来多少困惑。

如果说人名翻译只涉及汉语发音和人名英译技巧的话，书名和剧名的英译就不仅如此了，它还涉及英文的汉民族语文化的问题。

中国人初译外国书或文章时，唯恐本民族的读者不知所云，因而要将外文本民族语化，似乎唯此本民族的读者才能接受，才能理解。将译文本民族语化的结果就形成了一种特殊的文化形态。它既不同于传统文化，因为它的本质毕竟是外来的，又不同于地道的外国文化，因为它是被本民族语文化了的，其中掺进了原文中原本没有的内容。它是产生的"第三种文化"。这种文化产生在翻译中，所以可以称之为"翻译文化"。它是通过翻译引进的外国文化。

最早由中国人所译的莎士比亚的剧作当推 1903 年上海达文社出版的《澥外奇谭》。其译者未署名，不知确系何人。书中共收有十个剧本。当时章回小说在中国十分流行，所以译者就把译文剧名全"化"作中国章回小说常用的格式。例如：《维洛那二绅士》化为《蒲鲁萨贪色背良朋》；《威尼斯商人》化为《燕敦里借债约割肉》；《第十二夜》化为《武历维错爱孪生女》；等等。从这个剧本中十个剧名中的其中三个来看，这种"化"也不是随心所欲的，而是有原则、有标准的，即简要点出剧中主要人物及其作为。如上面那个蒲鲁萨，今译文为普洛丢斯。贪色者，即向西尔维娅求爱之事。背良朋者，指向公爵告发好友凡伦丁，并打算与西尔维娅私奔的行为。原文书名中的"二绅士"，无法使读者看到孰重孰轻，孰主孰次。"化"的结果则明显地突出了蒲鲁萨的重要和为主的地位。燕敦里者，今译之安东尼奥。借债者，即向犹太人高利贷者夏洛克借三千元钱之事。约者，即借钱所写之借约。割肉者，指期满若不能还清本金，就要从借债者身上割下一磅肉之约。原文书名虽为《威尼斯商人》，书中的威尼斯商人只有安东尼奥一人，不可能再有他人，可是安东尼奥在剧中并不占主要位置，主要人物是夏洛克和鲍西娅。

至于武历维，从译音去看，不知此人是谁。但从"错爱孪生女"去推断，武历维指今译之奥丽维娅，因为孪生女就是薇奥拉，她与其兄西巴斯辛为孪生兄妹。所谓错爱，不当爱之意。剧名全"化"作中国章回小说常用的格式的。新名称虽然淡化了甚至改变了剧作的主题，却像章回小说中的标题一样，强化了情节的离奇性，而章回小说标题的格式，也使中国读者感到熟悉，便于接受。

值得说明的是，据《新剧考证百出》云，莎剧在中国演出的早期，剧名大都有所改变，更有对剧本之情节稍加改易，换一个名字，就又成了一个新剧之事。虽然这都是出于商业性经营和利润的考虑，但是在译名上这种混乱似乎也成为翻译文化中的一个特点。

在译文中出现"化"的现象并不是自近代开始的，而是有着悠久的历史。中国的翻译文化应当从翻译佛经开始算起。从东汉时起，人们就开始翻译佛经，到了唐代玄奘就系统地大量翻译了佛经，而且后代普遍地认为玄奘的译文质量数上乘。近代学人章太炎就肯定玄奘的译文是"合其本书"，也就是译文符合原文之意。其实，玄奘的译文之所以被广泛接受，原因是他"化"得好。他"化"的原则，即他所谓的"五不翻"原则。玄奘在翻译佛经时给自己定了一条"五不翻"的原则。一是涉及"秘密"的，不译；二是梵文中一词多义，难作抉择者，不译；三是梵文中的树木名称，由于"中夏实无此木"，因而不译；四是在玄奘之前已有"学存梵言"之传统，所以本该意译的，他也采取了音译的老方法；五是为了"生善"而不译。读了玄奘的"五不翻"，不难设想其译文和原文的出入有多大。尽管如此，经他"化"过的佛经译文，还是受到好评，足见"化"的必要性。

近代翻译界最有影响的要数严复的"信、雅、达"理论。如何正确理解、如何结合实际体现这三条，仍然是翻译界在今天探讨的重要主题。从某种意义上说，它仍然是如何化，化到什么程度，以及化的标准的问题。不同时代的文学风格，不同作家个人的写作风格，不同读者的审美标准，都是"化"的时候需要考虑的因素。比如严复之后提出的"再创作"之说，据此理论原文是作者的创作，译文是译者的创作。前者是首次创作，后者是再创作。既然是创作，就各有各的独立性。而译文的独立性愈大，距离原文就愈远，其结果就失其为翻译了。所谓再创作，其本质仍然是个"化"的问题。

在把外国语本民族语文化的过程中，涉及三个概念：中国传统文化、外国文化和翻译文化。传统文化并不是一个静态的、封闭的概念，而是一个动态的、开放的概念。中国的传统文化一直在不断地发展，不断地更新，不断地采纳翻译文化和外来文化。佛经被引进之后，佛教就成为中国传统文化的组成部分。近代所引进的外国文化，如今也成为中国文化的一部分。翻译文化不会始终保持原来的面目，也不会和原有的传统文化保持一种泾渭分明的关系。需要强调的是，翻译文化并不同于外来文化。翻译文化是国外文化通过翻译进入中国的文化，而外来文化则指来自外国的，但并非通过翻译进入中国的文化，如雕塑、美术、音乐等。翻译中的外国语本民族语文化，在中国文化的发展中起着不可忽视的作用。

二、西尔维亚·普拉斯书信体文本中的语篇衔接

语篇分析在我国近年来的英语教学中受到普遍重视。在语篇分析中，句子的同义关系又是一个重要环节。因为同义关系句表示句子的衔接，文章的连贯。因此，它是语篇分析中的一个不可或缺的内容。通常认为同义关系可分为两大类：一类称为转换同义关系，另一类称为词汇同义关系。第一种转换同义关系，是指一个句子的词在句子中的位置发生变化而导致了意义重点的转移，从而产生出一个新的句子；第二种词汇同义关系，是指通过用同义词、表示相对关系的词和语义合成词三种词汇表现出的同义关系。而同义关系表示的句子就是同义句子，或曰同义转译。通常可由此看出文章中句子间的衔接。从以上所说的这两种可以看出，要么通过句子结构转换来表现同义关系，要么通过词汇转换来表现同义关系。事实上，在语篇分析中除了上述两种之外，同义关系还有其他形式。例如表现同一主题的词汇，表示同一主题的语义类同句，以及说明同一主题的语义句，都可以视为同义关系。

本书拟用美国女作家西尔维亚·普拉斯（Sylvia Plath）写给她母亲的几封家信作为文本，分析其中的同义关系，以及试图说明同义关系在语篇分析中的作用。家信写于西尔维亚·普拉斯大学二年级暑假期间在一个饭店打工当女招待的时候，其中反映出她对工作、男朋友以及写作的看法。因为是几封家书，所以每封信都有各自独立的中心思想。然而，选编成一篇课文就又有了体现编辑思想的贯穿全课文的中心思想和主题。如何从四封家信中读出编辑所期望的对主体的理解，并且读出语篇层位的深层含意，这就需要掌握语篇中衔接和连贯的方法，从而提高对语篇的分析能力。具体可以从以下几个方面观照。

（一）重复词、句的分析

文学作品中重复频率高的词汇和句子，常常可以用来表明作者所关注的焦点和文章的要点。对这类词和句的分析，有助于读者理解作品的中心思想。

在语义学里，几个在句法结构上（甚至在用词上）不同的句子，只要

它们具有相同的客观价值，也就是说反映的是同一个客观事实，那么它们就是"同义转译"，它们之间的关系就是"同义关系"。奖金给西尔维亚·普拉斯以很大的精神鼓舞，五百美元的奖金，其实用价值对她也很有意义，这从第一封信中就能看出。西尔维亚·普拉斯马上想到的是五百美元的用途。"五百美元"和"钱"（money）都是指这笔钱，虽然句子不同构，仍可以说它们是同义关系句，因为它们都围绕着一个主题——钱。读者从第一封信中就可以读出西尔维亚·普拉斯在暑假期间外出打工的原因：她需要挣钱养活自己（这一点在第二封信中得到印证）。她手头拮据，这是一个客观现实。这四个句子是对这一客观现实不断重复，以使其得到强调。在短短的一封信中，作者两次提到"500美元奖金"（prize）和"钱"（money），这不仅给读者加深了印象，还以此突出了这个客观价值的情景功能。能看出第一封信具有叙述结构中的指向（orientation）功能，它指出时间、地点、人物和环境。事实上是西尔维亚·普拉斯的外出打工这一情景语境决定了作品的文体（genre），即文体一定得是书信形式，同时也决定了作品的语域（register），即母女之间的谈话一定得是非正式的、口语化的。

有时同义关系句虽然不同构、不同义，也并非同义词、近义词的重复，只要它们围绕一个主题，构成逻辑上的同义关系，句子也有重复意味，也是同义关系。

（二）语态、语气词的分析

要做到透彻地理解文本，读者不仅需要理解文本中各句的句义，更重要的是理解句子的语句义，即句子的词义、句义和语境意义的总和。唯此，才能做到我们平常说的不但要理解字面的意思，而且要读出字里行间的意思。抓住西尔维亚·普拉斯的心境特征是理解文本的一个很关键的入口。信的作者有不少笔墨是用于描述自己的情绪的，这也是本书的编者想要突出的思想。

虚拟语气句和表示某种口吻的语气词，是表达作者的语气和态度的明显的标记，可是却常常没有引起足够的重视。这些从语气方面揭示给读者普拉斯由于情绪低落而外出打工的懊悔，和她对现状的不满和无奈。从语气表达上讲，这些句子都应该被认为是语义类同句子。读出这些句子的特殊意义，才能明白语气词有助于读懂语句义，对于读懂作者的口吻和态度，有着不可忽视的作用。这也有助于读者提高对英语语言的敏感度，看到表示语气的词和句如何在句子衔接中起作用，从而理解文章的深层意义。

三、莎剧《威尼斯商人》的主题思想与儒家思想

文艺复兴时期的文艺巨人、伟大的英国剧作家莎士比亚的名作《威尼斯商人》（以下简称《威》剧）写成于1596年左右。四个多世纪过去了，我们重读这篇西方名作，却有一种似曾相识的感觉。《威》剧当中体现的基督教的教义精神和我国古代的儒家思想在某些方面有着相似之处，当然其中也有不同之处。本节仅据《威》剧对二者进行比较，以求了解其异同。

（一）"爱人如己"与"仁者爱人"

《威》剧的第四幕法庭的一场戏把剧情推向高潮。这一场的情节可以分为两个阶段。第一阶段是夏洛克不听众人好言规劝，一意孤行，坚持要从安东尼奥身上割下一磅肉，结果使自己成了众矢之的。第二阶段是鲍西亚智高一筹，巧断案情，从而使安东尼奥转危为安，而且还由此使夏洛克处于被动局面。从这两个阶段的发展所表现出的人心向背，可以看出作者具有同情心。这里的同情心也就是中国古代儒家的"恻隐之心"。恻隐之心的实质是"仁者爱人"。虽然按照法律，安东尼奥应被处罚，但是以割肉相罚势必使安东尼奥丧生。所以众人都期待着夏洛克能慈悲为怀，而不是坚持按法律条文行事。此时的矛盾和冲突已不是安东尼奥该不该罚的问题，而是人心深处的仁与不仁之争了，也可以说是广义上的善与恶之争了。在构成西方世界文化基础的基督教教义里，"爱上帝"和"爱人如己"被宣告为"最大的诫命"。耶稣倡导"爱仇敌"。然而夏洛克的所作所为与之全然相反，他在借机对曾经冒犯过自己的安东尼奥加以报复。这当然与西方文化的主旨——博爱精神——是相悖的。其结果是夏洛克使自己成了恶魔的具象，人人共讨之。

其实夏洛克订下的"一磅肉"的契约，用法律衡量是无可指责的。导

致他失败的并不是契约上的漏洞（关于流血不流血等），而是道德的力量。在《威》剧中，莎士比亚的正义的道德尺度是仁慈和宽恕。正因为夏洛克没有表现出丝毫的仁慈和宽恕之心，才使自己处于一种为千夫所指的境地而最终失败。在这一点上，中、西文化极其相似。对于作为中国传统文化的一个重要组成部分的儒学来说，"仁"是很重要的。实际上"仁"是孔子伦理思想的内核之一。它影响、熏陶着中国几千年的历史、文化。仁者爱人，孔子主张将己心比人心，即所谓"己所不欲，勿施于人"。在中国传统文化中，不仁不义者谓之小人，那是要受人鄙视的，要为人唾弃的。所以，夏洛克的所作所为，无论在中国或是在西方，都会被作家加以鞭笞。

（二）《威》剧中的中庸之道

通俗而简略地解释，中庸就是"应当"。中庸是孔子的方法论。《威》剧也体现了中庸思想。夏洛克对待安东尼奥的态度违反了中庸原则。公爵是这样劝说夏洛克的："你看他（安东尼奥）最近接连遭逢的巨大损失，足以使无论怎样富有的商人都倾家荡产，即使铁石一样的心肠，从来不知道人类同情的野蛮人，也不能不对他的境遇发生怜悯。犹太人，我们都在等候你一句温和的回答。"公爵此时的一番话意在唤起夏洛克的恻隐之心，而夏洛克却"指着我们的圣安息日起誓，一定要照约执行处罚"。

既然不可理喻，巴萨尼奥揣摩夏洛克是否想要得到更多的偿还，因而提出："借了你三千块钱，现在拿六千块钱还你。"夏洛克答道："即使这六千块钱中间的每一块钱都可以分作六分，每一分都可以变成六块钱，我也不要它们，我只要照约处罚。"夏洛克的自白，证明了他正是公爵所讲的更甚于"铁石一样的心肠"的人，他比那些"不知道人类同情的野蛮人"更野蛮。所以夏洛克遭到众人的反对是理所当然的。从法律上讲，他的要求是合法的；从人情上讲，他却太苛刻了。夏洛克因而失去了道义的支持。

鲍西亚的作为同样是违反中庸之道的。鲍西亚要求夏洛克在割安东尼奥身上一磅肉时，其多少不能差之毫厘，而且也不能流一滴血。这种限制作为保护安东尼奥的一种口实，众人都是理解的。当夏洛克感到束手无策时只好请求撤诉，做出让步，但鲍西亚此时并没有适可而止，而是进一步提出更为苛刻的条件,直至使其身无分文。鲍西亚针对夏洛克的不仁不义进行处罚是合乎情理的,但是她矫枉过正的做法是出于报复。在此过程中众人的态度和反应,从另一个角度表现了犹太人当时常受歧视。

(三)"原罪"说与"修身"说

在以"原罪"说为背景的基督教文化中,罪与恶是人的自然属性。即使在以君子形象出现的安东尼奥的举止中也存在着严重违反道德的言行。安东尼奥对待夏洛克态度蛮横,当众羞辱夏洛克,欺压夏洛克,有时甚至大打出手。其原因就是他有着严重的种族歧视。莎士比亚对身为犹太人、异教徒的夏洛克所受的歧视是寄予深切同情的。莎士比亚借夏洛克之口对安东尼奥的不人道行为进行控诉:"……要是欺侮了我们,我们难道不会复仇吗?"

莎士比亚对夏洛克的同情还表现在他指出了鲍西亚也是有违基督诫命的。如鲍西亚在最初听说夏洛克要报复安东尼奥时就站在安东尼奥一边。她认为安东尼奥既然是她丈夫的心腹好友,那么"他的为人一定很像我丈夫"。鲍西亚的介入是出于私人友谊,她的所谓"善"举,也不过是以正义的名义行报复之实。这当然违背了基督教的诫命——"不能有所偏私"。基督教还有诫命:"要按犯人罪状责打,不可责打多过应打的数目。"这就是说不能轻罪而重罚。诫命还告诫人们"不可报仇"。事实上,鲍西亚对吝啬的、狠心的夏洛克的所为完全是一种赤裸裸的复仇。从基督教教义看,人皆有罪,罪过是人类共有的,凡人犯了罪,其他凡人是不能给以惩罚的。如果凡人惩罚凡人,惩罚者本人也就违背了"主的旨意",也是罪过。由此看来,鲍西亚虽系伸张正义,其骨子里却是为了个人的私念。如果说鲍西亚行善,也只能算作行片面的善。莎士比亚似乎要告诉我们,人类的一切行为,在观念中永远不可能完全符合正义。

在《威》剧中,我们看不到有一个人是道德品质完善的,只见芸芸众生皆为罪人。莎士比亚以自己塑造的角色形象来肯定凡人皆是有罪的。这与中国儒家思想有着很大的不同。从孟子的性善说到荀子的性恶说,继而到杨雄的性善恶混说,虽然在人性问题上存在着不同意见,然而,无论性善说还是别的学说,都不否定人在后天有根除劣迹的可能性,即靠"修身"可以而且完全能够做到一个完人,所以儒家特别重视"修身"。儒家所讲的圣、贤、君子等都是具有很高的道德修养的典范。人可以提高自己的修养，使人格渐臻完美。而西方文化则更强调善恶一体，因而人性中永远有善与恶的冲突。莎士比亚被认为是中世纪后第一个在创作中实践"原罪"和善恶一体的思想大家，也是西方文学中"罪感"传统的根本代表。正因为中国传统文化看到人性的可完美性，认为人类本性中的弱点是可以克服的，因而中国传统文化肯定人性中的善良，肯定以正克邪的可行性。但是在西方文化中，人皆有罪，而且永远如此，因而人永远生活在对上帝的企盼中——企盼上帝的宽恕和拯救。故而我们可以肯定地得出结论：西方文化对人性的态度是悲观的，而中国传统文化对人性的态度则是乐观的。

四、《呼啸山庄》的象征

英国维多利亚时代杰出的作家艾米莉·勃朗特一生只著有一部小说《呼啸山庄》以及一些诗歌。小说《呼啸山庄》在艾米莉·勃朗特生前并未获得好评，可以说备受冷遇。小说《呼啸山庄》出版于1847年，出版百年之后人们才逐渐读出它的寓意，作者之超前性由此可见一斑。约一百五十年后，当用新的视角对文学经典重新解读、重新阐释成为一种广泛的文学批评实践时，对《呼啸山庄》进行新的阐释也不无意义。以笔者之见，小说中随处可见的象征，小说诗一般的激情，及其几乎所有使之成为"奇书"的成分，都明显表现出象征主义的特征。尽管象征作为一种修辞手法在西方有很长的历史，然而象征主义作为一种诗歌流派被普遍认为兴起于19世纪下半叶的法国。生活在英国乡村的艾米莉·勃朗特是否意在书写一部象征主义的作品，我们今天无从可知。但是有超前思想的作家创作出超前的文学作品，这在文学史上并非罕见。正因如此，才更加说明这些作家之伟大。约一百五十年后，用象征主义对《呼啸山庄》进行阐释，不但使艾米莉·勃朗特超越其他维多利亚时代作家的贡献得以突显，也有助于今天的广大读者解读《呼啸山庄》这部被认为神秘费解的文学巨著。

（一）《呼啸山庄》结构的象征意义

　　象征主义不同于修辞手法中所说的象征（Symbols）。象征主义是通过一系列物象、情景和事件，来表达一种特殊的情感，通过物象的表征，在读者心中达到激起某种强烈感情的目的。象征主义的作品从整体上有象征意义，《呼啸山庄》正是这样一部作品。说整部《呼啸山庄》是一个隐语，应该是不过分的。它充满了象征，而象征给它蒙上了一层神秘的色彩。象征不但构成了该小说的主要成分，而且构成了该小说象征主义的阐释框架。

　　《呼啸山庄》贯穿全书的一条对比线构成故事发展的主要框架，其本身便具有象征主义的意义。小说中的两个山庄呼啸山庄和画眉山庄；两种人希斯克利夫和埃德加·林顿；两种情感，即凯瑟琳·恩萧与埃德加·林顿的爱情和凯瑟琳·恩萧与希斯克利夫的爱情，形成鲜明的对比，象征着两种力量。"呼啸山庄"中的"呼啸"（Wuthering）是个意味深长的形容词，形容这个地方经常充满了暴风雨。被翻译为"山庄"的 Heights，意为高地。正如其名称所表示的，孤零零地伫立在荒野之上的呼啸山庄代表荒野，具有不安定性。画眉山庄则是平静的、柔和的，它坐落在平坦的谷底。在这里，两个山庄代表两种不同的力量，它们分别象征着风暴与平静。这个对比纵贯全书。艾米莉用象征主义的手法，在故事中展现了两种相悖逆的原则，从而用象征主义的小说框架建构了小说的主题。

　　两个截然不同的山庄里住着两种截然不同的人：以凯瑟琳的父亲为代表的恩萧家族（包括希斯克利夫），有坚强的意志，充满激情；而以埃德加·林顿为代表的林顿家族，和善，温顺。"呼啸山庄"这个词所包含的激烈、冲突、无情和富有生气的风暴，象征着该山庄内的人物的情感力度。希斯克利夫是风暴之子，他的名字本身就是个象征词。heath（译为希斯）意为灌木丛生的荒野，cliff（译为克利夫）意为大海边上陡峭的山崖。像 heath 和 cliff 这样的地方无疑充满了风暴。这个名字形象地概括了希斯克利夫的性格：狂暴，充满激情。

　　希斯克利夫和林顿象征着两种不同的力量。凯瑟琳爱希斯克利夫，却被林顿所吸引，艾米莉让我们相信这一切的发生是很自然的，因为林顿具有人人为之倾倒的一切。画眉山庄代表着文明生活舒适、美好的一面。可以说林顿体现了文明生活表面的美好,他文雅、迷人,且富有,这些都是希斯克利夫完全不具备的。在这一方面,凯瑟琳曾表现出对希斯克利夫的鄙视,说他"没有谈吐,没有文化,不梳理头发,肮脏"。与林顿结婚,她便可以实现自己做山庄"第一夫人"的梦想,满足要出人头地的愿望。

  凯瑟琳与希斯克利夫的爱情和她与林顿的爱情,代表着两种不同爱情的冲突,凯瑟琳心中的冲突是令人惬意的事物与必不可少的事物之间的冲突。这两种事物的区别在于,令人惬意的事物是用来装扮生活的,而必不可少的事物之缺失就等于精神上的死亡。凯瑟琳对林顿的爱所做出的反应,并不代表她本性的最深层部分。相反,她内心深处是讨厌林顿的。这种鄙视之情流淌在她的血液里。凯瑟琳和希斯克利夫第一次在画眉山庄见到林顿和伊莎贝拉(林顿之妹)后,他们对耐莉(女佣,故事的叙述者之一)说:"这两个宝贝让我们不禁笑出声来,我们真瞧不起他们。"这种鄙视和不友好她一直保持着,并屡次表现出对林顿家族价值观的鄙视。希斯克利夫和凯瑟琳之所以能站在一道,是因为他们都鄙视画眉山庄代表的价值观念。艾米莉深刻而令人信服地刻画了凯瑟琳的个性冲突,这说明凯瑟琳与林顿的爱情只能满足她需求的最肤浅的部分,而希斯克利夫对于她,则像她对她自己一样是必不可少的。这种冲突是一个人感情上不同层次的冲突。由于冲动而做了错误的选择,这种错误乃是不同层次的感情在斗争中一方暂时占上风而压倒主要方面,是表层的感情需要暂时占上风压倒了人的基本需要。这种满足引起的是它与人的本质的冲突,即冲动与本性的冲突,它带来的是不幸和毁灭。正如希斯克利夫所指出的:"悲惨、耻辱和死亡,以及上帝或撒旦所能给的一切打击和痛苦都不能把我们分开,而你,却出于你自己的心意这样做了,我没有弄碎你的心——是你弄碎了。"艾米莉用象征主义的手法来塑造这种冲突,成功地描写了人类的真爱与社会价值观之间的冲突,引起人们对人类的真爱是否能够逾越社会的障碍进行思考。

(二)《呼啸山庄》中爱情的象征意义

  艾米莉用具体的象征来表现爱情这一文学命题,有着明显的象征主义的特征。象征主义者追求永恒的思想,希冀从有限的现实走向无限的永恒。艾米莉在《呼啸山庄》中通过两种爱情的对比,描写了超越时空、超越一切物质关注、超越生死界限的永恒的爱。

艾米莉在《呼啸山庄》中将凯瑟琳对希斯克利夫的爱写到极致。凯瑟琳有几句道白,可以被看作是人类在表达爱情时的千古绝唱:"除了你以外,还有,或者是应该有另一个你的存在。在这个世界上,我最大的悲痛就是希斯克利夫的悲痛……在我的生活中,他是我的思想的中心。如果别的一切都毁灭了,而他还留下来,我就能继续活下去;如果别的一切都留下来,而他却给消灭了,这个世界对于我将成为一个极为陌生的地方。我就不像是他的一部分。我对林顿的爱像是树林中的叶子,我很清楚,在冬天变化树木的时候,时光便会变化叶子。我对希斯克利夫的爱恰似地下的恒久不变的岩石:虽然看起来它给你的愉快并不多,可是这点愉悦却是必需的。耐莉,我就是希斯克利夫!他永远永远地在我心里。他并不是作为一种乐趣,并不见得比我对我自己还更有趣些,却是作为我自己本身而存在的。""他(希斯克利夫)永远不会知道我多么爱他,并不是因为他漂亮,而是因为他比我更像我自己。不论我们的灵魂是什么做成的,他的和我的是一模一样的。"

《呼啸山庄》最根本的意义在于艾米莉对爱情的探索。如果把《呼啸山庄》仅仅看成是颓废与原始的生命力之间的对比,就太简单了。艾米莉揭示的是人物内心世界的复杂性。希斯克利夫和林顿代表两个矛盾体:希斯克利夫代表自然的纯真的爱情,而林顿代表社会建构的爱情。荒野的呼啸山庄代表大自然的力量和人类的真爱,希斯克利夫和凯瑟琳是不可分割的,其中一位的死亡就意味着另一个求生欲望的终止;而林顿代表现实生活中人们择偶时所看的价值。希斯克利夫身为孤儿,出身贫寒,没有受过教育;而林顿出身上层社会,受过良好的教育。希斯克利夫和林顿都对凯瑟琳有吸引力。

艾米莉刻画的凯瑟琳和希斯克利夫之间的爱是无以复加的。它具有一种激昂的抛舍意味,它置文化、教育以及世界于不顾。然而,她却受到她其实最不看重的事物的诱惑:财富与社会地位。这种追求是建立在看似有理的逻辑之上的。凯瑟琳之选择林顿,正是这种追求使然。然而,她拒绝了希斯克利夫,拒绝了她自己,拒绝了自己的本质,选择了与"本我"分离。凯瑟琳对林顿和希斯克利夫不同的爱,表现了表面的和内心深处的、令人惬意的和必不可少的爱情的区别。艾米莉用象征主义的手法将自然的与文明的、表面的与深层的关系加以对比，并由此道出了真理。

艾米莉似乎认为文明是破坏人性的，但是文明所带来的舒适、美好以及它对人类的诱惑却是难以抵御的，因此便有冲突发生。这种冲突也许与当时的社会状况相关。19世纪中期正是英国殖民主义扩张的时期，也是资本主义迅速发展的时期。在这个时期，现代工具理性的思想不断高涨，科学技术似乎给人们带来了无限的希望。与此同时，商业化和消费意识形态开始出现，追求财富和享受的欲望侵蚀着人们的心灵，人们越来越处于一种异化状态。于是，凯瑟琳出于想得到物质文明带来的舒适，违心地接受了林顿的婚姻。

浪漫主义诗人拜伦曾赞美荒野和人迹罕至的地方。像拜伦一样，艾米莉热爱大自然，热爱旷野。除此以外，她还热爱动物，和动物在一起她便不感到寂寞。艾米莉的人生经验告诉她，人世间是冷酷的（她的许多诗歌可以为证），所以她不追求人际的友情，而喜欢独处。小说《呼啸山庄》表达了艾米莉的心声。从某种意义上说，《呼啸山庄》表现了艾米莉所认为的爱情的"最高真实"。《呼啸山庄》中的爱情完全不同于一般小说中爱情的温柔、甜美。《呼啸山庄》中的爱情是狂暴的，超出性爱的，毫无任何形式的功利色彩。它是精神上的吸引，是灵魂的共鸣，是一种有着洗涤、净化的美学作用的高尚情感。

艾米莉并没有恋爱的记载，也就是说，她所书写的恋爱并不是建立在对现实生活中恋爱的认识之上的，而是她在没有任何亲身经历的情况下根据她的想象和表达需要而创作的。艾米莉为了作品能够有出版的可能，最初是以男性的姓名发表作品的（勃朗特三姐妹都有匿名发表的经历）。后来作者的真实身份被披露后，评论家对于生活在封闭的乡村里、人生经历几近于无的一个小女子竟然能写出如此激昂、充满激情的小说而颇感震惊。在这一点上，艾米莉也表现出明显的英国18世纪后期感伤主义的特征：推崇感情，忽略理智。

象征主义认为，外界事物与人的内心世界是互相感应的，每个事物都有其潜藏的象征意义，而物象则暗示着人物的所想所思。事实上大自然的力量是《呼啸山庄》的重要主题之一。在呼啸山庄中，大自然是有灵性的，大自然的现象和人们情感的自然流露融成一片。每个情节都是以大自然为背景而展开的，天气和场景不仅是故事背景的一部分，更是人间戏剧的一部分。它们与戏剧中的演员有不可分割的关系。正如莎翁的《李尔王》一样，无论什么不祥的事情要发生，天气总有预兆，所以小说中的细节充满了象征主义的意义。

在《呼啸山庄》中，大自然象征着自由。当几年后希斯克利夫重新闯入当时已经成为林顿夫人的凯瑟琳的生活时，凯瑟琳心中对希斯克利夫的爱情重新燃起。此时的凯瑟琳渴望自由。对于她来说，她在画眉山庄的房子无论是在真正意义上，还是在隐喻和象征的意义上，都成了监禁她的工具。病中的凯瑟琳希望能回到她童年生活过的呼啸山庄中自己的屋子这一细节，则暗示着她把回到过去作为一种解脱痛苦的方式。自由与监禁因而成为该故事的重要主题之一。当凯瑟琳和希斯克利夫在户外时，他们是自由自在的，在那里没有凯瑟琳哥哥的干涉，也没有世俗社会清规戒律对他们的约束。凯瑟琳在逝世前要求打开窗户，呼吸旷野的气息，这也说明艾米莉认为大自然象征着自由。艾米莉热爱荒野，在荒野中她是自由的，任思绪自由驰骋。荒野占据着这个故事，犹如荒野曾占据着艾米莉的生活。《呼啸山庄》中的象征主义特征如此明显，与其说艾米莉是在用文字叙述，不如说是在用象征暗示。象征比一般的故事言说更有力度，这在于象征的含意更加丰富，其意义能够随着读者的想象而延伸、扩展。

象征主义与其说是一种艺术形式，不如说是一种哲学，而哲学是一种生活态度。艾米莉对生活和爱情的理解是超凡脱俗的。也许正因为该小说超出了19世纪读者的阅读期待，对于19世纪的读者来说，《呼啸山庄》十分晦涩难懂，西方读者用了一百多年才读懂了《呼啸山庄》。综上所述，《呼啸山庄》是19世纪英国象征主义文学的杰作。

第二节　中国文化视角下的美国文学

一、中国文化对美国文学的影响

中国文化对美国文学的影响可以追溯到独立的美国文学真正产生的时期。虽然在此之前，中国文化就已经随着东西方政治、经济的往来传入了西方社会，但它对美国文学真正产生重要影响还是在19世纪，并主要是对以爱默生（Ralph Waldo Emerson，1803—1882年）和梭罗（Henry David Thoreau，1817—1862年）为代表的超验主义者产生影响。

范文澜先生曾说："孔子和儒家学说无可置辩地是中国封建文化的主体。"因此，我们谈中国文化对美国文学的影响也首先要谈儒家思想对美国文学的影响。孔子的著作早在17世纪就被译成多种外国文字，在18世纪末19世纪初的美国，孔子的经书"就有六七种文本"。

爱默生在其思想的形成过程中创造性地接受了孔子思想的影响，我们至今仍然能看出他的主张与孔子的学说有许多契合之处，比如他们对于超自然的"天""神"的信仰，对于人性本质的了解，对于修身养性的提倡，对于自然界所蕴含的意义的认识，以及对于"中庸之道"的遵守。超验主义的另一位大师梭罗也接受了以孔子为代表的儒家思想，在关于个性发展的潜力、个性发展的必要性和迫切性方面，梭罗的思想都同儒家思想不谋而合。他在长篇鸿作《瓦尔登湖》（Walden）中先后引用儒家语录十处，处处引用得自然得体，可见他对中国古典哲学思想的了解和认同。

但是，爱默生和梭罗虽然同为超验主义的大师，又同时接受了儒家思想的影响，但是从他们对儒家学说的不同的兴趣点上，我们可以看出儒家思想对爱默生和梭罗产生了不同的启迪。"基本上，爱默生对于人性的成长仍持浪漫的观点；自我的实现和提升，乃透过直观本能以为媒介；自然无须身体力行或做任何心灵的磨炼。也就是说，不必历经沉潜深思的过程，人类自能迸发出神秘且又无穷的潜能。相反地，梭罗一贯认为唯有藉诸有形的纪律规范，驾驭或陶冶感官意识，始能企及自我的成长。梭罗所拳拳服膺的哲学……其最终目的是要人类摒弃世俗的欲望和野心，超越尘寰，直至真理之道。"于是，我们看到了爱默生的乐观和浪漫，也看到了梭罗的现实和忧患。爱默生和梭罗身处美国文学和美国文化诞生的时期，他们都力求美国文学彻底摆脱欧洲文化的束缚，于是自觉地从欧洲以外的文化中汲取优秀传统。儒家学说能够在此时影响文化整合时期的美国，可见中国古代哲学思想所具有的普遍价值和意义。

19世纪另一位重要的美国作家埃德加·爱伦·坡（Edgar Allan Poe，1809—1849年）也曾经对中国文化发生过兴趣。评论家理查德·本顿证实说，坡曾读过一本中国小说，坡本人在《怎样才能写成一篇投向〈布莱克伍德〉杂志的文章》里谈到过该小说。本顿还说，坡还曾阅读过一篇由英国汉学家约翰·弗朗西斯·戴维斯撰写的关于中国戏曲的文章。但除此之外并无其他证据表明爱伦·坡对中国文化有过直接的接触和借鉴。

19世纪还有一位美国作家我们不能不提及，他就是美国现代诗歌之父华尔特·惠特曼（Walt Whitman，1819—1892年）。惠特曼在他所著的《只言片语》（Notes and Fragments）中曾两次提及孔子，他还保存着相当数量的关于中国的报刊剪辑文章。在惠特曼的葬礼上，他的一位朋友还诵读了孔子著作的片段以示哀悼。曾有学者指出，惠特曼的哲学思想同我国古代的老庄思想有相似之处，但由于我们尚不能找出真凭实据来证明惠特曼接受了中国文化的影响，所以在这部书中我们也没有专门讨论惠特曼与中国文化的关系。

19世纪是美国文化和美国文学炼铸成形的时期，中国古代的哲学思想和文学、文化能够在此时以较大的规模传入美国并产生影响，这充分显示了我国古代文化经久而广泛的魅力。

从20世纪初到第二次世界大战，虽然只有短短50年的时间，但这一时期整个世界政治、经济的发展是非常迅速而且具有革命性的。文学，作为反映政治和经济生活的手段，也在发生着翻天覆地的变化。人们需要一种新的文学形式表达日益变化的社会生活，所以，在这一时期，文学作品无论在内容还是在形式上都发生了巨大的变革。西方学者为摆脱传统的束缚、为探索新的表达方式，必然转向他们所熟悉的文化传统以外的东方世界去寻找出路。因此，这一时期的文学作品更加反映出西方学者所接受的东方文化的影响。这一时期的美国文学也同样更大程度地展示了它兼收并蓄的广博胸怀。

我们首先要提及的便是产生于20世纪初的英美意象派诗歌运动。这个诗歌流派产生在英国，但被美国诗人繁荣和推广。我们可以说，现代和当代的许多诗人都同这一诗歌流派有过这样或那样的联系。也有许多诗人是以写意象诗开始文学创作生涯的。意象派成为一所培训学校，培养了一大批年轻的诗人和文学家。更重要的是，它开创了一代新诗风。诗人们不必再去用缠绵悱恻的诗句表达个人的情感，而是用意象的手段直接地去表现社会生活。意象派是20世纪初最为重要的诗歌流派，它同中国古典诗歌有着千丝万缕的联系。它是在中国古典诗歌的影响下产生的，许多意象主义诗人都曾热衷于中国古典诗歌的翻译，这其中包括庞德（Ezra Pound，

1885—1972年)、洛厄尔（Amy Lowell, 1874—1925年）和弗莱契（John Gould Fletcher, 1886—1950年）。意象派的喉舌刊物《诗刊》（*Poetry*）也在介绍中国诗歌方面作出了突出的贡献，它的主编哈丽特·蒙罗（Harriet Monroe）和副主编尤妮斯·蒂金斯（Eunice Tietjens）都曾积极地参与介绍中国诗歌的活动。意象派诗人不仅翻译中国古典诗歌，而且还模仿中国诗歌的形式进行诗歌创作。意象派诗歌的繁荣与中国诗歌的西传在时间上是一致的。所以我们可以说，意象主义者在中国诗歌中找到了最好的表达情感的方式，中国古典诗歌的西传促进了意象派诗歌的繁荣，从而帮助他们培养了一大批美国新一代的诗人。

现代美国诗人中另一位不容忽视的人物是艾略特（T. S. Eliot, 1888—1965年）。虽然我们无法找到证据证明艾略特直接接受了某位中国作家或文学流派的影响，但我们从他的诗作和诗歌理论中却清晰地看到了中国文化影响的存在。艾略特关于"非个性化"的诗歌理论似乎总结了中国古典诗歌中那种"无我"的境界，而他提出的寻找"客观对应物"的理论也似乎是呼应了中国古典诗歌中随处可见的含蓄、凝练以及中国古诗所追求的境界。

在现代美国文学史上，值得一提的诗人还有威廉斯（William Carlos Williams, 1883—1963年）、史蒂文斯（Wallace Stevens, 1879—1955年）和林赛（Vachel Lindsay, 1879—1931年），他们作品中的中国影响也是清晰可见的。地地道道的民族主义者威廉斯一直坚持创作"美国诗"，他继承了惠特曼创立的诗歌传统，终生都在创作美国本土诗。从来不愿承认外来影响的威廉斯在晚年也流露出了对中国诗的热情，并为雷克斯罗思（Kenneth Rexroth）译的《中国诗一百首》撰写了一篇"热情洋溢的序言"。他得出结论说，中国诗是最适合于用美国本土语言来表达的。被美国当代年轻诗人奉为诗歌之父的史蒂文斯在文学创作领域可谓大器晚成，因为他发表第一部诗集的时候已经44岁了。但他的诗歌的表现力和他对中国艺术品的独特兴趣使他的诗作呈现出一种特殊的魅力，中国人的形象经常地出现在他的诗作中。林赛则是一位游吟诗人，他的"中国夜莺"诗不仅给他带来了巨大的声誉，还奠定了他在美国诗坛的历史地位。他自己也坦诚地说，中国所具有的"持续的力量"使中国成为他"多年以来思想中喜爱的主题"。

我们通常把第二次世界大战之后的美国文学称为当代文学，这一时期的美国文学呈现出纷繁的发展态势。从20世纪50年代到60年代，美国历史上一度出现了黑山派、垮掉派、自白派、新超现实主义等众多的文学流派。在这些流派中，除了自白派同中国文化的联系比较小外，其他的流派都或多或少同中国文化有内在联系。

纵观美国文学的发展历史，我们发现，每当美国学者想要摆脱欧洲传统的束缚、寻求思想上的独立的时候，他们就会转向以中国为代表的东方文化去寻找力量和可以借鉴的东西。中国时常成为美国作家的精神寄托、心理慰藉和思想归宿。中国文化的传统贯穿了美国文学发展史的始终。我们甚至可以说，没有中国文化，就不会有美国文学的今天。应该明确的是，中国文化尤其是中国古典诗歌和中国古典哲学思想，对美国文学的发展的确起到了非常重要的作用。诗人雷克斯罗思曾说："唐朝和宋朝往往表明中国文学也许能成为人类所能达到的最高文学的一种，但在二次大战结束之后，美国文学，特别是美国诗歌，日益分成受中国影响的和非受中国影响的。如果不搞清楚这点，对整个一代的文学潮流就难以理解。"可见，中国古典诗歌对美国文学的影响是广泛而深远的。但我们也应该清楚，美国文学仍是美国式的，仍是具有美利坚民族特色的。发展和繁荣需要基础，而对于美国文学来说，这一基础即是美国特色。也许，兼收并蓄了中国文化的美国文学更加显现出它那博采众长的多民族性。这是东西方文化碰撞、交流和融合的结果，是时代发展的必然趋势。而人类文明，正是在这样一个碰撞、交流和融合的过程中，才能有所发展，有所进步。

二、爱默生与孔子

拉尔夫·沃尔多·爱默生（Ralph Waldo Emerson，1803—1882年）是美国历史上最为重要的思想家之一，他的理论和学说对美国文学产生的影响是深远而巨大的，对于独立的美国文化的确立，甚至对于美国民族性格的形成，都起到了重要的作用。可以说，没有爱默生，就没有今天的美国。爱默生是思想的解放者，是传统宗教的背叛者。他是诗人、文学家，同时也是哲学家、思想家。在他的思想历程中，儒家思想起到了关键性的作用。

爱默生的传记作家曾称他是"美国的孔子,新英格兰的琐罗亚斯德,马萨诸塞的佛陀"。其实,年轻时的爱默生对中国的认识是相当肤浅的。1824年,他在《日记》中写道:"中国,可尊可敬但迟钝呆笨,白发苍苍的傻瓜。"但此时,中美贸易的进一步发展和不断涌入的中国移民浪潮都使得美国人不得不开始认真对待中国文化。

爱默生和孔子生活在完全不同的两个社会历史阶段。孔子的哲学思想曾经为中国古代许多朝代的统治者所利用和推崇,爱默生的思想在美国历史上也曾产生了经久不衰的影响,那么,爱默生对孔子的学说都有哪些认同呢?

第一,关于"超灵"。

在孔子的学说体系中,关于"神"的论述并不多,但他的思想归根到底保留了西周的"天""神"等思想,这其实也是孔子的学说之所以带有神秘主义色彩的原因。《中庸》第一章就说:"天命之谓性。"

在《论语》中,我们还读到了另外一段话——"子曰:'天生德于予,桓魋其如予何!'"这段话讲的是孔子带学生周游列国时经过宋国,被宋国主管军事行政的司马桓魋所追杀。孔子的弟子劝他快跑,孔子却说:"我的品德是上天赋予的,桓魋能把我怎么样呢?"

从上面的两个例子中我们可以看出,在孔子的心目中,人的品德是上天所赋予的。冥冥中上天的存在无疑保护着人在现实世界的生存。孟子在继承孔子学说的基础上,在《告子上》中进一步阐述了这一观点。他说:"心之官则思,思则得之,不思则不得也,此天之所与我者。"这个人性乃天赋的观点是儒家思想的基础,孔子的其他学说都是建立在这一基础之上的,实际上,他的整个理论体系都是建立在"道德的人生活在道德的世界上"这一设想之上的。我们可以说,没有这一理论,儒家思想就失去了存在的前提。

爱默生理论的基础是上帝的存在,爱默生关于上帝之存在的思想几乎贯穿他的整个学说体系。他在《论自然》一书中说:"正如植物依恋着大地,人依偎在上帝的怀抱。"

在爱默生看来,上帝的存在不以任何人的意志为转移,他通过物质世界,尤其是自然界,向人们展现着他的力量、昭示着他的存在。在爱默生的眼里,上帝是无处不在,无所不能的,他拥有一种扬善抑恶的力量,这种力量是凡人所不具备的，因此，爱默生把它称之为"超灵"。超灵就是统辖宇宙的唯一心灵，唯一意志，万物从中产生并相互配合："只有一个心灵，每个人都是通向它的走廊，祈祷是它的地址，宗教是这一心灵的自尊。"正是由于"超灵"的存在，大自然和人类才能融为一体。在《论自然》中，爱默生在谈及宗教经典时曾说过这样的话："每一部经典都应该由产生它的同一个精神来解释。"爱默生所说的同一个精神就是"超灵"。

爱默生提倡对精神事物和上帝的直觉感悟，他本人的亲身经历也向我们诉说了人与上帝结合为一体的可能性。任何人只要足够虔诚专心就能够同上帝融为一体，感知他的存在，从而凭借上帝的力量实现自我的完善。

第二，关于人性。

孔子关于人性的论述是他对于传统哲学思想的发展和创新，而人性的内容也恰恰是爱默生学说的中心。人性的观点是同"超灵"的存在密切相关的，只有在"超灵"的庇护下，人性才有可能健康地发展。

孔子在《论语》中说过一段著名的话："子曰：'性相近也，习相远也。'"大意是说，人的本性都是相近的，只是由于习俗的不同便相距越来越远了。换句话说，人虽然各自的性格不同，但从根本上讲，本性都是善良的。在孔子的思想中，"仁"和"德"的观念是至关重要的。

爱默生不仅接受了儒家关于人性本善（"身心中的纯洁性"）的观点，他同时也接受了孟子在文中所使用的比喻，即：水往低处流，这是不以人的意志为转移的客观规律。爱默生还进而发展了孟子的比喻，他解释说，尽管人们可以把石块抛向空中，但它注定要落到地上，这也是不以人的意志为转移的。同样，人的本性归根到底是善良的，不管客观环境会如何改变它，人的本性仍然会保持善良的特性。这一点也是客观规律。

第三，关于修身。

儒家思想中关于"修身"的内容很多，因为孔子思想的根本是"仁"和"德"，而要做到这两点，就必须首先"修身"。

爱默生理论的中心也是关于"自立"和"修身"的论述。他曾说过："在我所有的演讲中，我仅讲了一种学说，即个人的无限潜力。"他还说："我听我的先师说，人的潜力是取之不尽，用之不竭的。"在爱默生看来，人是上帝依照自己的形象创造出来的，因此，人与上帝只差毫厘。每一个人都是上帝的体现，上帝存在于每一个人的身上，人应该，也只有依靠自己。他知道，虽然丑恶与痛苦都是存在的，但它们的存在是暂时的，灵魂总是完美的。人世间"超灵"的存在会"使善者益善，恶者变善"，"善终究会战胜恶，天使总比魔鬼强大"。

爱默生是典型的个人主义者。他崇尚自由和民主，推崇个人奋斗和以自我为中心的思想。但事实上，爱默生并不是在唯我独尊，恰恰相反，他是在为我们树立一个自立的榜样。与孔子一样，爱默生也认为每一个人都是有可能达到他那样尽善尽美的程度的。

爱默生对现实的人是充满忧虑的，正如孔子对当时的芸芸众生充满忧虑一样。在爱默生的眼里，现实的人被物化了。他们整日庸庸碌碌，被日常的事务所缠绕，也因此陷入世俗生活不能自拔。他们看不到生活的意义，看不到劳动的价值，他们仅仅具备了农民、商人、牧师、律师、机师、水手的外壳，而不是真正意义上的"人"。在爱默生看来，人应该从日常生活中寻找到乐趣和意义，生活中的一切都是学习和修身的手段："苦役、灾难、激恼、贫困，都教给我们辩才与智慧。一个真正的哲人舍不得轻轻放过每一个做事的机会，认为少做一件事就是损失一点力量。"

爱默生坚信，每一个人面临的机会是均等的，只要自己努力，便可获得成功，个人开发自我和发展自我的可能性是无限的。通过开发和发展自我，人类将达到他们理想中最完美的境界。而个人的发展完善将带来整个社会的复兴。

第四，关于自然。

儒家对于自然的象征意义是很敏感的，我们在儒家的经典著作中会有所了解和认识；而自然的象征意义也正是以爱默生为代表的超验主义者所关注的内容。事实上，不管是孔子、孟子，还是爱默生、梭罗，他们的思想和观点都是通过对大自然的认识表达出来的，可以说，他们对于大自然的诠释是他们阐述哲学思想的手段和途径。

在对于自然的理解上，最典型的例子是他们对于河水的认识以及对于河水具有的象征意义的共识。《论语》记载了一段有关河水的著名言论："子在川上曰：'逝者如斯夫！不舍昼夜。'"说的是孔子站在河边，望着脚下川流不息的河水，对宇宙和人生发出了感叹。爱默生显然是受到了孔子的影响，因而说过一段与孔子的思想貌神皆合的话："我在自己的想象中似乎站在岸边，望着永不停息的流水，水中漂流着具有各种形状、颜色和特性的物体；它们流逝过去，我也无法把它们阻留住。"

没有人能否认爱默生对孔子思想的认同，他不仅接受了孔子对于河水的理解，甚至还接受了孔子的表达方法。当然，爱默生对于自然的理解更为系统，大自然在爱默生的眼中代表了上帝。前文已经说过，爱默生笃信上帝的存在，他认为上帝创造了整个世界，与此同时也赋予自然界以意义，自然界就是上帝的化身。爱默生于是把自己最为重要的著作命名为《论自然》。在《论自然》中，爱默生详细论述了自然界是如何蕴含了上帝的意志的。他说，"自然界的每一物象都与精神的某一状态相对应，而精神世界的这一状态又必须通过展现自然界的那一物象来描述"；"物质和精神的这种关系不是某一诗人凭空想象的，而是上帝意志的体现"。

孔子把河水同"天"联系起来，爱默生则把河水同"神"联系起来。在孔子的思想中，天、人是合一的；而在爱默生的思想中，上帝的意志就体现在自然界当中。

第五，关于"中庸之道"。

"中庸"是孔子思想中另一重要的概念，是儒家一个重要的道德准则和处事方式。孔子说："中庸之为德也，其至矣乎！民鲜久矣。"爱默生和孔子的思想有着强烈的共鸣。在1843年，爱默生就在日记中写道："孔子提倡中庸的法则。"在1868年欢迎中国使团的演讲中，他还特地谈及孔子提倡的"中庸之道"，并指出，孔子提出这一思想要比耶稣提出的"为人准则"早五百年，这是人类思想史上最为珍贵的成就。在《经验》一文中，爱默生也曾说："中间世界最好。"爱默生似乎在向我们表明，"现在的我们"在人类历史的长河中只是短暂的一瞬，但这一瞬从整个历史的角度上看便是一个中间地带。在爱默生的眼里，这个中间的位置是最佳位置。

爱默生指出，人们视艺术家、演讲家、诗人和学者为神圣的人，这也是有距离的因素在内的。如果人们过于近地观察他们，就会发现他们的生活还不如机师或农民的生活美好。于是，就会只看到事实的一部分而得出结论说他们的生活很空虚、没有活力；就会得出结论说他们是生活中的失败者，他们是骗子而不是英雄；也会得出结论说这些所谓的艺术不是为人类服务的，而是会给人类带来灾难。爱默生说，这样的做法显然是夸大了某一部分而忽视了另一部分造成的。他总结说："人要永远按中庸的原则做事，他的行为举止就如同走钢丝。聪明的人智慧过了头也会变成傻瓜。"爱默生的言论不能不使我们想起汉语中"大智若愚"的说法。任何事情做过了头都会使整个形势走向反面，这也是我国古代所谓"阴""阳"可以相互转换的根本道理所在。

爱默生是美国历史上第一位重要的思想家，他的思想体系对于美国文化和美国文学的确立和发展起到了奠基的作用。他兼收并蓄了诸多文化传统，尤其是创造性地接受了孔子的思想，这一事实充分说明以孔子为代表的儒家学说对美国文化产生的影响是极其巨大的。

三、威廉斯、史蒂文斯和林赛诗中的中国主题

威廉·卡洛斯·威廉斯（William Carlos Williams，1883—1963年）、沃雷斯·史蒂文斯（Wallace Stevens，1879—1955年）和维切尔·林赛（Vachel Lindsay，1879—1931年）是美国现代诗歌史上比较重要的三位诗人。我们把他们放在同一节中讨论，并不是因为他们之间有某种联系，而是因为他们不约而同对中国诗歌的倾慕和模仿。

（一）地道的民族主义者——威廉斯所接受的中国影响

1909年，威廉斯出版了他的第一本诗集《诗》（*Poems*），这本诗集虽然仅以每本2角5分的价格售出了4本，但却成为威廉斯文学创作生涯的开端。他在书的题词中借用英国诗人济慈（John Keats）的诗句写道："幸福的歌唱家永远歌唱永远新鲜的歌曲。"这似乎成为他今后创作的座右铭。

威廉斯通常被看作是意象派诗人，他的代表诗作有：《红色手推车》《正当猫爬上去的时候》《五月槐花开》等。威廉斯同意象派的往来得益于他同庞德和杜利特尔（Hilda Doolittle）的交往和友谊，威廉斯创作的《红色手推车》使他赢得了手推车诗人的赞誉，整首诗就是一幅由意象组成的画面：红色的手推车、闪亮的雨水和白色的小鸡。由这三个事物构成的农家院落的图画给读者留下了深刻的印象，这画面宛若一幅水彩画鲜亮无比。没有人能够否认这首诗表现的意境同中国古诗的相似之处。

威廉斯参加意象主义活动不久就意识到了它的局限，他说："我们有过'意象主义'，它很快就结束了……它已经变成了所谓的'自由体诗'，

我们可以看到，这是一个错误的概念。没有自由体诗这种东西！诗总是有某种格律的。"他对意象主义的无形式、无目的很不满意，于是便提倡"客观主义"，但他从未给它下过明确的定义。也有评论家认为，威廉斯是唯一的一位一生坚持写意象诗的美国诗人。也许正是因为他同意象派的联系才使我们认真地思考威廉斯同中国诗歌的关系。但是，威廉斯一向拒绝承认他所接受的外来影响，所以我们无法从他自己的话中找到影响的佐证。评论家已经注意到威廉斯作品中的中国影响，但威廉斯本人"直到晚年才透露出他对中国诗的热情"。他为雷克斯罗思译的《中国诗一百首》写了一篇"热情洋溢的序言"，称这本诗集是他"有幸能读到的用美国本土语言写的最精彩的诗集之一"。威廉斯还高度赞扬杜甫的诗，称杜甫的诗简朴轻巧，有一种英美诗歌中所缺乏的简洁硬朗的风格。威廉斯在晚年还曾同大卫·拉菲尔·王（David Rafael Wang）合译中国诗选《桂树》（*The Cassia Tree*），刊登在《新方向》（*New Directions*）丛刊上。值得我们思考的是，在译诗的前言中，大卫·拉菲尔·王也指出，他们译的这些诗是"用美国本土语言进行的再创造"。看来，用美国本土语言创作出来的诗是威廉斯所赏识的，也是他所提倡和遵循的原则。而他又用同样的词语描述中国诗，所以我们可以得出结论说，在威廉斯的眼中，中国诗是最适合于用美国本土语言来表达的。

  在创作生涯中，威廉斯一直把艾略特当作自己的劲敌。评论家大多承认这一点，威廉斯本人也十分坦率地承认这一事实。他在《自传》中说，艾略特的《荒原》"抹去了我们的世界，犹如投下了一枚原子弹……"，他十分沮丧地"看着艾略特，那个傻瓜，把我的世界带到了我的对立面"。虽然威廉斯在世时就已经赢得了社会的关注，但他真正赢得较高的声誉还是在艾略特去世之后。郑敏说，美国诗歌此时由艾略特时期发展到了威廉斯时代，这个新阶段堪称"后现代主义"，它更深入地揭示自然，更彻底地打破传统。它"既不像古典主义及西方现实主义那样模仿自然，也不像浪漫主义那样将自然（或现实）虚幻化，缥缈化，更不像纯理念主义那样将现实'美化、理想化'，以迁就自己所要宣传的伦理道德"，而是要在作品中"呈现一个坚实的、具体的、复杂的、多层的现实"。威廉斯正是这样从具体的现实世界出发，"在特殊性中发现普遍性，发现现实世界与精神世界的关系，古与今的关系，用自己独特的方法表达富有创见的思想"。

这种直接呈现、让事物自己说话的方法不正是中国古典诗歌所追求的意境吗？威廉斯讲究的不过分雕琢、不用典故和隐喻、运用现代美国口语的诗歌创作原则，同中国古典诗歌追求的淡泊、直白、语言简洁但意境深远的风格不是相同的吗？

威廉斯对于美国60年代之后产生的当代各种诗歌流派都曾产生过不同程度的影响，这从另一个侧面也解释了为什么我们在美国当代诗坛也看到了中国文化的深刻影响。

（二）中国花瓶——史蒂文斯笔下的中国人形象

史蒂文斯在美国现代诗歌史上的地位是很稳固的。他生前就在二十世纪文学史上赢得了重要的地位。他一直是年轻诗人的榜样，所以有越来越多的读者喜欢他的作品。当代诗人西奥多·罗特克（Theodore Roethke）曾在一首诗中说："噢！弟兄们，他是我们的父亲！"罗特克的诗句表明了青年一代对史蒂文斯的敬佩和仰慕之情。评论家摩尔（Geoffrey Moore）曾把史蒂文斯比作唯一能同艾略特相比的"我们这个时代的英雄"。

史蒂文斯很重视语言的表现力，他的诗歌常常是意象鲜明，意境朦胧，具有中国古典诗歌的韵味。史蒂文斯还非常重视诗歌的感官效果，他的诗作具有一种绘画和音乐的美。"蓝色在他的诗作中是天的颜色，常代表想象、愿望；绿色代表大自然的生命活力；红色代表生命力和生殖力……"这些视觉形象给读者带来的印象是深刻的，也使史蒂文斯的诗作富有强烈的冲击力。

史蒂文斯很早就对中国诗歌表现出了兴趣。他在1909年给未婚妻的信中就曾引用王安石的诗。史蒂文斯对于中国文化的兴趣表现在他对中国的艺术品——尤其是绘画和瓷器的关注，他的早期诗作明显地反映出他从中国艺术中寻找到的灵感。1916年5月26日，史蒂文斯在给《诗刊》主编哈丽特·蒙罗的信中说："我们投射出自己的心绪、情感等，影响了自然物。"接着他以下面的诗为例："一位北京老人/观察日出/在渐渐变红的北京。"

一位北京老人在北京静静地观看日出，这一画面为史蒂文斯所难忘，并被他用来作为证明主观世界如何影响客观世界的例证。把关于中国的情景作为阐释他创作原则的样板，可见史蒂文斯对于中国文化的情结。从此,中国人的形象便不断地出现在史蒂文斯的诗作中。

评论家当然对史蒂文斯诗作中的中国人形象和中国背景也有所重视和研究。中国诗中那种基于对现实生活深刻理解的宁静气氛影响了史蒂文斯,但是史蒂文斯诗作中表现出的宁静同中国诗中的宁静还是有差距的:"中国诗歌总的说来是基于伟大的人性主义传统和宗教传统;它那平静的力量和平和的气氛经常仅仅是一种深刻理解的副产品。它体现出的享乐主义思想同沃雷斯·史蒂文斯所特有的美国式的宁静相比不只是目的,更是一种作用。"但孟森先生(Gorham B. Munson)说:"无可否认,他既受到法国诗的影响,也受到中国诗的影响。……由于他这种训练有素而且行之有效的细腻作风,史蒂文斯一直被人称作是中国式诗人。"

(三)中国夜莺——林赛笔下的中国题材诗

林赛出生在美国伊利诺伊州的斯普林菲尔德,从小就熟悉美国中西部地区的生活。他曾就读于海莱姆学院(1897—1900年),后又在芝加哥和纽约学习艺术。从学校辍学后,林赛没有找到合适的工作,于是他决定成为一名游吟诗人。他居无定所,日夜游浪在美国的东南部地区,过着一种"背诗换面包"的生活。这期间,他创作出《笑铃之树》(The Tree of Laughing Bells,1905年)以及《换面包的诗》(Rhymes to be Traded for Bread,1912年),但一直没有引起评论界的重视。直到1913年他的第一部诗集《威廉·布思将军进天堂》(General William Booth Enters into Heaven and Other Poems)和1914年他的第二部诗集《刚果河及其他》(The Congo and Other Poems)的发表,林赛才真正出现在文学界。这两部诗集中体现出的鲜明的意象和强烈的节奏使林赛迅速成为新潮诗歌的代表。

林赛的第三部诗集《中国夜莺及其他》(The Chinese Nightingale and Other Poems,1917年)标志着林赛的诗歌创作达到了顶峰。这部诗集中的"中国夜莺"(Chinese Nightingale)和"野牛的幽灵"(The Ghost of the Buffaloes)两首诗被公认为林赛的巅峰之作,诗作中表现出的意象美和音乐美都是林赛后来的诗作所不能超越的。

林赛认为,诗歌应该为大众服务,不应该鼓吹"为艺术而艺术"。林赛在游历美国的过程中曾大肆宣讲"美的福音",后来还曾把自己的言论收入集子出版。他主张要为"宗教、平等和美"的口号而奋斗。这种社会批评家的角色却不为林赛同时代的人们所理解。

　　林赛的成名作反映出他所接受的中国文化的影响。1915年，林赛在《诗刊》杂志上发表了《中国夜莺——壁毯上的故事》（Chinese Nightingale: Story on Chinese Tapestry）。两年后，当林赛把自己创作的诗合成一个集子出版的时候，麦克米兰出版公司建议用《中国夜莺》作为诗集的名称，可见这首诗在林赛早期诗作中的分量。《中国夜莺》在《诗刊》杂志上刊登后，竟然击败了刊登在同一年《诗刊》杂志上的艾略特的名诗《普鲁弗洛克情歌》（The Love Song of J. Alfred Prufrock）而荣获该杂志颁发的一个诗歌大奖。这一事实不仅说明林赛的诗在当时影响之大，而且也说明《诗刊》的主编哈丽特·蒙罗的审美倾向。由于对中国文化的热爱，蒙罗当然更偏爱林赛诗中鲜明的意象和对于中国文化的观照。评论家贝拉曼（Henry Bellaman）曾说："蒙罗小姐看出林赛早期诗之可爱，也发现《中国夜莺》那种令人难以忘怀的魅力，这首诗肯定是当代最出色的诗之一。"

　　林赛对于中国文化的热情和兴趣影响了其他的芝加哥诗人，使得中国文化的影响深入到了美国新诗运动的各个方面，林赛的作用是不容忽视的。诗人威廉·罗斯·贝尼特（William Rose Benet，1886—1950年）在给林赛的诗体信《致中国大使阁下》（To His Excellency, The Ambassador of China）中对林赛给予了很高的评价，可以说，林赛在诗歌中建造的"中国长城"同现实的长城同样具有标志作用和象征意义，也将同样长久地留存人世。

四、斯奈德的寒山诗与禅宗诗

　　加里·斯奈德（Gary Snyder，1930—　）是美国当代最为重要的禅宗诗人，他翻译的中国诗人寒山①的诗作虽然在数量上并不多，但却是当代最有影响的译作。我们谈及中国文化对当代美国文学的影响，就无法回避斯奈德翻译的汉诗作品以及他自己创作的禅宗诗。当代另一位重要的诗人雷克斯罗思（Kenneth Rexroth）曾在他那本著名的《二十世纪的美国诗歌》（American Poetry in the Twentieth Century）中称赞斯奈德是"同辈诗人

---

① 寒山亦称"寒山子"。

第二章 中国文化视角下的英美文学

中最博学、最有思想、写诗最游刃有余的人"。

斯奈德对中国文化产生兴趣是在他很小的时候。1977 年 4 月，在接受《东西评论》(*East West Review*) 杂志记者的采访时，斯奈德回忆了他最初对于中国文化的痴迷："当我十一二岁时，在西雅图博物馆的中国陈列室里第一次看到中国的山水画。当时我真呆住了！惊讶的原因很简单：书中描绘的就像瀑布区的景色——白练、古松、白云、飞雾都同美国西北部的山水十分相像。中国人眼中的世界与我看到的不谋而合，而隔壁陈列室里的英国与欧洲风景画对我却毫无意义。这次体验虽然没有给我什么伟大的启示，但却在我心中种下了一份对中国文化直觉而深刻的尊敬。"

看来，是中国诗歌培养了斯奈德对于大自然的热爱，甚至对他的人生观都产生了至关重要的影响。为了更深入地了解中国诗歌的美，斯奈德不惜下功夫学习古汉语。

斯奈德在刚刚步入诗坛的时候就结识了诗人雷克斯罗思。斯奈德和许多青年诗人一道经常在周末到雷克斯罗思的家中聚会，或朗诵诗歌作品，或讨论诗歌创作问题。可以说，斯奈德受雷克斯罗思的影响是很深的，他曾称雷克斯罗思是一位"伟大的教化者"。如果说斯奈德在十一二岁的时候首先迷上了中国山水画表现的意境，在十八九岁的时候又被中国诗歌那特殊的魅力所吸引，那么，在他成年开始认真研究中国诗歌、学习汉语之后，他便对中国诗歌产生了一种思想上的共鸣、认同以及执着的追求。这种共鸣和认同是积极的、理性化的，这种追求是成熟的、富于理智的。

斯奈德翻译的寒山诗在数量上并没有惊人之处，他也并不是历史上第一位翻译寒山诗的诗人，但现在看来，斯奈德的译诗影响最大。评论家菲克勒（Herbert Fackler）在比较了几个译文后，曾称斯奈德的译诗具有"清晰的视觉意象"和"现在分词"与"趣味词汇"的连用，是一篇"意义重大的文学作品"。斯奈德的译诗之所以影响巨大，究其原因，也许是由于斯奈德本人的生活经历同寒山子最为接近吧。他的生活方式、思想基础都是一个地地道道的美国的寒山。对于斯奈德个人生活的兴趣促使人们深入地研究他所译的寒山诗。

寒山子出生在我国唐朝长安城的一个富裕家庭。少年时代，他深受儒家"学而优则仕"思想的影响，学文习武，希望科举入世。可十几年过去了，投考的连续失败使他一贫如洗，反而受到周围人的冷落。寒山子终于离家出走，开始了风餐露宿的流浪生活。寒山子对政治的见解、对社会的抨击和对自然的热爱都使斯奈德感到亲切，他自己的生活经历同寒山子的经历也有着相似之处。

斯奈德在寒山子的 300 余首诗作中选择了 24 首，这种选择也反映出译者本人的文学倾向和欣赏角度，在某种程度上说，这些译诗是斯奈德再加工、再组织、再创造的结果。浏览斯奈德翻译的寒山诗我们会发现，斯奈德基本上抓住了寒山子诗歌的主要特征：对比的结构、融儒家思想和道家思想为一体的主题，还有经常在寒山诗中出现的寒山、道路、月亮等意象。奚密先生在分析了斯奈德翻译的寒山诗的主题和结构后说，"我以为斯奈德的译文相当信实，尤其在景色的描写上颇能捉住原诗的精神。"

斯奈德最初读到寒山的诗是在 1949 年。当时他刚刚从山区归来，读到寒山的诗便立即对诗中描写的自然景观产生了共鸣："当我回来以后，我满脑子装的仍是山里事。当我读进寒山诗中，当他说到潺潺溪水，或是提及松风树鸣时，我不只是在想英文的松、风，然后再想汉语的松、风，我听到了它，听到了风声……"

于是，在他翻译寒山诗的时候，便发现"自己忘记了中文，进入到诗中所绘景物的深深的内心显化中去了"，因为寒山诗"恰好标明了我当时的诗歌走向"。

斯奈德翻译的寒山诗刊登在 1958 年的《常青》杂志上。第二年，斯奈德出版了诗集《石砌的马道》，这是他的第一本诗集。1965 年，斯奈德把自己翻译的寒山诗同他第一部诗集中的诗作合并一起再次出版，取名为《石砌的马道与寒山诗》（*Riprap and Cold Mountain*），这不能不让我们仔细思考寒山子的诗作对斯奈德的影响。

斯奈德对寒山诗作中反映的主题有着了解和认同。在他自己的诗作中，我们似乎也可以找到寒山子的影子。斯奈德善于运用意象并置的手法，而这种手法是中国古典诗歌中最常用的手法之一。意象并置形成的意境和氛围使得诗作犹如山水画纯朴、静谧、深远。斯奈德的诗作着重表现"蕴藏在山野里的'野性'"，正因为他的诗作中表现出的略带宗教思想的禅意，叶维廉先生曾得出结论说，斯奈德在当代美国诗人中，无论哲学、气韵、风格都最接近唐代诗人王维。

斯奈德把禅宗思想融汇到了自己的诗作中。他在日本生活了很长的时间，精通日语，了解禅宗思想，可以说是一位"东方通"。他在回答《当代美国作家词典》编者的问卷时，把杜甫放在他最欣赏的诗人的第一位，说司马迁是他最喜欢的作家之一，并把红楼梦里的女性形象列入他所喜爱的作品人物之中。从他的回答，我们不仅可以看出他对中国文学的了解，还可以看出他所受到的雷克斯罗思的影响，因为雷克斯罗思是最推崇杜甫诗作的。经我国学者区供统计，斯奈德的诗作里直接引用中国典籍的就有51处。

斯奈德接受的禅宗是融合了中国古典哲学思想的。他把禅宗思想同道家学说、佛教传统以及中国山水画的意境结合起来，从而形成一种新的美学原则。这是斯奈德在美国特定的背景下、在接受东方思想时所做的创造性的借鉴。斯奈德说过的"看山：是一种艺术"，"那包含万变的永远不变"等话语都反映出他对中国道家思想的接受和认同。

斯奈德在迷恋禅宗近20年之后，又回到了一种积极进取的生活态度，他更加关心环境问题，关心人与自然的关系，他变得更有社会责任感了。他在同赵毅衡先生谈话时说过这样的话："我现在正在阅读宋诗，因为我觉得它们更有当代气息，他们与我们生活在同样的问题之下，一个文雅的、高度文明的、金钱经济的时代。然而中原的生态破坏也开始发生了，所以这些诗人们比他们的前辈更多地倾向于儒家，也更多地参与政治。陆游、苏轼、梅尧臣，还有其他人都是如此。我们能从他们的诗中看到他们对形势的清醒的认识。"他还坦白地宣称："我现在已是一个儒、佛、道三者合一的社会主义者了。"

1977年，美国诗人学会在纽约主持召开了以"中国诗和美国想象"为主题的研讨会。斯奈德出席了会议，并做了朗诵和发言。他总结说："中国文化的精神财产有两种：禅宗佛教和体现在诗与画里的美学，而孔子、老子、庄子和孟子的思想则具体体现在中国的诗与画里。"1984年秋，斯奈德随美国作家访华团到苏州寒山寺游览，他把寒山诗歌的英译本赠送给寒山寺的主持和尚，并当场赋诗一首《枫桥边》。他的这次中国之行了却了他的一个凤愿，可以想象，他在寒山寺参观的时候是怀着怎样的一种崇敬和虔诚的心情。

斯奈德在谈到诗歌表达的局限性时说："每个诗人都面对着两个方向：一个方向通向人、语言和社会的世界；另一个方向通向非人、非语言的世界，它是自然本身，是人的自然本性的世界本身——内部世界，在语言之前，在习俗之前，在文化之前。那里没有词语，没有我们熟悉的规则，它是佛教研究的领域，我们无法探讨它：因为它不涉及我们能够探讨的东西。"斯奈德所说的两个方向，即现实和理想、物质和精神两个方面，是摆在诗人面前的选择，斯奈德通过接受禅宗思想和道家学说、通过创作具有中国山水画般意境的诗作，很好地把这两个方向结合了起来。"斯奈德的早期诗歌追求及其对禅宗的研究使他相信寒山诗歌中对责任的歌颂，对物欲的鞭挞以及他自然适意的生活方式正是西方文明所匮乏的因素，也正是该文明所应汲取之处"，因此他翻译了寒山的诗作。是斯奈德提高了寒山的地位，是斯奈德建立了一个心灵与现实之间的桥梁。从这一点上讲，斯奈德的历史功绩是无人能够取代的。

五、华裔文学——美国的少数族裔文学

在美国，华裔文学作为一门课程大多设在美国亚洲研究学科的研究、教学范畴内。亚洲研究的内容也经历了循序渐进的变化过程。著名学者林英敏指出，在这个学科里，亚洲曾主要指东亚的几个国家：中国、日本和朝鲜。近年来南亚和东南亚的一些国家也被包括在亚洲研究的范围内。那么美国亚裔文学指的是什么呢？金伊莲的定义是："美国必须是美国亚裔作品必不可少的背景。"依照这个观点，只有那些有中国祖先的美国作家所写的以美国为背景的作品，才是美国华裔文学。如果作品只讲中国，便不是美国华裔作品。

美国华裔文学应该说发端于19世纪50年代，但是有相当一段时间，除了容闳、林语堂和天使岛诗以外，美国人对华裔文学所知甚少，即使是伊迪丝·伊顿也是在20世纪下半叶才被发现并被重新认识的。作为华裔文学主体的唐人街文学是在1943年撤销了排华法案之后，才逐步发展起来的。其实移民到美国的华人早在19世纪中就开始办报纸、杂志，就有诗歌等发表，但是因为这些作品大都是用中文写的，不懂中文的美国人无法读懂。因此，美国学者在谈美国华裔文学时，一般不包括用中文写作的作品，正因如此，20世纪初用英语写作的欧亚混血作家伊迪丝·伊顿被认为是美国华裔文学的开山鼻祖。美国人把在亚洲生长，后来移居到美国并用

中文写作的作家，称为"移民作家"，中国人则称他们为"海外作家"，如陈若曦、於梨华、聂华苓、李黎等，他们的作品属"海外华文文学"，不同于美国华裔的英语作品。

但是，随着美国从事亚洲研究学者队伍的不断扩大，海外作家开始引起人们关注。20世纪80年代初从中国大陆赴美国留学的一些学生，在美国读了博士学位，在高校找到教职，其中有不少是从事与中国有关的历史、文化和文学研究、教学的。这些人利用母语优势，发掘早期华文文学，并用英语发表自己的研究成果，这使得更多的美国学者了解了移民作家的作品。

从美国华裔文学的发展来看，华裔作家可以分为五类：第一类，早期移民作家，主要用粤语创作；第二类，早期用英语创作的移民作家，如容闳（1828—1912年），其代表作为《我在中国和美国的生活》和伊迪丝·伊顿（1867—1914年）的《春香夫人及其他作品》；第三类，用英语写作的侨居美国的作家，如林语堂（1895—1976年），他长期在美国生活，仍以中国人自居；第四类，唐人街作家，他们生长于美国，作品主要是关于在唐人街的经历，大多作品发表于20世纪六七十年代和80年代；第五类，海外华人作家。

随着少数族裔作家从被边缘化发展成为后殖民主义和后现代主义文学中的主流作家，美国文学的主体发生了很大变化。在美国的美国文学课堂上不讲非白人作家和女作家的作品，被认为是保守的表现。可以说现在的共识是没有少数族裔文学的美国文学是不完整的美国文学。而美国华裔文学就是少数族裔文学的一部分。里德·尤以达在《新美国：20世纪60年代后的移民》一书中指出："华裔文学已经发展成为美国重要的并广为人知的族裔文学主体之一，这使华裔文学居于美国族裔文学传统的中心地位，使华裔作家作为文化阐释者而处于极具影响的地位。"

2000年我国颁发的《高等学校英语专业英语教学大纲》中的文学部分收录了汤亭亭的作品，这是我国第一次把华裔作品列入美国文学的教学大纲。华裔文学是美国文学的一个组成部分。美国华裔文学从20世纪70年代开始形成规模，大多数重要作品发表在最近的三十多年间。了解美国华裔文学将不仅对美国文学的教学和研究产生意义，还将有助于我们对20世纪中后期美国意识形态领域开展研究。美国华裔文学的重要主题成为过去三十年间美国文学的主题。从19世纪中叶华人大量移入美国后,华人的作品中就开始反映种族歧视的社会现实,直到现在种族歧视仍然以不同的内容和形式被反映着。性别歧视是女权主义极力反对的。批评界有一种共识:在过去的二十多年里,女权主义批评对社会现实的影响大于其他任何一种批评。美国华裔文学中有不少以性别歧视,特别是华裔妇女遭受的双重性别歧视为主题的优秀作品,这其中以汤亭亭的《女勇士》最为突出。身份问题,更是遍及白人和非白人文学的重要主题。理查德·汉德勒指出:"在20世纪中叶,身份已经成为一种突出的学术和文化构架,尤其在美国的社会科学领域。"事实上,因为文学与文化身份的多面性特征和它所要求的跨学科研究方法,文化身份的研究已成为当今世界许多地区的一个重要研究课题。

(一) 美国华裔文学中的西方文学传统

美国华裔文学中的中国文化影响受到中外批评界极大的关注,而他们作品中的西方文学传统却很少有人研究,其意义也被忽视,致使对华裔文学及其接受的阐释和评价有较大的片面性。事实上,华裔作家受到西方文学传统的影响要远远大于他们所受到的中国文学、文化的影响。这一现象的形成有着复杂的原因,其中美国语境中的东方主义的影响是主要原因之一。汤亭亭虽然获得各种足以证明她的作品是美国主流文学的大奖,但是美国学界仍有不少人将她冠以"族裔作家"的称号,从而将她符号化。这表明了美国学界的东方主义倾向。而中国学界中不少人也仅仅把汤亭亭看成是华裔作家,想当然地以为她是在美国文化圈中弘扬中国文化,这其实也是一种误解。有文章从互文性的视域对赵健秀(Frank Chin)的长篇小说《甘加丁之路》进行了分析,声称在文学作品中捍卫和传承中国文化的赵健秀,其实表征更多的也是西方文化和文学传统,只是表现手法不同于汤亭亭而已。

这一切都是因为汤亭亭被降格以待。有学者指出,在美国文学批评的传统中,文类的分野存在着高下之分。比如悲剧被视为高档文类,而喜剧则是低档文类;很长一段时间内,女性作品被划在闺中读物或情感浪漫之列,并不是严肃的文学或文学性高的作品;自传和奴隶叙事一样,都被认为缺乏艺术价值;族裔文学理所当然是低档文学,民间小说是部落文化的

第二章 中国文化视角下的英美文学

"口头史"。而先锋派小说和"艺术小说"都是所谓的高档现代派小说，后现代小说更是被标记为男性文类和"精英"小说，是欧洲父权式小说。正因如此，纳博科夫的《洛丽塔》没有被视为自传类文体，而汤亭亭的《女勇士》一开始就被定位于自传体。其中的区别说明了美国文学批评界的东方主义势力将同样具有西方传统的文学分出主次、高下，也揭示了华裔文学由于种族歧视的现实在美国面临的种种困境。

汤亭亭受到西方文学传统深刻的影响是很自然的。20世纪70年代，汤亭亭是加州大学伯克利分校的英语专业大学生，曾系统学习过西方文学经典，尤其是受到形式主义大师们，诸如劳伦斯·斯坦恩、马塞尔·普鲁斯特、詹姆斯·乔伊斯、弗吉尼亚·伍尔夫、格特鲁德·斯坦恩、艾滋拉·庞德、T. S. 艾略特、威廉·卡洛斯·威廉斯、弗拉基米尔·纳博科夫、塞缪尔·贝克特的影响。汤亭亭也受到当时一些文学思潮如意识流、实验派小说、法国新小说、后现代小说、黑色幽默、荒诞派、垮掉派诗歌等的影响。

复旦大学出版社出版的英语著作《语言的铁幕：汤亭亭与美国的东方主义》，对汤亭亭作品中的西方文学传统从主题到创作手法进行了论证，从文学谱系的角度对汤亭亭作品中后现代手法的渊源进行了追溯。该书的作者结合后殖民理论，描述了美国的东方主义对美国文学批评的影响，指出流行于美国文学市场和媒体语言中的东方主义及其对大众意识的影响是美国学界误读和曲解汤亭亭的主要原因。该书认为汤亭亭的《女勇士》是典型的后现代拼贴（Post-Modern Arabesque）。"拼贴"（Arabesque）一词指由主题和意义联系起来的一系列短篇故事。汤亭亭的三部小说，无论是《女勇士》《中国佬》，还是《猴王孙行者》，都无一例外地属于这一模式。而这一模式属于西方文学传统，虽然它受到东方文学的影响。美国主流作家巴思于1968年出版的《迷失在游乐场》也属同类。巴思声称他是受到《天方夜谭》和薄伽丘的影响。1972年巴思出版了他的获奖小说《客迈拉》（Chimera）——《阿拉伯之夜》的续写。巴思将幻想、现实、神话、虚构、阴性化和东方化的希腊神话以及东西方的经典传说等诸多文学元素杂糅在一起。巴思后来将这一特点的文体命名为"后现代无序拼贴"（the Post-modern Chaotic Arabesque）。在美国后现代小说中，具有无序拼贴特点的远远不止一两个作家，托马斯·品钦的《万有引力之虹》、昆德拉的

《布拉格之恋》、卡尔维诺的《如果在冬夜，一个旅人》和纳博科夫的《幽冥的火》，这些作品都有幻想和现实、幽默和恐怖、幻觉和反幻觉的特点。如果把汤亭亭的三部小说放在后现代的框架中审视，就不难发现它们都有明显的后现代无序拼贴特点。如果主流作家们的后现代无序拼贴是西方传统的、主流的，那么汤亭亭的后现代无序拼贴没有任何理由成为边缘的、族裔的。文学形式应该以文学作品为评价依据，而不应该以作者的文化背景和性别身份为依据。正因如此，才有必要研究汤亭亭的作品究竟是以中国文学传统为主，还是和其他书写同样主题和风格的男性白人作家一样，是在书写"美国文学"。只有这样，才有可能看出美国的东方主义如何通过将汤亭亭符号化为族裔作家，来实现将其边缘化之用心的。

值得注意的是，东西方文学传统从谱系上有时竟然难以截然分开。后现代无序拼贴中的拼贴——Arabesque——经常指阿拉伯东方，从叙事形式角度，它来自亚洲的波斯经典《天方夜谭》。小说《天方夜谭》中有许多阿拉伯、波斯、印度等亚洲国家几千年来流传下来的寓言、笑话、轶事、说教故事、比喻、童话和传说。《语言的铁幕：汤亭亭与美国的东方主义》的作者在研究拼贴时一直上溯到薄伽丘、乔叟，直至西方哲学的老祖宗之一柏拉图。作者发现，无序拼贴作为后现代元小说的原型，其写作传统可以追溯到柏拉图的《会饮篇》。柏拉图被西方学者认为是第一位浪漫主义作家。然而，在《会饮篇》的写作中，柏拉图却被认为受到当时的东方哲学和神秘主义的影响。假如通过柏拉图追溯德国浪漫主义的拼贴，或通过施莱格尔追溯德国浪漫主义，我们很可能发现，东方文学和东方哲学、宗教在很久以前就已经进入西方思想和文学创作了。东方主义期待的"东方妻子的故事"老早就存在于希腊文明和文学之中了。因此，文学中的故事叙事技巧不可能是纯粹的"西方的"。

不少研究都发现，如果用互文方法研究《女勇士》，就不难发现《女勇士》中女主角的故事与霍桑的《红字》十分相似。可以说汤亭亭的故事非但不是有"异国情调"的东方故事，反而就是发生在美国人民身边的事。在美国人看来，对女性的压迫和对女性的性压迫，都只是发生在东方的"蛮荒之地"的事。事实上汤亭亭更多地受到西方文化和文学的影响。比如，当问及唐敖的变性情节时，汤亭亭曾明确表示她是受到伍尔夫的《奥兰多》的影响。美国的东方主义成为误读汤亭亭的主要问题。其实汤亭亭创作的是美国文学，这是毫无疑问的。汤亭亭自己也说过："事实上我认为我的小说更为美国而不是中国。我感到我在把自己构建和创造成美国人，让每一个人认识到，这些角色是美国人。尽管我对中国人有深刻的记忆，但是他们都是美国人。而且，我在创作的是美国文学的一部分，我非常清楚我在这样做，是在给美国文学添砖加瓦。评论家们还没有认识到，我的作品是美国文学的另一个传统。"尽管汤亭亭开创了华裔在美国的西方传统，她仍然被西方读者指认为"中国的"，说明汤亭亭作品仍然处于美国的东方主义化的学术批评的阴影之下。

另外一位重要的美国华裔作家赵健秀，也同样表现出明显的西方文学传统，而这个特点也同样经常被忽视，不同的是赵健秀表现的方式与汤亭亭有较大的差异。本书以赵健秀的小说《甘加丁之路》为例进行说明。在这部小说中，赵健秀的创作语言不但不是在凸显族裔特征，甚至还有些要忽略族裔特征的迹象，而其中西方文学传统的影响比比皆是。

我们知道，文学语言之所以区别于非文学语言，很大程度上在于文学语言依靠语言的引申意义，即语言所引起的联想和想象以及语言本身含有的暗示和暗指。赵健秀在该书中频繁大量地使用电影名和文学作品名来进行暗示和暗指，通过引申来完成小说的创作；通过内容互文、题目互文、角色名互文实现了语言互文和文化互文，有效地深化了小说的文学性和文化塑造性，而这些互文主要建立在西方文学传统的基础之上。在《甘加丁之路》中，人名所起到的作用是不可忽视的。比如小说的主要角色尤利西斯，他的名字是取自爱尔兰作家詹姆斯·乔伊斯的小说《尤利西斯》；潘多拉其名字来自希腊神话中的"潘多拉魔盒"，比喻带来不幸和灾难。"关公在亚洲被看成是'中国战神'，在西方被看成是'中国的普罗米修斯'。""我们家的姓是战神关公的姓……他们说关公是关姓家族中最伟大的人。妈妈说关公就像中国的约翰·韦恩。妈妈的大姐芙蓉阿姨说他看上去更像中国的克拉克·盖博。"约翰·韦恩常在美国西部片中扮演硬汉、英雄。"我们就是桃园结义的三兄弟，我们是三个火枪手。"《三个火枪手》是法国大文豪大仲马的小说，作为杰出的通俗小说在西方流传甚广。阿多斯、波尔多斯和阿拉米斯三位朋友勇敢、正直、仗义。有西方文化背景的读者看到阿多斯、波尔多斯和阿拉米斯三位剑客的名字，就能理解《三国演义》中的刘备、关云长、张飞是什么样的人物。赵健秀用西方电影中的角色来说明中国文化中的人物。赵健秀在用电影名互文时已达到法国学者克里斯蒂娃所说的"无意识状态和自动化状态"。

电影浸润着文化和历史，赵健秀用大量的电影名来互文。对于美国读者，特别是看过这些电影的读者，这些电影名字的提示可能起到一字千金的修辞效果，而对于其他文化背景的读者，尤其是对这些电影一无所知的读者，仅仅用电影名来描述会使描述不知所云。"像《公民凯恩》中的奥森·维尔斯那样，我勃然大怒。"奥森·维尔斯究竟发怒到何种程度，读者并不能读出。这样的例子不在少数。对于西方读者，赵健秀对电影名的应用虽然描述简要，但是由于电影名的联想、暗示和引申作用，这种描写看似"薄描"，却是"厚描"。因为电影名能引申出文化符号的所有可能意义，引申出其产生的具体文化环境和社会背景。小说中的尤利西斯是赵健秀的化身。在作品中尤利西斯说道："他这么说也许是想起了托马斯·沃尔夫、迪伦·托马斯、詹姆斯·乔伊斯都是在流放中了却一生，把他们当作了我。""我"是什么样的人，赵健秀并没有具体描述。读者对托马斯·沃尔夫、迪伦·托马斯、詹姆斯·乔伊斯流放经历的所有理解加在一起，就是"我"，可谓言简意赅。虽然对于读者来说，这些是含混的、不确定的，然而正是其不确定性，将解读引向对更为丰富的意义的追寻。赵健秀通过对电影名的应用，产生了他独特的"话语"：简要，但不失丰富。然而，对于非西方文化背景的读者而言，这种简约的电影名描述带来的更多的是意义的缺失。没有作家愿意看到自己作品意义的大量缺失。从这个角度看，赵健秀心目中的读者是有西方文化背景的读者，赵健秀的话语是浸润着浓厚西方文化的话语。事实上，赵健秀认知的文化和亲身经历的文化充满了美国主流文化价值观，或者说赵健秀表现的基本上是美国文化的价值观念。电影对于赵健秀而言，就是接受文化的主要媒介和渠道之一，这些电影灌输、传递着文化。

罗兰·巴特说道："任何文本都是互文本。在一个文本中不同程度地并以各种多少能辨认的形式存在着其他文本，例如，先前文化的文本和周围文化的文本。"互文性理论作为一种强调文本影响研究的文学理论，也必然会注重文本背后的文化影响研究。从互文性的视域审视赵健秀的《甘加丁之路》，他的互文策略表现出他的文化影响的来源。在赵健秀的文本中，互文批评关注的所谓"先前文化"和"周围文化"基本是美国文化。

以大量的西方电影和文学名著作为参照框架，可能令没有足够西方文化背景的读者不知所读。即便是对于西方读者来说，赵健秀语言符号的不确定性也未必能够引导出充分的解读。无论对西方读者，还是中国读者，语言符号的不确定性都导致阐释的无限性。加达默尔认为，阅读过程涉及读者与文本双方的对话和"视野融合"。读者所带来的时空视野和个人视野构成了阅读过程的"前理解"，文本的意义就是读者的视野与文本的视野进行有效对话的结果。由于该理论认为文本意义主要由读者决定，它实际上将意义的本源从文本转移到了读者，读者在意义生成过程中的作用大大提升。

法国批评家巴特将文本中的所有能指归纳为五种代码：解释代码、语义代码、象征代码、布局代码和文化代码。赵健秀《甘加丁之路》中的电影名可以说起到以上五种代码的作用，既是解释性的、描述性的，也是象征性的，又都是叙事结构布局和文化性的。

如果我们用比较文学的方法和跨国主义的视野，了解并认识到美国的东方主义传统及其形成的历史、文化、意识形态等原因，就不难发现美国的东方主义传统对于接受和阐释美国华裔文学的影响。美国华裔文学是美国文学，而且表现出明显的西方文学传统。由于美国文学市场试图将华裔文学划归在族裔文学的狭小范畴内，给它们打上族裔的标记，这便有意地淡化了美国华裔作家的艺术成就，有意地将其族裔化而后边缘化，背后的原因是美国由来已久的东方主义传统。认识到这一点，对于我们全面评价美国华裔文学有着重要意义。

（二）跨文化视角下的记忆、文学与历史

近年来，记忆成为文学研究和文化研究中一个无法回避的问题而引起了广泛的关注，并成为研究的热点。其实早在20世纪20年代，文学家就已经在探索记忆的作用。普鲁斯特的被誉为"一百年间只出现一次"的小说《追忆似水年华》，就被认为是一部无意的记忆的纪念碑，而且是一部无意的记忆如何发挥作用的诗史。有学者甚至认为普鲁斯特是在发现了一种"记忆的形式"之后，才真正开始了他的小说创作。而这种记忆形式就是被翻译成"无意的记忆""非自主记忆""非意愿记忆""不自觉记忆""不由自主的记忆"等的一种记忆。所有的这些译名想强调的都是记忆行

为的不可操控性。记忆的不可操控性以及记忆的其他特征,对于历史建构、文化传播和历史真实的唯一性等问题的认识,都是颇为关键的,对于我们在本书讨论的中国历史和文化在美国华裔文学中的表征问题,也是十分核心的。国外越来越注重跨文化研究和跨民族研究,注重与此紧密相关的记忆在族裔文化建构中的作用,这无疑给族裔文学研究带来了新的视角,也给一些关键的问题提供了答案。本书试图从跨民族和跨文化的视角探讨美国华裔记忆中的中国文学和文化所发挥的作用,研究美国华裔对祖籍国文化的认识途径和规律,以期给解读美国华裔的文学和文化提供新的视角。

从定义上讲,记忆主要指人脑对经验的事物的记忆、保持、再现和再认,也指被回忆、被记住的事物,对往事的阐释。本书关注的主要是中国文学作为美国华裔的祖籍国文学,在美国华裔的想象和记忆中所发挥的作用,并以此探讨记忆在离散文化这样更大范围的建构中的作用。在美国,华裔经常被认为是离散者或移民。虽然离散者和移民都离开家园而移居他国,但是两者是有区别的。有学者指出,移民涉及的迁徙过程往往以落地生根为目的,而离散者则更注意离散过程,视漂泊为基本生存条件,同时可以凸显离散主体与母国和居住国之间的心理和政治距离。按照这个区分,美国华裔似乎兼具离散群体和移民群体的特点,因为他们虽然已经归化为美国公民,以美国为居住地,却并没有以漂泊为生存条件,尽管他们意识到与祖籍国和居住国之间的距离。那么,他们到底是离散者,还是移民?抑或两者都不是呢?从不同的角度看问题,会得出不同的结论。从美国语境的角度看,华裔是离开祖籍国的,所以美国人称华裔为离散者(一些华裔作家也自称是离散者);从中国语境的角度看,华裔的先辈是移居国外的,所以中国人称华裔为海外华人;而作为华裔,为了抵抗美国的种族歧视,为了争取与其他美国人平等的地位,宣称自己为美国华裔或美国人。因此,视角不同,对华裔的称谓便不同,对他们的认同也有区别。美国华裔的认同,与他们的物理归属有关,也与他们的精神归属有关。在离散文化研究中,华裔通常也被称为离散者,美国华裔的文化和文学也表现出明显的离散族裔的特点。

可以说美国华裔在不同程度上都受到中国文化和文学的影响,他们对中国文化的表述又经常被他们居住国的读者认为是中国文化的准确表征。

对于他们所表征的中国文化，美国华裔之间也持有不同的看法，他们的不同意见甚至发展成为"何为准确的中国文化"和"如何精确地表征中国文化"的涉及历史的真实性和叙述的确定性等问题的辩论。我们知道，对历史的阐释和表征是无法脱离记忆的参与的，因为对历史的叙述在很多情况下是通过个人记忆或集体记忆而抵达的。但是，记忆的特点决定了记忆具有不确定性和断片性，记忆的主体可以选择记忆什么、不记忆什么和如何表述记忆。如果说历史是建构的，那么记忆在建构历史和文化的同时，也制造了记忆本身。因此，便有了霍米·巴巴所称的"没有记忆的记忆"和"没有遗忘的遗忘"。民族叙事的开始，可以说就是对民族记忆进行筛选的开始。霍米·巴巴认为记忆和遗忘是民族的本质："联合历史的记忆和保证今天的愿望，这是民族的心愿。"民族记忆可以选择遗忘历史上发生过的令人不愿回忆起的事件，也可选择记忆民族愿意记忆的事件。对于有的作家，历史干脆就是记忆在适当的灵感激励之下产生的虚构故事。因此作家对记忆的选择是有明确目的和动机的。需要精神鼓励的华裔女作家会选择超女木兰，需要英雄主义的华裔男作家会选择战神关公。在表征他们记忆中的民族英雄时，他们不会记忆主流不接受的或他们不需要的记忆。回忆作为记忆的行为，也如昆德拉所说，不是对遗忘的否定，"回忆是遗忘的一种形式"。记忆的可选择性特征说明记忆是主观的、不完整的。记忆在这里经过了有意识的筛选和编程，有着人为的操控。我们对这一点应该有清醒的认识。

记忆在离散文学和文化研究中占有非常重要的地位。20世纪90年代，美国学术界就用族裔文本来研究族裔，这本身就证实了在身份讨论中族裔作家的记忆之重要。记忆之所以重要，是因为记忆是散居族裔传承祖辈文化的重要方式，也是他们的文学表达方式。对于汤亭亭的《女勇士》是不是回忆录的问题人们一直是有争议的。托尼·莫里森认为，《女勇士》不是自传，而是有意识的"再记忆"，"是在通过口头传说和文本形式去倾听并诉说我们所知道的各种过去"。

再记忆明显有创作的成分，它是建立在作家个体记忆之上的一种创造性记忆，所以说再记忆是一种新的叙述。在再记忆中，作家有很强的主体性。作家有选择的余地和自由，也有选择的原则和思想。他们对祖籍国的文化不再是简单复制。作家可以选择去创建或者批判，也可选择去赞扬或者抵制。他们笔下的文化既不同于祖籍国的文化，也不同于居住国的文化，再记忆的根据是第三种文化——族裔文化，具体到美国华裔，就是美国华裔文化。美国华裔文化指的是构成美国华裔生活的实际的、具体的内容，以及华裔在为生存而进行的拼搏中形成的华裔特有的精神特点和价值观念。华裔文学中的再记忆表征的是华裔文化，它植根于华裔的历史和生活经历。用华裔作家记忆中关于中国的素材塑造的是华裔的历史。因此，族裔叙述便成为"一个文化回复行为"，在作家的个体记忆中展现的是华裔群体作为一个族裔群体的集体记忆。它表现的是华裔族群对祖籍国文化的理解和情感、期望和理想，以及他们对居住国现实的对应和修正。这是因为回忆本身既有重构过去的性质，也有服务于当下的特点。

作为个体的作家如何选择"记忆"，作为社群的族裔群体如何选择自己的"记忆"，这个问题能够反映出个体和群体如何应对、调试和回应历史及其现实的压力。族裔作家正是通过这样一种调试，用自己记忆的祖籍国文化来应对居住国存在的种族歧视的。离散族裔的历史在离散族裔作家的笔下经常被个人化、族裔化，甚至性别化。人们越来越认识到记忆是离不开想象的，建立在想象基础之上的记忆让渡于历史事实和真理。离散族裔对祖籍国的记忆，很多情况下并不是为了找回过去，而是为了证明现在，是他们建构"此在"的一种方式。族裔作家正是利用小说，来构建华裔所共有的"感觉解构"，决定了华裔文化并不简单地等同于中国文化。华裔文化是建立在华裔的生活经历之上的，而这是我们身在中国的读者所没有经历过的，甚至是不了解的。由于族裔群体的认同是通过社群感和共同感实现的，离散社群中的一分子与社群认同，也被离散社群认同为社群的一部分，因此，美国华裔文化使得他们成为一个精神上相互认同的群体。共同的美国华裔文化背景，形成了具有共性的神话化的中国意象，成为美国华裔在中国文化中寻求精神慰藉及支撑的共同特点。

爱德华·萨义德指出，"想象的地理和历史"有助于"通过把附近和遥远的地区之间的差异加以戏剧化而强化对自身的感觉"。美国华裔正是通过将祖籍国神话化或戏剧化，来加强对自己的自信心的树立和对自己形象的重塑的。在重塑中，美国华裔通过中国的民间故事、传说、神话和文学故事，用英语作为语言符码，在华裔文化的理解基础上，构建了一个华裔的家园，一个精神的家园。离散族裔文学中的家园可以是真实的家园，也可能只是一个想象中的地方，而不是一个实际的存在。有一位亚裔美国妇女说道，她作为一个少数族裔的女性……她不是外国人，但是却感到生活在外国。她有时被社区拒绝，有时却因为需要而被接受；她有时有用，有时没用。同样生活在一个社区，这个少数族裔的女性会感到没有被社区接受，说明她与社区之间没有建立起归属感。从另一个角度看，也说明能使少数族裔产生归属感的并不一定就是他们的居住国。虽然从社会层面，他们已经成为美国公民，但是仍然会经常有"感到生活在外国"的感觉。这非常具体地解释了为什么少数族裔和主流美国公民同在一个真实的地理空间，他们却有着两个不同的心理空间。

离散文化研究表明，离散族裔的家园可以是真实的、物质的，也可以是虚构的、精神上的。后殖民批评家霍米·巴巴指出，离散者是离家者（unhomed），但并非无家可归（homeless）。无论在哪种文化中，家都是一个人的归属之所在。可以说归属感与一个实实在在的地理空间有关。因此，在许多文学作品中，归属感非常具体地意味着对家园的拥有。正因为家园关系到归属感，所以华裔作家普遍关注空间、地域和家园问题。汤亭亭曾经说道："我在这本新书中所做的就是伸张在美国的权利，这一普遍张力贯穿了书中所有的人物，购买住宅就是一种方式，它说明美国才是自己的国家，而不是中国。"汤亭亭似乎在说，一旦拥有住宅，华人就能从移民或离散者变成美国人，完成一次身份的转变。住宅与家、家园的概念是可互换的。因为住宅是"最强有力的心理空间的意象"，因此，家不仅是居住的空间，而且带有养育、起源、归属的意味。家是一个"用墙围起来的归属地"。在美国华裔文学中，与有形的、实实在在的房屋或土地建立所有关系，是一种归属感的建立。这种归属感也包括自我主体的建构与身份认同，寻找家园即是寻找自我。

然而，与有形的、实实在在的房屋或土地建立所有关系，或曰构建归属感，并不意味着美国华裔的家园就一定坐落在他们的居住国。这是因为美国华裔的归属感更多的是一种精神诉求。可以说中国在华裔文学中不但是一个地理位置，也是华裔心中的一个精神位置。尽管居住在美国，但是他们的精神诉求有可能更多的是朝向中国。我们看到，从被誉为"华裔文学祖母"的黄玉雪（Jade Snow Wong），到当代最有影响的华裔作家汤亭亭，华裔作家总是用书写中国文化来表现华裔的优越感，用以消解被歧视的压抑感。几千年的中国文化和悠久的文明,成为华裔颠覆华人在美国负面脸谱化形象的有力武器。华裔在中国文化中找到精神安慰和精神支撑,在中国文化中找到一个逃避种族主义歧视的避风港。虽然有美国华裔作家声称自己是美国人、讲述的是美国故事而不是中国故事,然而正是他们的这种精神诉求,很容易让读者得出他们认同中国文化的结论。两者并不矛盾,也并不相互排斥。

记忆研究包括两个方面,一方面是对记忆对象的重构,另一方面是记忆活动的历史流传。从跨文化和跨民族的角度重新发现想象和记忆,探讨记忆在文化建构中的各种功能,其意义在族裔文学研究中是不可或缺的,它给族裔文学研究中的身份认同、族裔文化建构等关键问题提供了新的研究视角甚至答案。从跨文化和跨民族的角度阐释美国华裔文学中的中国文化和对中国的表征,也有助于避免人们想当然的误读和误解。另外,区分社会的、物质的认同和个人的、精神的认同,也是非常重要的。事实上,长期以来美国华裔文学的一个重要特征,就是在书写华裔在坚持华裔文化的不同之处的同时,坚持着对根的诉求,这是一个容易被忽视的问题。

第三章 多元文化视野下的女性文学

随着时代的进步发展，多元文化主义开始在世界文化当中发挥着重要作用。然而在多元文化的大环境下，女性文学开始慢慢发展为一个独立的门类，并成为其中的重要组成部分。从本章内容开始，我们将会通过英国女性文学、美国女性文学和女性视角下的英文文学审美三个方面依次来阐述相关内容。

第一节 英国女性文学

一、中世纪时期：女性文学的开端

从公元7世纪一直到15世纪末，是一个英国文学由起初的萌芽到民族文化的进一步确立，再到走向成熟的阶段。公元7世纪末期，英国最早的古英语作品得以悄然问世；到了10世纪，记录英国民族史诗的著作《贝奥武甫》的手抄本得以发掘并进入人们视野；时间来到13世纪，使用英语所创作的英国民族文学先是在英国国内通过各种方言频频出现，也就诞生了颇具现实世俗底蕴的传奇故事；再到14世纪，不论是在国家层面，还是在社会生活层面，抑或是其他方面，英语都取得了胜利，并直接擢升为整个英国的文学语言。自英国文学发端至文艺复兴时期的几百年间，流传下来的女作家及作品寥若晨星，而且主要是出家的修女或半出家的虔诚女性的宗教作品。修道院成为中世纪杰出女性寻求庇护和接受教育的重要场所，她们在这里通过阅读、抄写《圣经》获得了学习机会，甚至学习了拉丁语，并创作了具有浓厚宗教色彩的文学作品。这些女性也因其虔诚的宗教生活和宗教写作而得到教会及公众的认可，并使作品得以流传后世。现代学者将女性的这部分写作纳入"俗语神学"的范畴，认为"女性俗语神学"著作对于中世纪的宗教文化作出了重要贡献，女性宗教写作的发掘拓宽了中世纪传统宗教文学的概念和准则。

在英国文学史上，首位使用英语来写作的女性是朱利安，而她的真实姓名没有详细记录，她的家乡是诺里奇，而她晚年所住修道院的名字是朱利安。那个世纪英国所遭遇的各种灾祸——黑死病、英法战争、宗教迫害、宗教分裂等她都一一经历过。她曾经身患重病几乎要死后来却又神奇地活过来了。她对众人说自己患病阶段看到了十字架上的耶稣以及天堂的美景，身体恢复健康之后，她开始文学创作，并在靠近圣朱丽安教堂的一间小屋里度过了20年祷告、冥想、隐居的生活。她的代表作《上帝之爱的启示》，是目前为止发现的用英语创作的第一部女性文学著作。她通过朴素且优美的笔触，针对她所"见到的"异象进行描绘，表达出内心对于亲近神的深深渴求，同时也传递出她个人的隐居体会和宗教思想——有关慈爱、怜悯、罪恶、地狱以及人类将来的思索。她活在地上的时候最被人们所称道的是睿智且深入的洞察力，并成为14世纪英国颇为知名的神秘主义作家。

到了中世纪，英国最重要的神秘主义女作家则是玛格丽·肯普，她1373年出生于英国诺福克郡的林恩，没有受过什么教育，20岁时嫁给一位商人，生了14个孩子，经历过严重的疾病困扰，心力交瘁，精神崩溃，企图自杀。后来声称看见了基督，突然恢复正常，不久再次遭受疾病困扰，恢复正常后，她与丈夫订立禁欲合同，并得到教会准许身着象征贞洁的白衣，终身献身宗教。大约40岁时，肯普开始了朝圣之旅，中途经过德国、瑞士、意大利、爱琴海和塞浦路斯等地区，最终抵达耶路撒冷，返程的时候还顺道参观了罗马等圣地。肯普所经历的事情和持守的宗教思想都很有挑战，当时她那与众不同、匪夷所思的思想在人群中引起了众多反面的评价。虽然她被众人尊称为"女圣徒"，但同时也被一些人看作是"女巫"而遭遇各种的指责和嘲笑。她还曾经被人指控为异端而逮捕入狱，但在受审阶段她却通过自我辩解的方式摆脱囹圄。

二、16—17 世纪：女性文学的发展

如果说，中世纪杰出的知识女性产生自修道院文化，那么，文艺复兴时期的知识女性则是来自少数人文主义者的家庭的熏染。人文主义思想在有限的范围内影响了英国妇女的观念，并在某种程度上促进了英国女性在文学艺术及学术领域的发展。女性教育最为根本的实质和存在的社会价值问题在一部分人文主义者中间引发了激烈的争论，那些"早期的女权主义者"中针对婚姻制度和女性的社会习俗进行强烈抨击，并开始对女性相关的本质问题进行深入探讨，她们假设世间存在极为特别的女性视野和女性思维。该时期较为突出的知识女性大部分都是来自人数较少的人文主义者的家庭或是与宫廷有着密切关系的家庭，在人文主义者所组建的交际圈当中受到很好的古典教育，并要熟练使用拉丁文和古希腊文，这不但可用于文学写作，还可以涉足一些其他学术相关的领域。西班牙学者维夫斯一度被英国王室聘为宫廷教师，他在《基督教的女子教育》一文中提出：要让女子学习本国语、拉丁语、宗教、道德信条，为管理家庭和照料子女做准备。

人文主义思想影响了英国上层社会的妇女，但毕竟范围有限。据约翰·盖依的研究，在都铎王朝时期，英国受过高等教育的女性在 15—20 位，甚至更少；凯西·林恩·爱默森的研究则表明 16 世纪英国的女学者有 50 位。尽管如此，人文主义者的家庭和其他政治文化因素共同促进了英国女性文学的第一次繁荣。女性世俗文学得到发展，女作家主要集中在贵族阶层，以各种不同的方式与宫廷或教会相联系。伊丽莎白一世（1533—1603 年）平时比较喜欢舞文弄墨，也一直很欣赏那些有学问的女性，她不但在宫廷当中大力倡导女性进行写作，而且还使宫廷成为培养女性创作的地方。一部分较为活跃的女作家和学者会参与文学创作的翻译和研究当中，由她们所编写的著作要么是出版后公之于世，要么只是作为一种宫廷礼仪和交往方式，单单在宫廷和贵族女性中间进行传播。这慢慢地衍变为女性之间构建友谊的主要方式，从而加速了女性文学和学术社群的诞生与问世。

书信一直是女性最主要的交流方式和女性最喜爱的文类。15 世纪诺福克郡帕斯顿家族的玛格丽特·帕斯顿等四位女性参与创作的《帕斯顿书信

集》，从女性的角度记录了15世纪英国的社会、家庭生活，成为后世家族研究，婚姻、法律、经济研究，文学史研究，妇女自传传统、女性书信体文类写作研究的重要文献。16世纪，中产阶级出身的伊莎贝拉·惠特尼的《书信集》表现了鲜明的女性声音、探讨了性别关系和女性的性道德，控诉了男性对于女性的背叛。目前为止，世界上首位出版诗集的英国女性是惠特尼，由她所撰写并流传于世的诗集是《一束芬芳的花》等。伊丽莎白所在的那个时代，伊丽莎白·卡利被称为产量最多的女作家、诗人、剧作家和翻译家，她是通过自学掌握多门语言的语言学家，精通的语言有五种，同时还抚养了11个孩子。只不过她所写的作品绝大多数都已遗失，最为知名的著作是《玛利亚的悲剧》，被称为英国文学史上首部由女性所创作的剧本。

  17世纪，女作家及作品数量大增。据不完全统计，在1600—1700年间，共有231位女性出版了作品，但大部分集中在1650年以后。据艾莱恩·霍贝的研究，在1649—1688年间，有70位女性创作了130部作品，这些作品反映了流亡法国、荷兰的英国皇室女性的体验。整个17世纪，也是一个英国女权主义诞生的时期，女作家作品当中更多地表现的是女性声音和女性视角，涌现出一些针对控制女性的宗教观念进行批判以及对传统性别观念质疑的文学作品，由女性作家所写的东西展现出更为宽广的社会关怀，体现出女性在宗教精神与深思方面的探索以及对日常生活当中的友谊、爱情与婚姻的实质所进行的思考，而且还会关联一些国内较大的政治事件，从而诞生了围绕历史事件来编写的传记和自传类作品。

  阿弗拉·班恩，是英国乃至欧洲第一位职业女作家。她的生活充满了传奇色彩，她曾到过南美的英、荷殖民地苏里南。英荷战争期间，她受英王委派前往安特卫普刺探情报。她当过演员，曾因负债而进过监狱，出狱后开始靠写作谋生。自1670年创作第一部戏剧开始，她创作了19个剧本，大部分在伦敦上演，其中以《漫游者》《城市女财主》和《财运》等最为著名。她的作品表现伦敦市民心态和风俗，抨击不平等的婚姻和牢狱般的家庭生活。17世纪80年代后，她开始翻译、写作诗歌和小说，他笔下的诗歌使用的是田园诗的风格，营造出一个完全不受政治和社会习俗所束缚的社会。她所写的小说直接带动了英国言情小说前行的脚步，使得异性之爱得以正式露面，展现出的是女性内在的欲望和女性之间的友谊，同时也会涉及同性恋、乱伦以及个人与社会之间的关系等问题。班恩离世后被埋在了西敏寺。对于弗吉尼亚·沃尔夫来说，班恩一生的经历远比她所编写的作品更为重要，世界上的所有妇女都应当前往她的墓前献花，因为正是因为她的竭力争取才使女性们有了言语权。

玛格丽特·卡文迪什，是英国传记史上第一位为丈夫作传的妻子，也是最早思考历史写作与历史真实问题的女作家。她创作了《我的出生、教养和生活的真实故事》和《高尚的生活——威廉·卡文迪什传》，并且这些作品为她获得了声誉。她也毫不掩饰自己为了出版和荣誉而写作，她把写作视为获得荣誉和消磨时间的最佳方式。因此，当许多女性匿名发表作品时，她以真名发表作品。她平生所创作品的体裁主要包含散文、小说、诗歌、戏剧、演说以及书信等。她所撰写的传记主要体现的是她和丈夫以及双方亲属的生活，并记录战争和政治对家庭所产生的影响，充分展现出她个人的社会身份、成长、教育、命运、婚姻以及她身上独特的个性和宏伟志向，字里行间都展现出她在自然、写作、哲学、政治、性别、阶级的独到见解。在她看来，女性与男性是一样的，都有着一定的学习能力，各人的智慧是上天所赋予的，而知识则需要靠人为获取，女人拥有与男性相同的智慧，只是由于男人比女人有更多的机会而变得博学。她的小说也有意识地探讨了性别、权力和行为方式等问题。

生活在世纪交汇处的玛丽·阿斯泰尔，被人们称为"文艺复兴时期的最后一位知识女性"同时也被誉为"现代首位女权主义者"。她出生在一个中上阶层的家庭，父亲是顽固的保皇派，同时也是圣公会的信徒。阿斯泰尔一直没有接受正规教育的机会，只不过从她叔叔（圣公会教士）那里受到很好的教育，所学的课目主要包含：哲学、神学、政治、历史、数学和古典文学。待父亲离世以后，她就与母亲、姑母在一起生活。之后母亲、姑母相继离世之后，举目无亲又没嫁妆的阿斯泰尔只好去了伦敦，住在文人和艺术家聚集的切尔西，与当时颇具影响力的女性文学圈建立了密切联系。她在通向学术和文学的艰难道路上，得到过这个圈子里的女文人的帮助。她最著名的作品是《为了女性的真正、伟大的利益给女士们的严肃忠告》，这部著作流传甚广。她在书中建议为女性建立一个新型的机构——"隐修院"，为妇女提供宗教和世俗教育。她规劝女性应该超越母亲和修女的角色，不应该只想着衣帽设计师和裁缝，应该放下剪刀、针线,成为在情感和思想上独立自主的人。她心中所设想的"隐修院",不存在像传统修道院那样通过权威来掌控妇女的精神的情况,更没有来自男人的专制和暴力,妇女在此处是高度自由的状态,她们无忧无虑地安度圣洁的、虔诚的、自尊的、奉献给上帝的集体生活,通过阅读、沉思、谈话和祈祷来得到快乐和安宁。《反思婚姻》是一本抨击婚姻制度的著作,在这本书中她明确指出:女性与男性是一样有着理性的,"若男人生而自由,为什么女人要生而为奴?"她被认为是对她的同时代人产生重大影响的第一位女性政治作家。她的教育思想对18世纪的女性教育思想产生了很大影响。

三、18世纪:中产阶级女作家的崛起

时间来到18世纪,此时古典人文主义学术面对注重理性的启蒙哲学和现代话语的直面挑战。而处于17世纪的宗教论争要被商业主义所取代,以贵族为中心的文化价值取向和艺术趣味开始慢慢转向以资产阶级为核心的价值观和艺术趣味,诸如法律、科学、文学、医学、政治已逐步成为一种职业。伴随着社会的发展,宗教、思想和社会运动的转型对于女性的生活、文学观念和文学创作产生了深远的影响。作为妇女,不但要坚定不移地遵行传统的规矩去生活,而且还要对传统的性别观念和文学观念发起挑战。中产阶级的妇女不仅从事文学创作,而且参与甚至主持出版、印刷、书刊销售业,在伦敦形成了一个女性出版网络,出版业中女性的存在对文学趣味、文化时尚、情感结构和公共意见形成了不可忽略的影响。这被世人称为"格拉布街上的女人问题"。文学的读者和文学创作的主力是中产阶级的妇女。在18世纪中叶由女性作家所编写出版的作品在总出版量中的占比为40%,而到了18世纪末占比直接上升至70%。在小说和诗歌领域女性取得了世人瞩目的成就,只不过那个需要直接与观众对话且向来被统治者所掌控的戏剧界,却一直是女性难以走进的领地。自从女剧作家在17世纪得到接纳,一直到18世纪,众多靠着戏剧维持生计的女演员、女明星和剧作家才真正出现。自1620年到1823年间,来自英国的女性作家所创作的剧作就达到600部之多,而当中的近200部都是在1770年到1800年间创作出来的。兼具戏剧家、演员和小说家于一身的伊丽莎白·因契伯德

是 18 世纪最受观众欢迎的剧作家。她一生创作、改编、翻译了 20 多部剧作，其中大部分剧作在伦敦剧院上演并出版。她在去世前烧毁了 4 卷本的自传。许多女作家兼具小说家、诗人、戏剧家的多重身份，采用丰富多样的文类——小说、日记、回忆、书信、政论、随笔、戏剧等表现中产阶级的日常生活和经历。以戏剧、诗歌和教育闻名的汉娜·莫尔，深受约翰逊博士的赏识，其改编并创作的大量剧本深受观众喜爱。

整个 18 世纪，涌现出众多思想深邃、情感热烈、政治偏激的女作家，她们以写作的方式来对女性成长过程中所涉及的教育、婚姻、家庭、性别、成长、男性气质、同性之间的友情、阶级与社群、情感与理性，还包括政治、宗教和经济问题，展现出的极为明显的女性意识，表现出她们对于所处时代的主旋律——科学主义、理性主义和商业主义所给予的思考、焦虑和批判。在 18 世纪的英国女性文学史上，哥特小说的代表人物安·拉德克利夫是不能忽略的女性，我们透过她的小说，可以窥见在那个辉煌的世纪，英国女性乃至英国人隐秘的恐惧和焦虑。她出身于伦敦一个商人家庭，22 岁时嫁给一位律师，她生性羞涩，因此过着离群索居的生活，在丈夫的鼓励下开始小说创作。她创作了《乌多尔夫的秘密》和《意大利人》等 6 部哥特小说，对当时及后世作家如司各特、华兹华斯、柯勒律治、雪莱夫妇、济慈、拜伦、勃朗特姐妹、狄更斯、萨克雷及达夫妮·杜·穆里埃等产生了不可磨灭的影响。

正是因为受安·拉德克利夫的影响，人们才开始认真看待哥特的小说。歌特的小说有着复杂的结构和异国情调，同时还通过使用超自然力量的城堡来喻指陌生、险恶环境当中所遮盖的与婚姻、性有关的禁闭、阴谋和暴力，体现出女性面对家庭，甚至是性道德时内心的不安和纠结心理，同时还展现了处于传统走向现代的转型期的那些充满了各种鬼魅且近乎崩溃的中世纪庄园的生活方式已经处于日渐瓦解状态。它的瓦解与存在同样令人不安，邪恶、黑暗、危险与仙境般的美丽并存，正是这种心态的折射。安·拉德克利夫小说中无处不在的暗示、沉默、空白、朦胧同与世隔绝的城堡中的男女内心的焦躁不安、身份的不确定、无缘由的恐惧密切相关。

四、19世纪：中产阶级女作家的崛起

进入19世纪以后，女性的文学传统和生活状况都有了巨大的转变。"为了获取选举权而进行的斗争，要求拥有个人的财产权、离婚后想要获取对孩子的监护权；进入高等教育机构，好获取成为医生、护士、律师和新闻工作者之后继续学习的权利；主持贸易联盟、经商、写畅销书，女性在社会上已经愈发地引人注目，导致到了19世纪末期，人们所说的女性问题——妇女在社会中所处的恰当地位的问题，得以成为当时思想家们所关注的重要领域。"在文学领域，女作家创作了数量超过先前所有世纪的文学作品，既粗制滥造了难以计数的通俗小说和戏剧，也留下了大量堪称经典的杰作。她们的作品关注现实妇女的命运，表现女性处境的阴暗面，探讨两性关系、母亲角色、孩子抚养、女性犯罪等问题，有些作家甚至把没有自由和人格独立的女性的生活视为奴隶般的生活，她们塑造新女性，甚至幻想出女性的乌托邦公社。

由学者保罗·史略特和琼·史略特共同整理编辑而成的《英国女作家百科全书》中所收录作品对应的400位女作家当中大部分都来自19世纪。伴随着大批量女作家的出现，学者们惊奇地发现出版于19世纪的小说和诗歌有50%都是由女性写作完成的。单单在1760年到1830年间，署名的女诗人就有229位，还有82位女诗人以匿名的方式出版了诗歌，她们通过创作英雄诗剧、传奇、斯宾塞体、歌谣、颂诗、十四行诗、儿歌和抒情诗，来对大自然、宗教、爱欲、死亡和社会问题进行表现。如具有强烈宗教关怀并在英国诗坛具有重要地位的柯里斯蒂娜·乔治娜·罗塞蒂，其诗歌以质朴自然的形式表现她的宗教信仰、世俗世界的无聊和人生的苦难。而颇具传奇色彩和影响力的伊丽莎白·巴雷特·勃朗宁，则以其感情细腻、笔调婉约、格律严谨的爱情诗在诗歌领域赢得了一席地位。在被文学史家称为戏剧衰微的19世纪，最受公众欢迎的剧作家是乔安娜·贝利。在通俗文学高速发展的19世纪，每12位通俗作家当中就有10位是女性，而且最为多产的小说家同样是女性。安东尼·特罗洛普的母亲法兰西丝·特罗洛普、玛格丽特·奥利芬特等女作家创作完成作品将近100部。日渐壮大的女作家群体和大量的作品、多样化的文类、社会意识和性别意识的确立、

艺术形式上的自觉，使得英国文学日渐丰富起来，对于社会产生了广泛且深远的影响。

五、20世纪：女性文学的黄金世纪

20世纪女性文学深受妇女运动、女权主义思想和两次大战的影响。对于女性精英而言，女权主义不仅是一种思潮，而且是一种看女性和看世界的立场和思维方式，是所有问题的焦点。质疑男性中心的价值体系和文化标准，表现女性主体性，探索女性身份和女性亚文化，发展姐妹情谊，更新现存世界，被视为女性写作所担负的神圣使命。随着女性普遍接受教育并进入公共领域，有关女性写作的禁忌和限制逐渐被打破，女性的写作也超越了女性性别身份的限定。女作家将性别问题与多灾多难的20世纪中的许多重大问题联系起来，发出了自己独特的声音[①]。

与该思想所发生的巨大转变相关联的是在文学观念和表现手法方面所进行的革新，其展现出针对心理与精神世界所给予的高度重视有一定向内转的倾向。20世纪前期，最有影响力的作家之一是女权主义的代表——梅·辛克莱，她也是一位在精神分析和哲学方面都有过深入研究且受到很深影响的作家。1896年她开始卖文为生，一生创作了20多部长篇小说、2部哲学著作和大量的诗歌、散文、文学评论、新闻报道。她的作品通过女性的社会地位及女性的艰苦奋斗揭露爱德华时代的社会问题，如自传体小说《玛丽·奥利维尔》，内容涉及酗酒的父亲、控制欲强的母亲以及母女关系、兄妹关系等。英国国内首位通过使用意识流来进行写作的作家是多萝西·理查逊，她的作品展现出与自从19世纪以后比较看重外部物质世界的"男性现实主义"截然不同的风格。她在确立自己在文学界声望的自传体长篇小说《人生历程》当中，正是通过使用意识流的手法来展现女主人公对于自我认知的追寻和女性内心深处的意识。她对于把文学主题设定为女性经验所发挥的重要价值加以肯定，尝试去探索一种适合来体现女性经验的文风和句式，并大胆地对标准的句法结构进行改变。

---

① 陈晓兰. 外国女性文学教程 [M]. 上海：复旦大学出版社，2011.

针对家庭制度和西方文明进行反思的核心在于性别问题，也把传统女性文学面对婚姻家庭时的矛盾心态加以传承，映射出的是家庭当中冰冷无亲、杂乱无章等不好的一面，揭示了男性邪恶、自私、冷酷的内心以及女性被迫受到的暴力伤害，针对女性沦为妓女、被囚、自杀的悲惨处境进行描述，以两性关系和家庭关系作为切入点来强烈地抨击主流价值观的荒谬之处，也是整个20世纪女性作家进行创作时常常会使用的主题。琼·里斯以《简·爱》中疯女人伯莎·梅森为主人公的小说《广阔的马尾藻湾》，让沉默的伯莎开口讲述自己发疯的真相，通过罗切斯特与伯莎的叙述，从男女两性的双重角度揭示了男权主义和殖民主义对于女性的双重利用和迫害，彻底颠覆了传统女性文学中对于爱情、婚姻和家庭的诉求，揭示男性气质和男性魅力的来源正在于男性的权威、暴力、专断和喜怒无常。

在爱尔兰出生的艾莉丝·默多克就读于牛津大学并顺利毕业，第二次世界大战期间一直在英国当时的财政部、联合国救济与复兴署参与工作，第二次世界大战结束以后前往美国开始研究哲学，之后进入剑桥大学继续对哲学进行研究，并于1984年成为牛津大学教授哲学的教师，柏拉图、弗洛伊德、萨特等人对她的思想和创作有着重要影响。她终生一共创作了25部小说以及众多与哲学、戏剧相关的著作。她的作品思想深刻、主题广泛，涉及爱情、婚姻、暴力、复仇、信仰、知识分子的追求与妥协等，表现出强烈的道德感和伦理关怀，融现实主义的风格和象征主义手法为一体，既富有悲剧色彩又包含着黑色幽默。

正如肖瓦尔特所说：1900—1920年出生的女作家，50%上过大学，1920年以后的女作家中，很难发现一位没有学位的作家。……在战后时期，女性亚文化的界限只有在工人阶级妇女中间比较明显，在文化精英阶层中已不太突出，同她们的兄弟们一样可以在剑桥、牛津接受教育的女作家们对于男性知识不再表现出要么崇拜、要么拒绝的态度。女性开始通过个人的方式来对性进行展示，不会再受来自持守贞洁男性的反对，男女作家所创作的作品在主题和基调上的不同之处也不再明显。女作家日渐学者化、多产，有了较为强烈的社会批判意识和政治意识，创作主题、思想观念、创作风格渐趋多样化，这些成为20世纪英国女性文学颇为鲜明的特征。

第二节　美国女性文学

一、17—18 世纪：女性文学的开端

美国自 1776 年独立以来仅有二百多年的历史，但学术界通常认为美国文学的发端应前推一个多世纪，从殖民地时期算起，以 1607 年约翰·史密斯船长带领第一批移民在北美大陆建立第一个英国殖民地詹姆斯敦为标志。殖民地时期的美国文学仍带有浓重的欧洲遗风，模仿痕迹较重，写作题材也多局限于探险、游记、历史和宗教之类，文体形式则更多具有实用性，比如日记、书信、布道词等。

出生在英格兰的布雷兹特里特，在一个良好的家庭环境中尽览诗书，精通多门语言，是一个博学多才的女人。到了 1630 年，全家人通过乘坐约翰·温斯洛普的舰队举家迁往北美的萨勒姆镇。随后就在那个地方顺利结婚、生子、读书、写作，期间遭遇疾病和丧女的打击。1666 年，她所居住的房子和所有藏书被大火全部烧毁，致使全家人没有安身的地方，但凭着信仰所给予她的内心的平安和坚定的意志，她在离世之后留下了很多没来得及公之于世的散文和诗歌。她因 1647 年在伦敦发表的诗作《第十缪斯，近来跃然出现在美国》而得名"第十缪斯"，这部诗集被认为是出自美国新大陆的首部诗集。布雷兹特里特敢于挑战传统主流社会为女性规定的界限，大胆追求知识和思想解放，被看作美国早期女性主义的先驱。她的诗歌创作题材局限于家庭生活的"私人领域"，仅供家人和朋友欣赏，具有明显的私人化倾向，就连诗作的发表也是男性家庭成员的刻意安排，其意图是为了向世人展示清教体制下妻子和母亲的地位如何通过信仰和教育得以提升。她为父母所做的墓志铭集中体现了清教文化中"性别领域划分"的主流意识形态和评判两性美德的双重标准：女性的恭顺谦卑和自我牺牲是清教徒眼中的上帝旨意。她所写的诗歌都是以个人的学识储备和内心的省察作为根基，取材则是以家庭和宗教主题居多，较少有针对殖民地恶劣生活环境的描述，作品中所使用的意象和隐喻绝大多数都是来自女性的日常生活和宗教感受，传递出女性在家庭生活与自然自爱中的各种情趣，比

如她所写的《神圣与道德冥想》《写给挚爱的夫君》《家宅被烧之后》等作品。所写的诗体现出她在面对女性地位和清教信仰时的矛盾心理。

美国殖民时期的一个重要创作题材是殖民探险文学，主要是欧洲移民介绍新大陆及其新生活的描述文字，包括殖民者与印第安土著之间发生的纠葛。玛丽·罗兰森的《玛丽·罗兰森夫人被俘与归家的叙述》，记录了她在新英格兰的印第安土著中间度过的十一周零五天，被认为是美国"俘虏叙事文学"的开山之作。

从18世纪开始，作为文类之一的小说开始在英国不断发展，使得文学与人民的生活之间的距离进一步拉近。由女性作家苏珊娜·罗森所写的畅销书《夏洛特·坦普尔》是早期美国女性小说的代表，其作品在语言、风格和内容上更多的是效法欧陆风格，以新兴中产阶级的价值观作为切入点，有着极为强烈的道德说教感觉。

总体上讲，17—18世纪从英国殖民者来到新大陆到美国独立战争前后的一个多世纪，美国女性文学并未取得太多显著成就。对于女性写作而言，作为早期美国文学思想基石的清教主义是一柄"双刃剑"。一方面，清教思想体系强调个体的精神体验，鼓励个体独立与上帝交流思想，不断省察内心，以独善其身。由于这是不分性别的，女性的内心体验也被赋予了与男性同等的权威，因此从理论上为女性写作提供了有利条件。另一方面，所谓的清教文化源自男权社会的体制，它所关注的焦点是男性在社会和家庭中要有一定的权威，而女性处于仅次于男性的从属地位，进而阻碍了女性在一些公共事务中的发展。比如，在公共场所是禁止女性分享个人对于圣经的理解和认识，同时也禁止她们在政府部门和宗教机构中担任任何职位。

二、19世纪：浪漫主义时期的女性文学

十八九世纪的中产阶级女性被越来越多地局限于家庭领域，教育、参政、财产等正当权益得不到法律保护；主流社会极力渲染女性的柔弱纯洁、情感丰富、恭顺谦卑等特质以及肯定女性相夫教子、勤俭持家等角色，并把这些作为女性特有的"美德"来弘扬。这种男权意识形态首先在英国引发质疑和抨击，早期女权主义的声音在19世纪的美国得到了积极响

应。在美国所发起的女权主义运动与众不同的地方在于它在起步阶段就与黑奴解放息息相关，以卢克丽霞·莫特、伊丽莎白·卡迪·斯坦顿作为代表的反抗奴隶制的女斗士，于1848年相约在纽约州的塞内加瀑布召开首次的女权大会，把美国妇女解放运动首次推向了高潮，所提的要求是两性平等，这次活动想要达成的一个最为重要的目标就是力争获取政治权利，尤其是公民选举权。

在女权主义浪潮中，19世纪中叶的美国女性写作领域呈现出一派勃勃生机。一个引人注目的现象是大批女性家庭、感伤小说占领市场：以苏姗·沃纳的《宽阔的世界》畅销为标志，凯瑟琳·塞奇威克、卡罗琳·李·亨茨、安娜·沃纳、玛丽亚·卡明斯、安·斯蒂芬斯、玛丽·简·霍尔默斯、奥古丝塔·埃文斯·威尔逊等人纷纷聚焦于家庭生活，在作品中反映了19世纪女性的成长与生存状态；贝姆将其情节程式化地归纳为"一个被剥夺了赖以生存（正当或不正当）的生活支柱的年轻女孩被迫独立谋求生存的困境"。

在美国文学和思想发展的历史长河中，与玛格丽特·富勒这个名字紧密相关的是爱默生、惠特曼、梭罗、霍桑、爱伦·坡等人。她在世的时候不但跟代表美国超验主义的相关人物有过亲密接触，同时还于1840—1842年间受到爱默生的邀请前往《日晷》（超验主义杂志）杂志社担任首任编辑，还被看作是由霍桑所写的《红字》《福谷传奇》等著作当中女主人公的原型，也是惠特曼所主张民主思想的灵感之源。与此同时，她还是一个为女性主义四处奔走的社会活动家，积极推动捍卫与妇女、罪犯和黑奴权益相关的社会变革。富勒在世时被誉为新英格兰最博学的人，除了做过编辑工作以外，她还曾供职于《纽约论坛报》，不仅是该报社的首位女编辑，而且后来还作为该报的首位女特派记者被派往欧洲工作。1850年，她与丈夫、孩子在返回美国的途中全部遇难身亡。富勒把教育看作女性争取平等政治权利的首要条件，提倡女性根据自己的兴趣和能力自由选择职业，警告女性不要过多依赖丈夫，呼吁女性在婚姻中寻求独立。她大胆地驳斥当时盛行于世的"两性分野"的说法，指出两性之间没有严格的界限划分："没有完全男性化的男人……也没有纯粹女性化的女人。"在文学创作方面，富勒比较擅长的是散文的写作。她根据个人在游览芝加哥、尼亚加拉瀑布、威斯康星州密尔沃基市和纽约州水牛城等地的所见所闻以及旅游途中与印第安人简短交往的经历,撰写出一部名为《湖上的夏天》的佳作。而之前在《纽约论坛报》工作的四年时间里,她曾经撰写过极多的专栏文章和书评,所写的内容更多是与文学艺术、社会政治相关的话题,这里面就会有一些维护黑奴与女性权益的文章。

19世纪黑奴叙事的代表人物琳达·布伦特,是一名有着27年黑奴经历并成功逃脱的混血女子。她的自传《一名女黑奴的生活纪实》讲述了女黑奴受到的不公正待遇,比如来自奴隶主的性侵犯及其后果、女黑奴与其他白人男子的性关系、黑奴子女获取自由身份的艰难等问题。虽然作品当中已经把涉及的人名和地名进行了虚构的处理,但里面还是会有诸如发生于1831年的纳特·特纳起义事件、1850年通过的《逃亡黑奴法》等真实发生过的历史事件。该作品处处都满了宗教意味,映射出奴隶制对于女性贞洁和性道德方面所产生的种种不良影响,重点指出女黑奴在遭遇性侵犯时的软弱无助,主要是为了博得来自北方中产阶级的基督教白人妇女的同情,同时揭露和批判了南方白人信仰的虚伪。

19世纪浪漫主义时期美国女作家中首屈一指的当推传奇女诗人艾米莉·狄金森,跃动在狄金森诗行中的生命激情和思想火花与她生前那独具神秘色彩的封闭生活形成了鲜明对照。她从宗教、自然与生命、爱情与痛苦、灵与肉、时间、死亡与永生等层面体味人生,刻意避免了当时盛行的华而不实的浪漫诗风,以大胆直白的诗性语言、简单明快的诗歌意象表现了她对人类境遇的敏锐洞察力。

三、世纪之交:现实主义时期的女性文学

内战发生之后,伴随着南方奴隶制的日渐衰弱和北方持续不断发展的工业化进程,美国文学正式迈入现实主义时期。最有影响力的是以哈姆林·加兰、布雷特·哈特为代表的乡土主义流派。该流派兴起于19世纪60年代末期,然后在80—90年代发展至巅峰。其作品更多地聚焦于某个地区的社会群体生活,并通过细致的笔触描绘了特定的时代、特定环境下人物的生存状态,如实再现彼时彼地的自然景观、风土人情、方言土语等地域特征。由于当时美国的地区之间差异尚存,不同地区的作家各自体现了鲜明的地域特色,根据地理分布大致可分为新英格兰、南方、中西部等

区域。

这里面最具代表性的人物是朱厄特,她进行创作的源头为英格兰那片土壤,绝大多数作品的背景都是位于缅因州与新罕布什尔州交界处的一个名为南伯威克的海滨城市。这个海港城市正是朱厄特一家人世世代代所住的地方。当 19 岁的时候,他就已经在知名刊物——《大西洋月刊》上刊发了个人所写的第一篇小说。在之后的 35 年时间里她一直在坚持写作,由她所撰写的中长篇小说和短篇故事集共有 15 部,其中的长篇小说《乡村医生》以及短篇小说《深港》和《白苍鹭》等都是她的代表作。《乡村医生》反映了一名年轻女孩在婚姻和事业之间做出"非此即彼"的艰难抉择的困境及自我意识的觉醒过程,被看作是一部打破父权制意识形态束缚、鼓励女性摆脱传统角色禁锢、宣扬女权主义思想的早期代表作。作品弥漫着一种对逝去的小渔村生活方式的浪漫怀旧情愫,着力渲染了女性价值观对抗男权社会资本主义工业化进程中急功近利、物质至上的个人主义价值观的积极意义。《白苍鹭》是她所写的短篇小说,主要描述的是一个乡下女孩如何抵挡来自城市的青年鸟类学家金钱和异性魅力的诱惑,最后没有把对方渴望捕获的白苍鹭的具体行踪出卖给鸟类学家的故事,体现的主题是女性价值观,尤其是生态环保思想当中女性与自然的和谐共处。总的来说,朱厄特通过使用情感相对细腻的诗性语言来表现浓郁的乡土气息和富有浪漫色彩的众多细节,其轻情节而重细节描写的主题表现手法在很大程度上颠覆了传统的男性叙事模式,对美国女性写作传统的建立产生了一定影响。

四、20 世纪:后现代时期的女性文学

第二次世界大战之后,美国文学从整体来看,展现出的是一片创新、求异多元化发展的景象。除了由后现代思潮所推动的文学技巧方面的改革和在主题方面所进行的创新之外,小部分的族裔、劳动阶层、女同性恋等被主流边缘化的群体因自身所具备的特殊性开始受到当代美国文学的普遍性关注。这当中占据重要地位的是非裔美国文学。在风云动荡的民权运动环境当中,作为美国历史当中黑人所发起的全新的文艺复兴运动,这场有关黑人权力的运动于 1964 年正式开始,活动的规模和产生的影响力已经赶

超发生在20世纪20年代的"哈莱姆文艺复兴"。黑人艺术家致力于开拓种族文化历史传统，寻求黑人文化的自主性，强调黑人文学艺术的独特性，即"黑人性"，力图在此基础上建立一种黑人美学。以莫里森、沃克为首的一批女作家脱颖而出，使黑人文学成功地进入了20世纪美国文学的经典殿堂。托尼·莫里森成为获得诺贝尔文学奖的首位非裔美国女作家，也是诺贝尔奖有史以来第八位获此殊荣的女作家。

艾丽丝·沃克以坚定的立场来大力传扬女性主义思想，透过黑人以其他有色人种的独特身份作为切入点来革新传统的女性主义，从而创建出"妇女主义"。沃克是在佐治亚州的一个佃农家庭中出生。而本人既有北美印第安人的血统，同时还有爱尔兰人和苏格兰人的血统。她在8岁的时候，因为一次意外受伤而右眼失明，中学毕业以后凭借优异成绩得以就读于一所黑人女子学院，在校学习两年后通过转学进入位于纽约的萨拉·劳伦斯学院，在校学习期间还曾经被差遣前往非洲参与交流活动。大学时代，沃克开始积极参与黑人民权运动，她与犹太民权律师利文撒尔的婚姻是密西西比州首例合法的跨种族通婚，招来了"三K党"的威胁和迫害，这场婚姻维持八年后结束，女儿丽贝卡目前也是一名作家。沃克70年代后期在《女士》杂志担任编辑期间还对重新发现赫斯顿做出了重大贡献。她的代表作之——《紫颜色》，曾荣获美国国家图书奖和普利策奖，而作品《科普兰农庄的第三种生活》则是她的处女座，还有长篇小说《梅里迪安》《父亲的微笑之光》《我亲人的庙宇》等，所展现的都是黑人民权运动；短篇小说有《日常家用》等，还有散文作品《寻找我们母亲的花园》等，主要表现的是黑人女性在充满了各种暴力的种族主义白人文化和父权制度下的黑人文化当中长期进行抗争和成长的经历。

20世纪后半叶，性别、种族和阶级问题在美国文学中逐渐被前景化。与此同时，伴随着美国的后工业化进程，从艺术形式上讲，美国文学自60年代以来进入了一个后现代时期①。女性主义科幻小说家厄秀拉·勒古恩、"新新闻主义"散文家琼·狄迪恩，以及打破文学与音乐、绘画等各种艺术形式疆界，并在文本中引入高科技元素的后现代行为艺术家劳瑞·安德森等女作家的作品，对于传统小说和现代派小说的模式来说是一种颠覆，

---

① 柏棣．西方女性主义文学理论［M］．桂林：广西师范大学出版社，2007．

通常使用"反英雄"或缺乏个性的"代码"来塑造人物,表现方式方面有着自我指涉、并置、戏仿和非线性叙事等元小说自身的特点,同时还具备多个种类的艺术形式、多个文本、多重视域融合互文性特征,叙事过程中的话语则是使用拼贴、重复、断裂、留白等手法来实现对于传统语言秩序的颠覆,深刻地揭露了美国后现代社会混乱无序的现状以及使许多个体陷入困顿和迷茫的情况。

总之,20世纪美国女性文学的发展在很大程度上得益于女性主义运动的新浪潮,大致经历了一个从早期女性作家和作品的重新发现与推出,到女性文学传统的开发与系统梳理,一直走向女性诗学的探索成型的过程。自20世纪60年代始,女性作家与少数族裔、同性恋等其他边缘化作家群体一起高调出现于公众视野,女性擅长的日记、书信、浪漫小说等各种边缘化文类都被纳入扩展的"文学"范围,"女性哥特""女性科幻""女性乌托邦"等派生文学体裁也应运而生,并成为学术界的研究对象。所有的这些都表明女性文学已经完全走进文学经典殿堂的初始阶段。与此同时,参与创作的群体和体裁本身的多样化与分化从起初就可以确定"女性文学"的内部一定存留着一种与普适性相对抗且有着异质特性的标签。考虑到构建美国社会的本质具有多元化以及文学界和批评界针对"差异"所给予的高度关注,促使21世纪美国的女性文学以及研究领域将会迎来一片更为精彩的发展趋势。

第三节 女性视角下的英美文学审美

一、女性在多恩诗作中的卑微地位

在多恩的诗中,常常充斥着男性至上的霸权意识和对女性的轻蔑,因此,他的诗中女性往往被刻画为被动的、缺乏自主能力的次等客体,认为她们是"缺席"的、"缄默"的,或者是邪恶的、淫荡不贞的。

约翰·多恩(John Donne)于1572年出生在英国伦敦一罗马天主教家庭,青年时期放浪不羁,纵情声色,被称为Jack Donne,后来历经挫折,皈依英国国教，潜心布道讲经，并于 1621 年出任圣保罗大教堂的教长（Dean of St Paul's Cathedral），直到 1631 年去世，被称为 Dr. John Donne。

多恩所使用的诗名大部分都源自他所写的那些大胆却又创意的艳情诗。在这一类诗当中，女性会被多恩描述为一种被动的、没有自主能力的次等客体，或是她们处于"缺席""沉默"的状态，或者被描述成淫荡的、邪恶的。这些女性所展现出的畸形形象映射出诗人男性所形成的主观意识和个人偏见，只不过多恩却尝试透过男人的视角以风趣幽默的方式把这些写出来，以至那个时代的众多男性读者总喜欢谈论他所写的诗。

多恩在他的作品中大量地融入了戏剧的成分，而且在很多作品中都使用了令人备感亲切的口语，但是部分作品中多恩还是采用了男主人公通篇独白的方式，以造成女主人公的沉默和模糊感，如《跳蚤》《献给就寝的情侣》这两首诗，都是立足于诗人（男性）对他的情人的欲望之上，都是男人按照自己的意愿一步步引导女性，而我们却听不到女性的任何声音，让人感到女性一直是一个沉默的、模糊的人物，从而把女性定格在一种被动和从属的位置之上。既然女人是附属于男人的，那么，男人自然也就可以对女人肆意践踏。

在父权制度的文化环境当中，在男人所认知的道义和哲学范畴中，女性被定义为是淫荡的、不忠贞的，甚至还被看作是邪恶的。所以，多恩在自己所写的众多艳情诗当中处处都散发着男性至上的霸权意味，不做掩饰地表达对女性的轻蔑，甚至还会把女性以非人化的视角看作是男人的某种附属物品。在《共享》这首诗当中，多恩把女人比喻成供男人进行吞咽、品尝或是被忽略的水果。而在《爱的炼金术》这首诗中，他一度否认女人是有心灵的，甚至把女人贬低为缺少心灵的"木乃伊"。他写道："可别在女人体内冀求心灵，至多她们只有秀美和聪慧；她们只不过是木乃伊，一旦被占有。"

正因对女性有着极端的轻视和统治意识，多恩在他的诗中反复质疑女人的忠贞。在《歌》中，他开篇就连续列举六桩不可能办到的事情：抓一颗流星、让何首乌怀孕、追流年的踪影、劈开魔鬼的双蹄、听美人鱼唱歌、避开嫉妒的刺伤。这里所提及的种种意象，表面上看来风马牛不相及，细细分析起来则不然。流星一闪即逝，想要抓住它无异于大海捞针；

何首乌具人形,用以做药,西方有促孕之说,但叫它自己怀孕,就是天方夜谭;有着双蹄的魔鬼只存于西方的传说中,何人能将之劈开;时光无法倒流,追流年的踪影也就是水中捞月,而美人鱼也只能在童话中出现——这些现实中不可能发生的事情。

多恩的一生曲折坎坷,矛盾重重,他不仅有世俗的一面,同时还有虔诚的宗教信仰;他天生就是严肃的,有一定的宗教气质,只不过他又不是生来就是虔诚的或禁欲的,反而表现出世俗的、野心勃勃的。这些都在他所写的艳情诗中有所体现,就是在一个由人文主义观和封建的基督教神学所组成的思想矛盾体中互相地冲突和碰撞。针对这种内在的冲突和碰撞,首先表现在对于男权主义的多方维护方面,然而为了使男权得到有效的维护,只好选择牺牲女性的利益甚至是想方设法地诋毁女性。

二、《收藏家》:女性边缘生存状态的解析

在当代的英国文学界,约翰·福尔斯凭借着他在文学方面所取得的成就被世人所瞩目,由她所写的《收藏家》和《法国中尉的女人》长期占据畅销榜。与后者的知名度相比,国内对于《收藏家》所做的研究实在是少得可怜,众多的学者从作品的创作技法作为切入点进行研究,然而在针对女主人公米兰达的个性形象从人本主义和存在主义视角所进行的解读更多地还是停留在她是一个软弱、贪生怕死、肆意放纵、思想禁锢的人的浅显层面。很少有人关注《收藏家》中福尔斯对女性所持的态度。

(一)福尔斯作品和生活中乡村的蕴意

1926 年福尔斯生于距伦敦 40 英里①的小镇莱昂斯,在这里度过了他的童年和少年时代。与比他小 15 岁的妹妹之间年龄上的差距致使福尔斯基本上是在孤独中成长,这也造成了他日后乐于离群索居,尤其是对宁静的大自然情有独钟。

---

① 1 英里≈1.609 千米。

20世纪60年代，恰好迎来女性主义发展的第二次高峰，针对那个时代的氛围和声音福尔斯进行了呼应，于1963年完成首部作品《收藏家》的写作并顺利出版，这部作品使得他声名鹊起。对于一个尤为重视国家传统的作家来说，福尔斯对于托马斯·哈代所写的作品格外喜欢，他在作品当中很好地继承了哈代那精湛且细腻的景物描写手法。《法国中尉的女人》中大部分场景在乡村，萨拉经常会穿过乡村树林去坝堤散步、看海，她与查尔斯在树林中相识，恋爱；《收藏家》中的故事发生的地点也是偏僻的农村。女主人公被绑架到人烟稀少的乡村别墅地下室，阴冷、潮湿、缺乏阳光和新鲜空气，而且完全与外界隔绝。宁静的乡村能使人的内心获得安宁，只不过远离繁华的城市之后，乡村也就增添了边缘化的色彩。就像哈代透过自己的作品所说的，大自然绝不单单是用来作为故事的背景的，它时常会与人物的活动进行一定的交织，福尔斯也尝试把景物，特别是农村的特有的景物与人物的活动巧妙地融合为一个有机的整体，而作品中的女主人公米兰达则是被塑造为一个有着鲜明个性的女性形象。

（二）农村隐射女性空间边缘

20世纪60年代女性摆脱了"屋子里的天使"的狭隘的角色，不再把家庭看作是最幸福的殿堂，而是广泛地投入社会生活的各个方面，享用她们争取来的自由。《收藏家》中的米兰达品学兼优，对生活和艺术有独到的见解，对其充满热爱与希望，因此在学业和前途问题上曾与父亲意见不一。米兰达对于父亲一直想让她从医的期待是坚决反对的，因为她要去追逐属于自己的理想，最终她如愿以偿地进入伦敦莱斯德美术学校学习。在校期间，她凭借个人取得的优异成绩得以多次前往国外参加各类的艺术活动。站在伦敦这个大舞台上，米兰达得以游刃有余地发挥自我，很好地彰显了她自身的才能。虽说女性的空间在那一刻不再被限定于闺房当中，而米兰达努力获取的机会和自由可以得到延续吗？

就在米兰达生命如此灿烂的时候，一天晚上她毫无防备地被早有预谋的银行小职员克莱格绑架到一幢乡村别墅。别墅距离伦敦要乘一个多小时的汽车，离最近的村子也有三四英里；公路两旁全是森林，过往车辆和行人极为稀少，几乎是渺无人烟。远离熙熙攘攘的闹市，乡村不但人烟稀少,而且文化氛围薄弱,米兰达在此既不能被赏识,又没有展现自我的机会。与外界隔绝和疏远意味着她要失去自由,要忍受孤独,面对无助。

实际上,从20世纪60年代开始的女权运动为女性拓展出一片全新的天地,只不过因为人们在主观认识层面还没有清除顽固的、传统的父权观念,使得女性并未得到真正的自由。女性的角色依旧被定位为家里的女儿、妻子和母亲,房子当中依然是女性仅有的生存空间。正如弗吉尼亚·沃尔夫所说的:作为一个自由女性的前提条件是要"拥有一间属于自己的房间"。虽然这个时候的女人已经拥有了自己的房间,但从广义的层面来看的话,她依然是以房子附属品的身份而存在,就如同米兰达在小说中所说的。

米兰达被囚禁在"没有阳光,凉飕飕,潮乎乎,散发着一股霉味儿"的地下室里,墙壁"像冬天的湿木头"。她曾多次要求"放风",想看看窗外之景,感受阳光,呼吸新鲜空气,可是都遭到克莱格的拒绝。一个正常的人被限制在狭小的、暗无天日的地下室,"门用两英寸厚的木板做成,里面还钉了铁皮,足有一吨重,还装锁,警报器,焚化炉",整个房间被设计得天衣无缝,其情形恰似一所监狱。在这房子当中所住的人,最基本的人身自由和个人空间已被强制剥夺。而这些正如巴特克所说的:"女性的空间指的并不是她个人的身体可加以认识和自由支配的领域,而是一个用来囚禁她的完全封闭的监狱。"就连米兰达努力争取来的前往地下室的外间去散步的时间都一定要把嘴巴堵上,即使洗澡时还一定要捆绑双手,这种时时处处被束缚、被监控的生活对于内心渴望自由的米兰达来说是何等的煎熬。

囚禁米兰达的别墅是过时了的破旧的古老的房屋,而屋内的装饰和摆设却与其格格不入,因此米兰达砸碎了三只瓷野鸭,"一所这样古老的房子有它自己的灵魂,你不能用这种东西来装饰、美化"。对于女性来说,一直很憎恶男权对于她们的压制,她渴望有属于自己的主张、意见和行动。当她住在一个"天花板很低,且呈拱形"的地下室当中,感觉还是压抑,甚至让人感到窒息。针对米兰达而言,该地下室就是一个用来装鸟的笼子,会让鸟彻底失去自由。她曾经有很多次梦到小鸟想要摆脱笼子的束缚去寻找一片全新的天地和生活,很明显,那个用来束缚心灵的地下室所代表的是当时的父权制社会以及父权制意识形态给女性带来的种种压迫。

米兰达是20世纪60年代女性争取生存自由的典范,勇于呼喊出不同的声音，敢于用不屈的声音对抗父权体制，福尔斯将米兰达置于边远偏僻的乡村别墅，这一地理空间上的疏远与隔离致使女性物质空间边缘化；米兰达的言行一再遭到否认和排斥又使她置于话语的边缘。可是米兰达却一直都在毫不退缩地开展着不同形式的抗争。由于身处一个有着双重边缘的环境，她个人的语言和思想虽说因为排斥被迫站在父权中心话语相对立的一面，同时她还时常遭受来自周围的打压、扭曲、诋毁，甚至是完全被封锁，但她内心始终有一个信念：要坚持不懈地进行战斗，才能为自己赢得一个相对自由的生存空间。就像是那些具有一定的革命性且能够给人类文明带来变革的思想都会有被"边缘化"的坎坷历程，就如中国的农村进入了一个全面发展和建设的时期，最终将呈现出一派勃勃生机。福尔斯也意在传达一种思想：若干米兰达式的女性坚持不懈的抗争必然会带来女性话语、个人空间上的革新，进而使她们获得生存自由。

三、英美文学的审美价值演变

（一）英美文学的生长概貌

英国文学有着悠久的历史，历经了一个恒久且庞大的成长过程。在此过程当中，处于文学本体外部的各种历史、政治、文化、现实等各个层面都会对文学孕育产生一定的影响，文学内部的运转会依照自身的规律，先是从盎格鲁-撒克逊到文艺再起，然后再从新古典主义，历经浪漫主义、现实主义、今世主义等有一定差异的历史时期。经历战争后的英国文学大略从起初的写实开始向着实验和多元的形势发展。

美国文学在19世纪末就已不再是"英国文学的一个分支"。进入20世纪，美国文学日趋成熟，成为真正意义上独立的、具有强壮生命力的民族文学。战后的美国文学历经50年代的新旧交替、60年代的实验主义精神的浸润、70年代至世纪末的多元化生长阶段，形成了差异于以往历史时期的特性[①]。

---

① 徐硕果. 文化研究视野中的英美文学 [M]. 北京：人民出版社，2008.

（二）英美文学的批评理论概述

整个 20 世纪被称为"批评的世纪"。文学批评理论从刚开始的"内在的研究"开始向着"外在的研究"不断地成长。"新批评"、新历史主义、结构主义、读者应声批评、解构主义、女性主义、新精神分析、后殖民主义等众多批评理论实现了对于文学看法的改造，从根本上改变了人们对于文学传统、文学与社会关联、典律的构建、文学与文化的认识，也为文学方面的研究开拓出一片新天地。

（三）英美文学的认知功效和艺术价值

文学是对人生体验的文化表征。文学作品隐含对生存的思考、价值取向和特定的意识形态。阅读英美文学作品是相识西方文化的一条必经途径，可以打入到支持表层文化的深层文化，即西方文化中带基础性的头脑看法、价值评判，西方人通常使用的视角，以及对这些视角的批评。

（四）英美文学研究

针对外国文学进行研究有助于拓宽我们的眼界，增加对外国文化的了解，使我们的所学知识得以增长，带动我国的文学创作和引领其繁荣发展，使得中国文学得以生长，并在社会主义的环境中建设先进文化。这些都是研究外国文学的具体意义。单就英美文学来说，可考虑使用诗歌、小说戏剧、作家作品、文学批评理论、文学史、中外文学比较和文学派别等工具来进行研究。我们国家对外国文学研究的水平七零八落，对英美经典作家的研究有待深入，对现当代文学跟踪研究有待增强[①]。

四、英美文学的教育价值

对于英美文学来说，它是一面镜子，映射出英语民族悠久的历史文化；英美文学也是一束光，为那些寻求真、善、美之人照亮前方的道路。英文文学课是高等院校当中学习英语专业的高年级学生专业课里面的必修课，往往通过阅读和分析英美文学作品来发挥自身的重要意义和作用，使

---

① 于淼，王阳阳，朱丽．英美文学与女性视角 [M]．北京：新华出版社，2014．

得学生在初期阶段所获取的知识加以深化，并使学生运用语言的能力得以提高，增加学生对于西方文学以及文化的了解，培养学生的文学鉴赏力和审美的敏感性，以及敏锐感受生活、认知生活的能力，进而从整体上促进其人文素质的提高。具体来说，开设本教程的目的是直接提高学生的英语语言水平，使学生掌握英语文学和文化知识以及培养学生的人文素养和健全人格。首先，文学是语言的精髓，文学欣赏会直接有助于英语水平的提高。在经过基础的语言教学之后，文学作品的阅读和欣赏无疑是学习外语的一个系统有效的途径和必要阶段。阅读文学的过程可以带动语言学习实现质的飞跃。伴随着时代的发展，现代社会开始向着多元化发展，而时代的主旋律是大力弘扬人自身的主体性。所以，在进行课堂教学的过程中，引导学生一步步成为教学当中的主体是现代教学改革未来必然要走的道路。更为核心的地方在于英美文学要尽可能地发挥出其在人文学科方面得天独厚的优势，也应当为学生在独立思考和创造性思维等方面能力的培养搭建更好的平台。

我国传统的英美文学课教学的主要模式是老师讲、学生听的"填鸭式"教学。这种教法抑制了学生主观能动性的发挥，不能有效地指导学生对文学作品进行深入、复杂的，富有想象力和创造性的思考，而文学作品中蕴含的智慧、感情、经验、原创力、想象力、生命思想以及审美意识，都在这刻板、僵化的模式教学中渐渐丧失，学生的自主性受到压抑和损害。另外，该课程由于历史跨度大，文学流派多，作家的风格也纷繁多样，再加上课时少，其结果可想而知。经过一两年的学习，学生只能记住课堂上讨论过的作家名字、作品梗概，但整体印象只是模糊一片。随着我国素质教育的全面推进，高校教学中这种"灌注式"的单一教学模式日益暴露出它的局限性。那么如何调动学生的积极性，使英美文学课成为培养学生的自主学习能力以适应未来社会发展需要的一门课，已成为教师们努力的方向。

第四章　多元文化视野下的生态文学

生态文学是以生态整体主义为思想基础，以生态系统整体利益为最高价值的考察和表现自然与人之关系和探寻生态危机之社会根源的文学。生态文学以生态系统的整体利益为最高价值，而不是以人类中心主义为理论基础、以人类的利益为价值判断。随着愈演愈烈的生态危机，英美文学在20世纪生态思潮中得到迅猛发展。英美生态文学具有深远的浪漫传统，回归自然是其永恒的主题和梦想。

第一节　英国生态文学

一、文艺复兴前的生态文学

（一）《贝奥武夫》中的生态联系

《贝奥武夫》是英国古代最长的一首叙事诗，约占现存盎格鲁-撒克逊诗歌总量的十分之一。故事情节是这样的：丹麦国王赫罗斯加兴建了一座宏伟的宴乐厅，但却遭到魔怪格伦德尔的屡屡袭击。魔怪为所欲为，每次来都抓走一些武士，连续危害达十二年之久。消息传到基特人耳里，基特武士贝奥武夫率十四勇士前往救援。经过激烈的搏斗，力大无穷的贝奥武夫扯断了魔怪的一只胳膊，垂死的魔怪逃回自己的洞穴。第二天晚上，魔怪的母亲前来为他的儿子报仇。贝奥武夫又与她在水潭下的洞穴中展开殊死搏斗，最后用魔剑将她杀死。贝奥武夫获胜回国。不久，国王海格拉克父子先后死于非命，贝奥武夫继承王位。他成功地统治基特兰德达五十年之久。可在他暮年之际，国内出了一条毒龙。毒龙因自己守护的财宝被盗，开始向基特人进行报复。它口吐烈焰，毁灭性极强。为使自己的国家和人民免于灾祸，贝奥武甫毅然深入龙窟。在一位名叫维格拉夫的年轻武士的援助下，斩除毒龙，但老英雄也为此献出了生命。

在《贝奥武夫》的故事中，魔怪格伦德尔和他的母亲既有人的特点，又有动物的特点，是非人非兽的东西，但代表的是自然界中一种与人类为敌的邪恶势力。格伦德尔来自地球深处的洞穴，成功地袭扰赫罗斯的宴乐厅，并残忍地吞噬被抓的武士。他和他的母亲来自大自然，但对人类文明是一种威胁。这无疑是早期文明与自然之间矛盾的一种意象。格兰道尔之所以是魔怪，正是因为他置身大自然，远离人类社会。这就意味着大自然是一种可以吞噬人类生命的危险力量。《贝奥武夫》的故事就是这样把人和大自然联系在一起的。

还要说明的一点是，虽然故事讴歌了人类对隐喻自然力量的魔怪及其母亲的最后胜利，但故事也一再强调了主人公贝奥武夫的克制能力。也就是说，贝奥武夫不但有控制环境的能力，而且也具备自我控制力。这种对控制力的强调在另一部中古英国文学作品《高文爵士与绿衣骑士》中也有体现。

（二）杰弗里·乔叟的生态思想

杰弗里·乔叟生于伦敦一富裕的中产阶级家庭，父亲是酒商，母亲与宫廷有密切关系。乔叟自幼受到良好的教育，十七岁便进入宫廷为英王爱德华三世的儿媳厄尔斯特伯爵夫人当少年侍从。英法百年战争中，他随英王出征，却被法军俘虏。不久被他父亲出资赎回。1366年，乔叟娶菲莉帕为妻，但菲莉帕于1387年去世。由于妻妹的关系，乔叟一生受到显贵的保护和照顾，在宫廷中担任过各种公职，具有丰富的阅历。这期间还前往欧洲大陆进行外交活动，这些都是对他的文学创作起了很大影响的因素。

乔叟饱读诗书，精通多种语言，加上丰富的阅历和对社会各界细致的观察，他成了中古英语文学最伟大的代表，被誉为"英国诗歌之父"。他的主要作品有从法文翻译的《玫瑰传奇》、创作的《公爵夫人之书》《声誉之宫》《特罗伊勒斯和克莱西德》等，而最有名的就是被当作英国文学史上第一部现实主义典范的《坎特伯雷故事集》。

《坎特伯雷故事集》虽然是一部未能如愿完成的著作，但就其已完成的部分而言，它已经是一部文学巨著。全书由许多不同的故事组成，通过作者匠心独运的组织与安排，这些故事被有机地结合起来，构成了统一的整体。虽说作者的目的是讲故事，但在讲故事的过程中，读者还是可以意会到乔叟的某些生态思想的。从上古至中世纪，自然规律不可抗拒是一直被哲学家和思想家们强调的生态思想。古希腊米力都学派代表人物之一的阿那克西曼德早在公元前6世纪就强调了这一点，巴门尼德则发展了自然整体观念，斯多葛派的创始人芝诺则认为人生的目的就在于与自然和谐相处，强调人是自然整体的一部分。① 这些生态思想在《坎特伯雷故事集》中都有所体现。

从生态角度说，大自然和人类属于同一个生态系统，而这一生态系统的和谐对人类和大自然中的所有生物和非生物来说都是至关重要的。在《坎特伯雷故事集》的开端，乔叟就给我们描述了一幅和谐的生态图，这里，季节和气候为大自然的一切提供了其需要的条件和环境，而这种宜人的季节和气候条件也使人类有了朝圣的欲望。

二、文艺复兴时期的生态文学

（一）莎士比亚十四行诗中的生态联系

文艺复兴时期最伟大的剧作家和诗人就是威廉·莎士比亚。莎士比亚1564年出生于英国中部瓦维克郡的埃文河畔的斯特拉特福。父亲约翰·莎士比亚是经营羊毛、皮革制品及谷物生意的杂货商，曾担任过镇民政官和镇长。莎士比亚幼年在当地文法学校读书。13岁时，由于家道中落，莎士比亚不得不辍学经商。22岁时前往伦敦，先在剧院门前为贵族顾客看马，后逐渐成为剧院的杂役、演员、剧作家和股东。1597年，莎士比亚重返家乡，在家乡购置房产，度过人生的最后时光。1616年4月23日，莎士比亚病逝，葬于镇上的圣三一教堂。莎士比亚虽然只受过基本的教育，但他的剧作能和古代一流的剧作家比美。他一生给世人留下了37部戏剧，其中

---

① 王诺. 欧美生态文学 [M]. 北京：北京大学出版社，2003.

包括一些与别人合写的一般剧作。此外，他还写有154首十四行诗和三四首长诗。莎士比亚的主要作品：悲剧有《罗密欧与朱丽叶》《麦克白》《李尔王》《哈姆雷特》和《奥赛罗》等，喜剧有《皆大欢喜》《仲夏夜之梦》《无事生非》《暴风雨》《第十二夜》和《威尼斯商人》等，历史剧有《亨利四世》《亨利五世》《亨利六世》《亨利八世》《约翰王》《理查二世》和《理查三世》等。

李正栓指出："文艺复兴时期诗人们普遍倡导'模仿自然'。"① 这里的自然，狭义上指人类生活的地球，广义上指的是宇宙。在这一模仿过程中，诗人们广泛应用自然中的意象来表达自己的诗作所要达成的情感。莎士比亚的十四行诗就有不少这样的意象。他用"四月天"象征青春（第3首），用"花"象征美（第5首），用"夏日"象征爱人（第18首）。

莎士比亚的十四行诗表达了时间如流水、逝去不再来的自然规律。时间是不可逆转的，是不以人的意志为转移的。寒来暑往，春去秋来，花开花谢，这都是自然规律使然。时间是无情的，随着时间的推移，一切都将成为历史。在第5首十四行诗中，莎士比亚把人间的美比喻为鲜花。但花终归会凋谢，所以美也终归会消失。

（二）约翰·多恩诗歌中的生态意识

文艺复兴时期的代表诗派之一是玄学派诗歌。玄学派诗人通常包括其鼻祖人物约翰·多恩、乔治·赫伯特、亨利·沃恩、理查德·克拉肖等。1777年，约翰逊在其所作的文章《考伯的生平》中首次把这一名称冠在这些诗人头上。德莱顿、约翰逊等人对玄学派诗歌持批评态度，认为玄学派诗歌用词怪僻晦涩，太过学究气和思辨化。但20世纪的新批评派却很推崇玄学派诗风，认为玄学派诗歌将思想和情感完美结合起来，表现了丰富的想象力和艺术独创性，堪称英语诗歌的最巅峰。对玄学派诗歌的艺术魅力和文学地位，批评界仁者见仁，智者见智。但有一点却是得到广泛认同的，那就是玄学派诗人在语言表达形式上独辟蹊径，大胆革新，内心感受强烈。而奇幻的意象、丰富神秘的色彩、新奇的比喻、模糊的象征和隐喻等也都是玄学派诗歌的特点。在这些比喻、象征和隐喻应用的过程中，玄学派诗人便表现了人与其他生物同为一个生态系统的朦胧生态意识。

---

① 李正栓. 英国文艺复兴时期诗歌研究 [M]. 保定：河北大学出版社，2006.

第四章　多元文化视野下的生态文学

　　玄学派诗人的代表人物是约翰·多恩。1572年，多恩出生在一个天主教家庭。4岁时其父去世，母亲后来改嫁一个天主教徒医生。多恩自幼受到天主教教育。当时的英国为了对抗欧洲大陆的天主教，另立新教为国教，因此，当时在英国天主教徒受到社会的歧视。多恩的个人生活也因此受到影响，虽然上了大学，却因为信仰而无法拿到文凭。后来他到伦敦学法律，想以此走上仕途。在伦敦，他成了掌管国王玉玺的大臣托马斯·埃杰顿爵士的秘书，前途看似一片光明。可率性的多恩却和埃杰顿夫人的侄女偷偷相恋，并于1601年秘密结婚。多恩因此丢了工作，并短期入狱。但他们的婚姻维持了一辈子。他的妻子于1617年去世，但多恩并未再娶。后来多恩改信英国国教，因为他学识渊博，口才出众，40岁就成了伦敦最大的圣保罗大教堂的主持，直到去世。

　　多恩以其诗作和布道词著称于世，一般认为其青年时期的诗作是最好的作品，但其后期诗歌仍能反映出他独特的风格。从多恩的诗歌中，我们可以看出他的生态思想。其一就是他没有把人类和世界分离开来。他认为，人不是绝对独立的个体，而是和宇宙万物以及社会联系在一起的。多恩在诗歌中同样表达了宇宙的对立统一关系。他没有把人和世界割裂开来，也没有把人置于高于动物的支配地位。他使用动物和无生命的事物来类比人类，这对文艺复兴时期人本主义的观点是一种挑战，同时也说明了他认为人与动植物是平等的生态思想。

三、18世纪的生态文学

（一）诗歌中的生态思想和生态联系

　　威廉·考珀是英国著名诗人。他的诗集和所翻译的《荷马史诗》一直是脍炙人口的佳作。考珀于1731年11月15日出身于英国圣公会一位牧师的家庭，6岁时其母去世，考珀被送往寄宿学校学习。在那儿读书时，他常受同学欺负，经常在半夜里被噩梦惊醒。1748年，他去学习法律，不久后爱上了自己的表妹。这一恋情遭到他父亲的反对，1755年两人不得不中断关系。考珀为此写了一组诗歌，名为《迪莉娅》，但这些诗歌直到1825年才得以出版。1754年，他开始担任律师，负责调查商业破产的案件。

1763年，考珀报考上议院秘书，但内部的竞争使他大受打击。生性敏感并患有抑郁症的他终于精神失常，并有了轻生的念头。有一次，他于晨曦中驾车前往离家不远的河边，打算了结此生。他在阴雾中兜了几圈之后，决定孤注一掷，下车跳河。可他落脚之地却是自家门口。考珀顿感是上帝在搭救他，遂写下有名的感恩诗《上帝神迹》。

　　1765年，他在亨廷顿的牧师莫利·昂温家寄宿。莫利死后，他和莫利的遗孀玛丽母女迁居奥尔尼。在此考珀和福音派牧师牛顿成为莫逆之交。牛顿牧师为他准备了房间，使他能从事写作。他们一起合作写下了《奥尔尼赞美诗集》，并于1779年发表。在这本诗集中，考珀写了68首，其中有《和上帝更近地走在一起》及《上帝以神秘的方式移动》等名篇。1773年，考珀和玛丽订婚，可这时精神却再次失常。他梦魇不断，认为上帝遗弃了他，并再次试图自杀。这期间，他在牛顿家住了一年，然后才搬回去跟玛丽住在一起。康复之后，他接受玛丽的建议，写了很多讽刺诗。这些诗歌于1782年发表。同年，他写出了他最出名的长诗《任务》。1786年，他和玛丽迁居威斯顿安德伍德。1796年，玛丽去世。考珀再次精神抑郁，自此再也没有完全康复。1800年4月25日，考珀死于水肿。

　　考珀一生都在追求宁静简单的生活和乡间的乐趣。他的诗歌以热爱自然和温顺和平的浪漫气息著称。正因如此，在考珀的某些诗歌作品中，可以看到他对自然的关注和同情。

　　诗人还对橡树的神秘力量有种崇敬之情。一开始他就说，如果他不是个基督徒的话，他会跪倒在橡树面前。事实上，或许成功的能力使得诗人和橡树之间有了一种亲情，有了一种平等。考珀一生多次遭受抑郁症的折磨，认为自己没有希望被拯救。虽然写诗无法消除他的疏离感，但多少减轻了他的寂寞感，因为他可在非人类的动植物中找到类似的地方。这一点在他写的关于宠物的诗中特别明显。考珀养了三只野兔：普斯、蒂尼和贝斯。显然，他很喜欢它们，尤其是蒂尼。

　　安娜·艾金·巴博德出生于1743年6月20日。父亲是一个长老会牧师，也是一名教师。母亲是简·艾金。安娜从小从母亲那里接受传统的家庭教育，后来说服她父亲教了她一些拉丁文和希腊文。1761年，安娜认识了约瑟夫·普里斯特利，和他们夫妇成了朋友。普里斯特利的诗歌激发了安娜的灵感。她最早的一首可查询日期的诗歌就是写给普里斯特利的。

1773 年，安娜出版了她的主要诗集《诗歌》，结果一炮而红。这本诗集相当个性化，显露了安娜的某些个性。有几首诗反映了她对朋友和家人的爱，其他诗表明了她的宗教信仰和政治观点。

夏洛特·史密斯是英国诗人和小说家。她的作品对哥特作品的形成起了一定的促进作用，她还对浪漫主义的形成也起过一定的作用。但没有多少人知道这一点。史密斯与生态结下不解之缘是因为她的作品中包含了诸多高贵而如画的山水风景。

夏洛特·史密斯写过一首《画眉颂》。在诗中，她对画眉的歌声及喜好食物等做了描述。在一张便条中，她甚至对吉尔伯特·怀特的《塞尔彭自然史》中有关画眉的叙述提出质疑。怀特说画眉歌唱的季节非常短。可史密斯指出，怀特在其书中把画眉列入那些仲夏时节就停止歌唱的鸟类中，这其实是错的。画眉从一月的第二个星期就开始歌唱。每当刮风或是天气变化的时候，画眉都会发出各种不同的叫声。画眉以浆果和虫子为食，但主要是前者。这毫无疑问是有关画眉的鸟类知识，而且是符合事实的。

史密斯和生态文学的关系，主要是基于她作品中的风景描写。她不单对风景做一番描述，有时还往往把风景和所发生的事联系起来。以《移民》一诗为例。夏洛特·史密斯是法国大革命的支持者。但她对雅格宾派的暴政也颇有微词。在她的《移民》一诗中，她描写了一批为了安全而移居到萨西克斯郡乡间生活的法国神职人员和贵族，指出他们过去对穷人的不公正行为，但也对革命采取的暴力行为予以谴责。

（二）前浪漫主义诗歌中的生态思想和生态意识

威廉·布莱克是英国诗人、画家、神秘主义幻想家和雕刻工。他不但印刷自己的作品，而且给自己的作品画插图。布莱克出生在伦敦，一生中大部分时间都在伦敦度过。他父亲是个成功的伦敦袜商，他鼓励布莱克发挥艺术天分。布莱克早年在家里接受教育，主要是由他的母亲对他进行教育。1767 年，他被送往亨利·帕斯绘画学校学习。布莱克曾记录说，从小时候起就看见过天使和幽灵般的和尚，还说他见过天使加百利、圣母玛利亚及不同的历史人物，并且和他们对过话。14 岁时，布莱克到雕刻工詹姆斯·巴塞尔那里学了 7 年雕刻。哥特式艺术和建筑深深影响了他。1783

年，他和凯瑟琳·鲍彻结婚。布莱克教凯瑟琳·鲍彻画画，凯瑟琳·鲍彻也帮了布莱克不少忙。布莱克的第一部诗集《诗歌素描》出版于1783年，接着他又出版了《纯真之歌》和《经验之歌》。他最有名的诗歌是《老虎》，收在《经验之歌》里。在这些作品中，世界是经由一个孩子的角度体现的，但也是成年人经验的寓言。

布莱克雕刻并出版了自己的大部分作品。他预言式的著名作品中有《天堂和地狱的婚姻》《天真的预言》《弥尔顿》及《耶路撒冷》等。

大自然是浪漫主义诗歌最主要的抒写对象。布莱克曾经说过："对有想象力的人来说，大自然本身就是想象力。"在布莱克笔下，大自然就像一个美丽的女性，正伸开双臂，柔媚无比。

在浪漫主义自然史中，威廉·布莱克是个特别复杂的人物。一方面，布莱克对"植物"界是敌对的。但与此同时，他又在他的诗歌和艺术作品中大力使用自然意象。而所有的生物之间又有着某种联系。所以，他的毛毛虫和蝴蝶经常有人的脸，而他的人的形象有时则是树根或是树枝。他的鸟类的尾巴和翅膀像花茎和藤蔓，而他的神话人物则把人的形象和生物或是残忍的动物联系在一起。

布莱克赞颂大自然的美，认为人类必须对大自然的美负责，不能随意打破大自然的平衡。例如，在《天真的预言》中，他描述了人类因对宇宙万物之间的联系一无所知而付出的代价："杀死了飞蛾的嬉戏的男孩／一定会感受到蜘蛛的敌意""伤害小鹡鸰的人／永不会被人类所爱"。在他的很多歌谣和抒情诗中，布莱克暗示，只有人类才会破坏自然界存在的平衡。在《塞尔之书》中，他展示了一个有机体的生死循环。在这个循环中，云、百合、土块和虫子都能接受自己的位置，而塞尔却不能。在《病玫瑰》中，他指出自然所实行的毁灭性进程是和人类的希望和乐观不一致的。

罗伯特·彭斯生于苏格兰艾尔郡一个农民家庭。他的父亲是位受过教育的农民，一生辛劳但终身贫困。彭斯从小就不得不到田里去帮助父亲干农活，因此，他只在学校里读了两年半的书。然而，彭斯很早就对文学产生了浓厚的兴趣，广泛涉猎各国文学，并熟悉掌握了古老的苏格兰民歌、民谣和传说。在苏格兰土生土长的彭斯从大自然汲取了充足的养分。1783年，年仅16岁的彭斯开始写诗。1786年，他的第一部诗集——《苏格兰方言主体诗集》出版，集中收有《两只狗》《致小鼠》《致山中雏菊》《致虱子》等优秀的苏格兰比兴诗，辛辣的讽刺诗《圣节集市》，歌颂农民及优美大自然的《农民的星期六夜晚》等诗篇。诗集引起轰动，他被邀请到爱丁堡，成为王公贵妇的座上客，并结识了苏格兰歌谣收集者约翰逊。不久后，彭斯回到故乡。1789年，彭斯谋得一个小税务官的职位。在以后的岁月里彭斯埋头编纂苏格兰民歌两卷集，分别取名为《苏格兰音乐总汇》和《早期苏格兰抒情民歌选集》，使许多将要失传的民歌得以保存。彭斯是一位真正的苏格兰民族诗人。他主要用苏格兰方言进行诗歌创作，诗歌题材丰富多样，包括爱情和友谊、苏格兰故乡美丽的自然风光、普通人民的劳动和生活、苏格兰同胞的爱国主义精神和为自由而作的斗争以及对腐朽、虚伪的教会神职人员和上流社会的尖锐讽刺等。彭斯的诗歌韵律优美，情感真挚，尤其是对底层人民充满了深厚同情。

彭斯的诗歌中，自然的概念是一种力量，这种力量既对弱者无利，对强者也无益，是一种中立的力量。如他的诗歌《农民的星期六夜晚》《视觉》《爱和自由》等皆以人类条件和冬季恶劣的环境对比开头。但是，读者一般都忽略了彭斯对自然的冷淡态度，而对之描述大自然风光的才能佩服有加。

作为农民诗人，彭斯的创作跟他赖以生存的土地息息相关。在他的诗歌中，有很多诗作描绘了大自然的美丽和他对大自然的热爱之情。

这首诗也确实是诗人唱给阿夫顿河的歌。在荆棘丛生的溪谷里，到处是欢唱的鸟儿，有野鸽子，有野八哥，有"长着翠绿冠羽的田鬼"。周围，群山巍峨，掩映在其间的是食草的羊群和玛丽的小屋。山谷里，景色优美，花儿盛开，还有桦树婆娑的身影。通过诗人的描绘，一幅景色优美、百鸟欢唱的风景画栩栩如生地呈现在读者面前。这么一幅美丽的大自然的图画，很难想象会有人舍得去破坏它。浪漫主义诗人热爱大自然的激情通过诗歌传达给世人，并给世人这样一则信息：大自然是美丽的，谁破坏大自然，谁就会是历史的罪人。

四、19 世纪的生态文学

(一) 诗歌中的生态思想和生态意识

华兹华斯是一位具有强烈生态意识的人文主义者,他的诗歌中所蕴含的浓厚生态意识主要体现为:崇拜自然、赞美自然;强烈谴责工业文明对人身心的损害;强调回归自然及人与自然的和谐相处等。华兹华斯经常被当作"环境保护主义之父",这和他强烈的生态意识不无关系。从他对湖区的热爱以及他的一些谴责破坏环境行为的诗歌来看,说他是"环境保护主义之父"一点都不过分。从某种意义上说,他是启蒙时代的一个生态批评家。

在华兹华斯的长篇自传体诗歌《序曲》的第十一卷中,华兹华斯似乎在说,我们这个年代,人们只相信理性。我们可以把这个时代叫作启蒙时代。当然,这个时代的好处是显而易见的。但对华兹华斯来说,这个时代同样存在着危险,因为启蒙运动崇尚的是判断而不是感觉。启蒙可能是社会解放的一条路径,但它同样是生态帝国主义的一个程序。在诗歌的中间部分,华兹华斯转而描述自然能够给远离城区的人带来的心理愉悦。这其中关键是要让眼睛安静,不再去寻找如画的风景给眼睛带来的视觉享受,而是转向内部的视域,使自己能够看到事物的生命。对山谷的记忆使诗人知道,所有的东西,即使表面是死的东西,如岩石和泥土等,其实都是有生命的,而且有一种令人向上的精神。华兹华斯曾经坦言,他自己是自然的崇拜者。

华兹华斯拒绝把自然景物分成主体与客体。他认为自然景物既是主体也是客体,它们既有自己的思想,同时也是被人们看到的客体。他觉得,如果把自然绝对地分成主体与客体,无疑是一种谋杀式的区分。在华兹华斯的诗歌中,他从视觉到听觉再到感觉,最后进入暂时记忆的空间,通过这种方式,他把自己的意识和生态系统联系在一起。他意念中的"在场"联系了空气、水和思想。

华兹华斯认为,人的思想是自然的一部分。"他认为人和他周围的物体是互相作用的,这样就产生了一个包含痛苦和快乐的无限复杂的整体。"

第四章 多元文化视野下的生态文学

《写于廷顿修道院上几英里处的诗句》不是给读者展示如画风景的方式，而是在挖掘感官和创作的内在联系，是对思想和环境空间连成的网的一种思考。反之亦然。他认为，所有的生命都是和自然界的其他东西联系在一起的。

华兹华斯经常被誉为"自然"作家的浪漫主义诗人。对华兹华斯来说，"自然"意味着社会是很复杂的。一方面，华兹华斯是个典型的类似自然主义者的诗人，总是对周围的环境给予关注，如植物、动物、地理环境和天气等。同时，华兹华斯又是个自觉的文学艺术家，把人类的思想当成自己诗歌创作的来源。正是他这种既是自然景色的客观描绘者又是感官体验的主观承载者的身份部分说明了为什么他既是个创造者，又是个接收者。内心世界和外部世界的结合正是华兹华斯对自然描述的核心。他认为："人和自然本质上是互相适应的，人的思想是反映大自然中最美好、最有趣的特质的镜子。"华兹华斯总是把细心观察到的经验记录下来，然后再在头脑里塑造这些经验。他的"自然"是他广泛阅读和在湖区漫步的结果。

在华兹华斯的自然诗里，自然在对他说话，而他则成了自然的代言人。自然的语言经常是神秘的。华兹华斯向往的自然是能把他从对逝去瞬间的好奇中拉回来的自然。

塞穆尔·泰勒·柯勒律治是英国抒情诗人、评论家和哲学家。他和威廉·华兹华斯合写的《抒情歌谣集》是英国浪漫主义诗歌的开山之作。柯勒律治出生于德文郡的奥特里圣玛丽，是当地的教区牧师最小的儿子。父亲去世后，柯勒律治被送到伦敦去读书。在剑桥，他遇到未来的激进桂冠诗人罗伯特。他和罗伯特一起到了布里斯托尔，想设立一个社区，但计划流产了。1795年，他和罗伯特未婚妻的妹妹萨拉—弗里克结婚。但他并不是真的爱她。柯勒律治的诗集《各种主题》于1796年发表，1797年他又发表了《诗集》。

由于受神经痛和风湿病的折磨，柯勒律治抽上了鸦片。他住在伦敦，几乎到了自杀的地步。1816年，未完成的诗歌《克里斯特贝尔》和《忽必烈汗》问世，第二年他发表了《神秘的树叶》。据诗人说，《忽必烈汗》是睡梦中得到的灵感。这一时期，他最重要的作品是《文学传记》。1817年以后，柯勒律治致力于神学及政治社会学研究。1824年，他被选为皇家文学协会会员。1834年7月25日,他在伦敦附近去世。

在柯勒律治的诗歌和散文中,自然界被当成人类幸福和智慧的钥匙。对他来说,自然界既是复杂的,又是矛盾的。他认为,诗歌、人类思想和自然界经常是联结在一起的,是我们内心生活和外部生活的一部分,是一种可以把现实中毫无关联的不同部分联成一个整体的力量。

柯勒律治写过一首题为《致驴子,它妈妈就被链条拴在边上》的诗歌,通篇对驴子表示了同情。诗歌一开始,诗人把驴子称为"可怜的小驴子,被压迫种族的一员"。但诗人对这"被压迫种族"的一员充满了友善和慈爱:"我经常用我温和的手喂你吃面包/轻拍你乱蓬蓬的毛发和你的头。"看到小驴似乎不快乐的样子,诗人还在发问小驴是否是看到妈妈被链条拴着失去了自由而伤心。接着,诗人在对驴表示同情的同时,也对驴的主人剥夺驴子的自由感到义愤:"可怜的驴子!他们的主人应该学会发发慈悲心。"除了谴责驴的主人们对驴的不公正,诗人还表达了自己对驴的态度:"我把你称为兄弟/尽管有傻瓜会奚落!/我会很高兴地带上你/住在宁静的山谷中/享受平等和自由。"在这样的地方,小驴就能快乐地生活着,和诗人和谐相处,享受快乐了。

柯勒律治是著名的"湖畔三诗人"之一。他的诗歌中描写景物的诗篇为数不少。1797年的一天,柯勒律治盼望已久的几位友人来到他的乡间住所造访。他们到达的那个上午,柯勒律治刚好伤了腿。友人们停留的日子里,他一直不能走动。一天晚上,客人离开了几个小时,柯勒律治就在花园的凉亭里写了这首诗。诗人虽然没有与友人一同前往,不能在大自然中与友人一同游乐,可他却想象着友人的行踪,通过想象描述沿途的景物。

(二)小说中的生态思想和生态意识

沃尔特·司各特爵士于1771年8月15日出生于苏格兰的爱丁堡。司各特创作了一系列被称为"威弗利小说"的作品,使历史小说题材大为流行。在小说中,司各特对情节和人物的安排引人入胜,使读者能够深入小说中人物的生活。不论是伟人还是凡人,读者都可以跟着他们体验不同历史时期的急剧变化。

司各特的作品明显受到18世纪感伤派小说的影响。他认为,不论属于什么阶层,信仰什么宗教,政治背景和家庭背景如何,人在本质上都是好

第四章　多元文化视野下的生态文学

人。在他的历史小说中，忍耐是主要的主题。威弗利小说系列表达了司各特的社会必须进步的信念，但他并不排斥过去的传统。他是第一个以同情、现实的笔触描写农民形象的小说家，但对商人、士兵甚至国王也持公正的态度。

司各特很多小说的中心主题都是不同文化之间的冲突。《艾凡赫》写的是诺曼人和撒克逊人之间的战争。《塔利斯曼》是关于基督教徒和穆斯林教徒之间的冲突。他关于苏格兰历史的小说描写了英格兰新文化和苏格兰旧文化之间的冲突。司各特其他小说有《旧道德》《中洛辛郡的心脏》《圣罗兰的井》。他的威弗利系列有《罗伯·罗伊》《蒙特罗斯的传奇》和《昆廷·杜沃德》。

对苏格兰高地的描写，司各特在其小说创作之前的诗歌创作中已经有所体现。在他的《湖畔夫人》第一篇中，充满了对山、湖和森林的描写，但最有名的还是他的第一首成功的诗作《最后一个吟游诗人的叙事诗》第六篇中所写到的山地和洪水等。

从生态文学的角度看，司各特的小说《威弗利》的第 16 章描写的高地景色与生态有关。小说中，爱德华·威弗利第一次进入苏格兰高地。威弗利置身于夜晚的苏格兰高地的丛林和水边，似乎成了自然的一部分。大自然在他身体感到疲乏时起到了给他提神的作用。而一个人被留在这地方，他没有感到害怕或是危险，而是沉浸在浪漫的想象当中。这无疑是司各特的作品体现了人与自然之间有某种和谐关系的证明。

查尔斯·狄更斯于 1812 年 2 月 7 日生于朴次茅斯。父亲是海军中的小职员，嗜酒好客，挥霍无度，经常入不敷出。狄更斯 10 岁时，因为其父欠债，全家因此入狱。因生活所迫，狄更斯从 11 岁起就担负起繁重的工作。他当过皮鞋油作坊的学徒和律师事务所的记录员，后来担任过报社的采访记者。这些经历给他的创作提供了很好的素材。狄更斯在当记者的时候就已开始文学创作。他一生刻苦写作，留下了一大批优秀的作品。由于狄更斯生活的年代正是英国由封建社会向资本主义社会过渡的时期，狄更斯目睹了大批小资产者和无产者贫困、悲苦的生活状况。他以生动、幽默的笔触，真实、深刻地反映了资本主义上升阶段中的下层人的生活。狄更斯从事创作 34 年，共写了 14 部长篇小说（其中有一部未完成），许多中、短篇小说以及杂文、游记、戏剧等。狄更斯的主要作品有：《匹克威克外传》

《雾都孤儿》《大卫·科波菲尔》《荒凉山庄》《艰难时世》《双城记》和《远大前程》等。

伦敦上空的空气污染问题在狄更斯的小说中便有很具体的体现。在狄更斯的小说中，伦敦无疑成了有名的"雾都"。在小说《雾都孤儿》中，狄更斯描写的是孤儿奥利弗在伦敦的悲惨遭遇，而且他生活的背景就是伦敦。

可悲而且更为可怕的是，焦煤镇的工厂主们却把破坏环境、污染空气的煤烟当成衣食父母。资本家庞德贝的话代表了这一阶层人的利益："你看到我们的煤烟了吧。那就是我们的衣食父母。从各方面来讲，煤烟是世界上最有利于健康的东西，特别是对于肺部。"① 这种论调，是资本家从自身的物质利益出发的完全与科学背道而驰的论调。谁都知道，煤烟不但污染了空气，而且能使人的肺部造成感染，直接威胁人的健康。狄更斯对工业资本家只顾自己的利益而不顾生态环境遭受破坏和人类健康遭到威胁的批判可谓入木三分。

第二节　美国生态文学

一、殖民地时期的自然书写

（一）概述

与其他国家不大相同，美国文学中的生态思想，远在这个国家建立之前就已经开始形成。当代美国学者罗谢尔·约翰逊等人研究美洲大陆早期的自然书写以后，认为"当欧洲第一支探险队和航海者发现到美洲新大陆的航线时，以文学来描绘这块陆地的尝试也同时进行了"。不过，这块土地上早期的自然书写作品是为了提供给西班牙贵族们阅读，以自然的美景和富饶的大地去说服他们，好让西班牙王室愿意继续出钱出力去探索北美洲那块遥远的土地。在这个意义上，"早期探险家们描写自然只是为了说

---

① 狄更斯著. 艰难时世［M］. 全增报，胡文淑译. 上海：上海译文出版社，1978.

明新大陆能够奉献黄金和日用品,然后延续西班牙宗主国的权力"。很明显,最早的冒险家,比如效力西班牙王朝的意大利籍探险家哥伦布等人,他们之所以描述新大陆的自然环境,最主要的意图在于吸引更多的人力和财力投资他们进一步的探索。

由于这个缘故,早期来到北美的欧洲人大多数是探险队员、军人和航海水手。他们依托着极少数的资料和印第安人的传说,以探险者面对自然环境各自不同的心态来观察新大陆,书写的内容大多着重于生活与环境的联系。可以说在美国本身所谓的自然书写产生之前,作品里面关于自然的写作是早期探险者为了不同的目的而出现,比如教会传教、资金募集、人员号召等,原因不一而足。

到了16世纪前期,对生态研究有较大贡献的要数在此地艰苦跋涉的西班牙人瓦卡。1528年,他率领的船只在佛罗里达外海触礁,船上600多人遇难,只剩两三人奋勇上岸,而这两三人却被当地印第安部落囚禁,稍后获得释放。他即由现今美国的领土——佛罗里达州墨西哥湾出发,从1528年到1536年间的八年里,一路探险到西墨西哥地区,瓦卡也逐渐学习印第安人的文化及习俗。长期的驻扎与田野调查为他提供了难得的机会,让他对该地的环境与生态有了更多的了解。瓦卡原先的计划是记录自己的冒险故事,并拿此材料去说服国内的贵族们,使王室相信他能够劝说感化当地的印第安人。他认为不需要使用武力,应该以和平的方式殖民当地,所以瓦卡记载了不少资料送回西班牙,其中涵盖该地区的动物、植物、气候以及原住民的文化。"在他的记事中,最值得注意的是有关负鼠以及北美野牛来历的自然散文,那是欧洲第一次对于这两种动物的文字说明。"

在16世纪后期需要注意的是英国的约翰·史密斯。他笔下的新大陆不仅拥有自然的风光与肥沃的土地,他还在《新英格兰记述》中直指当地自然环境的渔猎条件,"照字面意义来说,就是财富",大力塑造出新大陆物产丰富的美景。此外,史密斯的叙述简单易懂。比如他将大自然中的苍鹰飞扑捕猎动物的景象比喻为欧洲贵族喜爱的猎鹰打猎活动,让读者毫不费力就能意会那种场景,抓住欧洲群众对于新大陆的好奇心。虽然史密斯经常在作品里面夸耀他自己的冒险经历,尤其是他与印第安人的交流过程,然而"五月花"号的清教徒正是在读过他对该地的描写以后,才下定决心前往充满新希望的北美洲。

"五月花"号在1620年载来首批清教徒移民,这批清教徒与之前的移民有很大的不同。因为宗教信仰的问题,他们必须避开英国国教的压迫而离开家园。"五月花"号的清教徒于1608年离开英国前往荷兰,然而问题依旧无法彻底解决,只得在十二年后再度出发前往《新英格兰记述》书中那块带有魅力的净土。清教徒起初的目标是弗吉尼亚,然而命运跟他们开了个玩笑,用大海的威力把他们送到普利茅斯(Plymouth)落脚。船上的清教徒冒险跨越巨砾而登陆海岸,在该处建立了普利茅斯殖民地。该城位于美国马萨诸塞州东南,距离波士顿不远。不久后,他们推举威廉·布雷德福为统治管理者。虽然在当年冬天有不少人被冻死或饿死,但该殖民地的创建比起弗吉尼亚要顺利得多。不久,在英国遭受迫害的清教徒也闻风而至。

布雷德福在极小时期就遭逢父亲过世、母亲改嫁的变故,由祖父母和叔叔带大,他将自己的一生奉献给挚爱的宗教与普利茅斯殖民地。布雷德福是虔诚的清教徒,同时也是清教神学在新大陆发展的历史记载者。清教徒对于生活有严谨的规范,使得布雷德福的作品带有浓厚的宗教色彩。他在担任管理角色的头十年,曾指出普利茅斯最主要的问题之一,在于"任何人只要付得出钱,无论他们的动机为何,以利益为导向的船只业主都将他们运送来此。此举带来了'许多没有价值的人',而这些人纠缠折磨着清教徒的新大陆"。由此,我们可以估量出宗教在他心中的地位十分崇高。

宗教思维反映在布拉福德管理普利茅斯的种种措施上面,包括他对于自然环境的态度,这些举措我们能够从他的《普利茅斯开拓史》中感受出来。首先,即使生活十分刻苦,身为虔诚传道者的布拉福德依旧将生活的感触、农渔猎的收获都归功于耶和华;其次,身为普利茅斯首任的管理者,他像个历史学家般写下开垦荒地的艰难历程、险恶条件下的生活环境、疾病跟瘟疫的问题,还有清教徒与印第安人、荷兰殖民地居民之间的交流及贸易等过程。

历书受到欢迎有两个主要的原因:第一是富兰克林创造出可怜的理查德、理查德的妻子和家人等温馨的人物形象,每一版的新历书都持续他们在日常生活中的简单故事,包括劝告人们要过着健康而有节制的简朴生活,还有珍惜时光、努力储蓄、勤奋工作的许多谚语,生活的智慧增加阅读历书的趣味性;第二是大部分的北美移民以务农、畜牧、捕鱼维持生计，而富兰克林协助新移民尽快适应当地的环境。同时，我们由此理解殖民地的居民是在生活当中学习与自然的相处方式，他们去理解自然环境的变化，再将其与生活环境相结合。

总之，富兰克林的经历突出了美国初期美国人发奋图强、乐观向上的精神；而随着他的作品越来越广泛的传阅，他的书籍在当时也成为美国人艰苦开创阶段的一种奋斗动力。

从美洲殖民地时期的文学创作看得出来，当时人们阅读的作品是与他们日常生活息息相关的东西，大致不脱离精神层面所需要的宗教经典以及生活层面所需要的现实写作。当时美洲殖民地的自然书写，重心在于描述自然环境与朴实生活，主题围绕着移民的日常生活，同时记载着移民在新的自然环境当中的个人体验。相对而言，此时的自然书写与生态文学存在着不少的差异。这时候的书写自然具有功利性，大多是为了移民及传教的目的而进行的写作，并非考虑到生态的整体利益。

（二）赫克托·克雷夫科尔的自然写作

大致说来，当1776年美国的独立宣言发表时，东北的新英格兰地区以英国的后裔为主，美国东部其他地区荷兰、比利时移民比较多，而拥有广大农地的南方地主有不少来自法国与西班牙。虽然源自欧洲各地方的人们移民北美的目的不尽相同，但他们在文学上的创作方向倒是颇为一致，大多着重于生活实用的层面。至于单纯的书写自然、强调生活与环境关系的作品，在那段开拓的岁月并不多见，赫克托·克雷夫科尔可以说是当时书写自然与生活关系的佼佼者。

大约与富兰克林同一时期的克雷夫科尔，在19岁时就由法国出发，远赴重洋到英国的亲戚家中住了一段时间，因为年轻的未婚妻在结婚之前突然死亡，难过的他离开家园参加军旅，先后在加拿大等地驻扎过。在1755年他21岁的时候，年轻的克雷夫科尔首次来到北美，四年后当旅行到达纽约时，他决定退职离开军队，展开了大约十年的探索殖民地的工作。

到了1769年，他结了婚，买下纽约的一处农庄，想要安分地当一个农夫。然而，七年后的局势发展出乎他的预料。美国独立战争开始，克雷夫科尔的态度是坚决反对美国独立，不愿留在殖民地目睹战争的残酷，他离开纽约的妻小，只身返回法国。这一去就是好几年，一直到美国这个国家建立之后，他才在 1783 年回到纽约的农庄。只是，他所看到的家园已经残破不堪，妻子也已经死去。其后他在美法两国之间来来去去，大部分的时间还是留在法国。

美国独立前，克雷夫科尔与美国妻子住在纽约的家中大约七年，这段时光是他最轻松惬意的时候了，这从他 1782 年在伦敦出版的《一位美洲农夫的信札》可见一斑。这本信札一问世就在英国与欧洲大陆畅销，其中克雷夫科尔使用具有浪漫主义特色的笔调，描写那块美丽又尚未被污染的新大陆。

有一天他悠闲自在地漫步于农场土地上，感觉"我从观察自己的牛只、马匹和小马当中获得乐趣。田中长满了繁茂的小草，是我们生活丰富的最佳见证；在那条路的当中，我砍伐开辟出一条八英尺①宽的沟渠，每一年的春天，大自然都用野生的白屈菜以及其他花朵的种子来装点着两边的堤岸，在肥沃的土壤中，它们长得极好"。野生的藤蔓与丛生的植物形成天然的遮阴屏障，在其中，许多的蜂鸟受到处处的野花吸引，就像同样被花香引诱而飞来的蜜蜂一般。克雷夫科尔叙述他注意到蜂鸟的独特，它们的翅膀挥动的速度快到让他的眼睛几乎分辨不了了，十分有意思。

二、美国立国到 18 世纪的自然书写

（一）威廉·巴特兰的生态游记

美国立国之初，文学的整体发展方向还在摸索当中，威廉·巴特兰将自己全部的力量投注于热爱的大自然生态以及相关的自然书写中。

巴特兰住在费城，身为植物学家的他是位非常积极又乐观的生态观察者。巴特兰曾经为了寻觅新生植物和研究印第安人的风俗习惯，在美国南部展开一次长时期的旅行，之后在 1791 年出版一本书名很长的游记——《南北卡罗来纳、佐治亚、东西佛罗里达、切罗基族聚居地、穆斯科古尔格的广大领地》或称《小湾邦联与查克陶族聚居地旅行记》。

---

① 1 英尺 = 0.3048 米。

巴特兰在旅行记里描写了他与美洲大鳄的邂逅。他先记录观察这群庞然大物的时间和地点，"傍晚的气温凉爽又宁静。鳄鱼开始低吼，以不寻常的数量沿着河岸在河水中前进。我的帐篷扎营在宽阔的草原上，靠近海岸突出点的最尽头，在一棵橡树的树荫之下，那个位置在草原的最高处，同时与我的船只有几码远的距离"。他看着鳄鱼在河水、在泥地里起伏，还不时听见它们令人恐惧的咆哮。"我的位置现在变得极为危险，两只非常大的鳄鱼接近而且攻击我，在那种情况下，它们用嘴部进行突然和快速地袭击，它们的身体只有部分浮在水面上，此时可怕的低吼声以及喷流出的水淹没了我。它们为了要惊吓我，接近我的耳边而同时闭合下颚，如此的一瞬间，我极有可能由船中被拖走，然后被狼吞虎咽地吞吃掉。"

从巴特兰的游记中我们能够体会出他的深层用义。鳄鱼或毒蛇等原是令人害怕的动物，他却认为它们之所以伤害人类，是单纯为了保护它们自己的生存而不得不采取的防卫动作。这种设身处地的思考模式为当代人提供了不同的思维，亦即心灵与感官并用去探索大自然。

巴特兰对生态环境的考察具有高度的热情，可说是美国描写自然的先驱。

（二）华盛顿·欧文的本土化概念

奠定美国建立之初文学发展方向的是被誉为"美国文学第一人"的华盛顿·欧文。他的作品充满纽约的地方色彩，改编自欧洲的传奇故事也都使用纽约或附近的地名，让美国读者备感亲切，同时凸显出地方化对美国文学初期定位的重要性。

欧文出生在纽约市一个富商的家庭，自幼聪明伶俐。他于1802年进入律师事务所工作，业余时间广泛地阅读文学作品，尤其酷爱阅读游记和浪漫主义作品。由于身体自幼羸弱，欧文常到纽约郊外旅游以调养身体。在旅游时，他悉心观察周遭居民的生活，这些都成为他作品中的重要素材。

《瑞普·凡·温克尔》的主角温克尔是具有荷兰血统的普通村民，生活在纽约郊外卡兹吉尔山脚下的村庄。他是大众公认的淳朴好人，不过非常的懒散，一天被老婆逼着上山工作，遇见几个穿着古代荷兰衣服的小矮人，喝了他们的酒，他却靠着树干沉沉入睡了。温克尔一觉醒来，居然是二十年后，当他返回自己的村庄，早已经物是人非了。

《睡谷的传说》讲述哈得逊河畔一个鬼气森森的地方,名叫"睡谷"。欧文将背景的"睡谷"描述成一个流传着许多恐怖故事的地区,其中尤以无头骑士的故事最为可怕。传说无头骑士是美国独立战争时期的骑兵,在他参与最后的战役时,骑兵的头被炮弹打飞了。死后,他的阴魂常在夜里骑马飞奔,到战场上寻找自己的头颅。

与稍后的美国自然书写作家相比,欧文虽然欣赏大自然的美景,不过他还不是现代意义下的生态文学作家。他不像稍晚的爱默生和梭罗,后者对大自然充满兴趣和热情,而欧文只是单纯地欣赏自然的风光,描述他所看到的景物与事件,依然是以人类为中心的思维方式,属于美国早期自然书写的典型,他的作品还不具备现代意义的生态文学特征。

无论如何,欧文的文字协助美国人对自己国家的文学产生认同,并且强而有力地激起他们日后由美国东边向西探索的欲望,激发美国民众西进开发内陆的热情。欧文将美国文学的发展之路予以拓宽,他的自然写作凸显现实生活的特点。

三、19世纪的自然书写

(一)拉尔夫·沃尔多·爱默生——《论自然》的理论奠基者

1. 由牧师到思想家的爱默生

爱默生原本应该是一位称职的牧师,因为受到妻子突然去世的刺激,爱默生转换了身份,最终不仅成为杰出的散文家和演说家,还是美国19世纪最重要的思想家之一。鉴于他在美国南北战争之前安定人心的贡献,他还可以被称为励志的先驱。

爱默生出生在波士顿的一个牧师家庭,八岁时父亲不幸过世,他在姑妈及教会的支持下进入哈佛大学就读。1821年大学毕业,并在1829年被任命为波士顿第二教堂牧师,开始传教布道。1831年,爱默生的妻子受到肺结核侵害而去世,大受刺激的他开始怀疑自己的宗教信仰和传教事业,同时对他所属的教派失去了兴趣。次年,他不再信奉圣餐仪式的合理性,进而放弃教职远游欧洲,寻找新的精神寄托。

爱默生在欧洲各国游历时，结识了浪漫主义诗人华兹华斯、柯尔律治、散文家和历史学家托马斯·卡莱尔等人，受到了不少的激励。在巴黎参观自然博物馆时，他突然萌发一种看法：人与自然之间有着种种神秘的关系。这是他后来日渐成熟的超验主义思想的发端，主张超验主义者认为人与自然存在精神上的对应关系。

回到美国后，爱默生开办讲座，讲博物学、生物学和历史，介绍他的超验主义理论。1834年，他定居马萨诸塞州的康科德镇，使该地成为新英格兰超验主义运动的中心。超验主义的基本思想是：宇宙万物具有实质的一致性，人类生来具有善良的天性；在认识真理方面，人的内在直觉优于经验和逻辑。超验主义出发点是反对权威、崇尚知觉。超验主义的核心观点是人能够超越感觉和真理，直接认识真理。

1836年，他的早期著作《论自然》出版，该书是他重要思想的萌芽，可以说，他后来的所有著作都是对书中主要观点的延伸、补充和修正。

1837年，爱默生在哈佛大学发表一篇著名的演讲词——《美国学者》，宣告美国文学已脱离英国文学而独立，同时告诫美国学者不要盲目地追随传统，不要进行纯粹的模仿。这篇演讲被誉为美国思想文化领域的"独立宣言"。到了1840年，他参与创办《日晷》，这本杂志成为超验主义运动的喉舌。

2. 爱默生的《论自然》

身为美国超验主义思想的发端者，爱默生看自然，固然注意到大自然的朴实和美丽，总认为当中有一股不可言喻的神秘力量，是一种与生命本质息息相关的永恒统一。他对自然有他自己的态度及思维，不再像立国之初的探险家们，甚或是欧文、库柏一样单纯地描述自然风光的美丽，而是将自然的地位提升到一种哲理性的高度。虽然还无法脱离人类中心主义的视角，可是他指出自然的多样化才能带给人类诗意的感受，这在美国移民时期到19世纪中叶的自然书写发展过程中，可能是首度提到的一种哲理上的见解。

爱默生认为："当我们这样谈论自然时，我们在心里有一种最明确也最富诗意的意义。由多种多样的自然物体所造成的印象的完整性，将伐木工人的树枝和诗人的树枝区别开来。……因为诗人的眼睛能将各部分融为一体。"

当然，诗人的作用是传达自然的多样性给人们，不过爱默生看得也很清楚，那就是人类的力量是有限的，诗人也一样。所以，"对诗人渺小的天性来说，宇宙天性的力量太强大了，它坐在他的脖子上，用他的手写作；所以，当他似乎表达了一种纯粹的奇想或荒诞的浪漫故事时，实际上却完成了一则不折不扣的寓言"。

爱默生看待自然中的美有三种方式：①对自然形态的单纯感知是一种快乐；②一种高级的亦即精神因素的存在对于它的完美是必不可缺的；③另外一种形式，在这种形式下，可以看见世界的美，也就是说，把世界变成了理智的对象。无论是单纯的快乐或是繁复的审美，爱默生强调的是生活当中无法脱离的、真正的自然之美，因为"自然就是一个大背景，上演喜剧或悲剧都一样适宜。在身心爽朗的日子，空气就如同一杯醇美得令人难以置信的甜酒。踏着雪，走过平滑的广场，在光明与黑暗交合之际，伫立于云天之下，脑海中没有一丝期盼好运突然降临的杂念，欣欣然如入仙境。我几乎不敢想自己是多么快乐"。

由此可知，爱默生认为自然的力量虽然神秘，不过却是正面而美丽的。他本人对于这种自然力量十分敬服，因此他在《论自然》中说："我对充盈丰富、无声无息的美顶礼膜拜。在旷野中，我发现了比城镇或村落更亲切、更贴近的东西。在宁静的风景中，尤其在遥远的地平线上，人们终于看到了像他的天性一样美好的东西。"在他的眼中，自然界的一切都是独一无二的，其中还有一种共通的力量将自然中的所有东西加以联系，产生关联，这种力量就是"美"。

（二）亨利·戴维·梭罗——身体力行的实践家

1. 康科德的超验主义者

就在波士顿附近的康科德地区爱默生的故乡，在同一时期还有一位美国文学史上的巨人——梭罗。

这位哈佛大学的学生阅读了爱默生的《论自然》，从此以后，终生奉行不渝，成为超验主义思想的实践者。1837年梭罗与爱默生结识，随爱默生的引领进入文人圈子，不久之后成为他家中颇受欢迎的客人。次年，梭罗在缅因州度过两周，回到波士顿后开始写诗歌。1939年，梭罗开始尝试散文写作，并向超验主义主要的出版刊物《日晷》投稿。1841年，不富裕的梭罗受邀搬入爱默生家居住。在将近两年的时间里面，梭罗一方面打理老师的日常事务，另一方面如饥似渴地阅读爱默生家的书籍。此时的梭罗接触了大量的哲学方面的书籍，爱默生也对这个聪明的年轻人赞赏有加。

对于梭罗的早期创作来说，康科德超验主义者的圈子十分重要，他们为他提供了一个文学与精神上的氛围，可以说梭罗最初是在超验主义者的光环下开始他的文学之路的。

梭罗的诗歌大多创作于早期，集中发表于《日晷》。尽管诗歌不是梭罗作品的重要部分，但它们已经透露出梭罗对自然的爱，一种直观的感受跃然纸上。在这个阶段，梭罗的生命还未经历湖边实验和在周围地区的短途旅行，他对自然的爱完全发自直觉，他的诗歌更像是对原始生命力的抒写，而他早期诗歌中的自然观与日后生态思想的发展在方向上是一致的。梭罗用他身体的全部感受接近大自然，同时也用他的心一点一滴地感受自然中的变化，也因为他亲身体验瓦尔登湖边的生活，所以他真诚创作的《康科德河与梅里马克河上一周》与《瓦尔登湖》在他过世后依旧能够跨越国界和语言，感动了全世界的读者，同时给后世留下一种俭朴生活的典范。

2. 热爱自然的实践家

梭罗的重要性并不局限于创作具有他个人风格的成果而已，否则的话，他的成就根本无法超越他早年的导师。基本上，他不像爱默生这个理论家，他是个实践家。他的实践成果以文字反映在《瓦尔登湖》当中，正如布伊尔所说："《瓦尔登湖》是梭罗最伟大的作品，理由之一是它充分地反映了其人生过渡期的努力与挣扎。因此，我钻研这本书不只是因为它保留着梭罗从学徒年代到完全成熟时期思考自然环境的许多历史记录。我们应该既把这本书看作成果，也把它看为一个过程。这是一部融会梭罗积聚了近10年的经验并反复修改而完成的作品。而那10年正是梭罗精神生活至关重要的10年。"这十年的经验是梭罗早就开始准备的，他在1837年的日记中写道："要对大自然作一次恰如其分的研究，感知其真实的意义是多么必要。有一天真相会成长为真理。"梭罗正是如此，很早就开始为自己的研究搜集材料、下足功夫。

从结构上来看，《瓦尔登湖》有十八章，还有结束语，其中以第一章《经济篇》的篇幅最大，整章以议论为主，没有细腻的描写，没有热烈的抒情，口吻严厉，似乎在批判当代的社会问题。在《经济篇》中，他感叹年轻人们继承财产的不幸，他批评人们把奢侈品当成生活必需品，他批评人们不是住房子而是房屋的奴隶，他还痛斥时髦，他甚至用猴子学样的比喻讽刺服装时尚的追随者。第二章《补充诗篇》里虽然有一段细腻的自然景观描写，但主要还是质问为什么我们生活如此匆忙，呼吁简单化生活，寻找真实的生活。从第五章《声音》开始，梭罗的篇幅主要落在两个方面：对自然的描写与简单生活的体验。不但个人的生活经验占了大部分，他书写大自然的轮廓也逐渐清晰。

对梭罗来说，真正的智慧存在于充满希望的自然之中。《瓦尔登湖》就是一本充满希望的书，鼓励人们放下纷纷扰扰的事情，仔细观察身边的自然世界，从中学习而获得平静、智慧、愉悦。他说："安静下来，平静下来吧！那里是宁静的湖，没有一丝风吹过；那里是一条宁静的水渠，停止了流动。我们的情况也是如此。有时候我们前所未有地得到净化，正常地平静下来，没有使用鸦片剂，可由于对某种绝对公正法则的无意识遵从，致使我们变得就像最纯的水晶一般的宁静湖，无须做什么我们的深度就显露出来了。世间万物在我们身边经过，倒映在我们的深水中。多么清澈啊！这种清澈需以纯洁的方式、简朴的生活和纯真的动机才能获得！"

梭罗的方法是"简朴的生活和纯真的动机"，进而主张"我们欢乐地活着。我在没有人听到过的美妙音乐中醒来。我该感谢谁呢？得感谢智慧的博大精深！美德的博大精深！这里面有什么过分的地方吗？我感到造物主在祝福我。对于头脑健全的人，世界就是一架乐器。触动它便得到了极大的愉悦"。

与富兰克林、马克·吐温的经历十分相像，早期在印刷厂及报社的日子对他具有关键性的影响，不仅弥补了他学校教育的不足，还使他增长了见识。

第三节　生态文学解读与生态文明理念构建

一、生态危机之根源

在生产力落后，人类认识能力有限之时，人对自然充满敬畏，形成了神学自然观——古希腊神话传说、中国古代神话传说、印第安人神话传说都是很好的印证。在阿卡狄亚式的自然观中，人类将自然视为需要尊重的伙伴，以"生命中心"论为主导。然而在后来的文艺复兴、启蒙运动中人类开始"觉醒"，以人为本的观念渐入人心，科学技术的进步、思想的变革使人渐渐争取对自然的支配权，神学自然观理所当然被科学自然观所取代，"人类中心"主义从此兴盛。

人类在获得先进技术的同时，自信心高涨，立刻宣告与自然的决裂，自封为主宰者。笛卡尔—牛顿机械自然观认为人与自然，是分离、对立的关系。达尔文进化论进一步粉碎了《圣经》故事中的上帝造人说，神学自然观岌岌可危。达尔文生物进化论继而被衍生出社会达尔文主义，其强调弱肉强食、适者生存同样适用于人类社会。资本主义的残酷剥削，纳粹德国的种族优越论和对犹太人的屠杀都变得理所当然。总之，机械唯物论使得人不再是囿于神学自然观的被动存在，而是摇身变成可以征服自然，战天斗地的主宰者，自然即刻转变成了人类理所当然的奴役对象，人类甚至能将社会达尔文主义一度应用到极致，并极具煽动性，这可谓人性可悲之处。启蒙思想的高潮是各国人权宣言的颁布，美国《独立宣言》与法国《人权宣言》在强调人权与自由的同时，也使自己陷入人类中心主义的怪圈。

人类中心主义与二元论、征服和统治自然观、欲望动力观、发展至上论、物质主义、消费主义等思想观念紧密相连。随着工业社会的发展，人类社会的现代化进程面临来自自然资源体系和生态系统的严峻挑战。在工业化的进程中，人类帝国中人与自然形成二元对立，乌托邦灰飞烟灭，社会达尔文主义更是为弱肉强食的嗜血掠夺找到了理论依据。马克思对于人类急功近利地发展工业经济做出了前瞻性和一针见血的批判:"技术的胜利,似乎是以道德的败坏为代价换来的。随着人类日益控制自然,个人却似乎愈益成为别人的奴隶或者自身的卑劣行为的奴隶。"

二、生态文学之渊源

生态文学在此背景下应运而生,生态文学批评也随之快速发展。在文学领域里生态文学是人类减缓与防止生态灾难的迫切需求的必然反映,是作家在创作中对地球以及所有地球生命之命运的深深忧虑的必然表现。生态文学伦理观强调:人类要对一切生命存在敬畏之心,一切生命都是平等的。人类要关照地球共同体的命运,与自然和谐相处,以达到二者的良性循环。生态思想的核心是生态系统观、整体观和联系观。生态思想以生态系统的平衡、稳定和整体利益为出发点和终极标准,而不是以人类或任何一个物种、任何一个局部的利益为价值判断的最高标准。

可见,生态文学的社会发展观是良性的、可持续发展的。生态文学对涸泽而渔地榨取自然资源的经济发展模式(森林、煤炭、石油等的过度开发利用)、破坏生态平衡的自然改造工程(开垦森林、南水北调工程等)、违反自然规律与自然进程的科学技术(转基因技术、克隆技术等)、严重污染自然的工业化和农业现代化、大规模杀伤武器(如核武器)的研制和使用等诸多现象,提出严厉批判。就此,生态文学以自己独特的文化、伦理、价值体系推动"工业社会"向"生态社会"、绿色资本与生态文明的有序转换。生态文学家将生态尺度引入比较文学研究,构建跨文明生态文学诗学体系。文学家强烈的自然责任感和社会使命感,推动着生态文学兴起、发展并走向繁荣。

西方近代生态思想的渊源可以追溯到20世纪70年代末期,其生态批评也大致始于此时。1978年,美国生态批评家鲁克尔特首度提出"生态批评"这一术语,1989年,彻丽尔·格罗特费尔蒂在美国西部文学学会会议上重新提出了"生态批评"这一术语。随后,生态批评逐渐在文学批评领域蓬勃发展。进入新千年后,生态批评随着生态危机的加剧而发展势头迅猛。生态批评作为学术术语在2002年才被引进中国,但很快就引起了我国学术界的高度重视。

西方生态文学与生态批评发展先于我国,但思想与行动并非必然一致。在人类发展史上,原始社会中人与自然和谐共处更多地表现为人对自然的敬畏和被动服从。农业文明时期,人与自然关系在整体上基本保持和谐。

工业文明使得人类利用自然的能力极大提高,人类对自然的态度也发生了根本改变。20世纪70年代,在生态思想发展之时,西方各国政府蒙蔽人民,本着"先污染后治理"的政策以实现当前利益最大化,结果发现此路不通。环境恶化、自然资源迅速枯竭和生态环境日趋恶化,能源危机、环境污染、水资源短缺、气候变暖、荒漠化、动植物物种大量灭绝等恶果直接威胁到人类的生存与发展。

自20世纪60年代人类对自身与自然关系的反思迅速升温,世界各国的优秀生态文学作品不断涌现。1962年,美国学者蕾切尔·卡逊的《寂静的春天》引起全球对人类生存环境的关注。当代环境运动伦理之父利奥波德在其著作《大地伦理》中提出对生态思想影响深远的大地伦理概念。其伦理把道德权延伸到动物、植物、土地、水域和其他自然界的实物,确认它们在自然状态中持续存在的权利。这与印第安人的"神圣生命圈"概念可谓是异曲同工。华兹华斯的自然诗对自然顶礼膜拜,梭罗的《瓦尔登湖》也体现了作者回归自然的夙愿。俄罗斯生态文学家更是视大自然为神圣的存在。普里什文的《大地的眼睛》《大自然的日历》《鸟儿不惊的地方》等杰作被称为"大自然的弥撒"。俄罗斯文学家更是肩负使命感地呼吁生态平衡,阻止了一项国家大型水利工程的建设,因为他们坚信这会影响生态平衡。1972年,联合国发表《人类环境宣言》。20世纪90年代以后,《里约环境与发展宣言》《二十一世纪议程》《关于森林问题的原则声明》《联合国气候变化框架公约》和《生物多样性公约》等一系列有关环境问题的国际公约和国际文件相继问世,这标志着实现人与自然和谐发展成为全球共识。但在激烈的国际竞争中,又有多少国家愿意真诚地放弃唾手可及的物质利益,响应生态文明的呼唤?

三、生态文明之曲折坎坷

即使是在21世纪的超级大国——美国，这个号称自由、平等的国度，生态文明之路也是举步维艰。甚至在美国前副总统戈尔的呼吁呐喊下，最终依然收效甚微。2000年11月美国总统大选中，戈尔与共和党候选人布什得票不相上下。但在竞选角逐中，戈尔的环保思想和生态理念恰恰成就了布什的总统梦，因为戈尔的生态理念与他会带来的维护生态平衡的举措必将违背美国大经济团体的利益。在通过美国总统竞选实现个人环保梦想的计划遭遇失败后，戈尔并未停止为环保事业的奔走，他曾赴南极考察臭氧空洞问题，赴巴西实地了解和研究砍伐森林对地球气候的影响，呼吁发达国家为环保做贡献，希望同中国合作开发能源。他著有《濒临失衡的地球：生态和人类精神》一书并于2007年7月获得诺贝尔和平奖。

戈尔的著作《不可忽视的真相》以及其视频都真实而残酷地告诉人类一个真相：我们正在遭遇来自大自然的无情反击。各项科学数据以及自然现象（如全球变暖、频繁海啸、洪涝灾害、地震、极端气候）都证实了这一点。"改造自然""战胜自然"这些往昔家喻户晓的口号，"人定胜天"的豪言壮语此时显得尤为荒谬。资本主义大国曾为掩饰生态危机而对科学家残害与压制，但对科学数据的隐瞒最终还是无法蒙蔽人类，掩盖事实真相。为了唤起全世界人民对生态危机的警觉，采取行动改变这一切，戈尔毅然走遍世界各国，演讲上千场次。但正如各国政府明知吸烟的危害，却未明令禁止烟草业的发展。面对眼前经济利益的驱使，过去兴盛的煤炭产业，现在辉煌的石油巨头，蓬勃发展的汽车产业又怎会轻易与生态主义思想妥协？除去近几年具有警示作用的自然灾害，人为的海底石油泄漏、加拿大北部的沙石提炼石油、日本的核泄漏都证明了人类的错误，愚昧正在将我们引向"文明"的深渊。但正是生态危机的蔓延使得生态文学不断发展。日益恶化的生存环境和日趋严重的生态危机恰恰是生态文学发生、发展和繁荣的巨大推动力。

生态文学批评家唐纳德·奥斯特提出："我们今天所面临的生态危机，起因不在生态系统本身，而在于我们的文化系统，要度过这一危机，必须尽可能清晰地理解我们的文化对自然的影响。"爱德华·艾比把为发展而发展的国家民族看成"癌细胞意识形态"的国家民族，他说："一定要想方设法阻止或减缓技术统治的强化，阻止或减缓为发展而发展，阻止或减缓癌细胞意识形态的扩散。"显然，根除生态危机的关键便是彻底的文化清理，摒弃一贯的主导价值观，让社会从掠夺征服型向和谐共处的生态型转型。所以，评判生态文学的关键并非作品中有直接描写自然的文字，而是作品要揭示生态危机的思想文化根源，这样的作品才堪称生态文学作品。

第四节　文化生态学语境下的多元文化交融

一、文化生态学与多元文化主义

科技进步带来交通的便利，先进的航海技术把欧洲白人带到了美洲新大陆，北美土著居民——印第安人的安静生活从此被打破。不论是加拿大印第安人，还是美国土著人都经历了一段被白人入侵、屠杀、强迫迁移、隔离、同化的过程。美国人熔炉的多元文化的主要成分除了最初的土著居民之外还有非裔美国人，即美国黑人。他们在这个自由民主的国度由奴隶之身到自由人，再到总统候选人，直到奥巴马当选美国总统。美国对内多元文化政策的发展可见一斑。

随着经济全球化的发展，多民族文化的交融已经不局限于国家内部，移民群体促使国家多元文化比以往更加多元化。此移民潮最主要的是从欠发达地区或者国家向发达地区的移民。欧洲、美国、加拿大、澳大利亚等西方发达国家成为移民的目的地。多元文化为这些国家带来了生机的同时，也带来了诸多问题与矛盾。全球一体化的同时，各国内部的主流文化与少数族裔文化之间的摩擦与交融，东西方文化的冲撞与渗透，不同宗教信仰之间的冲突事件，尤其是近些年来极端宗教主义恐怖事件频发。其归根结底是关涉新形势下多元文化交融共生问题。研究人类社会发展史便不难发现一个事实——单一的"文化模式"从未存在过。中华文化、印度文化、非洲文化、阿拉伯文化、希腊文化，虽起源各异，却创造了璀璨而源远流长的人类文明。人类文明的持续发展与多元文化不断碰撞交融密不可分,文化的多样性是人类文化生态的生动表现。

文化互动的频繁与摩擦引发了人类学家对这一问题的研究。美国文化人类学家 J. H. 斯图尔德于 1955 年首次提出"文化生态学"的概念。其理论和概念主要是用来解释文化适应环境的过程。斯图尔德认为文化与其生态环境是相互作用、互为因果的。目前国内外对文化生态问题的研究主要有两个方面的视角——生态人类学视角和文化哲学视角。前者重视自然环境与人类文化之间的关系,后者则侧重研究文化具体形态之间的关系,讨论社会环境对人类文化的影响。随着社会发展,全球一体化的步伐加快,文化具体形态之间的互动也日益频繁,多元文化如何交融共生成为亟待解决的问题。

随着文化生态学概念的诞生,"多元文化主义"于 20 世纪 60 年代末 70 年代初,在加拿大首次使用。1991 年的哈珀·柯林斯词典对多元文化主义的定义是,将文化作为许多社会的特点加以承认和发扬……多元文化主义颂扬并试图保护文化的多样性,比如少数群体的语言。与此同时,它往往集中关注少数群体文化与主流文化之间的不平等关系。据内森·格雷泽指出,1981 年"多元文化主义"这一术语在美国的主要报纸中只出现过 40 次,而 1992 年却出现了 2000 次。"多元文化主义"这一术语的使用频度是与全球一体化趋势下文化互动频率呈一致性。

二、多元文化主义产生的必然性

少数族裔文化遭遇主流文化时所经历的悲苦在 20 世纪 70 年代前后的文学作品中有细腻感人的描述或者影射。斯各特·莫马迪出生于 20 世纪 30 年代美国俄克拉荷马州,作为印第安人的后裔,他通过自己的小说《通往雨山的路》生动追溯了克尔瓦人的历史、文化与信仰。莫马迪虽然娓娓道来,内容不乏美丽的景色描写与对过去生活的怀念,但在含蓄地提及族人被迫迁徙、被驱赶屠杀时不免伤怀。克尔瓦人被迫放弃自己的信仰,因为白人不认可印第安人的原始信仰。当他们违背白人的禁令跳太阳舞以表达对自然神的敬畏,表达对自然馈赠的感激时,他们惨遭驱赶与屠杀。1944 年出生于美国南部的黑人女性作家艾丽斯·沃克在《外婆的日用家当》中表达了其对美国黑人身份认同、文化传承、文化归属的思索,她在小说《紫色》生动描述了获得自由的美国黑人的生活境况与社会地位。加拿大女作家玛格丽特·劳伦斯发表于1970年的短篇小说《潜鸟》也可谓是加拿大印第安人悲歌的真实写照:土著印第安人居住在保留地,并被隔离。印第安人后裔皮格特·托纳尔因生活窘迫被迫辍学,她的母亲离家出走,父亲、哥哥酗酒。被边缘化的加拿大印第安人曾经进行过维权的努力,但最终被打压,此后意志消沉、借酒消愁,成为社会的不稳定因素;皮格特·托纳尔努力融入白人主流社会,在与白人男子结婚之后,最终还是难逃离异,最后与两个孩子一同死在燃烧的房子里。这些文学作品再现了西方国家处理种族冲突的原始方法——种族灭绝、强迫大量人口转移、隔离或脱离。西方国家在消除文化差异的方法从最初的原始、低级进化到后来的同化政策。而处理差异法也有以下几种:霸权统治、区域自治(联邦化)、非区域自治(结盟主义或权利共享)、多元文化融合。处理差异法中的多元文化融合较之消除差异法中的文化同化更加包容。

麦格雷和欧烈雷认为:"使用同化作为消除差异的方法,就是试图整合或同化相关的种族共同体,把他们纳入一种新的、超越性认同,以此消除国内的差异。"要做到这样,或多或少都带点强制性:强制性强时,同化主义的国家就会取缔企图促进或者重塑少数群体认同的协会和出版物,或者强迫所有公民停止使用反映少数群体历史的姓氏;强制性弱时,同化主义的国家就会尊重公民个人的公民权,但是不承认或支持少数群体的语言和文化,而且主张所有的公立学校、政府机构、街道标志和公共节日必须都反映占支配地位的语言和文化。这两种情况的目的都是随着时光的流逝强迫或者规劝所有公民把自己看作是具有单一、共同民族文化的成员,这种文化融合了先前的所有种族差异。但是,强迫习得并迫使其适应的要求会损害人们的尊严与自尊心。所以,同化政策在实施过程中的强迫性就受到被同化者的不同程度的抵触,甚至是反抗。同化与多元文化整合都牵涉塑造一种新的、超越性的认同——公民身份认同,或者完整的、平等的国家成员身份。而且两者都试图把来自各种族背景的人们整合进共同的社会政治制度。然而,多元文化整合并不意图或者期望消除亚群体之间的文化差异。它反倒承认种族文化认同对公民的重要性,认为这种认同将长期存在，并且在公共制度中得到认可和包容。他们希望来自不同背景的公民都能认可自我，并且在这些公共制度内感到自由自在。

可见，多元文化整合更加符合文化生态学中的交融共生理念，也符合人的身份认同与文化认同的心理需求。赫尔德认为，（用赛亚·柏林的话说）"在人类的基本需要（像食物、住所、安全、生育以及交流等这样的基本需要）中，归属于一个特定的群体也是一种基本需要，在这个群体中，某种共同的联系使他们结合在一起，这种共同联系包括语言、集体记忆、继续在同一块土地上生活"或许还包括"种族、血缘、宗教和共同的使命感等"。随着社会的发展与文明民主、自由平等理念的深入人心，多元文化主义应运而生，不可逆转。在现代西方民主社会中，有着很多强有力的力量在促使人们对民族文化多元性的公共承认和容纳。公共价值、法律规范方面的宽容平等、个人自由以及人权革命的基础，所有这一切都在促进多元文化主义向前发展。

三、实践中的多元文化主义

"多元文化主义"最早在加拿大开始使用，也最早在加拿大作为一种政策开始实施。这意味着在同一政治社会当中并存着许多大的文化群体，这些文化群体希望在原则上能够保持其独特身份。当前，人们对于多元文化主义的态度以及人们接受多元主义文化的速度很大程度上取决于两个因素：一是人们对于多元文化主义政策的理解程度，二是各种推进与实施多元文化主义具体政策的可行性。1989年，多元文化社会国家议程出现，多元文化主义政策也随之发生变化，议程主题包括文化认同、社会正义和集体经济效益。这种多元文化主义理念意味着接受宪法和法律、宽容、价值平等、代议民主、言论自由和宗教自由。它既结合了尊重文化差异与公民平等，同时也考虑到国家的经济利益、经济进步、经济发展和经济凝聚力。多元文化主义政策的推出也有其"生产多样性"的经济维度的考虑。

美国历史上曾经对土著人与非裔黑人进行压榨与奴役，竭力遏制土著文化与其他少数族裔文化在美国的生存空间。虽然美国通常表现出多元文化主义的国家形象，但其并无具体的落实多元文化主义的政治根基，也未将其融入最高层面的政治和国家体系。取而代之的是,多元文化主义体现在社会生活的各个层面,最初起源于所讨论的少数群体所提出的要求。作为一种制度执行原则,美国的多元文化主义基本上体现出一种二元化特征,也就是通过两种不同的逻辑来贯彻执行:一种是社会与经济逻辑,另一种是文化逻辑。美国的多元文化主义可以被定义为分裂的多元文化主义。对于这两个层面的问题,美国分别采取"肯认行动"与承认问题。肯认行动首先只是为黑人准备和设计的,但很快就扩展到妇女群体、西班牙裔群体和其他一些群体。

第五章　多元文化视野下的比较文学

比较文学是以跨民族、跨语言、跨文化与跨学科为比较视域而展开的文学研究，在学科的成立上以研究主体的比较视域为安身立命的本体，因此强调研究主体的定位，同时比较文学把学科的研究客体定位于国族文学之间与文学及其他学科之间的三种关系：事实材料关系、美学价值关系、学科交叉关系。

第一节　比较文学的产生和发展

一、比较文学的产生

孔子有句名言："必也正名乎……名不正则言不顺，言不顺则事不成。"这句名言被宋人朱熹注为："名不当其实，则言不顺。言不顺，则无以考实，而事不成。"所以，后来中国人无论做什么事，都要首先正"名"，"名"成为我们做任何事前须认真考虑、研究的重要问题。做学问亦然。

"比较文学"虽为舶来品，但听上去却似我国的古典文学、先秦文学、唐宋文学、现代文学以及所谓西部文学、伤痕文学，也是一种文学。然而，看过笔者所能接触到的给"比较文学"下的定义，方知不然。

我国最具权威性的，也最具代表性的《中国大百科全书·外国文学卷》中的一段讲道，（比较文学）兴起于19世纪末20世纪初的文学研究的一个分支。它是历史地比较研究两种以上民族文学之间互相作用的过程、文学与其他艺术形式以及其他意识形态相互关系的学科。比较文学不同于各民族文学，也不同于总体文学。它不研究一种有自己内在传统联系的民族文学,也不探讨全世界各民族文学共同存在的最普遍的根本规律。

据有关资料记载,"比较文学"这个词首先在法国出现。在法语中是 Littérature comparée;英语中"比较文学"这一名称用 comparative literature;德国则称"比较文学"为"比较的文学科学"。从德文名称中可以看到,德国人要在名称中表现出"科学"这一概念,这就比"比较文学"有了本质不同的改进。可是,"比较的文学"仍然没有彻底和"比较文学"划清界限。俄语中用的是 sramitelnoe literaturovedenie 两个词,意为"比较文艺学"。即使在俄语中,对比较文学也有两个称谓:苏联《大百科全书》称之为"历史—比较文艺学",而苏联《简明文学百科全书》则称比较文学为"比较文艺学"。把德、苏的名称做一比较:前者为"比较的",后者为"比较"。在我们以汉语作为母语的人看来,二者之间几乎没有什么区别。而前者为"文学",后者为"文艺",两者就不同了。因为在汉语中,文学和文艺有时可以彼此代用,如文学作品和文艺作品,有时就不能彼此混同,如大学中的中国文学系,就不能称作中国文艺系。另外,文艺还用来表示文学和艺术。前者为"科学",后者为"学",二者在汉语文中各有用场,如自然科学、社会科学、考古学、音韵学等。苏联的"比较文艺学"的缺陷和德国的"比较的文学"的缺陷是相同的。同时,"文艺学"这三个字在汉语中很容易被误认为是和社会学、历史学、法律学、心理学等词的构词法相同的词,从而把"文艺学"三字和"心理学"一样看作一门学科,把"比较文艺学"看作"文艺学"的一个分支,犹如把"犯罪心理学"看作"心理学"的一个分支一样。

二、比较文学的发展

"比较文学"一词传入中国,被普遍认为是傅东华的译作所为。其实早在1920年《新中国》杂志就发表了章锡深的《新文学概念》(本间久雄著),里面介绍了波斯奈特的《比较文学》和洛里哀的《比较文学史》,要比傅东华的译本早十年。此后还有汪馥泉的译介文章和宋桂煌译的《文学研究法》,均比傅氏早,但影响不大。传入"比较文学"一词的傅东华在其"译序"中的一段话,颇有意思。他说:"'比较文学',这个名词,骤然看时,很容易解作'比较的文学史',其实应该解作'比较文学的历史'，而所谓'比较文学'的意蕴，也不仅如词面。"尽管我们不可得知为什么在"比较文学"这一名称容易产生歧义的情况下，傅东华仍用了"比较文学"一词，但是他的这段话，对"比较文学"这一名称本身具有缺陷这层意思表达得明白无误。

由此看来，无论在比较文学的发源地及比较文学发展较早的西方一些国家，还是远在东方的中国，对比较文学这一学科，人们还没有一个普遍感到满意的、确切的名称。这不禁使我们想到20年代时，康奈尔大学的莱恩·库柏教授拒绝把他领导的系称作"比较文学系"，而宁愿改称为"文学的比较研究系"。他认为"比较文学"是一个"伪造的术语"，不仅语焉不详，而且也文理不通（见《比较文学的名称和实质》）。中国原作家协会主席巴金在给《中国比较文学》创刊的贺词中说："对于比较文学，我不大熟悉。但是，我觉得，通过比较来研究民族与民族、国家与国家之间的文学是有益的。"巴金的这个"不大熟悉"，是否从一个侧面显示了"比较文学"这一名称含义不明的困窘。著名学者钱钟书说："（我）自己在著作里从未提倡过'比较文学'，而只应用过比较文学里的一些方法。"钱先生过去没有而且现在也不提倡比较文学，这是否因为该名称没有表达它该表达的意思呢？

要定"名"，首先要明确"实"，即首先要厘清一些基本概念：什么是比较文学？它的特点是什么？它的范畴是什么？在众多的旨在言简意赅地阐述这一学科的性质和意义的著作中，我们选录下面几个定义。这些定义选自几部广泛发行的著作，有较大影响。

在中国，专家们给比较文学下的定义更为简洁。李赋宁先生说："比较文学研究是文学研究的一个领域。它所研究的对象是国别文学之间的相互关系。"季羡林先生云："比较文学就是把不同国家的文学拿来加以比较。"

综上所述，比较文学研究的是一国与另一国或多国文学之间的相互关系，在这一点上，国内外比较文学专家们应该说已达成共识。事实上，比较文学被普遍认为包括三个明显的范畴——西方遗产及其所属的各民族文学；东西方文学；世界文学，指包括五大洲的文学研究（见韦莱克和沃伦：《总体文学、比较文学与国别文学》）。换言之，比较文学是从国际的角度来研究文学，是一种没有语言、伦理和政治界限的文学研究。其次，比较文学这个学科有着独特的研究方法。——比较，尽管它也使用描绘、阐释、刻画、解说等方法，但它的描绘是分析性的，解说和阐释是辨别性的。也就是说，我们目前称之为"比较文学"的学科，其实际内容是以比较方法研究国别文学的一门学科。有鉴于此，我们有充分的理由，把比较文学改称为"国别文学比较学"。

把比较文学改称为"国别文学比较学"，并不排斥在一国内或一个文化内，采用比较的方法来研究文学作品的做法，因为比较作为一种手段，它不只隶属于比较文学，而国别文学比较学则一定是国别之间文学的相互关系的研究。

第二节　跨文明语境下的比较文学变异学

一、文明的碰撞与冲突催生出变异学

第二次世界大战以来，相对和平的全球局势、飞速发展的技术进步有力地推动了世界的全球化进程。世界历史已经进入多元文明交流融汇的新阶段，但与此同时，不同文明之间的摩擦和冲撞也愈演愈烈。萨缪尔·亨廷顿指出："在正在显现的世界中，属于不同文明的国家和集团之间的关系不仅不会是紧密的，反而常常会是对抗性的。但是，某些文明之间的关系比其他文明更具有产生冲突的倾向。在微观层面上，最强烈的断层线是在伊斯兰国家与其东正教、印度、非洲和西方基督教邻国之间。在宏观层面上，最主要的分裂是在西方和非西方之间，在以穆斯林和亚洲社会为一方，以西方为另一方之间，存在着最为严重的冲突。未来的危险冲突可能会在西方的傲慢、伊斯兰国家的不宽容和中国的武断的相互作用下发生。"萨缪尔·亨廷顿所指的亚洲社会，从文明的角度说就是指儒教文明，并未包括印度文明。因此，萨缪尔·亨廷顿所谓的非西方文明或东方文明，其实就是指伊斯兰文明和儒家文明，二者均存在于欧洲之外的中东和远东地区，属于东方文明。东西方文明之间冲撞的根本原因是东方文明不再是被动接受西方殖民主义的历史客体，而是希望并且正在逐渐成为与西方文明共同推动历史进程的主体之一。

1918年，德国学者斯宾格勒在《西方的没落》一书中提出了文明的循环理论，认为文明犹如生物机体一样，按照固定的生命周期，有花开花落，有兴起和衰败，西方文明正逐渐没落，东方文明或将成为新世纪人类文明发展的主角。在这个此消彼长的过程中，东方文明内部的冲撞也不可避免。而缓解乃至避免冲突的最有效方法乃是寻求文化之间的沟通与融合。

但文化保守主义者对具有不同传统的文化能否进行真正平等对话的疑虑也一直存在，新文化运动时期的保守派如杜亚泉、梁启超及学衡派就持此种观点。在西方，欧洲文明优越论者更是不认为落后的东方能够与西方文明进行真正的对话交流，在他们看来，东方只能被"西化"，西方绝对不可能被"东化"。黑格尔认为，中国是一个"永无变动的单一"和"无从影响的国家"。在黑格尔的哲学体系中，中国起着反衬西方文明的作用，没有中国的落后就显示不出西方文明的先进。

人类文明究竟该往何处去？具有不同传统的文明在彼此的冲撞中会朝向何处？是不是可以在保持人类共性的基础上彼此理解并留足发展的精神空间？这些已然成为当前的国际难题。

全球化并非始于今日，早在2000多年前，亚洲文明和欧洲文明的交流融合就已经开始，只是受技术和物质条件的局限，这种交流与融合没有达到现在的程度和规模而已。而且，从理论上说，既然全人类是一个类，大家都是人，那么人同此心、心同此理的古训就不是理想的预设，而是客观的事实。实际上，无论是哲学还是人类学，无论是政治学还是社会学，无论是文学还是史学，乃至所有的人文社会科学，几百年来，东西方学者想努力达成的是探索、描述、求证整个人类的经验和理想、问题和希望，而不是局限于某个国家或民族内部作井蛙观天之论。所以，比较文学大师钱钟书早在20世纪40年代初的《谈艺录》序言中就明确指出："东海西海，心理攸同；南学北学，道术未裂。"这个判断也是中国人文学者应秉持的基本信念。

但"求同"的前提是"明异"。不"明异"无以言"求同"。不真正了解东西方文明之"异"，则全人类之"同"也是空话，而且极易流变为危险的空想。19世纪后期，欧洲理想主义者的世界语之所以不被推广使用，其根本原因就在于这种语言没有自己的文化根基和个性，无法成为人类深度交流的有效工具。歌德当年想象的具有普遍性的世界文学之所以迄今不能成为现实，也是因为文学作为文明的独特表现形式尤其需要具体的个性，经由这样的个性，人类的普遍性才能最终体现出来。所以，只有成为民族的文学，才能成为世界的文学；不同民族的文学的总体，就是世界文学本身。我们很难想象，在没有共同语言的前提下，会出现一种有别于具体民族的独立的世界文学。不着边际的大同空想对人类造成的危害是20世纪历史最重要的遗产。

基于这样的认识，理性反思比较文学的演进历程及内在学理，并在此基础上寻求促进世界和平与文化多元化发展的合理路线，已成为比较文学学者们的当务之急。可以说，中国比较文学就是在东西方文明的碰撞之下催生出来的，是东西文明之间的冲突所产生的结果。

所谓异质性，是指跨文明语境下不同文学体现出的独特个性。这种个性有其独特的文化与艺术价值，彼此可以交流、共存共生，可以互为参照，但彼此没有位势上的主客之分，没有价值上的高下之别，更没有以一方为标准而去裁断另一方的可能与必要。所谓变异性，是指在文化与文学交流中，尤其是在文学批评与研究中，从原初文本不断生成的文学"作品"，或曰跨语际实践，已经完全不同于原文本。这种变异性乃是当代世界比较文学研究应当重点关注的对象。

以东西文学比较研究为代表的跨文明比较文学研究，已经成为当今世界比较文学的重要发展方向之一。中国比较文学变异学即指：将变异和文学性作为自己的学科支点，通过研究不同国家之间文学现象交流的变异状态，探究文学现象变异的内在规律性所在。变异学包括译介学、形象学、接受学、主题学、文类学和文化过滤与文学误读六个方面。与法国学派的影响研究注重实证性和美国学派的平行研究注重类同性不同，变异学注重的是跨文明研究的异质性与变异性。变异学是中国对比较文学学科理论的突破，是比较文学研究的新视角、新方法和新理论，开启了比较文学学科理论的新阶段。

二、变异学中的形象学研究

法国比较文学当代形象学的理论家让-马克·莫哈在《试论文学形象学的研究史及方法论》一文中指出,在法国比较文学学派的形象学研究中,"形象"是三重意义上的某个形象,即"第一,它是异国的形象;第二,是出自一个民族(社会、文化)的形象;第三,是由一个作家特殊感受所创作出的形象",从而明确界定了比较文学形象学的研究对象。对比较文学意义上的形象都应从这三个层面来把握,休谟认为"形象""归诸感知,从在场弱化的意义上说,它只是感知的痕迹";而萨特则认为"形象"基本上"根据缺席,根据在场的他者构思",二者相互对立,就像"复制的想象"与"创造的想象"两种理论截然对立一样。前者是将异国形象作为作者所感知的那个异国的复制品;后者则是将对异国的文学描写视为一种创造或再创造,离引发出形象制作过程的原始认知相去甚远。

首先,按照让-马克·莫哈对"形象"的界定,"形象是由一个作家特殊感受所创作出的",由此可以推知,法国比较文学形象学研究的"形象"并非来自作家异国生活的亲历经验,而是根据作家的体悟创造出的一种幻象;作家在创造异国形象时,其对异国现实的感知不是直接的,而是以其隶属的群体或社会的想象作品为媒介。

其次,让-马克·莫哈指出,法国学派研究者在研究"形象"时,拒绝以异国人的亲身经验作为研究法国作家所创造的文学形象的参考系。学者们的中心任务是对凭想象得出的异国文学形象进行研究,根据法国当代哲学家保罗·利科在《从文本到行动》一书中关于人类"想象"和"社会想象实践"的分析与阐述,可以将此处作为想象结果的"他者"形象按其与特定社会群体之间的关系(认同或者相异)区分为"意识形态的"形象和"乌托邦的"想象,从而证实作者是受制于本土文学对异国文明的整体描述,还是彻底背离了本土的集体想象框架而进行了独立自由的创作。若是前者,其类型即为"意识形态型";若是后者,其类型则为"乌托邦型"。所谓"意识形态型",是指注视者或想象者"按本社会模式、完全使用本社会话语重塑出的异国形象"。

因此,意识形态形象(或描写)的特点是对群体(或社会、文化)起整合作用。它按照群体对自身起源、特性及其在历史中所占地位的主导性阐释将异国置于舞台之上。社会群体通过这种诠释再现了自我存在，并由此强化了自我身份。这些形象将群体基本的价值观投射在"他者"身上，通过调节现实以适应群体中通行的象征性模式的方法取消或改造"他者"，从而消解他者。相反，乌托邦型的描写则具有质疑本国现实和颠覆群体价值观的功能。这种由于向往一个根本不同的"他者"社会而对异国的表现，是对群体的象征性模式所做的离心描写。于是，这种异国形象总是表现出相异性乌托邦的本质特点在于"维持可能领域的开放状态"，从而为当下社会暗示一种具有积极意义的未知领域。

综上所述，法国学派的形象学研究排除了参考系问题，通过考证和对比来鉴别形象与原型的相符程度并不是他们的研究宗旨，而是关注从该形象体现出来的形象制造者的文化模式，集中于对"异国形象"与"社会集体想象物"之间的内在关联进行研究。"社会集体想象物"是一个出自法国年鉴史学派的概念，指特定社会群体在某一历史时期对异国或异域社会文化之整体所做的阐释，这种阐释具有两极性，即认同性与相异性是由多个层面相激荡而生成的，诸如媒体制造的舆论层面、文化艺术活动产生的精神生活层面、外交活动传导的对他国的认识层面、文学与非文学作品塑造的层面、各种象征物所描述呈现的层面等。通过考察这些层面使制造出社会集体想象物的群体浮出水面，并结合作者的创作处境分析"异国形象"与"社会集体想象物"之间的关系。无论"异国形象"是出自哪一类作家，该形象都受到本社会对异国社会集体想象的影响和制约。形象学的主要内容之一就是对作家与"社会集体想象物"之间关系的考察。研究结论无论是"意识形态型"形象还是"乌托邦型"形象，无论是对群体基本价值观起整合作用还是颠覆作用，无论是证实该想象创造物适应了群体的象征性模式还是偏离了群体的象征性模式，无论是证实了该"想象创造物"是在取消、改造和消解"他者"还是在承认"他者"的相异性，其运思的具体路径都是无法阐明的。因此，研究对象本身的不可实证性是不能为法国比较文学学派注重研究的实证性这一理论特征所囊括的。这种研究理论中的一个非常重要的因素——研究对象即社会集体想象物，涉及"想象"这一不可实证的人类活动以及"异国形象"与真实形象之间的变异问题。因此，与法国学派影响研究所强调的"以科学实证方法研究不同语言、不同国家文学间的影响、假借关系"这一理论纲领不符，所以无法为现有的法国学派学科理论所囊括。事实上，这一研究理论早就超出了法国学派的理论界限而关涉"形象"的变异问题。

变异学中的形象学研究主要考察异国形象在不同文明文学作品中的变异过程以及发生变异的诸多原因，并从文化与文学的深层次入手，分析其规律性。由于异国形象在不同文化、心理、意识形态、历史语境下发生了变异，因此产生了不同的文学形象。通过研究异国形象在他国文学作品中的改造与变形（变异），不同民族文化心理和文化规则之间实现了对话与交流。通过对形象变异的研究，深入到异质文化交流与激荡过程中的文化规则的变异与融汇，凸显比较文学研究的价值和意义。

总而言之，法国学派形象学研究将形象学视为关于异国的幻想史，并自视为国际关系史和文学史。但实际上，形象学研究的实质就是变异，而且法国学派在最早的比较文学学科理论中已经提到了文学作品中的他国形象问题，说明法国学派早已涉足非实证性的变异学领域研究，只是还未察觉，因而也没有从学科理论的高度加以总结。早期的形象学研究表面上注重的是有事实关系的文学关系史的研究，但其早已突破实证性研究，因为运用实证方法很难对形象学进行研究。事实上，法国学派确实是在运用实证的、科学的方法从事非实证、非科学的对象性研究，这样的比较研究不属于法国学派所倡导的比较文学学科理论范畴。从形象学的各个要素分析，形象学应该属于变异学的研究范畴，主要是指一部作品、一种文学中表现出来的他国形象。

变异学中的形象学对想象的强调，从"再现式想象"上升到"创造性想象"，也就是说，"他者"的形象不是再现，而是主观与客观、情感与思想混合而成的产物，客观存在的"他者"形象已经经历了一个生产与制作的过程，是"他者"的历史文化现实在注视方的自我文化观念下发生的变异过程。如果说影响研究的根本目标是求"同"，那么变异学研究探求的基本特征就是"异"。

第三节 文化传播语境下的比较文学形象学

一、比较文学形象学研究现状及其传播视野的开辟

（一）比较文学形象学研究现状与存在的问题

19世纪初，法国首创比较文学系统教育，在从事比较文学研究中，学者们无一例外地强调文学中的异国形象，最早明确提出形象研究原则的是法国学者让-马丽·卡雷。之后，他的学生基亚又把他的主张进一步作了归纳。学者们已经认识到"异国形象"在一定程度上代表了本民族对异国文学和文化的看法，折射出异国文学和文化在本国的介绍、传播及阐释的情况。到19世纪60年代，在比较文学"危机"的争论中，形象学研究也遭到了不少批评，但形象研究不但没有停滞不前，反而得到了生机勃勃的发展。对于形象学在当代的发展，法国学者巴柔功不可没，他的《从文化形象到集体想象物》被认为是当代比较文学形象学的里程碑。他明确指出了当代形象学的基本原则，并在《比较文学概论》中对"他者"形象下了一个完整的定义，他认为"形象是在文学化，同时也是社会化的过程中得到对异国认识的总和"。

欧洲的形象学研究以文学研究为重点，在研究理论和研究实例中都取得了不俗的成果。狄泽林克在比较文学一书中指出："比较文学形象学主要研究文学作品、文学史及文学评论中有关民族亦即国家的'他形象'和'自我形象'。形象学的研究重点并不是探讨'形象'的正确与否，而是研究'形象'的生成、发展和影响。"由此不难看出，欧洲的形象学研究更多地立足于文学本身，在文学研究的基础上研究"自我形象"和"他者形象"的生成、发展和影响，然后通过认识不同形象的各种表现形式，来揭示这些文学形象在不同文化的相互接触中所起的作用和所做出的贡献。

到20世纪末，形象学研究也影响到中国，一些学者开始着手对形象学进行研究和探索，其中以孟华的研究最有代表性。从1993年起，她陆续译

介国外形象学的研究成果,并系统地将形象学研究的基本理论和研究方法介绍给国人。她主持编写了《比较文学形象学》一书,书中主要刊载了以法国学者为主的欧洲学者论述形象学和进行形象学研究的论文。这是一本比较完整的关于形象学理论研究的论文集,其中既有理论和方法论的探讨和阐述,也有具体的研究实例。

在孟华等学者的努力介绍和推动下,中国的比较文学形象学研究得到了长足的发展,不少学者参与到形象学研究中来,并发表相关的研究论文。与西方学界注重形象学理论和研究方法相比,中国的形象学研究更多地注重对形象类型的研究。概括来说,中国的比较文学形象学研究主要集中在以下三个方面:一是西方的中国形象研究,这是中国比较文学形象学学者最热衷的一个研究课题,研究的成果也最为丰富,专著、硕博论文、单篇论文中有大量研究中国形象的内容。二是中国的异国形象研究,许多学者在关注中国形象的同时,也将关注的重点慢慢转移到异国形象的研究上来。三是综合研究,这方面的研究主要集中在对异国形象的界定和学科规划上。

纵观比较文学形象的发展历程,我们不难发现,单从文学研究的角度研究比较文学形象并不能促进形象学的发展,反而限制了形象学的发展,局限了形象学的研究视角,使形象学研究陷入困境。比较文学的学者们尝试引入跨文化的视角,从文化研究角度对形象学研究进行一个全方面的把握,使形象学研究进入了一个全新的视野,这种尝试有效地拓展了形象学研究的空间。

随着比较文学形象研究的深入,当代的形象学研究在继承传统的基础上创造性地从内容和研究方法上对形象学研究进行了改进。主要体现在以下四个方面:"一是注重'自我'与'他者'的互动,二是注重对'主体'的研究,三是注重文本内部研究,四是注重总体分析。"以上四个方面的变革使形象学研究达到了一个前所未有的系统化。

实际上,在经过以上四个方面的变革后,形象学研究领域变得更为广泛了,与此同时,跨学科的尝试已经受到比较文学形象研究的重视。历史学、心理学、民俗学、民族学、文化地理学、社会学、人类学等学科的发展也为形象学的研究带来了新的机遇。形象学研究可以根据自身发展的需要,与相关学科结合来借鉴这些学科的研究方法,让这些学科为本学科的发展提供新的视角，同时利用这些学科的研究成果，创造性地提出自己的研究视角，从而开辟众多新的形象学研究领域。

比较文学形象学研究发展到今天，各方面都取得了巨大的成果，即便在发展过程中遭遇种种困难，也能通过不断的革新渡过难关。但不可否认的是，当今比较文学形象研究还存在许多问题，需要进一步地完善。

第一，形象学研究的内容有待开拓。一方面，国内形象学研究侧重点集中在异质文化的自我描述上，忽略了研究本国文学和历史中的形象，换句话说，就是只注重描述自我而忽略了"他者"。事实上，在形象的塑造中，"他者"的视角往往比自我的视角更为重要。另一方面，在时间分布上也不平衡，特别是在异国形象的塑造中，更多的是集中在近现代，而当代文学中的异国形象却很少涉及。研究内容和时间分布相对集中限制了形象学领域的开拓。

第二，形象学研究的视野狭窄、单一。在形象学研究的发展过程中，虽然跨学科、跨文化的角度被引入，历史学、心理学、民俗学、民族学、文化地理学、社会学、人类学等学科的研究方法也逐步受到形象学研究的重视，但更多的研究方法只停留在思想重视的层面，而具体的操作和实践层面上却没有太多的进展，相关学科的研究方法和理论并没有真正运用到形象学研究上。

第三，形象学研究理论还不够完备，更多的是实证性研究、事实性研究，自觉的、主动的理论建构并不多见。在接受西方形象学理论的基础上，中国的形象研究者在研究理论还不完备的基础上进行了形象学的实践，这点应该是难能可贵的，毕竟形象学的研究已经开始了，并朝着理论与实践相结合的方向发展。但形象学研究要取得重大突破，系统的理论必须建构，这种理论的建构并不局限于西方的形象学理论，应当在接受和整合其他学科理论的基础上，建构富有中国特色的形象学理论，这应该是当代中国形象学研究者们努力的方向。

比较文学形象学研究内容的狭窄、研究视野的单一、理论建构的不完备等方面的问题可以通过跨学科的角度给予解决，可以通过引进其他学科的理论对形象学的理论进行建构。本文将尝试从传播学的角度对上述问题进行一个有益探索，以达到开辟形象学研究新视野的目的。传播视野下的形象学研究或许能为当代形象学研究开辟一个新的天地。

(二）形象学研究的传播视野开辟

传播学是 20 世纪兴起的一门新的社会科学，传播学研究起源于 20 世纪初的美国，在西方经过 50 多年的发展才成为大学里的一门正规学科。我国开展传播学研究已有 30 年的历史，从 1997 年成为一门正式的学科也有近 20 年的历史。传播学在经过一个多世纪的发展后，取得了举世瞩目的成果。这样一个定义将传播看作是一种信息共享的活动，这种信息共享活动是在一定的社会关系中进行的，是一种双向的社会互动行为。信息总在传播者和传播对象之间流动，而所有的传播活动是在一个系统中进行的，它是一种行为，也是一种活动，更是一个系统。

传播的上述特点为比较文学形象学研究视角的开辟提供了一种可能。首先，比较文学学者认为，"比较文学形象学研究的形象是异国形象，是出自一个民族（社会、文化）的形象，是一个作家特殊感受所制作出来的形象，是社会总体想象物"。形象学上述特点说明，形象是作家根据自己所处的社会文化系统创造出来的，是作家作为传播者向异国人民传播信息的一种行为，而在这个传播活动过程中，整个社会文化始终作为一个系统影响着形象的传播。不难看出，传播者的特点与形象的特点有其相似之处，这为形象的传播提供了一种可能。信息的传播要符合传播的规律，那么形象的传播也必然要遵循传播的规律。再次，传播是一个互动的过程，传播者可以根据传播对象反馈的不同而对传播内容加以改进。最后，传播是处在整个社会系统中的，形象也是处在整个文化系统中的，文化系统是整个社会系统的一部分。因此，在形象传播的过程中，应该把形象置于整个社会系统中加以考虑。

理论总结是科学研究的最高目标，一门学科经过实践总结的理论是对本学科的普遍概括。传播学经过 100 多年的实践后，理论研究硕果累累。传播的过程研究、媒介效果研究、说服理论、课程设置、两级传播、意见领袖、刻板印象等传播学理论在实践过程中已经得到检验，并成为传播学研究的经典理论。

传播的特点与形象特点的结合为传播视野的开辟提供了可能，而传播理论的引入则为形象学研究提供了理论基础。理论指导实践，传播理论指导形象学研究的实践是否导致水土不服，还有待进一步地观察，但我们不能因为前途未卜而放弃探索的脚步。

总而言之，形象学研究和其他学科理论结合能力强，它的学科研究本身也具有多重维度、多重关联性以及多重指向性，拓展空间潜力巨大，它对其他领域具有很强的渗透力、延伸力以及同化能力。可以预见的是，传播视野的开辟将给形象学在中国的研究带来新希望，相信将会有更多的研究者加入比较文学形象学研究的队伍中来，并对这个具有研究潜力的领域贡献自己的能力。

二、形象学研究的前景展望

比较文学形象学在欧洲历史不短，起初发展比较缓慢，到了20世纪80年代才得到快速发展。在中国，直到20世纪90年代初，形象学在孟华的倡导下，才得到了广泛的传播和发展。经过十几年的实践和发展，形象学的研究成果显著，特别是到了21世纪，随着全球化的进一步深入，文化交流的方式也趋向多元化，而多元文化必将影响越来越多的作家，他们笔下的异国形象会产生更多的文化碰撞，会使我们更好地对不同文化进行比较。可以预见的是，在21世纪多元文化的时代，形象学研究有着广阔的发展前景。

形象学研究传播视野的开辟，会为形象学的研究在跨学科的角度上往纵深方向迈一大步。用传播学理论探讨形象学研究问题这是一种有益的尝试，这种尝试会为其他学科进入到比较文学形象学研究领域提供参考。

在传媒高度发达的今天，网络、视频等新兴的媒体已逐步取代传统的游记、日记、小说、散文、报纸等纸质传播方式，成为形象传播的主阵地，发挥着越来越重要的作用，传播学理论和传播视角的引入将会给比较文学形象开拓更为广阔的前景。

在全球化的今天，当代形象学内容研究已经实现了由文学向文化的转向，并和跨文化研究的结合越来越紧密，这也意味着形象学研究不仅要超越民族文化，更意味着要超越文化体系。不同文化体系的人们在思维方式、价值观念、行为准则、审美心理等方面都有很大的差异。由此可见，形象学研究背后文化因素影响的重要性。

比较文学形象学从它产生开始就与文化问题有关，形象学研究的对象就是一国文学中所描绘的异国形象。因此，被描绘的异国形象就不仅仅是一个文学形象，而更是一个文化形象，代表着一个国家（描绘者）对另一个国家（被描绘者）的看法与态度。无论是中国文学中的异国形象，还是异国文学中的中国形象，这些形象都饱含文化的因素。在研究形象时，应该运用跨文化的角度，主动地将它们放在"自我与他者""本土与异域"的互动关系中加以研究。研究的过程其实是一种文化间的互动对话，这种对话能使我们感受到双方的差异。

与此同时，比较文学形象学总是与历史学、人类学、民族心理学等多种学科处于相互关联的状态中。研究一国文学中的他国形象，少不了要考察一国文学中所描绘的他国形象到底是什么样的，又是如何变化的，是什么原因导致了这些变化，在这些变化的过程中有什么规律。其次，这些形象是如何被描绘出来的，在描绘的过程中哪些因素发挥了作用。从西方文学中关于中国形象七个世纪的变化，我们不难看出，中国形象是西方"他者"观照自我、理解自我的一面镜子，是作为"他者"的一个参照物。最后，为什么会出现这样的形象，这样的形象有何意义：不可否认，任何一种异国形象都在一定程度上反映了它对本民族的了解和认识以及异国文化在本国的介绍、传播、影响和诠释情况，也折射出本民族的欲望、需求和心理结构。上述这些问题都始终没有脱离文学这个中心，这也说明了文学中的异国形象和形象在传播过程中的形成方式才是内在的，文化问题还是作为形象学研究的一个背景而存在，是外在的。相反，我们应该更加重视文化在形象形成过程中的突出作用。

因此，形象的传播必须结合文化的传播，传播文化的同时也是传播形象的过程。迪塞林克指出："一个国家在他国所具有的形象，直接决定其文学和文化在他国的传播程度。"张艺谋的电影之所以能够得到西方人的认可，更多是因为他的电影满足了西方人对中国文化的期待。近几年，中国形象为什么在世界范围内广受欢迎，原因之一就是中国拥有几千年辉煌的文化。形象和文学、文化是相互促进、相互影响的。

在比较文学形象学研究的未来探讨中，必须指出的是，形象学研究要结合相关的主题学研究：当下世界文化越来越复杂，"文学主题不是被边缘化就是被复杂化，随之而来的是母题也将成为一个重要的元素，'他者形象'越来越被重视，这些现象导致了在形象学的研究过程中必须重视主题学的研究"。我们知道,形象学研究的是"他者形象"与自我形象之间的关系,形象学研究的形象从跨国度或跨民族的意义上来说指的是一个民族或国家的整体的文化形象。而比较文学主题学研究对象之一的意象指的是某一民族中具有特定意义的文学形象或文化形象。比较文学形象学中的形象和主题学中的意象有其相近的地方,都是指具有包含本国和本民族特定意义的文学形象和文化形象,这些意象和形象都包含了本民族的文化意义。

通常情况下,在一部文学作品中,作家们往往会将这些不同的文学形象综合起来表达一个相对完整的文学主题。由于形象在不同民族表现出来的含义不同,所以,形象表现出来的文学主题在"他者"文化的语境中看来是完全难以理解的,其背后有一个重要因素就是异国形象背后的异质文化。越来越多的主题与形象相互纠缠在一起,使我们必须重视主题学与形象学的结合,重视形象背后所包含的文学和文化方面的意义。而且不同时期有不同的形象,异国形象的不断变化反映出异质文化交流的深入以及西方按照自身文化演变和发展的需要来认识和评价对方。在对异国形象理想化色彩的同时,也包含了对本国文化的否定和贬斥。这就要求形象学的研究者不仅仅要注意对形象本身的研究,更要注意形象在产生、传播、接受时受到文化、经济、政治等方面因素的影响,也要注重用来创作形象的话语立场、文化材料、思维方式、技术手段等。

第四节　文化全球化语境下的比较文学

20世纪80年代以来,随着通信卫星、互联网等各种新媒体的问世,国际政治、经济军事、文化、科技等领域的交流与合作进一步增强,全球性的时空紧缩使全球结合为一个紧密联系、彼此依存和互相联动的信息整体,我们赖以生存的地球也变成了真正意义上的"地球村"。当加拿大学者马歇尔·麦克卢汉凭着自己敏锐的学术眼光,在人类历史上首次提出"地球村"这一概念时,人们一度陷入困惑和迷惘。然而,21世纪的今天,"全球化"已经成为一个不争之事实,已经成为一个无法回避的现实挑战,人们对此也达成了一定的共识——政治多元化与经济全球化已成为时代的两大主题,中国加入世界贸易组织更是从机构上完善了这一进程作为经济全球化的一个直接后果,文化全球化对人们的生活产生了巨大的影响。

　　文化全球化,其内涵就是各民族文化之间的"往来和依赖",是一种"全球化语境的文化氛围"。早在1848年,马克思和恩格斯就曾在《共产党宣言》中对此概念进行了精辟的论述,只不过没有明确使用"文化全球化"这几个字眼而已。地球上各个民族的文化通过各种形式和途径进行不同程度和范围的交流、碰撞,它们相互影响、相互渗透、相互交融,在保持个性化、多元化和多样化的前提下,相互理解,彼此尊重,最终达到某种价值共识和价值共享,促进全人类文化的繁荣和发展的文化全球化。简而言之,就是指各民族文化通过交流融合、互渗和互补,不断突破本民族文化的地域和模式的局限性而走向世界,不断超越本民族文化的国界并在人类的评判和取舍中获得文化的认同,不断将本民族文化区域的资源转变为人类共享和共有的资源。电视剧《涉外保姆》把"地球村"搬上了屏幕,使我们对文化全球化有了感性的认识。文化封闭状态的不复存在,多元文化的相互依存和发展,民族文化的特殊性和世界文化的普遍性并存共进,构成了文化全球化的有机内容,文化全球化使各民族的文化都有了互相交流、彼此交融、共同发展的机遇,众多的异域文化特质渗入民族本土文化,促进了民族文化的发展。

　　随着文化全球化进程的日益推进,比较文学研究面临着新的挑战,全球化时代对比较文学研究意味着它要不断创新思想,创新理论,而且要找到传播新思想和新理论的新途径。作为一门独立的学科,比较文学研究始于19世纪的欧洲。20世纪60年代以来,中西比较文学研究一直局限于雷马克划定的范畴:比较文学是超越某一特定国界的文学研究,一方面它研究不同文学之间的关系;另一方面它又是研究文学与其他知识和信仰,诸如艺术、哲学、历史、社会科学、自然科学、宗教等之间的关系。简而言之,它是一种文学与另一种或多种文学的比较,同时也是文学与人类各种思想感情表达的比较。但是,不同的时代又赋予比较文学这门学科以不同的内容。比较文学学科理论经历了"影响研究"和"平行研究"两大发展阶段后,已步入"跨文化研究"这一特殊阶段。跨文化的比较文学研究是在文化全球化语境下跨越东西方异质文化的文学研究,它把文学研究置于一个更为宽泛的文化研究的语境下,使比较文学研究真正具有世界性的胸怀和眼光,使这门正受到时代严峻挑战的学科重新焕发生机。

一、文化全球化语境下比较文学研究的基本特征

文化全球化是一种历史的必然和明显的发展趋势,是不以人们的意志为转移而客观存在的事实,其总体价值是良性地跨越东西方异质文化,探讨东西文学和文化之间的差异,使两种文化在平等对话的基础上进行交流与合作,这是建立东方比较文学研究的完整体系的重要内容。东西文化代表着不同的文明,在基本文化机制、知识体系和文学话语方面是完全异质的,强调东西方文化的异质性是跨文化比较文学研究的关键所在。因为跨文化的比较文学研究摆脱了"影响研究"和"平行研究"的局限性,强调东西文化的异质性,认同多元文化存在的合法性,坚持各文化相互之间平等的交流和对话。

文化全球化语境下比较文学研究的基本特征是跨文化研究,雷马克曾对比较文学作了这样的比喻:"国别文学是墙内文学的研究,比较文学越出了围墙,总体文学则居于围墙之上。"在跨越了国家界线和学科界线这两堵墙后,横亘在我们面前的是东西方异质文化这堵墙。因此,跨越这堵墙,开创比较文学研究的新纪元,就成为新世纪比较文学研究面临的一个挑战。如果在比较文学研究中忽略了东西方文化的异质性,比较文学研究就无法真正具有世界性。跨文化的比较文学研究是以多元文化为范畴,以异质文化的异质性为出发点和参照点,以发掘不同文学和文化而存在的一种文学样式。它在不同国家、不同学科、不同文化之间寻求沟通对比与跨越,而不是去占领其他学科领域。

二、进行跨文化比较文学研究的方法论研究

比较文学研究正处于又一次全球范围的战略性重大转变时期,文化全球化语境下,文化的趋同现象与多元文化的共生互补并行存在,共同发展,而在多元文化的交融、整合过程中寻找新的文学发展契机,是一种积极的文化态度。跨文化的比较文学研究有利于新文学观念的建构,只有跨

越异质文化，才能使比较文学真正成为异质文化之间平等对话、开放互换的介质和桥梁，才能使异质文化在平等的基础上进行交流和对话。在文化全球化语境下应该采取怎样的对应姿态和对话策略，如何进行跨文化的比较文学研究，正是本文的一个关注点。

（一）以文化全球化为语境进行跨文化的比较文学研究

文化全球化已成为当代中国人知识生活和文学生产无法回避的问题，我们无法抗拒文化全球化的发展趋势，也不能游离于全球化的大潮之外。全球化不能成为陈词滥调，而应该成为我们考虑问题和研究问题的背景和基础。置身于文化全球化语境，才能真正获得更宽泛的立体性的研究视野。以往的文学研究只能限定于某个特定的文化语境，并在这个特定的语境中获得若干个不同的视点。但当全球化语境形成之后，所有特定的文化语境都被消融为同一个大语境。学者们对于同一种文学现象或理论可以采用任何特定文化语境中的理论视点来加以研究，例如本土文化的现代或古代理论，外来文化的现代或古代理论等。显然，文化全球化语境对于文学研究意味着视点更为灵活，视野更为宽泛。

（二）确立新人文精神在跨文化比较文学研究的理论指导地位

21世纪，新人文精神要求保障对个人的尊重和个人的平等权利，同时又要求个人有同情和尊重他人的义务，既保障不同个人—社会—民族—国家之间的各种差异，又有彼此对话交流、和谐并达成共同发展的途径。只有这样，才能既保存人类文化的多样性又避免对本土文化的封闭和孤立。一个国家没有科学技术一打就垮，一个国家没有人文精神不打也垮。因此，跨文化比较文学研究必须以新人文主义精神为导向，超越东西文化的异质性，通过互识和互补达到促进人类文明的发展和完善这一目标。

作为一种文学研究，跨文化的比较文学研究以不同文化和不同学科中人与人之间，以及不同文化间的互相沟通理解、尊重和宽容为研究内容。新人文精神为跨文化比较文学研究提供了广阔的发展空间，为促进文化沟通，改善人类文化生态和人文环境，实现不同文化间的尊重宽容、和谐统一、和平发展具有重大的现实意义和理论指导作用。因此，新人文精神是跨文化比较文学研究的灵魂，跨文化比较文学研究是实现人类文化生态平衡，改善人类文化环境的"平衡剂"。

（三）依据"和而不同"的原则进行跨文化的比较文学研究

欧洲著名思想家翁伯特·艾柯认为，欧洲大陆第二个千年的目标在于"差异共存与相互尊重"，这一点恰与中国比较学会会长乐黛云先生一直倡导的"和实生物，同而不继"的精神不谋而合。作为沟通的"和"必将是差异得以共存的基础，而"和而不同"是实现"差异共存与相互尊重"目标的基本原则；"和而不同"是宇宙间一个永恒的哲学命题，对于人类社会、自然界的各个领域都具有普遍意义。依据中国传统文化中的"和而不同"的原则，共建人类多元文化，这对于发挥跨文化比较文学研究的桥梁作用，促进世界的和平发展具有十分积极的作用。

文化全球化这一现象已成为当代人无法回避的问题，由此产生的文化差异也无法根本消除。我们只能遵循一定的伦理指导原则，站在全人类的高度，跨越东西文化的异质性，从差异出发，寻找各民族之间文化的共同性，宽容文化差异的存在，彼此适应，互相理解，追求人与人之间的、人与自然之间的和谐共存，这是人类文化追求的共同目标。还以《涉外保姆》为例，女保姆香草没有敲门进入女主人雷大妈的卧室打扫卫生，这引起雷大妈极大的不满，认为这是侵犯她的个人隐私，最后由培训中心的老师出面解释才平息了这场风波原来这是中西文化对个人隐私的观念差异所造成的。双方彼此谅解，互相宽容。最终香草和雷大妈和睦相处，甚至难舍难分。因此，把文学研究建立在异质文化之间文学的互识、互证、互补的过程中，这是跨文化比较文学研究的必然趋势和发展前途。

（四）确立有效的对话模式进行跨文化比较文学研究

对话式模式也被称为双翼式模式，其中交际者双方都彼此相互独立，而同时又相互依存，二者的异同都被承认而且又受到尊重。从结构上看，它既不是单元的，也不是双元的，交际双方不但不会排斥，也不会完全融合起来，双方都能从各自的立场出发，分别代表两种精神、两种文化，代表人类经验的两个互补的不同方面。

对话式的跨文化比较文学研究，不是以本位文化作为文化沟通的起点和归宿，而是以平等的态度、开放的心理互相学习，提高对异域文化的敏感度。因此,我们在进行对话式的跨文化比较文学研究时,要对本土文化具有高度的认识,反思自身文化,了解自己的历史传统的来源和发展,还应该平等地对待他国文化,意识到异域文化和民族本土文化是彼此相互独立而同时又相互依存彼此相通的。你中有我,我中有你,两者的异同都被承认,而且受到尊重。应该说两种文化在融合时,都能保存其各自的个性,从各自的立场出发,分别代表两种不同的精神。

一个时代有一个时代的比较文学研究,许多专家对全球化时代的比较文学研究进行了重新定义。世纪之交,不同文化的差异和冲突日趋明显,比较文学肩负着增强文化之间的互相理解与沟通,促进世界文学交流的历史重伍。依据"和则不同"的原则,以"差异共存与相互尊重"为目标,在平等对话的基础上,进行文化间的交流与合作,共建人类多元文化,实现人类文化生态平衡,改善人类文化环境,实现各民族文化资源的共享和共有,这是跨文化比较文学研究所追求的理想和目标。跨越中西方异质文化的文学碰撞、文化浸润、文学误读,并寻求这种跨越异质文化的文学对话、文学沟通,历史遗迹文学观念的汇通、整合与重建,这是比较文学中国学派所呈现的"跨文化研究"的基本特征。越是民族的就越是世界的。因此,作为东方文化重要组成部分的中国文化肩负着重大的历史使命,中国比较文学研究应当注重把中国文化和文学研究的成果推向世界,把中华民族文化中的精华部分与世界各国人民共享和共有。

第五节 后现代主义的比较文学

一、后现代理论与比较文学

广义的后现代理论是一种文化理论,它以后结构主义为基干,包括了后殖民主义、新马克思主义、新历史主义、女性主义等不同流派,涉及语言学、符号学、哲学、历史、社会学、文学艺术等多种学科,在时间上,它从第二次世界大战后一直延续到今天。

从总体上看,后现代理论是以现代理论为参照来界定它自身的。它在超越人文、社会各学科的基础上建构了一套新的话语体系。它以解构一切为己任，其矛头直指现代理论的基本观念，如真理、理性、结构、体系、总体性、有机性、确定性、连续性、主体、意义、逻辑、因果、表现、审美等。尽管它以解构一切为理论核心，但正是在一种近乎疯狂的解构中，它却仍在（也许是不自觉地）重建自己的理论：以"解构一切"为宗旨的后结构主义（解构主义）包含着重构的努力，而以建构为己任的新马克思主义、新历史主义、女性主义等却也包含了解构的前提当然。这样说，仍难免简单化之嫌，谁都不会否认后现代理论本身的复杂性，理论家们不仅侧重的学科不同，切入论述的角度不同，采用的方法不同，就是在自己的理论体系内也往往包含着论述的差异和矛盾，这就造成了后现代理论的多元性和反概括性景观。

（一）后现代理论与非文学化、泛文化化

文学自身的失落，文学和非文学的界限的丧失，导致文学研究也失去了存在的前提。一些批评家在后结构主义理论的影响下，认为文学客体已经消失，过去的所谓文学艺术品现在在他们的脑子里不过是事件和语言的堆积，既然作家们在玩语言的游戏，那么，批评家又何尝不可以玩语言的游戏呢？还有一些批评家看到文学和非文学的界限消失，因此就认为，文学研究或批评与文学创作的界限也就随之消失，批评家也就可以等同于作家，完全有理由向壁虚构了。

文学的非文学化一方面表现为文学自身本质特征的丧失，另一方面又表现为文学边界向文化领域无限延伸，文学研究被文化研究取代的倾向。这种倾向可以称之为文学的"泛文化化"。与结构主义和后结构主义相关的符号学、叙事学往往把文学研究变成语言学研究，当然，我们不能武断地说这些理论的初衷是不研究文学，但因为它们过分注重语言本身的问题，而往往忽视文学的审美特征，把文学文本等同于任何一种文本，这样，文学文本就有了文化文本的性质。在这种情况下，文学研究被语言学研究取代。

使文学逐渐泛文化化的另一个动力来自新历史主义。从某种意义上说，新历史主义是对后结构主义等思潮非历史化倾向的反拨，但在如何对待历史的问题上却不可避免地接受了后结构主义的影响。新历史主义不仅颠覆旧历史主义关于历史真实、确定性等观念，而且采用文化人类学的方

法把整个人类文化作为研究对象。新历史主义这一术语的创造者葛林伯雷后来更多地用"文化诗学"来代替"新历史主义"就清楚地表明它是一种文化批评。况且它的研究是不考虑学科界限的，人类学、历史学、文学艺术、宗教、经济、政治等完全可以混合在一起，因此学界也有人称其为一种"跨学科研究"。这种打破学科界限的研究由于缺乏理论上的有机统一性，常被一些学者讥讽地称作"一个没有明确指涉的术语"。新历史主义论文集的编者韦塞尔在总结其共同点时明确指出，混淆文学文本与非文学文本是这一流派的五个特征之一。

女性主义主要是从女性角度出发的一种理论，其早期阶段较多关注文学，但后期则逐渐转向文化的各个领域。新马克思主义继承西方马克思主义的基本精神，其关注的焦点始终在社会文化层面上，因此二者对文学的巨大影响也必然导致文学研究向文化领域转移。

（二）消解民族主义和欧洲中心主义

一百多年前比较文学在欧洲诞生的时候，正值文化上的民族沙文主义大行其道，一些主要国家如法、德、英、意等都认为自己的民族是世界上最优秀的民族，自己的民族文化是精英文化，因而讲"比较文学"不过是要向世人说明自己的文化和文学对其他民族产生了如何伟大的影响。

究其根源，这种民族沙文主义情绪大约可以追溯到文艺复兴时期。正如韦勒克所说："大多数文艺复兴时期文学研究的动机都是爱国主义的英国人编出一串作家的名单以便证明他们在学术的各个领域都取得了辉煌的成就，法国人、意大利人、德国人的所作所为也是如此。"这种"爱国主义"实质上是民族沙文主义。比较文学之所以首先在法国问世，从某种意义上说，正是比较先进的法兰西民族文化试图向欧洲乃至世界证明自己优越的产物。

民族沙文主义在文化上的另一种表现是，一个民族在争取政治独立时随着民族意识的高涨，在文化上追寻文化之根的偏激。毋庸讳言，任何一个民族都有自己弥足珍视的文化传统，一个民族文化的根可以说是这个民族的灵魂，捍卫和张扬自己的民族传统应该说是值得称颂的，然而，如果把这种文化寻根的浪潮推向极端，则不利于民族文化的发展，也不利于不同文化间的互相学习和交流。

第五章 多元文化视野下的比较文学

这种民族沙文主义在面对亚非拉美、欧洲等时,便发展成为欧洲中心主义。随着欧洲列强在亚非拉美扩大殖民地,强化殖民主义、帝国主义的侵略和掠夺,他们在文化上的傲慢也达到惊人的程度。欧洲中心主义轻视甚至无视东方各国的文明,认为只有欧洲文化优越,东方文化还处于原始、野蛮阶段。

民族沙文主义在帝国主义的政治背景下恶性发展,一些西方人大搞文化殖民主义,并以他们自己的标准来衡量殖民地文学和文化,对自己的文学和文化不遗余力地吹捧,对殖民地文学和文化则肆意践踏。在这样一个背景下诞生的比较文学自然不能不受影响。许多比较学者也认为东方没有可与欧洲或西方相提并论的精英文学和经典作家,因此对东方不屑一顾。这就是为什么比较文学长期以来只在西方范围内发展的根本原因。这种满怀种族偏见的帝国主义、殖民主义态度即使在欧洲中心主义遭到大多数比较学者唾弃的今天仍有一定的市场。

20世纪60年代后期出现的后结构主义逐渐汇聚成解构一切的大潮,其核心就是要解构文化各个层面上的权威,解构中心,打破种种观念上、建制上的等级体系和不平等。这种与西方传统思维模式相对的新思维模式对西方文化产生了难以估量的影响,比较学者率先反思本学科欧洲中心主义的弊病,要求打破欧洲中心主义的桎梏,形成了一股强劲的批判思潮。80年代中,艾田伯的呼吁可以说是这股批判思潮中的最强音。他充满危机感地说,比较文学必须挣脱欧洲中心主义的枷锁,进入东方特别是中国文学的领域,才能获得生机。没有东方特别是中国的比较文学不是真正的比较文学。在1995年出版的《多元文化主义时代的比较文学》一书收入了引起广泛争议的"伯恩海默报告"以及围绕这一报告产生的不同论争,其主旨却正是倡导多元文化主义、全球主义、国际主义和世界主义,反过来说,也就是要摒弃欧洲中心主义。该书的编者,也就是"报告"撰写委员会主席伯恩海默在报告中明确地说:"欧洲中心主义近年来遭受了来自多方面的挑战。"他认为这种偏激的中心/边缘模式显然再也不能继续下去了。

（三）新动向、新观念和新术语

第二次世界大战后至 70 年代中后期，比较文学中出现的一种极端倾向，过分强调文学的"文学性"，轻视甚至无视文学的社会性、历史性，或者说过分强调文学的"内部研究"，轻视甚至无视文学的"外部研究"，另一方面又表现为过分强调理论探讨，而忽视具体的研究。

众所周知，50 年代末 60 年代初，比较文学在美国学派的大力倡导下，开始了一个理论和实践的转型期。这一阶段的文学研究在总体上完全改变了过去文学社会学、历史学、传记、考证等传统模式，专注于雅可布森所谓的"文学性"，即文学诸形式因素的探索。在这样一个大气候下，比较文学以其对新思潮的敏感和自觉首先举起了"文学性"这面大旗。韦勒克等人所说的"文学性"不仅指对文学语言、结构、模式、韵律、象征、隐喻、反讽等诸形式因素的强调，也指对文学审美判断和总体理论的把握。用韦勒克自己的话来说："'文学性'这个问题"就是"文学艺术的本质这个美学的中心问题。"然而，他们的这种"文学性"本身就包含着无视文学的社会、时代、历史诸因素的偏激，加上他们的追随者在此后二十余年间从不同角度的过分倡导，迅速把这种强调推向极端，使比较文学的研究很快形成了只注重形式、审美，而完全忽视环境、背景、成因、接受等外在诸因素，只重视理论，而忽视各种关系的偏狭局面。所谓的"文学性"成了当时比较学者高举的大旗，理论变成了当时"最新一代比较学者的商标"。如果说 20 世纪五六十年代对比较学者的基本要求是精通几种外文、熟悉几种文学，而到七八十年代则要加上理论上的要求，比较学者必须有深厚的理论功底实际上成了当时衡量比较学者最核心的条件。伯恩海默在评述 70 年代中期美国比较文学的形势时也谈到理论一统天下的局面。他分析说，对理论关注的急剧膨胀固然与文学学者的大力提倡不无关系，但比较学者的推波助澜也不容忽视。由于比较学者往往通晓多种外文，他们能够便捷地了解层出不穷的新理论，也能迅速地借鉴哲学、历史等其他人文学科的新思想。正是他们的倡导，造成了比较文学长期以来极端重视抽象理论、轻视甚至无视具体研究的局面。比较文学把理论关怀放在重要地位本来是无可非议的，然而，轻视甚至无视具体研究，把理论强调到极端的"过理论化"或者说"泛理论化"倾向却是不可取的。重视对文学内在诸因素的审美研究无疑是正确的,但那种只讲形式诸因素而完全排斥社会环境和历史背景的所谓"文学性"也是不可取的。

后现代理论为比较文学的研究输入了许多新颖而富有活力的观念和术语,其中最重要的是:"文本""文本性""互文性""误读""他者""他性"等。这些观念和术语不仅大量出现在国外比较文学的论著中,而且也开始出现在国内比较学者的论著中,我们只要稍稍留心就不难发现这一点。新的观念和术语无疑来自新的理论,尽管不同的学者在使用这些观念和术语时,可能有各自不同的理论背景或前提,但从总体上看,这些观念和术语无疑属于后现代的范畴,和传统的观念、术语既有联系,又有区别。

比较文学的文化研究者们接过了这些概念,用它们来阐释不同文化在碰撞和对话中产生的问题。在他们看来,每一种文化无异于一个大的文本,因而具有互文性,总是不断处在和"他者"文化的相互指涉和相互"误读"中。一种文化自然不能没有自己的传统,但任何文化都没有固定不变的本质属性。文化总是在互相影响、互为"他者"的动态过程中发展演变的。按照"互文性"和"他者"的观点,不同文化间由于巨大的差异,误读常常是无意的、不可避免的,但有时又是故意的、出于某种目的的,殖民主义、文化霸权主义对殖民地文化的践踏和扭曲无疑是这种故意误读的一个典型例子。

如前所述,这些观念和术语从根本上说都来自西方后现代理论,对于它们,我们自然未必完全赞同,但作为比较学者,学科本身的特殊性却使我们不能不研究它们、了解它们,因为我们所从事的是不同文化之间的文学研究,总是处于同国际学者对话的前沿,我们必须熟悉他们的话语,甚至要使用这些话语。不过,我们在使用时却不妨把他们的话语作为"他者",使其永远处在和"我们的话语"互动的过程中。

二、文化人类学与比较文学

（一）文化人类学的学科特质

　　文化人类学是人类学的主要分支，与体质人类学相对而言，有时亦简称为人类学，是以人类文化为研究对象的综合性新兴学科。具体而言，文化人类学研究整个人类文化的起源、发展、变迁和进化（包括一般进化和特殊进化）的过程，并比较研究各民族、各部落、各国家、各地区、各社区的文化同异，由此发现文化的普同性以及各种特殊的文化模式。它从文化的而不是生物的角度去考察人类群体与个体间的关系，解释人类生活、行为、信仰和观念的差异性及其成因。因此，在文化人类学家眼中，人被视作大千世界中唯一的"文化动物"，文化成为人之所以为人的决定性要素，获得前所未有的强调和重视。文化人类学的学科名称创始于1901年，用以区别创始于1871年、专门研究人类体质特征的体质人类学。但是对文化进行系统的科学研究的尝试，则早在19世纪中后期已逐渐流行开来。德国学者巴斯蒂安1860年所著的《历史上的人》、英国学者泰勒1871年发表的《原始文化》，均可视作这门学科的奠基性著作。从名称上看，英国学者习惯用"社会人类学"，而美国学者中则通行"文化人类学"的称呼，目前大有后来居上的趋势。也有一种折中的做法是将英、美的称谓统合起来，叫作"文化—社会人类学"。文化人类学的核心范畴无疑是"文化"，它被视为人类特有的一种适应环境的体系或机制，解决人类生存的三种基本需要所涉及的三种关系：

　　①人与自然的关系，特别涉及生计经济、工艺和物质文化或人工制品的关系。

　　②人与人的关系，特别涉及社会的组织、结构、风俗、制度和社会事实。

　　③人与自己心理的关系，特别涉及个人基于知识、思想、信仰、态度、价值等所显示的行为和精神文化或心态的关系。

　　以上三者的相互作用、相互协调和整合，构成了各社会的制度化的人生之道或行为规范，形成各种文化模式。

"文化"概念作为学科术语在文化人类学中获得普遍共识的重要前提，便是"文化相对论"的立场和态度，它对于破除种种形式的本位主义、中心主义都是有效工具。

对许多学习者来说，人类学的发现有可能是关于人类的客观的、不带感情色彩的观点。从考古学家和文化人类学家的角度看，人们就有可能把自己的社会看作仅是数百万年人类历史中的一段插曲，仅是现存或过去曾存在过的许多不同社会中既不好也不坏的一个。

这种立足点的确认和视界的解放，对于人文学者来说，犹如爱因斯坦的物理学，势必引发某种根本性的超越意识，从原有的绝对化立场转换到现在的相对化立场上来，从而有可能以客观公正的、不带或少带感情色彩的态度去面对研究对象。

纵观一个多世纪以来文化人类学的迅猛发展，其中先后涌现出众多的流派，大大丰富了人文社会科学的知识领域和研究视界，积累了相当可观的理论经验，并使文化问题的研究从学科本身中拓展开来，形成普遍性的跨学科研究热点。比如有关"文化进化"的问题，从摩尔根、泰勒、弗雷泽等的古典进化论到怀特、斯图尔德、萨林斯和塞维斯的新进化论，单线进化说已经被兼顾文化普遍性与特殊性的多线进化说所取代，文化进化与生物进化的本质差异的观念也得到理论的确认。

这种眼光对于重新审视文学艺术在文化总体中的作用提供了启示。又如美国人类学界所倡导的文化相对论和文化模式论，其意义和影响早已大大超出了人类学界限，成为当今文学和文化研究所共同遵循的科学原则。至于以列维-斯特劳斯为首的结构人类学和以特纳、吉尔茨为代表的象征人类学和解释人类学，其文化分析的对象常常就是文学艺术、神话礼仪、语言象征等，所以不妨把它们看作文学圈外的专家所作的比较文学研究，其方法论上的启发作用在20世纪后期的文学理论重新建构时已经充分体现出来。

从人类认识发展的历史过程上着眼，关于宇宙自然的科学出现在前，关于人本身的科学出现在后。古希腊哲学始于自然哲学，到了苏格拉底时代才提出"认识你自己"的理论命题。文艺复兴以后解决了宇宙认识的根本问题——日心说取代地心说；19世纪开始解决人的认识的根本问题——进化论取代神造论。文化人类学正是在这一背景上应运而生，将有关人与文化的认识纳入科学的理论框架。马克思、恩格斯在晚年对人类学的进展非常关注，他们吸取了摩尔根等人的研究成果，并认为其与历史唯物主义有不谋而合之处。人类区别于动物的一切特征——思维、语言、理性、艺术、宗教等，均可归入"文化"范畴，并在文化系统中得到本质的说明。这就是文化人类学在20世纪成为人文社会科学领域中的领先学科的内在原因。20世纪80年代末以来，冷战结束，信息高速公路开通和世界性市场的真正形成，对比较文学学者的自我定位产生了根本性影响。随着文化交往升级和文化对话的空前扩大，一种以多元取代一元、边缘挑战中心为特征的超学科的文化研究正方兴未艾，预示着新世纪人文社会科学新趋势和新格局的到来；我们在此时借鉴文化人类学的视野与成果，作为比较文学发展的中远期理论目标的有益参照，或可借此消解"无根情结"和方向困惑，使比较文学继续发挥促进文艺学总体变革的先锋作用。

（二）比较的视野与方法

比较文学在文化对话方面已经做出了有目共睹的业绩。但比较既不是理由，更不是目的，它是一种手段，一种过渡和中介，它的未来的理论目标将通向总体文学或文学人类学。

从文学研究本身看，比较文学比国别文学的封闭研究传统是大进了一步。但如果参照一下文化人类学的进展，就不难发现，比较文学学者仍不免有作茧自缚、画地为牢之嫌，把一国文学同另一国文学比较，或把一个语种的作家同另一语种的作家相比较，充其量只能看作通向对人类文化学的本质与功能认识目标的一个起点、一种过程，因为世界上有数千个民族和一千多种语言，其中的每一种都毫无例外地应视为"世界"或"人类"总体的有机组成部分。

就在比较文学学者大声疾呼，著书立说，成立组织，召开会议，试图把这一研究作为合法学科或至少是合法学派确立下来，并在莎士比亚和汤显祖、伏尔泰与《赵氏孤儿》之间寻找平行的或影响的关系时，人类学家已在从容不迫地整理来自世界各个角落各种社会和文化的民族志材料，并以此为基础，去思考人类文化的普遍规律问题了。19世纪作为欧美人类学之父的泰勒和摩尔根试图概括人类进化的程序，都是建立在三百多个社会的样本上的。相形之下，19世纪末提出"文学的比较史"的戴克斯特所预期的文学理想也只不过是"欧洲的"而已。20世纪初洛里哀著《比较文学史》(1903年)欢呼世界大同之到来,译者傅东华亦随声附和地赞扬此书"把从最古时代直到现在的世界上每一角落的文学纤屑无遗地用不过繁重的篇幅统统都收摄起来"。然而,细览其书,它只是被迫接受了东方学的历史成果,在一部以欧洲为中心的欧洲文学史的框架上,点缀了若干"东方"民族文学的花絮。

相对而言,比较文学研究的现状因受到学历、视野和资料等方面的限制,还不能达到人类学的那种纵横四海的统计比较程度。不过,比较文学从西方扩展到东方和广大第三世界国家,许多森严的壁垒已经被打破,中、印、日、阿拉伯等亚洲主要文明同西方文化的交汇与对话业已展开,这也就为未来的文学人类学开辟了道路,提供了可供局部概括和演绎的基本素材。假如我们还没有足够的自信将比较方法用于大规模检验假说的尝试,那么在目前阶段,至少可以把比较作为打通边界、填平鸿沟、促进文学交流和加强相互理解的一种方式。

(三)田野作业:比较作为文化对话的一种形式

比较方法不只和跨文化分析的技术有关,而且也直接影响到处理异文化问题的情感和态度。斯梅尔塞在回顾社会科学中比较方法的兴盛时指出:"在人类思想史上,人类集团歪曲他们对'不同'集团的认识的倾向,只是在最近才引起人们的广泛注意。同样,为克服这种歪曲而进行的严肃努力,相对也是在最近才出现的,其途径是超越单独一个集团的实践范畴去认识社会生活的差异。大部分这样的努力都是在社会科学领域进行的,尤其是在人类学、社会学、政治科学和历史学领域;对于这种努力的定名各不相同,例如'比较研究''交叉文化分析',以及'跨国分析'。"对于闭关锁国了几十年的中国学界来说,由于"歪曲"早已习惯成自然,最初倡导比较就需要相当的勇气,而平心静气对待异文化的态度则需要时间来培育。

这种在个人学术经历中实现的文化对话,不是以缩影的形式预示了文学人类学的田野作业原则对于比较研究的认识启发作用吗?

三、女性主义与比较文学

(一)女性主义文学批评的产生

我们常说的女性文学研究可能有三种界定：一是研究女性作家创造的文学；二是研究描写女性生活的文学；三是研究表现女性意识的文学。这三种界定意味着对女性文学的不同理解和思路，它们之间的差异是比较大的。第一种界定以作者是否是女性为区分标准，并不在乎作品所写内容是否与女性生活有关；第二种界定则不在乎作者的性别，只关注作品内容是否与女性生活密切相关。在传统的文学研究领域中，这两种思路的研究已是常见的方式之一，人们并不陌生。第二种界定虽说有些抽象，但还是脱胎于前两种界定法，它不满足于仅仅由女性来写的作品，也不满足于一般性地表现女性的生活内容，它所强调的是要探索和表现女性特有的意识和情趣。西方当代女性主义文学批评家们对女性文学的研究取向倾向于上述第三种界定，不过她们强调，传统的"女人味"已经受到男性社会的严重熏染，其本身就是男性长期压迫女性的产物。她们怀疑全部传统的价值观念和批评工具，试图对女性形象得以形成的历史和现行的社会结构进行阐释，重新发掘已被男性社会忽视和淹没的女性精神，寻觅一种新的女性传统。

西方女性主义文学批评潮流出现在20世纪60年代的欧美。它的出现，与当时如火如荼的女权主义运动直接相关，与当时欧美的社会经济背景以及妇女在社会中的地位状况有关，与当时欧美各国思想活跃、各种新学说新观点广泛流行有关。

西方女性主义文学批评的主要发源地是美国。女权主义是西方个体主义的一个分支，从社会成因的角度看，女权主义是西方父权制残余势力同当代西方社会个体化发展倾向矛盾冲突后的产物。在欧美等主要西方国家中，个体主义思想有着悠久的传统，在其形成的过程中，中世纪以后的基督教又起了至关重要的作用。根据基督教的观念，人是上帝创造的，每个人都是上帝的子民，因而都具有最高的内在价值与人格尊严。但是，在西方传统的父权制家庭中，女性处于从属地位，并不属于享受个人平等权利的对象,"天赋人权"的对象限于男性户主。到了1848年7月,美国历史上第一次妇女权利大会召开,宣告了美国第一次妇女运动的诞生,大会通过的《观点宣言》成为美国妇女运动的总纲领。在20世纪60年代,随着美国社会黑人民权运动的高涨和反越战争和平运动的兴起,女权主义运动再次掀起高潮。这一次运动被称为"新女权主义",一开始就与黑人民权运动相结合,后来又与反战和平运动相呼应,其声势之浩大、涉及面之广泛、影响西方社会之深刻,远非上一次女权运动所能比拟。由于这一次女权主义运动已不仅仅在于争取妇女在某一方面的权利,而在于从整体上解构男女不平等的社会观念和社会体制,女权主义者对渗透着男性权威的现行制度已从抗争具体的不平等问题发展到进行整体的文化批判。女性文学批评也在此时脱颖而出,遂即蔚然成风。

20世纪80年代以来,女性主义文学批评进入第三阶段,其发展趋向是对构建理论感兴趣,开始酝酿女性主义文学批评理论的突破。在这之前,大多数英美女权主义批评家对文学理论不感兴趣,甚至极为反感,因为她们认定现有的理论思维(包括文学理论)是一种"男性"的活动方式,充满着父权制的陈腐气息。20世纪70年代后期开始,越来越多的女性主义文学批评家觉察到了自身的不足,而致力于从更多的领域和更深的层次来探索女性文学的价值和特征。她们已经认识到性区别不仅是生理的和心理的,同时也是社会的和政治的,或者说是历史文化和意识形态的产物。在这样的认识基础上,许多批评者已不再拘泥于文学本身,而是把女性观念和女性文学置于社会意识形态的复合作用中深入探讨,这样就使女性文学批评从学院式的纯文学领域扩展为跨学科的文化批评。也正是在这一时期,女性主义文学批评与比较文学研究产生了许多契合点。

(二)女性主义文学批评的跨文化比较研究

当代女性主义文学批评是女权主义运动在意识形态领域的产物,不同的社会背景和文化传统,使发生在不同国度的女性主义文学批评活动呈现出不同的特点。特别是东西方国家之间在文化背景和社会现状方面差异都很大,虽然都处在发展之中,也都出现了女性觉醒争取解放的潮流,但作为意识形态之一的女性主义文学批评,不可避免地出现了在表达内容和表现方式等方面的不同。正是这些同中之异,汇成了当今世界女性主义文学批评运动千姿百态的丰富面貌，并形成了比较文学研究的一个新领域。

英美两国在语言文化方面的一脉相通，使两国的女权运动和女性主义文学批评都显示出共同的特点。英国女作家的觉醒与维多利亚时代英国妇女解放程度的迅速提高是一致的。英国女权运动的急先锋霍尔斯东·克雷弗特在1792年出版的《妇女权利的呼吁》一书中就详细提出妇女如何做到与男子平等的种种意见，在当时社会上掀起了轩然大波。女权运动注重现实社会中妇女的地位和状况，她们的宗旨非常明确：为恢复女性做人的权利，为了女性的利益而斗争。英国女权运动直接促进了英国女性文学的高潮，使其针对社会现实，并具有坚决斗争的锋芒。

英美女性主义文学批评发展的每一阶段都与女权运动的发展相呼应。英美女权运动（包括女性主义文学批评）家始终针对现实社会问题，表现出鲜明的政治倾向性。从伍尔芙的《一间自己的房间》（1929年）开始，觉醒的女性向父权制社会索还原本应属于她们的"房间"，这不仅指建筑学意义上的空间，也指在家庭财产和社会权益方面的"空间"，更重要的是指在心理上和社会意识形态方面的女性生存空间。

第六章　多元文化视野下的意识流文学

20世纪是西方社会风云变幻、动荡不安的时代，也是西方文学中理论更迭、流派林立、作家辈出的时代。第一次世界大战前后，随着资本主义社会各种矛盾的不断激化以及西方社会在政治、经济、思想和道德方面的危机不断恶化，现代文坛上出现了五花八门的创作理论和文学流派。在洋洋洒洒、林林总总的文学作品中最为瞩目、最具特色的应是英美意识流小说。在世界文学史上，它是一种别具一格、绝无仅有的小说形式。

第一节　意识流小说的基础

一、意识流

在深入探讨英美意识流小说之前，我们首先必须明确意识流的定义。国内外批评界在进行文学评论时分别使用了意识流、意识流语体、意识流技巧和意识流小说等几个不同的概念。确切地说，意识流（stream of consciousness）是一个心理学术语。美国著名心理学家威廉·詹姆斯（William James，1842—1910年）在1884年发表的《论内省心理学所忽略的几个问题》一文中首先使用了这个术语。现代心理学家认为，"意识"是人脑对于客观物质世界的反映，是感觉、思维等各种心理过程的总和。他们发现人的意识时刻处于流动状态。意识流这一术语的出现是现代心理学发展的必然结果。从英语词汇学的角度来看，"意识"属抽象名词，而"流"则具有动态意义，因而这一术语充分体现了意识的流动性和不确定性。从修辞学的角度来看，意识流是一种比喻的说法，因而它既生动鲜明，又富于形象。

在现代小说中，意识流是指小说的内容或题材（the subject matter），而不是指创作技巧或作品本身，所以不能混为一谈。事实上，意识流是文艺作品的内容要素之一，即小说中具体描述的、反映主题思想的感性生活和心理现象。在现代英美文学史上，从头到尾全部由一股流动不已、飘忽不定的意识流构成的长篇小说至今尚未出现，更没有哪一位小说家毕生将意识流作为唯一的创作题材。无论是乔伊斯（James Joyce）的《尤利西斯》（*Ulysses*，1922年），还是伍尔夫的《达罗卫夫人》，或是福克纳的《喧嚣与骚动》，意识流只是小说内容的组成部分或重要组成部分。然而，在英美意识流长篇小说中，通篇由意识流构成的章节则屡见不鲜。被西方评论界推崇为世界文坛经典力作的《尤利西斯》中的最后一章"珀涅罗珀"便是意识流小说的杰出典范。该章长达四十多页，共两万余词，全部由一股恍惚迷离、奔腾如潮的意识流组成。全章行文没有标点，毫无停顿之处，原原本本地展示了女主人公莫莉不同层次、不同程度的印象、感觉、幻觉、回忆、思维和联想，将她睡眼朦胧的意识活动表现得淋漓尽致。

二、英美意识流小说的崛起

柏格森的哲学理论与弗洛伊德心理学的相继出现，西方现代主义文学思潮的形成以及法国意识流小说的广泛流行，使西方社会经历了一场文化大地震。它对各种传统的创作观念和艺术形式进行了猛烈的冲击。人们在震惊之余对小说创作有了新的认识，并对作品的主题与形式产生了新的追求。英美意识流小说正是在这样一种文化背景下异军突起，迅速地登上了世界文坛。

也许这又是西方文学史上一个极为有趣的巧合。最早用英语创作意识流小说的也不是一位赫赫有名的文学巨匠，而是一位至今仍然鲜为人知的英国女作家多萝西·理查森（Dorothy Richardson，1873—1957年），她是英国小说史上一位重要的实验者与革新者，同时也是英美意识流小说名副其实的创始人。正当人称20世纪现实主义三杰的威尔斯（H. G. Wells，1866—1946年）、高尔斯华绥（J. Galsworthy，1867—1933年）和贝内特（E. A. Bennett，1867—1931年）热衷于继承英国小说的传统，致力于揭露

第六章 多元文化视野下的意识流文学

外部社会的种种矛盾时,理查森则开始埋头创作她洋洋百万言的十二卷本意识流小说《人生历程》(Pilgrimage,1915—1938年),并于1915年发表了小说的第一卷《尖尖的屋顶》(Pointed Roofs,1915年)。她在这部意识流长篇巨著的序言中声称要用一种全新的"女性现实主义"来取代巴尔扎克的"男性现实主义"。在这以后的二十几年中,理查森不遗余力,奋笔疾书,潜心创作《人生历程》,充分显示了一位文学革新者的坚强意志和决心。理查森善于采用形象和象征的手法来展示人物的意识活动。在《人生历程》中,作者凭借形象思维的特殊功能,采用各种鲜明、具体的形象来反映米丽安的精神活动,使她的感性生活显得生动逼真。

《人生历程》的问世宣告了英语意识流小说的诞生,同时也标志着现代英语小说创作的一个重大转折。这部作品的发表实际上为意识流小说进入鼎盛期铺平了道路。从1915年起,一些具有现代主义倾向和革新精神的青年作家与诗人纷纷将创作视线转向了这种全新的文学形式,追求表现西方人的复杂心态。第一次世界大战之后,五花八门的意识流作品竞相问世,形成战后现代主义文学一派令人眼花缭乱的景象。

应当指出,为英美意识流小说鸣锣开道的不仅有多萝西·理查森,而且还有为现代英语诗歌作出卓越贡献的诺贝尔文学奖得主托·斯·艾略特(T. S. Eliot,1888—1965年)。他与理查森几乎同时对意识流技巧产生了兴趣,而且他也同样在1915年首次发表了用意识流技巧创作的文学作品——《普鲁弗洛克的情歌》(The Love Song of J. Alfred Prufrock,1915年)。这首展示西方现代知识分子精神危机的"情诗"在世界文坛引起了强烈的反响,因为它不但进一步发展了象征主义诗歌的内涵与外延,而且还充分表明了采用意识流技巧创作诗歌的可能性。

此外,艾略特在诗歌的时间处理上也别具一格。《普鲁弗洛克的情歌》共一百三十一行,通篇由内心独白构成,这在英语诗歌中是十分罕见的。全诗所涉及的物理时间只不过几分钟,但它却揭示了主人公不同的生活经历和较为广阔的社会场面。由于普鲁弗洛克焦虑不安、犹豫不决,无法采取行动,因此诗歌并不具有物质意义上的事件或行动,只是反映了在有限的钟表时间内所发生的心理活动。显然,艾略特的这种表现技巧以及对时间的处理方式同意识流作家的创作手法如出一辙。

艾略特精湛的意识流技巧在他的代表作《荒原》(The Waste Land,

1922年）中运用得更加出色与自如。这首旨在反映现代西方人精神危机的长诗与乔伊斯的意识流杰作《尤利西斯》不仅发表于同年，而且还共同被推崇为西方现代主义诗歌与小说的两个重要里程碑。《荒原》的问世使西方文坛大为震动。评论界对艾略特标新立异的创作手法莫衷一是，众说纷纭。然而，人们似乎都乐意接受这样一个无可非议的事实，即《荒原》以其深刻的内涵和独特的诗艺足足统治了西方诗坛半个世纪之久，对现代英语诗歌和意识流小说的创作与发展产生了极大的影响，从某种意义上说，《荒原》是现代主义创作思想和艺术特色的综合体现。艾略特不仅采用象征主义手法，凭借一系列神话典故来影射20世纪荒凉、颓废的西方社会，而且还巧妙地采用了"蒙太奇""时空跳跃"和"感官印象"等意识流技巧来反映诗歌的主题。

不言而喻，艾略特的现代主义诗歌及其新颖的创作技巧对英美意识流小说的发展产生了一定的影响。他提出的"客观对应物"等文学创作理论对英美意识流小说的迅速发展无疑起到了推波助澜的作用。

第一次世界大战期间，一批具有现代主义倾向的青年作家初露锋芒。与此同时，意识流小说在一些英语国家中开始流传。1916年，乔伊斯发表了《青年艺术家的肖像》（*A Portrait of the Artist as a Young Man*，1916年）。他开始在局部范围内打破时空概念，并在有限的程度上采用了感官印象、内心独白和自由联想等意识流技巧。作为意识流经典力作《尤利西斯》的前奏曲，《肖像》充分体现了英语小说从传统到革新的自然过渡与转折。与此同时，伍尔夫也正围绕着文学传统与革新问题同贝内特、威尔斯和高尔斯华绥等传统的现实主义作家展开激烈的论战。她于1917年通过自己创办的霍加斯出版社（The Hogarth Press）发表了第一篇意识流短篇小说《墙上的斑点》。第一次世界大战结束之后，意识流小说家的创作技巧日趋成熟，其形式与花样也不断翻新。不久，举世瞩目的意识流长篇小说竞相问世，盛极一时，其中包括乔伊斯的《尤利西斯》和《芬尼根的苏醒》（*Finnegans Wake*，1939年）、伍尔夫的《达罗卫夫人》、《到灯塔去》（*To the Lighthouse*，1927年）和《浪》（*The Waves*，1931年）以及福克纳的《喧嚣与骚动》和《我弥留之际》（*As I Lay Dying*，1930年）等重要作品。这些小说的问世将意识流创作推向了高潮，在西方文坛引起了强烈的反响。对于上述作品的主题、结构、技巧和风格，本书将在后面的有关章节中做详细的介绍与剖析。

综上所述，意识流小说从形成到完善大致经历了两个阶段，前后刚好半个世纪。第一阶段是以法国意识流小说为主的形成期和尝试期，即从杜夏丹的《月桂树被砍掉了》（1887年）到普鲁斯特的《追忆似水年华》第一卷（1913年），历时二十六年。而第二阶段则是以英美意识流小说为主的发展期和成熟期，即从理查森的《人生历程》第一卷（1915年）到乔伊斯的《芬尼根的苏醒》（1939年）历时二十四年。这半个世纪也许是近代西方文学史上最重要、最辉煌的时期。意识流小说以前所未有的深度与广度忠实地记载了半个世纪中西方世界的动荡与变迁。

三、意识流小说的哲学基础

意识流小说深入地透视现代西方人的处境，全面反映现代意识和现代经验的本质，但它绝不是一种孤立或自发的文学现象。西方形形色色的资产阶级哲学思潮对意识流小说曾产生过不同程度的影响。叔本华的唯意志论、尼采的非理性主义哲学和柏格森的直觉主义等对意识流小说的形成与发展都具有一定的推动作用。

德国唯心主义哲学家、典型的唯意志论者叔本华（Arthur Schopenhauer，1788—1860年）曾宣扬人的一切，包括人的身体、活动和认识过程，都是意志的表现。他声称意志神秘莫测，理性只是服从于意志的外壳和工具。他认为，由于人们利己的生活意志在现实世界中永远无法得到满足，因此人们始终生活在孤独与痛苦之中。叔本华的唯意志论是一种歪曲情感意志并将其无限夸大的唯心主义哲学。这位欧洲大革命前德国资产阶级的代言人认为，人类具有一种盲目的、无法控制的自由意志或冲动，它构成了人的本质和世界万物之源，一切事物都是意志的表现。他还强调，人的所有意识活动和心理变化都是由意志决定的，它们不仅是反映生存的一面镜子，而且也是解释生活与世界的重要依据。显然，这种理论与意识流作家的观点有着惊人的相似之处。

德国另一位资产阶级哲学家尼采（Friedrich Nietzsche，1844—1900年）则推崇非理性主义。他认为客观规律只是人的幻想而已，唯有自我才是自然界和社会中的决定力量。他声称，历史的发展无非是个人实现其自身价值的过程，而宣扬自我、扩张自我则是人生的唯一目的。他竭力宣扬所谓的"超人"哲学，认为历史的真正创造者是"超人"，而凡夫俗子只是"超人"脚下的奴隶或手中的工具，只能为实现"超人"的权力意志效劳。尼采哲学的另一个重要内涵就是历史虚无主义。他认为虚无主义代表了西方所有价值与理想的合乎逻辑的最终结论。尼采的哲学体系完全建立在历史循环论的基础上。在他看来，人类历史只是一个创造—灭亡—再创造—再灭亡的无限循环过程。他声称西方资本主义垄断的出现加速了人类文明的堕落与衰退，使人的野心不断膨胀，手段更加残忍，同时也使人变得更加不可思议。显然，尼采的哲学理论反映了19世纪西方资产阶级知识分子的思想意识。毫无疑问，他的哲学思想在20世纪初的一部分追求表现自我的现代主义作家中引起了共鸣，两者一拍即合，形成一股强大的思潮，对意识流小说乃至整个现代主义文学的崛起具有不可估量的影响。

然而，对英美意识流小说起直接催化作用的是法国现代非理性主义哲学家亨利·柏格森（Henri Bergson，1859—1941年）的直觉主义和心理时间学说。柏格森认为，外部的客观世界是表象，而人的主观世界才是真正的现实和生活的本质。

此外，柏格森还提出了有关心理时间的学说。他认为，由过去、现在和将来一条直线表示的钟表时间是一种刻板、机械和人为的时间观念，只有心理时间才是真实和自然的。在他看来，真正的时间应该是意识与心理过程上的时间。

综上所述，西方各种资产阶级哲学思潮对意识流小说的形成与发展起到了推波助澜的作用。第一次世界大战之后，由于各种悲观主义、怀疑主义、虚无主义和无政府主义泛滥一时，乔伊斯、伍尔夫和福克纳等现代主义作家凭借个人的经验与感受不约而同地传达了一种普遍的悲观意识和没落情绪，深刻暴露了现代资本主义社会的种种矛盾与危机。

四、意识流小说的心理学基础

在形形色色的资产阶级思潮中，对意识流小说影响最大的莫过于西方现代心理学理论。现代心理学的迅速发展和人的潜意识的最新发现使整个西方世界感到震惊。美国著名心理学家威廉·詹姆斯的心理学说和奥地利心理学家西格蒙德·弗洛伊德（Sigmund Freud，1856—1939年）的"精神分析法"全面而系统地揭示了人类精神活动的奥秘与普遍规律，同时将人们对精神与意识的认识提高到了一个新的层次。毋庸置疑，现代心理学的发展为20年代英美意识流小说的盛行提供了十分重要的理论依据。

威廉·詹姆斯首先提出了意识流之说。他认为任何人都不会只有简单的感觉。从呱呱坠地的那天开始，人的意识就是一个充满了各种印象、感觉与直觉的综合体，汇成一股纷乱如麻、奔腾如潮的主观生活之流。他在《心理学原理》一书中指出："作为心理学家，我们提出的第一个心理事实是某种思维在不断进行之中。在此我使用'不断进行之中的思维'这个说法……来概括各种意识。"按照詹姆斯的观点，人的心理状态从来没有绝对相同过。人们对同一个特定事物的每一次思维都是独一无二的，它们之间只有某种相似而已。尽管人的意识存在着时间上的间隔，但间隔之后的意识与先前的意识并未中断，它依然是同一自我或整个意识领域中的另一部分。詹姆斯认为，意识与潜意识、无意识之间，以及意识的各部分之间具有某种内在的联系，属于同一个整体，这个共同体便是人的自我。

詹姆斯还将人的意识活动与鸟的生活方式作了生动的比较。他认为人的意识流似乎也是由飞行与栖息的交替构成的。它的栖息部分包含着长期埋在人脑中的思想内容，而飞行部分则属于那种飘忽、闪烁和晃动的感觉、印象与思绪。他将意识流中的栖息部分称作"实体部分"，而把飞行部分称作"过渡部分"。他明确指出："我们思维的主要目的在任何时刻似乎都是要从我们刚刚有过的实体部分出发去获得另一个实体部分。可以说，过渡部分的主要作用正是把我们从一个实体部分的终结引渡到另一个实体部分的终结中去。"詹姆斯所说的"过渡部分"通常是意识流作家刻意描述的变幻多端、纷乱复杂，而且往往又是不符逻辑、不合理性的精神活动和意识流动。

弗洛伊德将人的性格结构分成"本我"（id）、"自我"（ego）和"超我"（superego）三个部分。他认为，"本我"是一种混沌状态或一锅沸腾的激情。它精力充沛，既没有组织，也没有统一的意志，只有一种使本能需求按照快乐原则得到满足的原始冲动。弗洛伊德将这种欲望与冲动称为"力必度"（libido），它是隐藏在人类性本能背后的一种潜在力量，是人类保存自己、繁衍自己的强大动力。弗洛伊德认为，"自我"承担了调节与保护"本我"的任务，使其符合"超我"（即伦理、道德和理性）的要求。他指出，如果"本我"盲目地释放能量，一意孤行，奋力满足自己的本能，全然不顾社会伦理与道德规范的约束，就会产生破坏作用，最终难免毁灭。然而，要是"超我"对"本我"的压抑超过了极限，而"自我"又失去了调节和保护能力，就会导致精神分裂。由于资本主义机器文明逐渐成为主宰一切的社会力量，因此"自我"常常因负担过重而显得力不从心，于是便会产生紧张、焦虑和恐惧心理。纵观20世纪的意识流小说，读者不难发现，意识流作家所刻意描绘的正是这样一种"自我"。

弗洛伊德对意识流小说的创作与评论产生重要影响的另一个学说便是他关于梦的解释。在他看来，人的梦是无意识的反映，也是错综复杂的精神活动的表现。人的无意识冲动是真正的致梦因素，因为人在夜间的心理活动与现实生活脱节，从而有可能倒退到原始的机制中去。弗洛伊德认为，做梦者平时的心理需要往往以幻觉和梦境的形式得到体现，其欲望也因此而得到满足。梦幻中的意象不但使人的精神世界图像化和戏剧化，而且具有深刻的象征意义。毋庸置疑，意识流作家在探索人的意识和无意识的创作活动中从弗洛伊德有关梦的学说中得到了深刻的启示。

弗洛伊德心理学对现代西方社会的医学、宗教、文学、艺术、美学和教育等各个领域都产生了巨大的影响。毫无疑问，普鲁斯特（Marcel Proust，1871—1922年）、乔伊斯、伍尔夫和福克纳等意识流大师在深入探索人类心灵的创作活动中都不同程度地从弗洛伊德的心理学理论中得到了某种启示。可以毫不夸张地说，这位被称为精神分析学派创始人的奥地利精神病医生的学说足足统治了西方文坛半个世纪之久。因此，不了解弗洛伊德心理学理论就无法理解英美意识流小说乃至整个西方现代主义文学。

第二节　英国意识流小说的杰出代表弗吉尼亚·伍尔夫

弗吉尼亚·伍尔夫（Virginia Woolf，1882—1941年）是英美意识流小说的一位杰出代表，也是英国现代文学史上最重要的女作家。同乔伊斯一样，伍尔夫一生致力于小说的改革与艺术的创新，追求表现人物的精神世界，并且成功地将意识流技巧运用于现代小说。半个世纪以来，西方评论界对伍尔夫作品的评论与分析可谓层出不穷，浩如烟海。尽管国内外学者对伍尔夫和乔伊斯的艺术风格和创作技巧进行系统而又深入的比较研究的并不多见，但大多数学者都认为，这两位意识流大师在小说创作中有着惊人的相似之处。这也许是现代英国文学史上的一个有趣的巧合，伍尔夫与乔伊斯竟是同年出生（伍尔夫比乔伊斯仅仅早一个星期来到人世），又是同年去世。然而，他俩之间的巧合还不仅限于此。他俩均出身于一个子女成群的大家庭，早年丧母，分别在孤独中度过自己的童年。两人的性格都比较孤僻，平日不苟言笑，沉默寡言。此外，两人都对社会现实表示出强烈的不满情绪：伍尔夫因为是女性而遭到社会的歧视而乔伊斯则因不愿与当局和教会同流而遭冷落。伍尔夫患有精神病，不时发作，而乔伊斯中年患有严重胃病和眼疾，处于半失明状态，因此两人均在病魔的阴影下勤奋创作。不仅如此，两人同时受到19世纪末和20世纪初西方现代哲学和心理学的影响。柏格森的"心理时间"学说和弗洛伊德的"精神分析法"为他俩的小说提供了可供借鉴的理论依据。此外，伍尔夫与乔伊斯均对英国现代主义文学的先驱亨利·詹姆斯的创作产生了浓厚的兴趣，并从他的作品中找到了一条现代主义小说的革新之路。更重要的是，伍尔夫与乔伊斯不约而同地将创作焦点集中在他们出生的城市：伦敦与都柏林，不厌其烦地揭示生活在这两个城市中的现代人，特别是中产阶级的孤独感和异化感。尽管伍尔夫与乔伊斯之间并无直接的接触与交往，但他们几乎同时下决心另辟蹊径，以时间与意识为中心，发展了一种十分相似而又不尽相同的创作技巧。今天，在英国和爱尔兰，伍尔夫作为"布鲁姆斯伯里文学团体"的一位创始人而受到人们的敬仰；乔伊斯则在"布鲁姆纪念日"受到无数崇拜者的追思与怀念。显然，伍尔夫与乔伊斯的创作经历不仅展示了意识流作家之间有趣的巧合，而且也反映了意识流小说发展过程中无独有偶的普遍现象。

作为英美意识流小说鼎盛时期的又一位杰出代表，伍尔夫对现代主义文学的贡献是毋庸置疑的，她在现代世界文学中的地位也是不可动摇的。

一、伍尔夫的创作思想

20世纪初，西方哲学、美学和心理学理论的发展为伍尔夫从事小说改革提供了依据。与此同时，她从心理现实主义作家亨利·詹姆斯的作品中获得了深刻的启迪。早在创作初期，她就表达了自己对詹姆斯小说的赞赏："没有任何一位女作家像我这样讨厌'写作'，但当我老了并出名之后，我要像亨利·詹姆斯那样写作。"

伍尔夫的确是一位锲而不舍的小说实验家。她呕心沥血，从未放弃对文学事业的执着追求。尽管她最初的两部小说《出航》（*The Voyage Out*, 1915年）和《夜与日》（*Night and Day*, 1919年）在形式上依然具有传统小说的特征，但她随后出版的短篇小说集《星期一或星期二》（*Monday or Tuesday*, 1921年）以及她的第三部长篇小说《雅各布的房间》（*Jacob's Room*, 1922年）显示了她在小说形式、作品主题和创作技巧方面的探索与实验。伍尔夫与乔伊斯几乎同时将创作的焦点转向人物的精神世界。当乔伊斯在海外潜心创作《尤利西斯》并以连载形式陆续发表这部意识流小说时，伍尔夫在她伦敦的住宅里殚精竭虑地在《墙上的斑点》和《邱园记事》（*Kew Gardens*, 1919年）等短篇小说中捕捉"重要的瞬间"（the moment of importance）和"生存的关键时刻"（moments of being）。她在对现代小说的探索与实验过程中发展了一种具有独特风格的意识流技巧。1925年，伍尔夫发表了她的意识流杰作《达罗卫夫人》（*Mrs Dalloway*, 1925年）。《达罗卫夫人》的问世在英国文坛引起了强烈的反响，并确定了伍尔夫作为一名重要意识流小说家的文学地位。

伍尔夫不仅是一位卓越的意识流小说家，而且还是一位出色的文学评论家。她一生共发表了三百多篇随笔、书评和论文,对现代小说的改革和意识流小说的理论做了较为全面的阐述。不仅如此,她在竭力推动现代主义文学的同时,与当时被称为现实主义三杰的贝内特、威尔斯和高尔斯华绥展开了激烈的论战,对他们保守、刻板和过时的创作方式提出了猛烈的挑战。她将这些20世纪的大文豪称为"物质主义者",认为他们的创作方式是"幼稚的现实主义",只能热衷于对外部世界和生活表面现象的描写,而无法反映真正的人性和人的精神世界。

伍尔夫认为,传统的现实主义小说就像一本记录烦琐、细碎事务的流水账,枯燥乏味、令人厌烦;小说中的人物形象往往显得刻板、单薄,缺乏真实感。她极力否定18世纪以来英国传统小说所取得的成就,并对其公式化和程式化的表现方式进行了严厉的抨击。伍尔夫在摒弃英国传统现实主义小说的同时,对现代小说的主题、形式和创作技巧进行了认真的探索。她十分敏锐地意识到,在20世纪动荡不安的年代里,社会生活发生了根本的变化。西方文明已经衰落,传统的社会结构开始解体,人们对时代与生活产生了一种前所未有的危机感和恐惧心理。因此,现代西方人的思想情绪和精神面貌与他们的先辈已经截然不同。伍尔夫认为,现代作家对人们日趋严重的异化感和幻灭感决不能视而不见或无动于衷,而应不顾一切地去揭示他们真实的精神感受和意识活动,即使与传统小说的常规和章法分道扬镳也在所不惜。

同乔伊斯的作品一样,伍尔夫的意识流小说充分体现了重灵魂、轻躯体,重主观感受、轻客观事物,以及重心理时间、轻物理时间的创作原则。在她的意识流小说中,人物始终是作品的主体,而人物的核心则是他的灵魂。她将外部客观事物和日常生活的细节弃置不顾,以透视的方式竭力表现人物变化无常、飘忽不定的感性生活。在她看来,小说只有充分反映人物复杂的心理结构,抓住人物的灵魂,才会显得真实与可信;否则,作品就会失去其艺术价值和存在的意义。从这一点来说,伍尔夫与乔伊斯的创作思想在本质上是一致的。她充分肯定乔伊斯"偏重精神"的创作手法,认为他的小说与传统小说截然不同,并称他是"青年作家中的佼佼者"。然而,伍尔夫对乔伊斯的作品并非推崇备至、一味颂扬。事实上,她对乔伊斯的创作始终持有保留态度。虽然她认为乔伊斯是一位不可多得的而且具有丰富想象力的现代主义作家,但她严厉批评乔伊斯那种自负和热衷于自我表现的创作态度。她甚至认为乔伊斯的创作过于自由,并对他"自觉和蓄意的粗鄙"表示强烈的不满。尽管她多次称赞《尤利西斯》的艺术形式和创作技巧,但她对这部具有划时代意义的意识流长篇巨著也颇有微词。伍尔夫对乔伊斯的肯定与批评在一定程度上体现了她本人独特的审美意识和创作态度,同时也反映了她高度的艺术责任感。作为一名意识流小说家,伍尔夫所感兴趣的与其说是乔伊斯作品的题材与内容,倒不如说是它的结构与技巧。毫无疑问,乔伊斯的作品使她受到启迪和鼓舞,但她并没有沿袭他的创作方式,而是在文学道路上探幽索隐、披荆斩棘,最终形成并发展了自己独特的艺术风格。

应当指出,伍尔夫与乔伊斯在从事小说实验的过程中具有各自的经历,他们所走的文学探索道路也不尽相同。如果说,乔伊斯的创作经历了发展、成熟、鼎盛和极端四个不同的阶段,那么,伍尔夫的创作道路则迂回曲折,显示出周期性的回复盘整态势。

二、《达罗卫夫人》:感触时空

《达罗卫夫人》是伍尔夫的成名作,也是 20 世纪英美意识流小说中的上乘之作。如果说,伍尔夫在她的短篇小说中已经显示出自己表现意识与印象的才华以及致力于小说改革的决心,那么,在《达罗卫夫人》中,她终于找到了符合自己创作意图并且适合表现她所说的那种生活的特殊方式。《达罗卫夫人》的问世清楚地表明,伍尔夫经过多年的努力实践已经形成了自己的创作风格,并完全脱离了传统的轨道。

这部小说在结构与技巧上同《尤利西斯》有着惊人的相似之处,从而体现了意识流小说发展过程中无独有偶的创作模式。像《尤利西斯》一样,这部小说也以一日为框架,详尽地记述了一位英国上层社会太太达罗卫夫人和一位名叫史密斯的精神病患者从上午 9 点到午夜时分约十五个小时的生活经历。从作者对小说的时间与空间的处理以及对人物意识的表现手法来看,《达罗卫夫人》具有十分明显的现代主义特征。

在创作这部小说时,伍尔夫似乎对乔伊斯的小说结构和表现手法产生了浓厚的兴趣。尽管她承认"我现在所做的也许没有乔伊斯先生做得更出色",但她对《达罗卫夫人》的结构与艺术构思充满了自信。她在自己的日记中写道:"我认为这种构思比我其他任何作品中的设计更加出色。"伍尔夫对小说结构与布局的关注充分表明了她试图对现代小说进行彻底改革与创新的决心。作为意识流小说的杰出典范,《达罗卫夫人》与《尤利西斯》在框架结构上十分相似。如果说,《尤利西斯》着力表现了斯蒂芬与布鲁姆两人在都柏林街头巷尾一天的游荡和复杂的心理感受,并最后以"父子相会"而告终;那么,《达罗卫夫人》则同样包含了两条并行不悖的故事线索,生动地描述了达罗卫夫人在伦敦街头熙来攘往的人群车流中的凝思遐想和史密斯在街头神志恍惚、精神失控的场面,并以达罗卫夫人在家庭晚会上对史密斯的自杀所产生的无限伤感与惆怅而结束。有趣的是,这两部作品不约而同地将人物在街头的经历作为小说的线索,同时又将两个互不相干的人物精神上的联系作为一条无形的纽带。

伍尔夫对时间与空间的巧妙处理是《达罗卫夫人》获得成功的最主要的原因。她起初将这部小说的书名定为《时光》(*The Hours*),足以证明她对小说时间问题的关注。她似乎比乔伊斯更强调时间的经验对揭示作品主题的重要性。从结构上看,这部小说似乎仍具有传统的时间顺序,即以伦敦大本钟为标志的物理时间贯穿了整部作品。但是,伍尔夫成功地采用了意识流技巧,跨越了时空界限,用物理时间上的一天来表现人物心理时间上的一生,使达罗卫夫人和史密斯两人迥然不同的漫长生活经历涌进同一条意识长河之中。伍尔夫不仅巧妙地将钟表时间和心理时间交织一体,而且还使心理时间中的过去、现在和将来三种不同的时刻互相渗透,彼此交融。在小说中,伦敦的大本钟不时报出物理时间的准确时刻,但每一时刻都包含了人物心理时间上的精神活动,错综复杂地揭示了在同一时刻内人物对人生不同阶段的回忆、感受与展望。《达罗卫夫人》以新颖独特的创作技巧将所有人物的复杂经历压缩在十五个小时内加以集中表现,充分展示了意识流小说在结构布局上无限的扩展性和巨大的凝聚力,从而把人们对小说的时间概念提高到了一个新的层次。

同《尤利西斯》一样,《达罗卫夫人》也以平淡无奇的情节却又十分细腻的笔触表现了第一次世界大战之后现代西方人的困惑、焦虑和恐惧。小说真实地反映了20世纪20年代处于极度悲观气氛中的西方人所表现的灵魂的骚动和心灵的呐喊。伍尔夫在小说中有意安排了两个截然不同的人物和两条并行不悖的故事线索,旨在揭示一个同时由神志清醒和精神失常的人所观察到的世界。女主人公达罗卫夫人是一位上层社会的家庭主妇,她已年过半百,丈夫是个国会议员。她婚后生活虽优裕富贵,但却寂寞无聊。长期以来,她一直生活在一种莫名的孤独与恐惧之中。小说的另一个主要人物是在第一次世界大战中因受炮弹惊吓而患精神病的退伍军人史密斯。这个在战争中目睹了种种疯狂与暴力的年轻人整日惊恐不安、胡思乱想,在他受到严重摧残的躯体内时刻搏动着一颗受伤的心。作者在小说中采用了内心独白、蒙太奇和自由联想等意识流技巧以及通过时空的巧妙运用与安排生动地展示了人物在死亡阴影笼罩下的悲观意识和绝望心理。

尽管《达罗卫夫人》与《尤利西斯》之间存在着许多巧合与雷同,但伍尔夫在小说开头采用了与乔伊斯迥然不同的叙述笔法。在《尤利西斯》中,乔伊斯将读者缓慢地带入人物的意识领域,而伍尔夫则在作品中开门见山,单刀直入地进入人物的精神世界。小说开头,达罗卫夫人为布置家庭晚会而上街买花,伍尔夫采用了行云流水般的内心独白来揭示达罗卫夫人独自漫步伦敦街头时的心理变化。

伍尔夫彻底摒弃了传统小说的开局模式,甚至也不像乔伊斯那样先向读者介绍作品的时间、地点、人物和场景,而是单刀直入地进入人物的精神世界。小说开局寥寥数词,所涉及的钟表时间只不过两分钟,但它却跨越时空的界限,展示了女主人公漫长的人生经历。伍尔夫故意将小说的叙述语、达罗卫夫人的意识流和彼得的话语不加说明地混为一体,笔锋随着一股飘来转去的意识流往返于女主人公过去的经历和现实的感受之间。作者抛弃了几百年来传统小说的叙述方式,拆除了长期以来作家在小说中设置的种种路标,只是采用了括号、引号和破折号为读者指点迷津。这无疑是小说创作中的一次重大革新。此外,小说的物理时间和空间的作用已被降到了最低限度,仅有的一点外部空间也只是一股新鲜空气,取而代之的则是达罗卫夫人对时空的感触和心猿意马的思绪。文中语言与传统的小说语言既相似又不完全相似,句子进展迅速,节奏明快,将一连串回忆、印象和现实的镜头交织一体,在表面文字信息之下蕴藏着极为丰富的心理内容。这恰好是《达罗卫夫人》在创作手法上有别于传统小说的一个基本特征。

《达罗卫夫人》与《尤利西斯》的另一个不同之处便是作者的语言风格。乔伊斯往往通过不同的语言风格来表现不同人物的内心独白。他在作品中根据三个人物在性格、年龄、性别和文化程度上的差异展示了三股风格不一、形式不同的意识流。然而,伍尔夫则始终采用同一种诗歌般的、具有旋律的优美语体来展示人物的精神活动。尽管她同乔伊斯一样既强调人物的主观感受,又注重小说语言的表意功能,但她并没有因人物的性格特征的不同而变换作品的语言风格。《达罗卫夫人》虽然也展示了两条重要的故事线索和多种不同类型的人物,但贯穿全书的却是用同一种语言风格表现的主观生活之流。特别是达罗卫夫人和精神病患者史密斯的意识流好比电影镜头一般交替出现,转换频繁。作者自然而然地将读者从一个人物的意识带进另一个人物的头脑,其间不留明显的轨迹。读者通常不知不觉地从达罗卫夫人的意识领域进入史密斯的精神世界。

然而,作为意识流小说,《达罗卫夫人》与《尤利西斯》在创作技巧上的雷同却是显而易见的。首先,伍尔夫同乔伊斯一样也采用自由联想的手法来揭示人物的意识活动和心理变化。她对人物的自由联想同样不作任何的解释或说明,而是让各种念头与想法随意结合,自由地闪现在人物的头脑中。同乔伊斯一样,伍尔夫也在小说的各个环节巧妙地安排了解答人物自由联想之谜的有关线索。她笔下的人物,无论是神志清醒的还是精神错乱的,对周围的客观事物都极其敏感,即便是极其普通的事物也会使他们产生丰富的联想。在《达罗卫夫人》中,伍尔夫运用自由联想的技巧与乔伊斯相比毫不逊色。尽管她并没有像乔伊斯那样在《尤利西斯》中安排如此纷繁与杂乱的线索,但她处理自由联想的方式与乔伊斯大致相同,而且旗鼓相当。伍尔夫运用自由联想的才华在史密斯的内心独白中得到了最充分的展示。史密斯在经历了一场可怕的战争之后一直惊魂不定,他感到这个疯狂的世界已经摇摇欲坠。他在伦敦街头的所见所闻常常使他联想起在战场上遇难的亲密战友埃文斯。这位已故战友的名字不时闪现在史密斯的头脑中,使他的心灵产生一次又一次的震颤。

精神失常的史密斯独自坐在公园的椅子上胡思乱想。他的意识在现实与幻觉之间悠荡徘徊。由于他的椅子旁没有树木,因此他便认为人类不该砍树,并将自己的想法记在信封的背后。随后,他又想到人类不该因仇恨而互相残杀,必须改变这个世界。砍树与杀人风马牛不相及,但两者的联系似乎并不令人感到意外。史密斯仿佛听到一只麻雀用希腊语在叫他的名字。麻雀婉转悦耳的歌声将他带入一个没有罪恶与死亡的美妙境地。此刻，他对面的栅栏后面那堆白色的东西使他联想起战友埃文斯的尸骨。正如布鲁姆在一天中的所见所闻经常使他联想起他夭折的儿子鲁迪一样，史密斯在伦敦街头也常常触景生情不时回想起遇难的战友埃文斯。这种自由联想不仅对揭示小说主题和渲染人物意识具有一定的作用，而且也为史密斯最终跳窗自杀埋下了伏笔。

此外，《达罗卫夫人》同《尤利西斯》一样也采用了蒙太奇的手法来表现人物的意识活动，并取得了强烈的艺术效果。

《达罗卫夫人》一个最显著的特征是反复利用时间的经验来渲染人物的意识和揭示小说的主题。代表着物理时间的伦敦大本钟不仅具有深刻的象征意义，而且也为整部小说提供了一个重要的背景。在城市上空回荡的钟声具有丰富的感情色彩，不时在达罗卫夫人、史密斯和彼得等主要人物的心中引起复杂的心理反应。由大本钟和圣玛格丽特教堂的大钟报出的钟表时间也为作者从一个人物的意识转入另一个人物的思绪提供了一种媒介。每个角色似乎对钟声都十分敏感，往往根据各自的经验对它做出强烈的反应。每当钟声响起，物理时间与心理时间便互相渗透、交织一体，展示出一幅幅纷繁复杂的画面。在同一时刻，有人想到生活，有人想到死亡，有人回忆往事，有人展望未来。然而，刻板的时钟对这一切都无动于衷，依然按照自己的规律不快不慢、有条不紊地走动着，并在规定的时刻以沉重与洪亮的钟声无情地撞击人物的心扉。

在小说中，达罗卫夫人与史密斯生活在同一股时间流之中，并且同时受到物理时间的影响和冲击。尽管两人互不相干（史密斯也许并不知道达罗卫夫人的存在），但他们之间的联系不仅建立在作品的主题和象征意义上，而且也建立在一种特殊的时间关系上。事实上，将这两个性格不同而又互不相干的人物连在一起的是飘悠回荡在伦敦上空的洪亮的钟声。对达罗卫夫人来说，钟声意味着时光的流逝和生命的消失。

同样，大本钟洪亮的声浪也常常触动史密斯的神经，引起他对那场可怕的战争和遇难战友的回忆。

时间在史密斯的意识中具有一种神秘的色彩，它既包含了他过去在战场上骇人听闻的经历，又无情地折射出他现在的种种焦虑和恐惧。然而，史密斯对时光的流逝并不感到惋惜；相反，这进一步强化了他早日结束生命的念头，使他鼓起勇气去拥抱死亡，并借此让自己受伤的灵魂得到彻底的解脱。

《达罗卫夫人》以独特的创作技巧和完美的艺术形式揭示了极为深刻的社会主题。尽管伍尔夫的故事已经结束,但它并不是因为有了一个圆满的结局而结束,而是因为小说以一日为布局的框架达到了自身的完美与和谐。史密斯无可奈何地拥抱死亡,达罗卫夫人家无聊得不能再无聊的晚会也已曲终席散,作者最终为西方人的意识流颤音画上了一个耐人寻味的休止符。史密斯只能在死亡中实现他的全部价值,而达罗卫夫人则将在新的时间与空间内"孤零零地面对人生的真谛",继续在严酷的现实中探本穷源,寻觅精神上的寄托。这种探索在伍尔夫的下一部意识流小说中以新的艺术形式体现出来,并且具有更丰富的内涵和更深刻的象征意义。

第三节 美国意识流小说的先驱威廉·福克纳

20世纪20年代,英语意识流小说在乔伊斯与伍尔夫坚持不懈的努力下进入了全盛时期。随着《尤利西斯》和《达罗卫夫人》等意识流杰作的竞相问世,意识流文学在西方各国广为流传。各种用于表现人的精神世界和心理活动的意识流技巧从小说走向了诗歌、戏剧和电影等领域,在西方世界形成了一个意识流创作的高潮。大洋彼岸的美国在这股巨大的现代主义文学潮流中也不甘示弱。不少具有革新精神的青年作家对乔伊斯与伍尔夫别具一格的创作技巧推崇备至,并跃跃欲试,决心用这种新颖独特的文学技巧来反映美国的现代意识。正当乔伊斯在潜心创作《芬尼根的苏醒》,伍尔夫在精心构思《浪》的时候,美利坚的辽阔土地上有一位踌躇满志的青年作家也在奋笔疾书,用意识流技巧展示战后美国"迷惘的一代"的悲观情绪与失落心态,他便是美国意识流小说的先驱——威廉·福克纳。

一、威廉·福克纳的创作思想

威廉·福克纳(William Faulkner,1897—1962年)是美国现代文学史上最出色的几位小说家之一,也是英美意识流小说的杰出代表。福克纳奇迹般的创作成就不仅使同时代的人感到神秘莫测,而且连他自己也感到惊诧不已。

福克纳曾多次将自己比作一个民族意识的接纳人,并认为自己忠实地记录了第一次世界大战之后美国尤其是美国南方的社会动乱与精神危机。他同乔伊斯和伍尔夫一样,对生活中的各种噪音产生了浓厚的兴趣:"我爱听各种噪音,当我将它们记录下来时,那是准确无误的。有时我并不喜欢这些噪音所表达的内容,但我并不会随意改变它。"这也许是这位杰出的意识流小说家对自己最坦诚的评价。福克纳就是凭着这样一种坦诚和直率生动地展示了在一个失去理性的时代中人们心灵上的种种喧嚣与骚动。

福克纳是一位多产作家,一生发表了近二十部长篇小说和几十篇短篇小说。除了两部意识流小说之外,《八月之光》(*Light in August*,1932年)、《押沙龙,押沙龙!》(*Absalom, Absalom*! 1936年)和《熊》(*The Bear*,1942年)等都是上乘之作。福克纳的作品集中地表现了他心目中的南方人以及他所了解的南方社会。他一生中塑造了许多有血有肉、形形色色的南方人:骄奢淫逸的庄园主,道貌岸然的绅士,利欲熏心的奸商,精神错乱的白痴,丧心病狂的性变态者,恶贯满盈的种族主义者和苦大仇深的黑奴。在他笔下常常出现偷盗、强奸、乱伦和毁尸等犯罪场面和各种令人咋舌的变态人物。福克纳的作品以他的家乡拉法艾特县为背景,组成了一套规模宏大的"约克纳帕塔法世系"小说,深刻地揭示了美国南方社会的种种矛盾。尽管他的小说在内容与情节上都显示了一定的独立性,但它们之间又具有某种松散的联系,许多事件、人物和地点在不少作品中重复出现。概括地说,他的整个创作体现了以下五个基本主题:①南方奴隶制社会的腐败与解体;②种族歧视与民族矛盾;③南方与北方在思想观念上的激烈冲突;④南北战争以后的社会动乱与精神危机;⑤传统价值与现代资本主义文明的严重对立。

作为小说家,福克纳同乔伊斯和伍尔夫具有不少相似之处。首先,他像他俩一样将自己的家乡作为毕生创作的源泉和致力表现的小说世界。如果说,乔伊斯与伍尔夫均将各自的创作视线集中在他们出生的城市——都柏林和伦敦的话,那么,福克纳则毕生致力于构筑以他的家乡密西西比州为背景的"约克纳帕塔法世系"。这三位作家都不约而同地将一个城市或一个州视作现代社会的缩影,以小见大,展示整个西方世界的现实。其

第六章 多元文化视野下的意识流文学

次,福克纳同乔伊斯和伍尔夫一样追求新颖独特的创作技巧,致力于小说的实验与革新。他们三人都成功地将弗洛伊德的现代心理学理论和柏格森的"心理时间"学说运用于小说创作,在表现技巧上显示出惊人的相似与雷同。像乔伊斯和伍尔夫一样,福克纳也大胆地采用了内心独白、自由联想和蒙太奇等手法来展示人物的精神世界与意识活动。从某种意义上来说,在运用时空跳跃和表现混乱意识方面福克纳与他们相比甚至略胜一筹。此外,在作品的谋篇布局与时间处理方面,他不仅毫无逊色,而且还别具一格,显示出非凡与独特的艺术才华。就文学地位而言,福克纳同乔伊斯和伍尔夫并驾齐驱,都是20世纪意识流小说的杰出代表。这三位意识流大师虽天各一方,但共同努力,为英美意识流小说的发展作出了巨大的贡献。

福克纳的创作思想主要反映在他的两部意识流小说中。他同乔伊斯和伍尔夫在创作方面具有一定的共识。在他看来,真实地表现生活是作家义不容辞的责任,而生活中最重要、最有意义的内容就是人的意识与情感。他认为,一部优秀的作品必须以高超的艺术手段来表现人类的精神世界。作家应致力描绘人类的勇敢、同情、自豪、怜悯、荣誉感和牺牲精神以及他们的种种烦恼与痛苦,不然,作品就会失去魅力,难以引起读者的共鸣。福克纳对柏格森的"心理时间"学说颇有研究,并自觉将它运用于小说创作。在他的作品中,时间成为一种无形的流动状态,过去、现在和将来往往互相穿插,彼此交融,经常在某个人物的意识中同时得到体现。福克纳认为,空间的作用不在其范围的大小,而在于它的象征意义。他多次宣称他家乡那块邮票般大小的地方值得一写,可以从中创造出一个富有广泛象征意义的微型世界。同乔伊斯一样,福克纳认为作家应像上帝一样能主宰时空,可以随心所欲地调遣人物和安排事件,甚至可以推倒传统的文学标准来建立新的创作秩序。

1950年,福克纳因对现代美国小说作出了重大贡献而荣获诺贝尔文学奖。他从事文学创作三十余年,其作品无论在数量或质量上都能与巴尔扎克或狄更斯媲美。福克纳在自己的家乡小城牛津安静地度过了晚年。1962年7月,这位深受美国人民爱戴的小说家因心脏病突发而离开了人世。他的作品,尤其是他的意识流小说,以其特有的深度与广度生动地揭示了美国南方社会的动荡与变迁。半个多世纪以来,福克纳的作品在世界许多国家中拥有大批热情的读者。今天，他已成为现代美国文学史上最杰出的小说家之一。

二、《喧嚣与骚动》：对位的世界

福克纳的长篇小说《喧嚣与骚动》是他的巅峰之作，同时也被文学评论界推崇为20世纪英美意识流小说的杰出典范。在现代世界文学史上，这部小说无疑是最富有实验性与创造性的作品之一，对现代主义文学的发展产生了极为重要的影响。《喧嚣与骚动》在世界文学中之所以具有举足轻重的地位，因为它不仅是第一部真正的美国意识流小说，而且还是一部在创作技巧和艺术风格上对乔伊斯和伍尔夫的小说既有所继承又有所发展的意识流作品。从某种意义上来说，《喧嚣与骚动》填补了20世纪意识流小说创作中的某些空白。难怪不少西方评论家惊呼，福克纳不但在推动意识流小说的发展过程中独步一时，在美洲大陆独领风骚，而且也为意识流文学提供了一条新的思路，开辟了一个新的天地。

同乔伊斯和伍尔夫一样，福克纳在他的意识流小说中也掺入了大量的自传成分。如果说，乔伊斯的《青年艺术家的肖像》和伍尔夫的《到灯塔去》均反映了作者对自己早年生活的追忆，那么，《喧嚣与骚动》则更加朦胧地揭示了福克纳对过去经历的回顾与反思。小说中的许多人物与事件都可以在作者的童年生活中找到其原型与足迹。不少人物的性格、特征、举止和言行都与福克纳家族的某些成员十分相似。尽管他们经过作者的艺术加工和典型化的处理已不同于实际生活中的原型，但这部小说在一定程度上反映了福克纳自己的生活经历和思想感情。1946年，作者在谈到这部小说时说："这部作品我先后写了五次，试图讲一个故事，直到小说完成后我才摆脱了这个不断使我感到痛苦的恶梦。"显然，他想讲的故事是他以往的经历和他的所见所闻。福克纳认为，任何一位作家在他的创作初期所写的东西"只能是自传性的，因为那时他所了解的仅仅是发生在自己身上的事情，他唯一获得的只是对本人的透视"。尽管福克纳的其他作品多少都含有某些自传成分，但没有一部小说像《喧嚣与骚动》那样全面而又直接地反映作者对早年生活的回顾与反思。也许人们可以从中得出这样一个重要的结论：从作家个人的生活经历中寻找创作素材并且采用一种有意味的形式来表现其本人的真实感受，这不仅是20世纪英美意识流小说家的一个共同的艺术特征，而且也是意识流小说比传统小说更具有真实感与直接感的一个重要原因。

《喧嚣与骚动》详尽地记载了美国南方大户康普生家族几十年的兴衰与沉浮，并以此来展示南方社会的混乱与腐败。作品的书名出自莎士比亚的悲剧《麦克佩斯》中的名句："人生如痴人说梦，充满了喧嚣与骚动，却没有任何意义。"小说的故事发生在约克纳帕塔法县的杰弗逊镇。福克纳对康普生家族成员的描绘可谓入木三分，栩栩如生。由于家境每况愈下，家庭分崩离析，康普生先生整天借酒浇愁，遇事生风。他太太性格孤僻，郁郁寡欢，常常无病呻吟。在哈佛大学读书的长子昆丁平日多愁善感，忧心忡忡，十九岁便自杀身亡。次子杰生则阴险狡猾，冷酷无情，利欲熏心。幼子班吉精神失常，神志恍惚，整天胡思乱想，三十三岁时仅具有一个三岁孩子的智力。康普生的女儿凯蒂性格开放，向往独立，且具有反抗精神，但她轻浮浅薄，生活放荡。显然，康普生家族成员的性格与心态真实地反映了南北战争之后庄园主阶级的没落感与幻灭感。

《喧嚣与骚动》充分显示了福克纳对小说时间的巧妙处理和对作品结构的精心安排。这部小说共分四个部分，详尽地叙述了四天中发生的事情。其中第一、第三、第四部分所涉及的时间分别是1928年4月7日、6日和8日三天；而第二部分则叙述了1910年6月2日昆丁在自杀前的意识活动。这样，小说的结构完全打破了传统的时间顺序。同乔伊斯和伍尔夫一样，福克纳不按钟表时间来交代故事的来龙去脉，而是跨越时空界限，使事件不断更迭交替，将各种生活片断串为一体，通过前后穿插和多次往返的叙述，逐步将无数零碎、分散和孤立的回忆、印象与意识活动交织成一幅完整的图画。尽管小说所描述的在物理时间上只是四天的内容，但它却全面而深刻地揭示了一个大家族几十年的兴衰过程。从这一点来说，福克纳同乔伊斯和伍尔夫在创作手法上虽具有不谋而合之处，但却不尽相同。事实上，他在小说时间的处理与安排方面又大胆地向前跨了一步。

然而，使《喧嚣与骚动》驰名世界文坛的则主要是福克纳精湛与高超的意识流技巧，尤其是他在作品中所采用的异乎寻常的"对位式结构"。全书的四个部分由康普生家的四个人物从四个不同的角度来叙述，分别揭示了这个庄园主家族的衰败过程。在小说的前三部分中，福克纳让康普生家三个性格截然不同的儿子用各自的内心独白来叙述他们的经历和家族的变迁。他通过每个人物的意识屏幕向读者提供了一些零碎的材料和模糊的事件，并成功地将三股意识流汇聚一体，在纷乱与混沌的叙述中道出了小说的基本情节。小说的第四部分则由作者采用第三人称来揭示黑女佣迪尔西在康普生家的经历及其所见所闻。在这一部分中，作者采用了较为清晰的叙述笔法以弥补内心独白的不足，填补意识流所造成的空白，从而增强了作品的层次感与透明度。小说的四个部分展示了四个对位的世界，它们既相对独立，又互相映衬，构成了整部作品的基本框架与结构。然而，小说的中心人物并不是康普生家的三个儿子或女佣迪尔西，而是他家的女儿凯蒂。全书始终以她为主线，书中每一部分都叙述她的生活经历以及她与其他人物之间的关系。因此，凯蒂成了联系这四个对位的世界的重要媒介与纽带。

《喧嚣与骚动》的结构完全建立在四个对位的世界之上。三个是封闭、朦胧和晦涩的主观世界，即康普家三个儿子所展示的隐而不宣、纷乱复杂的意识活动；另一个则是公开、透明的客观世界，即康普生家庭的日常活动和杰弗逊镇的社会生活。主观世界与客观世界犹如浊水清尘，泾渭分明。尽管小说的许多人物与事件在这四个部分中互相穿插，重复出现，但每个部分都展示了一个相对独立、自我封闭的微观世界。此外，作品的前三个部分除了纷乱如麻的印象与意识之外既没有人物的变化，又没有情节的发展，只是展示了为数不多的几个生活镜头和一些凌乱的社会场面。不仅如此，书中四个对位的世界不但在情节上没有多大联系，而且在时间与空间上也并不相干。然而，它们分别揭示了康普生家庭的各个侧面，犹如一首悲哀的四重奏乐曲奏出了隐伏在骚动不安的灵魂中的意识流颤音。读者必须凭借自己独特的理解力从书中纷繁杂乱的生活镜头和支离破碎的语言片段中厘清作品的来龙去脉，破雾而出，掌握小说的大致轮廓。

在《喧嚣与骚动》中，四个对位的世界相互映衬，共同勾画了美国南方社会生活的图景。尽管每个人物的性格不尽相同，叙事能力也高低不一，但他们对同一家庭的同一段历史做出了真实的反应。毫无疑问，每个人物的意识都是孤立的，他们对外部世界的认识也是片面、主观，甚至是不合逻辑的。但他们所反映的是生活的现实和真实的情感。事实上，小说的每一部分都向读者展示了发自人物内心最自然的心声。值得一提的是，书中四个部分的叙述笔法略有区别,其透明度不尽相同。随着叙述角色的不断变化,小说逐渐从朦胧转向清晰,透明度不断增强,最终使读者从隐秘的内心世界步入公开的外部世界。小说的第一部分由康普生家的白痴班吉来叙述,其混乱程度也就不言而喻了。第二部分由精神紧张但颇有学问的昆丁来叙述,其内容较前一部分自然明白易懂。虽然第三部分的叙述者杰生是个利欲熏心、利令智昏的恶棍,但他毕竟不是一个精神病患者,因此,他的内心独白不但条理清楚,而且大都合乎逻辑。小说的最后一部分由作者本人叙述,其内容已从混乱无序的精神世界转向了外部的客观世界,其主要人物已不再是康普生家的三个儿子,而是他家的黑女佣迪尔西。作者以迪尔西冷静和敏锐的目光来观察周围的世界,向读者揭示了康普生家族几十年的变迁和杰弗逊镇的社会生活。这一部分的叙述文笔流畅,条理清楚,读者首次了解到班吉的眼睛是蓝色的,康普生太太常爱穿黑色的长裙,而杰生的举止言行使他看上去像一个酒吧招待。这样,小说由混乱无序和支离破碎逐渐变得井然有序和完整协调。总之,书中四个对位的世界犹如四面镜子,互相折射,相映成趣。

福克纳在《喧嚣与骚动》中的意识流技巧可谓独出心裁,别具匠心。在小说的前三部分中,他经常采用时空错乱的手法将过去与现在融为一体,前者用斜体词表明,以示区别。但除此之外,他在过去与现在之间不作任何说明,不给读者必要的提示;他甚至无视逻辑思维和语言表达的基本规律,故意用自由联想的方式将不同时间和不同空间内发生的事件混为一体,使作品显得万花筒般纷繁与杂乱。

小说的第一部分,即班吉的内心独白,只能用混乱两字来概括。由于他是个精神病患者,因此,他在文理叙事上的"乱"似乎情有可原。作为一个仅具有三岁儿童智力的白痴,班吉缺乏正常交际与逻辑思维的能力,对周围的一切只能做出本能的反应,因而他的世界完全建立在他模糊的感官印象之上。他的内心独白颠三倒四、杂乱无章,往往使读者如坠烟海、不知所云。然而,读者一旦仔细观察便会发现,班吉部分在凌乱之中依然有序。在他纷乱如麻的意识中隐隐约约闪现出康普生家几个重要的场面:圣诞节、班吉的生日、凯蒂的婚礼、祖母和父亲的去世以及昆丁的自杀。不过,这些重要场面时而互相穿插,时而又被其他无数琐碎的生活片断打乱,加之时空频繁跳跃,人物不断变换,其阅读理解的难度便可想而知了。

　　福克纳巧妙地采用了词语联系和情景接合的手法将不同时间与空间内的人物与事件联结起来，再剪辑、精心编排后组接成一幅混合的画面，从而在混沌与模糊之中建立起某种秩序和逻辑。这正是福克纳深思熟虑、精心设计的结果。作者的词语联系与情景接合的手法不仅贯穿了整个班吉部分，而且在昆丁与杰生部分中也屡见不鲜。毋庸置疑，福克纳这种别出心裁的艺术手法大大地增强了意识流小说的表现力，令人大开眼界，拍案叫绝。

　　然而，更令人赞叹的也许是福克纳在揭示班吉的感官印象时所表现的精湛的意识流技巧与深厚的艺术功力。在现代英语小说史上，班吉是个异乎寻常的人物。如何真实地表现一个白痴的混乱意识在文学史上似乎并无先例，甚至连意识流大师乔伊斯也未做过任何尝试。尽管伍尔夫在《达罗卫夫人》中成功地表现了精神病患者史密斯的感官印象和内心活动，但史密斯的意识流与女主人公达罗卫夫人的感性生活似乎并无明显的区别。福克纳试图强调班吉这个人物的特殊性，因此，他在揭示这个丧失了最起码的思维能力与交际能力的白痴时按照"痴人说梦"的原则，完全遵循了班吉的感官印象所体现的特有的"秩序"与"逻辑"。

　　班吉的"秩序"和"逻辑"完全建立在一种物质与名称相对应的刻板的认同原则之上。在他看来，一个名称只能代表一种物质，而不能具有别的含义。他不仅无法区分各种复杂的家庭与社会关系，而且也不具有白人与黑人或主人与奴仆这样的基本概念。

　　如果说，班吉的世界完全建立在纷乱的感官印象之上，那么，昆丁的世界则以复杂的情感为基础。班吉讲究刻板的名称与物质相对应的认同原则，而昆丁则注重概念尤其是道德观念的正确与完善。尽管昆丁与班吉的内心独白所展示的内容截然不同，但他们从各自的角度叙述了康普生家族的许多重要事件，根据各自的观察目光向读者交代了这个家族的变迁与衰败过程，他们的独白无疑起到了互相补充、互相衬托的作用。因此，昆丁部分与班吉部分在结构上是两个均衡与对位的世界，在反映小说主题和揭示人物性格方面旗鼓相当。这两个世界体现了四个共同特征：①它们均是相对独立、自我封闭的世界；②它们均建立在某种秩序之上；③它们均以凯蒂为轴心；④它们均面临外部势力的威胁。

在班吉的世界中，秩序与混乱是一对永远无法调和的矛盾，而这种矛盾最清楚不过地体现在他无休止的啼笑与喜怒之中。然而，在昆丁的世界中，过去与现在、道德与堕落、荣誉与耻辱成为互相抗衡的势力，而这些势力的抗衡使他从相对满足转为彻底绝望，最终导致他的毁灭。

昆丁是小说中最复杂也是最痛苦的人物。作为康普生家的长子，昆丁将家族的荣誉和门第的骄傲看作高于一切。他从小深受家长的影响，对南方贵族的传统与法规顶礼膜拜。然而，家庭的衰败和分崩离析使他悲观失望，忧心忡忡。面对处于衰朽残年的庄园主家族，他既不肯善罢甘休，又感到无可奈何，整日闷闷不乐，陷于苦想之中。

同班吉一样，昆丁也千方百计在喧嚣与骚动的世界中建立自己的秩序。不仅如此，他的秩序也同样以凯蒂为轴心。同班吉一样，昆丁也竭尽全力捍卫自己的秩序。在他看来。凯蒂的贞操是一种极为神圣的概念，它不仅代表了传统的美德，而且象征着康普生家族的荣誉。因此，从某种意义上来说，她的贞操是昆丁的秩序得以存在的基础，同时也是他生活中最重要和最后的一根精神支柱。然而，这根在他的世界中举足轻重的支柱却脆弱无比，摇摇欲坠。凯蒂因生活放荡，未婚先孕，无疑成为破坏昆丁世界及其秩序的工具，最终使他的整个世界塌方。于是，昆丁万念俱灰，精神濒于崩溃。

小说中的杰生部分向读者展示了人物对生活与经验的第三种反应。与前面两个部分相比，它是同样的真实，却揭示了一个完全不同的人物形象。尽管这部分的中心人物依然是凯蒂，但她并不是杰生世界的轴心。此外，杰生对生活的态度与反应也与班吉和昆丁有着明显的差别。如果说班吉依赖原始的感官印象，而昆丁凭借复杂的情感对周围的世界做出自己的反应，那么，杰生则对逻辑条理顶礼膜拜，严格按照合乎逻辑的方式来处理世间的一切事务。正因如此，杰生部分并不像前两部分那样朦胧与晦涩。然而，他所谓的"逻辑条理"只是一种以自我得失来衡量一切的行为准则。由于杰生是个极端的利己主义者，因此，他的世界完全建立在唯利是图的原则之上。他无视南方的道德法规，甚至对家族的兴衰荣辱也不屑一顾，只想在康普生家族衰败的过程中堆金积玉，独自崛起。杰生的性格也在他厚颜无耻的自白中能得到充分的展示："我很高兴我并不具有良心"，"而且也不会让良心来影响我的胃口"。从某种意义上来说，他是一切邪恶的化身。他的自私自利与冷酷无情使其在家庭和社会中处于极端孤立的地位。

杰生始终按照自己的逻辑来维护他的秩序和利益。在他看来，这种纯粹以自我得失为衡量标准的逻辑是至高无上的；他对此情有独钟，推崇备至。在他的世界中，人类的真理纯属子虚乌有，唯独他的逻辑方可通行无阻。他无视感情或良心，对一切与自身利益无关的事情漠不关心。当勒斯特向他买一张参加狂欢节的票而一时又拿不出二十五美分时，杰生坚持一手交钱，一手交票，对勒斯特的誓言和许愿置之不理。为了不使自己的逻辑受到影响与破坏，他毫不犹豫地将票付之一炬。同样，杰生与他的情妇洛兰的关系也完全合乎他的逻辑。他每周两天与洛兰厮混，对她百依百顺，显得唯唯诺诺；而其余五天他则盛气凌人，专横跋扈，决不允许洛兰干扰他的生活，即便给他打一个电话也不行，否则便与她分道扬镳。同班吉和昆丁一样，杰生也将凯蒂看作一股不可忽视的外部势力，无时不在威胁他的秩序与逻辑。尽管他并没有将凯蒂视为其精神世界的轴心，但他认为凯蒂的任性与放荡同样与他的秩序格格不入，因而也将她视为一种潜在的破坏力量。

小说的最后一部分将读者从三个孤立而又封闭的精神世界引向了杰弗逊的现实世界。在这一部分中占主导地位的已不再是人物纷乱复杂的主观生活之流，而是外部社会的客观现实与人们的日常活动。福克纳试图从更清晰、更宽广的角度来反映康普生家族的历史与现状，并且通过对这一客观世界的描绘来追述与补充三兄弟所叙述的内容，填补前面三个精神世界留下的一些空白，从而使其互相衬托，相映成趣。在这一部分中，凯蒂的出走与昆丁的自杀已使他们在杰弗逊的现实生活中销声匿迹。班吉向读者展示的不再是他的混乱意识而是他的变态行为。而杰生则因家庭的分崩离析而穷途潦倒，犹如一条丧家之犬。总之，康普生家族成员精神上的喧嚣与骚动在作品中已全然消失，取而代之的是黑女佣迪尔西的同情心与责任感。

迪尔西不仅以一个女佣的身份而且还作为一个清醒的旁观者出现在小说之中。她的自尊心、同情心和牺牲精神与这个没落家庭中的成员形成了鲜明的对照。迪尔西用异常冷静的目光来观察康普生家族的分崩离析，同时也凭着自己的同情心来为这个四分五裂的家庭收拾残局。面对康普生太太的抱怨、班吉的呻吟以及杰生的撒野，迪尔西以极大的耐心默默地操持家务，养老扶幼，充分体现出勤劳与善良的美德和人道主义精神。与此同时，她不卑不亢，疾恶如仇，与杰生针锋相对，常常挺身而出指责他的胡作非为。她处世冷静，勇敢地面对现实，在这个衰颓腐朽的家庭中始终保持着自己的尊严与人格。福克纳试图通过对迪尔西的描绘来揭示一道曙光，给这个危机四伏的世界平添一份宁静，并让读者从她的形象中看到人类的希望。

《喧嚣与骚动》以四个对位的世界成功地揭示了南方奴隶制全面崩溃与解体的过程。在这部刻画人物心理，反映人物意识的作品中，福克纳巧妙地采用了多种具有不同特点与功能的叙述手法来表现不同形式和不同层次的印象与意识。在小说中，人物的叙述和内心独白以及直接引语和间接引语转换频繁，时而颠倒错置，时而交织一体。这些叙述笔法异曲同工，妙不可言，不仅与主题十分吻合，而且使作品产生一种直接感与真切感。此外，小说新颖独特的"对位式结构"使四个内容相关、结构相仿、篇幅相当、时间相等但语体不同、风格不一的部分形成一个统一与和谐的整体，犹如四面镜子，互相折射出一幅南方庄园主阶级没落与衰败的图景。这无疑是福克纳的伟大创举，也是他对英美意识流小说的卓越贡献。

第七章 英美文学作品的文化解读

本章将从《格列佛游记》《潜鸟》《傲慢与偏见》《紫颜色》等具有代表性的欧美文学作品出发,分析这些作品的独特文化内涵和不同时代中英美文学的创作特征。

第一节 斯威夫特《格列佛游记》的人性研究

如果说笛福是对资本主义商业浪潮盲目乐观的搏击者,那么出生于爱尔兰的斯威夫特就是对理性时代的种种腐败充满激愤的不屈的正义斗士。对政客卑劣行径的仇恨、对爱尔兰沉重灾难的同情,以及对近代科学启蒙思想的怀疑和终生的怀才不遇,共同造就了这位英国(或者爱尔兰)历史上最杰出也最受非议的讽刺散文作家。他的主要作品彰显出"讽刺的机锋"①,不仅为他在英、爱文坛赢得了不朽的声誉,而且也使他长期背负了口出恶言的"人类憎恶者"的骂名。

对于英国统治阶级的暴政,他的政治杂文《一个小小的建议》(*A Modest Proposal*,1729年)如同鲁迅先生的杂文一样,"是匕首,是投枪",它使作者成为"南海泡沫"前后捍卫爱尔兰民族权益的先锋。他的宣传书册《布商的书信》对英国贵族的贪婪与残酷进行了无情的讽刺,激发了爱尔兰人民空前的爱国热情,为他赢得了民族英雄的美誉。他的乌托邦游记小说,对英国社会各个层面的腐败进行了毫不留情的甚至是漫骂式的讥讽,不仅使他俨然成为通俗探险小说的作者,而且也使他得到了小说家萨

---

① 黄梅. 推敲"自我":小说在18世纪的英国 [M]. 北京:生活·读书·新知三联书店,2003.

克雷等人的漫骂式批判。这些不朽的散文和小说,既一针见血地刺中了"黑暗的心",又奠定了作者讽刺小说的基调和意图大于人物的创作思想。

一、人性的堕落与讽刺的机锋

在《格列佛游记》（*Guider's Travels*，1726 年）中,作者将"讽刺的机锋"扫向了理性时代人类的整体堕落和种种恶劣的非理性行为。在这部集寓言故事、乌托邦幻想、旅行探险故事和政治宣传手册于一体的杰出小说中,形形色色的虚构人物在基本贯穿始终的主角的观察中,出演了一幕幕隐射英国腐朽君主制统治下人性败坏、社会丑恶的闹剧,以及幻想中人类作为真正具有理性的动物的悲喜剧,从而将作者的鞭挞狠狠地抽向自己所代表的腐败群体,或将作者的讴歌怅惘地传唱至理想中的"乌有乡"。在格列佛的四部航海游记中,这些面目不清的人物多数以群体的形式出现,具有的是群体个性,而非个体差异,因此,他们构成的基本上是腐败团体或理想人类的漫画式群雕。

这类扁平人物虽然性格单一,但承载的意义远比一般圆形人物丰富和集中,在小说形式和表现手法走向多样化之前,他们是作者强烈而单一的创作意图的坚实载体。在由宗教寓言故事向现实主义小说过渡的过程中,他们存在的根本依据是作者的创作意图,所以,本质上他们就是能指的符号,虽不能作为独立的个体具有生命,但在作者选定的指涉过程中获得了存在的意义。在宗教寓言的影响依然强大时,脸谱化的人物在区别于他者时才获得了群体统一的个性,而在现实主义小说鼎盛的时期,小说立体人物具有的是丰富的个性。这一区别的原因在于,前一类作者的意图不是"逼真"地模仿生活中的典型人物,而是将群体所指的显著特征强化集中在能指符号中。斯威夫特的人物群雕所具有的主要不是文学意义,而是借文学针砭时弊的社会意义,因此他们不是沉湎于自足世界、喊着"上帝死了"的孤独个体,而是乐于牺牲个性、抨击或讴歌所指世界的族群存在。

斯威夫特的作品同社会现实有着复杂的渊源关系,它是一个复杂的能指群,如果把其作为封闭自足的系统来看待,就容易把其视为简单的儿童历险故事,从而使其失去讥讽和改造现实的重大意义。因此,要理解其中的人物,就必须联系现实社会的突出现象,否则人物就成了能指游戏中的空洞符号。

第一组人物群雕是小人国的昏庸国王及互相倾轧的大臣，他们的荒诞行为明显影射英国政坛的腐败现象。在这个微缩王国里，自命不凡的国王拥有至高无上的权力，而权力的依据就是他的身材比别人高出一个指甲盖。在常人看来如果格列佛的身高算是正常的话，这一点身高的优势其实是无足轻重的，而在这些非常人的眼里，却应受到顶礼膜拜，犹如神灵授予君王权力。于是，国王不免自高自大起来。

"……利立普特国至高无上的皇帝，举世拥戴、畏惧的君主，领土广袤五千布拉斯特洛格（周界约12英里），边境直抵地球四极，身高超过众人的万王之王，他脚踏地心，头顶太阳，他一点头，普天下的君王双膝颤抖，他和蔼如春，舒适如夏，丰饶如秋，可怖如冬。至高无上的吾皇陛下，……"给格列佛的这份法律文书，一开头就采用了华丽的辞藻和夸张、排比、比喻等修辞手法，将国王的种种称号急不可待地罗列出来，摆出一副不可一世的威严姿态。铿锵有力的字句，奔流直下的比喻，规则对仗的句式，层现出尤弗伊斯文体的华丽和马洛式诗行的气派。但是，一个指甲盖的高度被无限地夸大，以至于"脚踏地心，头顶太阳"，这种不切实际的夸张却如同戏弄。"领土广袤"的"泡沫"又被格列佛实事求是的注释（"周界约12英里"）一针刺破，陡然间缩成了弹丸之地。言语与事实的巨大差距，令人不禁莞尔一笑。身材虽小，欲望不减，这就是小人国政客的嘴脸。

国王自吹自擂，威仪天下，而宫廷大臣自然要投其所好，才能谋一己私利。在国王权力话语的控制下，小人国形成了一种奇特而荒谬的"科举"制度——以跳绳技艺决定官员升迁的习俗。

"每当有重要官职空缺，……就会有五六位候补人员呈请皇帝准许他们给陛下及朝廷百官表演一次绳上舞蹈，谁跳得最高而又跌不下来，谁就接任这个职位。"重臣们也常常奉命表演这一技艺，使皇帝相信他们并没有忘记自己的本领。大家认为，财政大臣佛利姆奈浦在拉直的绳子上跳舞，比全国任何一位大臣至少要高出一英寸。

跳绳技艺跟执政能力和职业道德可谓风马牛不相及，但在这个龌龊的国度，溜须拍马已成习俗：既然皇帝嗜好的是小丑式的滑稽表演，大臣们就各尽所能，邀功争宠。于是，不学无术的大臣竭尽巴结之能事，不顾摔断脖子的危险在绳索上竞相跳跃,要谋取最大的肥差(财政大臣的席位),献丑者就得是绳上跳高的冠军。政坛成了拍马的竞技场。

对于英国政坛,第一部游记的讽刺是间接的。同样是争宠,如果绳上跳高还算是雅俗共赏的宫廷娱乐,那么棍下腾挪就几乎是马戏团的滑稽表演了。

"皇帝在桌上放三根六英寸长的精美丝线作奖品,一根紫,一根黄,一根白,……皇帝手拿一根棍子,两头与地面平行,候选人员一个接一个跑上前去,一会儿跳过横杆,一会儿从横杆下爬过,来来回回反复多次,全看那横杆是往上提还是往下放。……谁表演得最敏捷,跳来爬去坚持的时间最长,谁就被奖紫丝线,其次赏给黄丝线,第三名得白丝线。"他们把丝线绕两圈围在腰间,你可以看到,朝廷上下很少有人不用这种腰带作装饰的。利立浦特等级森严,不同色彩的丝线代表不同级别的奖赏。要获得皇帝的嘉奖,大臣们必须把自己当成马戏团的动物,在皇帝手里的棍子上下跳跃或者爬行,然后列队一旁,等着披上相应的丝线,犹如哈巴狗看着主人手里的狗食献媚一般。虚构与事实的对应关系是显而易见的:丝线就是英国君王授予功臣的勋带或者奖章,棍下腾挪就是英国宫廷流行一时的"马戏"——拍马的游戏。政客不学无术却擅长拍马,丑陋的嘴脸暴露无遗。

在斯威夫特看来,利立浦特皇帝代表的这种权力机制,同18世纪上半叶英国社会的政治现实有着惊人的相似之处,是英国腐败的君主专制的"客观对应物",所以,皇帝和大臣共同演绎的是英国政治现实的荒谬故事。而政党间的明争暗斗和政府内部的尔虞我诈,就是这些上蹿下跳的大臣们表演的内容。他们处在一种微妙而荒诞的权力制衡机制中。

据说高跟党最合古法,但不论怎样,皇帝却决意一切政府行政部门只起用低跟党人,这一点你不会觉察不到。皇帝的鞋跟就特别低,和朝廷中任何一位官员比,他的鞋跟至少要低一"都尔。"两党积怨极深,从不在一起吃喝或谈话。"……我们担心的是,作为王位继承人的太子殿下有几分倾向于高跟党,至少我们清清楚楚地看到,他的一只鞋跟比另一只要高些,所以他走起路来总是一拐一拐。"

国王的政治态度十分明朗,他支持的是低跟党(激进的辉格党),嫉恨的是高跟党(保守的托利党),因此他的"鞋跟特别低"。而太子的态度却模棱两可,让人琢磨不透,因为他颇有老练政客的姿态———一跟高一跟低,虽然走起路来别扭,特别滑稽。权力金字塔的顶端存在裂痕,底部的分裂和相互欺诈就可想而知了。政党间虽无本质上的差别,却因鞋跟的高低泾渭分明地分裂为两派,他们的较量与辉格党和托利党之间的你争我夺并无差异。

既然是与世隔绝的弹丸小国,见少识寡、闭关锁国就是情理之中的事了。"世界上还有其他一些王国和国家,住着像你一般庞大的人类,我们的哲学家对此深表怀疑",虽然他们对物质总量所做的推理完全符合算学原理,毫无逻辑漏洞可言。比这闭关锁国更滑稽的是,国内虚夸之风盛行,党派之争日趋激烈,而国际上也是意识形态的较量白热化,邻国之间战事不断。犹如17世纪英伦岛国和西班牙、法国之间的争端,利立浦特和邻国不来夫斯库也因宗教的争端爆发了已长达"36个月"的战争。战事的起因是宗教争端,而宗教争端的起因居然是一次个人的意外事件:太宗年幼时打破鸡蛋较大的一端弄破了手指,当朝皇上就下令只能打破鸡蛋较小的一端,可是,遵从古法者(大端派)宁死不屈,邻国也来使规劝,说不要"在宗教上闹门户独立"。政见的不和交织着宗教的纷争、分裂和战乱是在所难免的。"大端派的流亡者得不来夫斯库朝廷的信任,又深受国内党羽的秘密援助和怂恿,这样两帝国之间就掀起了一场血战。"微不足道的琐事竟然诱发了国家之间的意识形态之争,而他们的先知如同太子殿下一样高深莫测,只说"一切真正的信徒应在他们觉得方便的一端打破鸡蛋",不曾想自己的箴言无助于解决宗教纷争,而将对立的派别团聚在自己的身边。

出于感恩,格列佛自告奋勇,擒获了"敌方最大的50艘战舰"。战争胜利在望,利立浦特皇帝的野心和殖民意识也就流露了出来。

君王的野心深不可测,他想彻底消灭大端派的流亡者,强迫那个国家的人民也都打破鸡蛋的小端,那样他才可以做成全世界独一无二的君主。

宗教争端成了战事的由头,战事的胜利则铺就了宗教一统的道路。皇帝雄霸世界(两个弹丸岛国)的野心膨胀起来:消灭异己,唯我独尊,将邻国作为行省归入自己的麾下,犹如英国君主下令将米字旗插上美洲大陆。利立浦特小端派和邻国大端派的荒谬战争结束后,跳绳技高一筹的财政大臣和嫉贤妒能的海军大臣就以各种借口弹劾了于国家危难中伸手相助的"巨人山",暴露出心胸狭隘的政客嘴脸。国王和两位大臣在荒诞的政治体制中做着荒诞的事,是影射现代英国政坛腐朽现象类型的人物。

当然,利立浦特的君臣并非一无是处。"这些人是十分出色的数学家,在皇帝的支持与鼓励下,他们机械学方面的知识也达到了极其完备的程度。皇帝以崇尚、保护学术而闻名。"正因如此,他们才能造出巨型战舰和拖运"巨人山"的平板车,才能精确地计算出"巨人山"的身高、体积,以便提供准确数量的食物、缝制合身的衣服。

"接着,量过我右手的大拇指后,她们就不再要量什么了,因为按照数学的方法来计算,大拇指的两周就等于手腕的一周,依此类推,她们又算出了脖子和腰围的粗细;……他们竖起一架梯子靠在我脖子上,由一人爬上梯子,将一根带铅垂的线从我的衣领处垂直放到地面……衣服做成了,看上去就像英国太太们做的百衲衣一般,只是我的衣服全身只有一种颜色罢了。"他们掌握了人体的规律,又谙熟数学和几何,做成一件史无前例的巨大衣服不是一个问题。他们的科学成就让人惊叹,"这个民族是多么的足智多谋,这位伟大的君王的经济原则是多么的精明而精确"。而且,"他们对近处的物体有着十分敏锐的视力",任何细微的变化都逃不过他们的眼睛。不过,科学的滥用却助长了野心的膨胀,"敏锐的视力"也让他们"看不太远",因此,无论科学如何发达,天赋如何相宜,只要人性堕落,政治清明的乌托邦就永远都只是幻想。这是斯威夫特讽刺寓言的一贯主题,只是在后三部游记里才得到了更充分的印证。

如果说小人国的主要人物是让格列佛"俯视"腐败透顶的政客,那么第二部游记中的主要人物,就是让他仰视"理智、正义、仁慈"的君王。在与世隔绝的巨人国,除了各类让人恶心的害虫外,社会各阶层的人物纷纷亮相,下自势利的农场主与他天真的女儿,上至猎奇、无猜的贵妇和恶作剧的侏儒,以及开明淳朴、学者风范的一国之君。这些人物虽非"理想国"的个体存在,却是远离尘嚣的社会人。农场主带格列佛到街头卖艺挣钱,后来见他消瘦下去就将他"高价出售",是一个普通的"经济人",他年幼的女儿是一个爱心小保姆,细心地呵护格列佛的生活,王后及宫女就是"温莎的快乐娘们",总拿格列佛当稀罕玩物来欣赏,而且不避男女之嫌,不知身材尺寸与视力和审美力的微妙关系,这些形形色色的人物构成了理性社会广阔而真实的人物画面。在近看和远观时,他们的身体发肤产生了巨大反差，构成格列佛反观英国社会群像和近代文明成就的镜子，因为"从放大镜里看，最光滑洁白的皮肤也是粗糙不平、颜色难看的"。但是，经济人、普通社会人和引人入胜的故事情节都不是作者关注的对象。

此刻，除了叙事者，从事讽刺大业的政治人自然就是学识渊博的国王。他的博学"不下于他领土范围内的任何一位学者，他研究过哲学，尤其是数学"，他高度的理性"与欧洲现代哲学的精神完全一致"，因而他总是"头脑清晰，判断准确"，最有资格对人性的堕落做出批判和讽刺。他断定，英国人虽然只是些"微不足道……的小昆虫"，但是人性的弱点样样不缺，居然也"打仗、争辩、欺诈、背叛"。在格列佛经过彻底的心灵洗礼，能以"陌生化"的眼光回头打量"政治妈妈"之前，这种武断的鄙视是令人难以接受的。

"他就这样滔滔不绝地说下去，气得我的脸一阵红一阵白。我那高贵的祖国文武都堪称霸主，它可使法国遭灾，它是欧洲的仲裁人，是美德、虔诚、荣誉和真理的中心，是全世界仰慕和感到骄傲的地方。这样一个高贵的国家，想不到他竟如此不放在眼里。"

作为英国公民，格列佛当然要维护"政治妈妈"的形象，因此他的话里充满了溢美之词。其实，他也是自以为是的，只是在彻底异化之前，他难以发现也不敢承认自己潜意识里的自我中心主义。格列佛的辩解和巨人国君王的判断恰成对照，犹如讽刺喜剧里的白脸、红脸，一捧一驳之间将英国国民的本性映照出来。

观念的对照是第一部游记缺乏的，却成了第二部游记的结构性原则，是斯威夫特讽刺艺术走向多样化的结果。获得君王的好感后，格列佛分五次向他宣讲了"政治妈妈"的国土、议院、法庭、军队等方面的国情。不料想，第六次谈话时，君王就欧洲的政治和人性一连进行了40多次反诘，将他的"政治妈妈"剥得体无完肤，断然宣称英国百年来的光辉历史不过是一大堆阴谋、叛乱、暗杀、大屠杀、革命和流放，是贪婪、党争、虚伪、背信弃义、残暴、愤怒、疯狂、仇恨、嫉妒、淫欲、阴险和野心所能产生的最恶劣的恶果。

他意犹未尽，还武断地将大部分英国人定义为"大自然从古至今所能容忍的在地面爬行的小小害虫中最有毒害的一类"，真是令格列佛无地自容。为了"掩饰'政治妈妈'的缺陷和丑陋"，格列佛以威力巨大的火药和枪炮为例，再次"宣扬她的美德和美丽"，巨人国君王却"大为震惊"，对小小害虫"竟怀有如此非人道的念头"感到无比诧异，说弹药的发明者是"恶魔天才，人类公敌"，而英国不过是残暴、疯狂、仇恨、阴险和野心的角斗场。君王的断言令格列佛始料未及：为了"保住一命，就决不要再提这事了"。在还没有充分异化的格列佛看来，若不是因为与世隔绝造成的些许偏见，以及"他所受的教育使他成见极深"，这位奥古斯都似的国王几乎就成了理想中的明智君王了。

如果说小人国的主要人物以自己的狡诈、狭隘，构成对"政治妈妈"的间接讽刺的话，那么巨人国的主要人物就以"常识和理智、正义和仁慈"，构成对所谓"美德、虔诚、荣誉和真理的中心"的直接嘲弄。在小人国，格列佛是以巨人的身份"俯视"他者人性的堕落，转弯抹角地讽刺"政治妈妈"，而在巨人国，他却是以"侏儒"的卑微姿态"仰望"他者的理性和敦厚，借他人的断言直接批判"政治妈妈"的败坏和恶毒。格列佛的身份一高一低，异化在所难免，却依然竭力维护"政治妈妈"的形象，而君王的德行则一低一高、一反一正，从两个方面讥讽"政治妈妈"的人性堕落，可谓殊途同归。

斯威夫特对君主专制的关注使格列佛的游记多以国王、大臣为观察的对象，只是由于作者讽刺焦点的移动，人物的类型和形象才稍有变化。实际上，正如作者本人在政党要人之间闯荡来谋求自身发展一样，在每一次乌托邦历险中，格列佛都主要是在达官贵人之间穿梭，实现愤世嫉俗的作者对统治阶级的腐败和暴政进行无情讽刺的目的。

在第三部游记中，讽刺的焦点转向科学政治学（笛卡尔和牛顿近代科学的误用），而且这些滥用科学来治国、建国的君臣，基本上是轻描淡写的漫画式人物。飞岛国的君臣都是歪头翻眼、冥思苦想的自然哲学家。

"他们的头一律都是歪的，不是偏右，就是歪左；眼睛是一只内翻，另一只朝上直瞪天顶。他们的外衣上装饰着太阳、月亮和星星的图形；与这些相交织的，是那些提琴、长笛、竖琴、小号、六弦琴、羽管键琴，以及许许多多其他我们欧洲所没有的乐器的图形。……主人走路的时候，拍手同样得殷勤侍候，有时要在主人的眼睛上轻轻地拍打一下，因为主人总是在埋头苦想，显然会有坠落悬崖或者头撞上柱子的危险，走在大街上，也不是将旁人撞倒，就是被旁人撞到阴沟里。"

这些丑陋的自然哲学家崇拜的是和政治学并无密切关系的天文和音乐，他们拿那些图形印在外衣上标榜自己的信仰，而且就像笛卡尔在封闭的房间里思索哲学原理一样，"总是在埋头苦想"，常有坠落和碰撞的危险，因而只能依靠职业"拍手"时刻提醒，才能回到现实当中。他们怪异的模样当然寄托着作者对近代哲学的怀疑，但是这种讽刺过于直接，只能博得读者的短暂一笑，并无太多的"文学意味"。毕竟，此刻作者被怒火烧昏了头，对素材已经开始失去控制了。

对于下界民众的抗议，这些自然哲学家以科学赋予的手段进行严酷镇压，而对于败坏的社会风气，他们却一无所知。作为天文学和物理学的伟大成果，"飞岛是国王的领地"，因而也就是镇压叛乱的手段。

"如果哪座城市发生叛乱，卷入激烈的内斗，或者拒绝像平常一样效忠纳贡，国王就有两种可以使他们归顺的手段。第一种手段比较温和，就是让飞岛浮在这座城市及其周围土地的上空，剥夺了人们享受阳光和雨水的权利，当地居民就会因此遭受饥荒和疾病的侵袭。……可要是他们依然顽固不化，或者还想谋反，国王就要拿出他最后的办法：让飞岛直接落到他们的头上，将人和房屋一起统统毁灭。"

在奥古斯都时代，人们深受近代科学成就的鼓舞，为牛顿和笛卡尔的诞生热情欢呼。但是，斯威夫特没有被科学成就冲昏头脑，而是敏锐地察觉了科学滥用的后果：被专制君主利用起来，成为暴政的工具。在他看来，科学的滥用助长了暴政，不切实际的科学家也绝非理想的君臣。毕竟，数学仪器和几何图形不等于生活，因此，"非常活跃"的首相夫人不免趁首相沉思默想时，溜到下界属地同丑陋衰老的情人幽会。

在巴尔尼巴比，格列佛一路走马观花，在对比中看到了科学滥用的恶果。那位贵族的庄园郁郁葱葱，一派田园风光，他的住宅也合乎最优秀的古代建筑的规范，但是同胞们都嘲讽他，看不起他。相比之下，科学院设计出了新的农业与建筑的规范和方法，可惜事与愿违，全国上下一片废墟，房屋颓败，百姓缺衣少食，景象十分悲惨。在这种简单的比较中，作者的怀旧和崇古可见一斑。在拉格多大科学院（隐射英国皇家科学院），科学家全是一无是处的空想家：从黄瓜里提取阳光，将粪便还原成食物，把冰煅烧成火药，靠嗅觉区分颜色，用猪来耕地，拿蜘蛛网作蚕丝，靠打气治疗腹胀，把大理石软化作枕头，诸如此类的科学实验他们都在实验室里风风火火地开展着。他们成天进行着荒诞不经的实验,在推行奇思妙想的过程中将国家和政体糟蹋得一塌糊涂,所以他们也非经国济世的良才。在科学院的"沉思空想"部,语言学教授"在研究如何运用实际而机械的操作方法来改善人的思辨知识",为此他发明了一台语言机器,让人"可以不借助任何天才和学力,写出关于哲学、诗歌、政治、法律、数学和神学的书来"。他的发明似乎利用了索绪尔结构主义语言学的原理,原理又跟现代计算机的最初原理类似,像飞岛的构造一样颇有些科幻色彩,但是"思辨"并不是"机械"的脑力活动,语言机器生产的都是一些"支离破碎的句子"。斯威夫特对近代科学的讽刺,本身就具有科学的精神,可谓以其人之道还治其人之身。

在语言学校,教授们提议"无论什么词汇,一概废除",因为"词只是事物的名称,大家谈到具体事情的时候,把表示那具体事情所需的东西带在身边,不是来得更方便吗?"假如语言是能指,事物是所指,那么他们的科研计划就是废除思维的工具,割断能指与所指之间的关系。他们的理想就是回到结绳计事之前的年代,回到没有语言的绝对原始的社会。当然,这"以物示意的新方法"其实是与人类文明的发展历程背道而驰的,其结果必定是"背上的负荷压得他们腰都快要断了"。在政治设计家学院,医学教授将人体和政体等同起来,给毛病缠身的参议员下了一剂猛药。

在议员们就座之前,根据各人病情的需要,分别让他们服用缓和剂、轻泻剂、去垢剂、腐蚀剂、健脑剂、治标剂、通便剂、头痛剂、黄疸剂、去痰剂、清耳剂,再根据这些药是否起作用,决定下次开会时是继续服、换服还是停服。

作者对议会和议员的讽刺已经不只是酣畅淋漓了,而是狂风骤雨一般倾泻下来——再多的猛药也难解心头之恨啊!政治教授则擅长使用"离合字谜法"和"颠倒字谜法",来"侦破反政府阴谋",硬是将"我们的汤姆兄弟最近得了痔疮"曲解成"反抗吧!阴谋已经成熟,塔"。总之,无论事情多么夸张悖理,总有一些哲学家要坚持认为它是真理。

走马观花式的讽刺并未就此结束。在巫人国,格列佛可以"随意召唤想见到的任何一个鬼魂",而这些鬼魂"肯定会说真话,因为说谎这种才能在阴间派不上用场",于是他就见到了亚历山大大帝、恺撒大帝、荷马、亚里士多德、笛卡尔等。这段清单式的叙述并无艺术创新,跟《书籍之战》中的场面有些类似，体现了作者的保守思想。在拉格奈格，长生不死的长者反倒是最痛苦不堪的，因为随着年岁的增长，他们逐渐积聚了人性中所有的缺点，陷入了人类普遍的精神困境，颇有塞缪尔·贝克特笔下"无以名状者"的苦恼。这一组简洁的人物群雕将作者的讽刺对象转移至科学政治学，是对笛卡尔、牛顿等近代科学家的戏讽。此时，狂暴的作者对自己亢奋的创作情绪失去控制，竟将人物形象的塑造弃置一边，因而许多人物（尤其是科学院、巫人国和日本国的人物）的刻画仅仅是轻描淡写，零散得犹如走马观花。在斯威夫特急于将"讽刺的机锋"横扫英国一切突出的腐败现象时，他笔下的人物就显得行色匆匆，仿佛来不及亮相就已冲上前去，中了作者的"匕首"和"投枪"。

在最后一部游记中，格列佛观察到的只有"慧骃"和"野胡"两种人物，他们主要以类别的形象出现，代表的是整个群体的特征，而非个体的特性。事实上，《格列佛游记》中反复出现的就是这种群体人物，因为作者讥讽的对象主要不是英国历史中的邪恶个人，而是整个社会群体中共同的腐败现象。在慧骃国，人类已堕落为"野胡"——肮脏龌龊、卑鄙淫荡、贪婪好斗、腐化堕落的劣等动物，而慧骃是"大自然之尽善尽美者"，是国家的主宰，因为他们具有理想人类的真正品性——美德和理性。他们的语言中没有"罪恶""法律"这种与暴力和欺诈相关的词汇，因为他们的"一切理想和目标都可以听从自然与理性的支配而得以实现"。相比之下，野胡的历史则充满野心、背叛、残暴、战争等恶劣字眼，因为他们只利用理性来增长罪恶。在这部游记中，斯威夫特再次采用了直接的讽刺方法，一方面让格列佛直接描述野胡的恶劣行径，另一方面让他面对真正理性的动物（慧骃）直接讲述祖国同胞的堕落，形成鲜明的对比。如同巨人国的君王，格列佛每次介绍祖国的国情后，这里的慧骃主人就盖棺定论：野胡是些"万恶的畜生"，他们所拥有的不是理性，而只是某种适合于助长我们天生罪恶的品性。

慧骃成了格列佛反观人类自身的另一面镜子，他们的国度就是格列佛苦苦寻找的"理想国"，他们的宗法制社会就是他无限向往的乌托邦。慧骃和野胡都具有理性，但是他们使用理性的目的截然相反——"对那点理性我们不作别的用处，却借它来使我们堕落的天性更加堕落，并且连造物没有赋予我们的坏习性，我们也靠它学到了"，而"它们的理性不受感情和利益的歪曲和蒙蔽",只用来增进自身的美德,因而所形成的品性也恰成对比。这种鲜明对比实现了作者狂暴的意图——以乌托邦的尽善尽美反衬现实社会的肮脏、堕落。如果说在第三部游记中,作者对故事素材有些失控(事实上,该游记是作者完成第四部游记后才创作和插入其中的,因而这一部分的人物显得零零散散,似有简单罗列的嫌疑),那么在最后一部游记中,作者已恢复了写作常态,并首次利用人物间的对比(而非虚构与现实间的直接对比),构成对现实社会新的讽刺方式。此外,群体人物的使用也扩大了作者讽刺的对象,使作品获得更广泛的批判意义,也许这也是作者被误解为"人类憎恶者"的重要原因。

基于以上分析,我们至少可以对斯威夫特笔下的多数小说人物进行一种全新的分类:在单部游记里出现的所有人物中,君王和大臣基本上属于个体人物,具有相对独立的形象特征,是作者"机锋"所指的突出代表,而其他人物(如科学家和野胡)则主要是群体人物,少有个别的面貌轮廓,只因具有共同的品质属性而作为模糊整体出现在作者笔下,起到延展讽刺对象的作用。这两类人物互为补充,构成兼具特写和全景的波澜壮阔的人物群雕。缺乏前者,作品就会沦为纯粹的讽刺散文;失去后者,作品就会减损广阔的社会意义。

二、格列佛的异化:从经济人到政治人

以上所有人物的形象都是通过戏剧化叙事者的视角逐步展现的。这位叙述者就是相对具有圆形特征的主人公兼整部游记的虚构作者,就是在陌生化中进行类比,在乌托邦里反观现实的格列佛。但是,正如作者常常被诊断为精神分裂症患者一样,这位主角的形象也引起了许多争议:要么被剥夺作为人物的权利,从而丧失自己的心灵历程和性格特征;要么失去叙事者的功能和艺术能力,沦为严重异化的精神分裂症患者。在这部"首要关怀"并非"状写人物性格"的讽刺小说中,格列佛作为作者政治话语的传递工具,首先具有的是不可或缺的叙述结构上的功能,因此有的批评家认为,"把格列佛当作能让我们感到同情或某种鄙视的小说人物,这一点是错误的。"其实,这只是夸大格列佛的叙事功能、忽略其人物特性的结果。另一方面,有的批评家则对格列佛的本质特征视而不见,甚至完全忽

略了他作为虚构作者的艺术存在。他们的结论是:"同李尔王一样,起初他思想简单,继而世故俗气,最终头脑发狂。同李尔王不同的是,他永远没有治愈。"如果理解了真实作者的创作意图,或者没有忽视"格列佛船长至亲戚辛浦生的一封信",或者用福科有关"疯狂史"的观点比照一下,那么这种错误是很容易避免的。既然斯威夫特将作者的权利都交与了他,那么单方面强调格列佛作为叙事者或人物的性格特征就是片面的。

(一) 格列佛的自我:经济人

虽然作者对格列佛的处理似乎是"外在的",但从格列佛在整部小说中的潜在话语里,我们依然能清晰地构建出他的精神内核和人物形象。尽管他见到和描绘的主要是"政治人",但是像同时代的人物鲁滨逊一样,他的精神内核起初也是理性时代的"经济人"。他不是那种不择手段地完成原始资本积累的创业英雄,但在新兴资产阶级意识形态的操纵下,他也没能摆脱拜物的"原罪"。事实是,他四次出海都是因为经不住"待遇优厚的聘请"的诱惑,而不是为了逃避不可救药的腐败社会。尽管前三次历险让他对政治、人性和科学感到绝望,第四次出海他依然故我,一旦对方提出"待遇优厚的邀请"就欣然前往。(因此,这四部游记之间似乎缺乏必要的递进关系,也可见作者对格列佛的内在处理是有明显欠缺的。)寻找乌托邦不是格列佛抛妻弃子的理由,将带回的货物"卖个好价钱"才是他"不知满足的欲望"。因此,叙述航海经历时,他不免暴露出商人的"计算"习性,把在利立浦特一顿所吃的食物分量和在巨人国所见事物的尺寸等,都以数字形式交代得清清楚楚。实际上,叙事时他严格遵守自己与小人国和巨人国事物的尺寸比例,这不仅是逼真叙述所需,也是他商人习性的潜意识流露。在某种意义上,格列佛这一人物形象的特征是对同时代的笛福小说人物的呼应。

只要把阅读的焦点从人性的堕落和作者的讽刺艺术挪移到格列佛的心理轨迹,读者就很容易发现他诸多的"政治人"特征。出海之前,格列佛对"产业""补贴""款项""生意""家资""待遇"等都娓娓道来,颇有鲁滨逊的"生意人"口气。每次出海,他都是为生活所迫,又经不住"优厚待遇"的诱惑,出海的目的也和鲁滨逊不相上下。如同鲁滨逊细致地罗列自己从沉船上抢救出的物品,格列佛也有明显的"簿记"倾向:在小人国海滩上,他的随身财物受到了清查,"两位先生随身带着水笔、墨水和纸,将所看到的一切列出一份详细的清单;做完之后,要我把他们放回地上,以便将清单呈交皇帝"。作为叙事者,格列佛有权选取故事的素材,他保留如此详尽的"清单",是因为"经济人"的"簿记"倾向在操控叙事。这种"清单"并非绝无仅有,如:"从小人国返航时,我在船上装上一百头牛和三百只羊,相应数量的面包和饮料以及大量的熟肉,做成这么多熟肉需要用四百名厨师。我又随身带了六头活母牛和两头活公牛,六只活母羊和两只活公羊,打算带回祖国去繁殖。为了在船上给它们喂养,我又带了一大捆干草和一袋谷子。"

这样的"簿记"置于鲁滨逊的叙事当中也十分吻合。相应地,格列佛的"计算"习性也时有显现,这并不只是逼真叙事的需要,也是他"经济人"特征的无意流露。于是,从小人国回到英国后,他就像鲁滨逊一样,津津乐道地把自己的"收益"交代了出来:"我把这些牛羊拿给许多贵人及其他一些人看了,倒赚了很可观的一笔钱。在做第二次航海前,我把它们卖了,得了六百英镑。"事实上,在彻底异化之前,每次回国后他都将自己出海的经济得失"计算"得明明白白。可见,在很大程度上,《格列佛游记》也是英国海外探险和殖民贸易风潮的产物。

作为"理性的动物"格列佛在叙事和故事两个层面都表现出他的冷静和分寸,极少对他所憎恨的对象进行直接的谩骂式批判。正如"一个小小的建议"中的说话人以科学的推理和冷漠的数字进行劝说,叙事者格列佛对航海的经历也始终以貌似平静的语调进行实事求是的叙述,并在游记前言中一再声称叙事的真实性,将自己批判的锋芒隐藏在理性的客观描述和现实与虚构的对比之中,其风格难免使人承认:"在很大程度上,格列佛的游记乃是对鲁滨逊的评论。"应该说,这种"对鲁滨逊(叙事)方式的认同"不仅是作者讽刺艺术的魅力所在,而且也是时代精神的反映,只不过作者对此不是盲目乐观,而是借此嘲弄理性自身的滥用。作为故事人物,格列佛自始至终都基本上以人类自以为是的理性观察他所目睹的奇异世界,并以两种世界的差异和对比构成讽刺和自嘲。

凭着理性,格列佛居高临下地察觉了小人国政治腐化的实质,并感悟到人性的堕落并不因身材的矮小而减少。在小人国,他本人似乎是人类理性的化身,而到了巨人国,他虽然意识到人类的邪恶并不与身高成正比,但却不太乐意承认从"镜子"中观察到的人类非理性行为。对于巨人国君主将人类的文明成就贬损为小小害虫的卑鄙伎俩，他却任性而自负地认为，君主的判断不过是死板的教条和短浅的眼光，这不仅暴露出人类理性的有限性和狭隘性，而且表明了格列佛性格的内在矛盾。为了生存，他在两个国家都表现出献媚的心理趋向，但在小人国，他作为"理性的动物"的本质尚未受到挑战，而面对巨人国君主的质问，他却成了自以为理性的小人。在飞岛国、巫人国，他目睹近代科学的误区和滥用理性的恶果，似乎认识到理性动物的非理性特征；在慧驷国，看到慧驷的美德和天性以及自己与野胡无可争议的类属关系，他终于发现了人类的邪恶本质和自己理性的偏差，因此他羞愧难当，耻于与野胡为伍。至此，格列佛完成了探询人类本质的心灵历程（尽管由于作者的疏忽，这一过程前后并不连贯，第三部游记是最后完成并插入第二部游记后面的），也蒙受了严重的异化。

（二）格列佛的异化

格列佛的异化是一个逐渐发展的过程，这一点在第二、第四部游记中尤其明显。在小人国，格列佛不是正常人，而是"巨人山"，身形上与他人"格格不入"，此外，他还受到财政大臣、海军大臣和皇后的排挤，落得一个"与他人疏离"的结局。在巨人国，格列佛仍然不是正常人，而是可以用来街头卖艺的"侏儒"，只是最初他不愿承认身形矮化的屈辱，农场主"要拿我去给一帮最下流的人当把戏耍……那是多么大的耻辱啊！"当国王召来三位大学者对他所属的物种进行鉴别时，他的身份问题滑稽地暴露了出来。

"他们非常精细地察看了我的牙齿，认为我是一头食肉动物。但是，与大多数四足动物相比，我根本不是它们的对手。他们无法想象我怎么能够活下来，除非我吃蜗牛或者其他什么昆虫。可他们又提出了许多有学问的论据，证明我吃那些东西也是不可能的。其中有一位学者似乎觉得我可能是一个胚胎，或者是一个早产婴儿。但这一看法立即受到另外两位的反对，他们看我的四肢已发育完备，活了也有好几年了，这从我的胡子可以看出来，他们用放大镜可以清清楚楚地看到我的胡子茬。他们不承认我是侏儒，因为我小得实在无人可比，就是王后最宠爱的侏儒，这个国家最矮小的人，身高也差不多有三十英尺。他们争论了半天，最后一致得出结论,说我只是一个'瑞尔普拄姆·斯盖尔卡斯',照字面意思将就是'lusus naturae'。这种决断方法与欧洲现代哲学的精神完全一致。"

在巨人的王国,极度矮小的格列佛既不是食肉动物、昆虫天敌,也不像胚胎或者婴儿,甚至侏儒也算不上,难以用现代生物科学来鉴别,只能归入异常物种"lusus naturae"——"天生畸形物"。结论虽然一时难以接受,推理的过程却毋庸置疑地符合"欧洲现代哲学的精神",令格列佛不得不反省自身的本质。随着心理异化的开始,身份问题成了格列佛在第二部游记中的首要问题。

格列佛浸润在巨人国的环境中,心理上的异化悄然开始:"几个月下来,我已经看惯了这个国家的人的样子,听惯了他们的言谈,眼中所见的每一件事物也都大小相称,起初见到他们身躯与面孔时的恐惧至此已逐渐消失了。"随着祖国及其文化的远去,他开始认同巨人国的事物,开始确立新的身份。他的审美观也在悄然变化:"王后常常把我拿在手里站在一面镜子前面,……再没有比这样的对照更可笑的了,我因此真的开始怀疑,我的身材已经比原来缩小了好几倍。""镜像"的巨大反差不只是让他产生审美上的错觉,而且强化了他认同新身份的倾向。随着老鼠的侵袭和侏儒的戏弄,身份问题愈来愈明显。格列佛独自待在木箱时,调皮的猴子把他拖了出去。"它用右前爪将我抓住,像保姆给孩子喂奶似的把我抱着,这和我在欧洲看到的大猴抱小猴的情景完全一样。……我有充分的理由相信它是把我当成一只小猴子了,因为它不时用它的另一只爪子轻轻地摩擦我的脸。……那猴子坐在一座楼的屋脊上,前爪像抱婴孩似的抱着我,另一只前爪喂我吃东西,将领部一侧颊囊里的食物硬挤出来往我嘴里填,我不肯吃,它就轻轻地拍打我,惹得下面的一帮人忍不住哈哈大笑。"猴子的搂抱、抚弄、喂食,这看似滑稽的闹剧实际上是猴子对格列佛认同的结果,是格列佛完全意识到自身的新身份之前的被动异化。猴子的认同一定基于明显的相似性,而格列佛尚未认识到,在有古罗马遗风的巨人国里,自己人性的渺小如同他的身高一样,将他同"大人"们区别开来,并退化成猴子的同类。所以在国王的面前,自负的他只能佯称我们欧洲没有猴子。在"大人"的眼里,他不仅是被俯视的弄臣,而且是最受喜爱的宠物,因此捉弄他的侏儒被赶走,认同他的猴子被杀掉。

随着新身份的基本确立,格列佛开始充当王室的宠物:他突发奇想,在六十英尺长的古钢琴上演奏了一首快步舞曲,令国王和王后听了非常满意。可事与愿违的是,国王终究没有因为他的归顺和献媚而将他释放回国,为了延续俯视的快感,国王甚至要给他寻找尺寸相当的配偶进行传宗接代。此时,格列佛的"人类"中心主义尚未彻底消融,他仍然以"理性的动物"自居,对浩荡的"皇恩"深感屈辱和愤恨,宁死也不愿留下后代被人像温顺的金丝雀那样在笼子里养着……还得当稀罕玩物在王国的贵人们中间卖来卖去。新旧身份的交锋似乎充满了喜剧色彩,格列佛发现,这"宠儿"的地位不但有辱人类的尊严,也会违背他给家人立下的那些誓言。"人类"及有妇之夫的旧身份发起了一场针对"宠物"和"天生畸形物"的新身份的战争,使得他离开这尴尬境地,回到"人类"家园的欲望强烈起来,也使得他的异化一波三折,直到第四部游记才彻底完成。格列佛被途经的欧洲船只救起后,新身份的确立表现为审美观的喜剧性转换:"我见到这么多矮子,一下子也糊涂了;这么长时间以来,我的眼睛已看惯了我刚刚离开的那些庞然大物";"我也觉得很奇怪,他和水手们说话的声音低得像是在耳语"。这种视觉和听觉上的错觉(把欧洲船员当成矮子)足以表明,格列佛已经不自觉地采纳了巨人的眼光和身份,在正常的欧洲船员看来,他自然是神经错乱了。

格列佛回归正常"人类"的行为,一方面是新旧身份争锋的结果,另一方面也是叙事结构的要求——还有两部游记等待叙述,因此他的回归并不表明异化的中断或者新身份的溃败。相反,格列佛反复强调自己的心理倾向和新身份的稳定性。在巨人国时,"两眼已经看惯了庞然大物,一照镜子就受不了,因为相形之下,实在自惭形秽"。正因如此,与欧洲船员朝夕相处长达"九个月"也没有改变格列佛的眼光。临到家门时,他的身份危机演化成了一出悲喜剧。

"一位佣人开了门,我怕碰着头,就像鹅进窝那样弯腰走了进去。我妻子跑出来拥抱我,可我把腰一直弯到她的膝盖以下,认为如果不这样,她就怎么也够不到我的嘴。我女儿跪下来要我给她祝福,可是我这么长时间以来已习惯于站着仰头看六十英尺以上的高处,所以直到她站起身来,我才看见她,才走上前去一手把她拦腰抱起。我居高临下看了看佣人和家里来的一两个朋友,好像他们都是矮子,我才是巨人。总之,我的举动非常不可思议,大家就同那位船长起初见到我时一样,断定我是经神失常了。"

一连串滑稽的动作（猫腰、弯腰、仰望、拦腰抱起）表明，"巨人"的身份在格列佛心理已经有点儿根深蒂固了。但是，喜剧性掩盖的是人生的悲剧。在正常人看来，"我是经神失常了"，全然没有第一部游记结尾时"发财"的亢奋。这种对比预示着"我"的身份的决定性转换。

经过第三部游记的启迪和慧骃主人的开导，格列佛的新身份最终确立起来："我在这个国家虽然还不到一年，却已经对它的居民非常热爱和尊敬了，拿定主意不再回到人类中来，而要在这些可敬的慧骃中间度过我的余生。"他的认同对象不再是"人类"，不再是恶毒的地面小爬虫，而是"慧骃"，是大自然之尽善尽美者。这一次的身份转换是彻底而决然的——不再回到人类中来，因其彻底而遭受了"人类憎恶"的骂名。在最肮脏、最有害、最丑陋的野胡和天赋各种美德，完全受理性支配的慧骃之间，格列佛寻到了心灵的归属。

"有时，我碰巧在湖中或者喷泉旁看到自己的影子，恐惧、讨厌得只能把脸别过一边去，觉得自己的样子丑不忍睹，还不如一只普通的野胡来得好看。因为我时常跟慧骃交谈，望着它们也觉得高兴，渐渐地就开始模仿它们的步态和姿势，现在都已经成了习惯了。朋友们常常毫不客气地对我说，我走起路来像一匹马，我倒认为这是对我的极大的恭维。我也不能不承认，我说起话来往往会模仿慧骃的声音和腔调，就是听到别人因此而嘲笑我，也丝毫不觉得丢面子。"和纳西索斯（Narcissus）相反，格列佛不是自恋者，而是憎恶自身身份的野胡。那镜像（the minor image）"丑不忍睹"，因为那不是他要认同的对象，而是他厌恶和渴望摆脱的身份。镜子里是丑恶、堕落的野胡，是只会利用理性来增长罪恶的害虫，而镜子外是积极向善的人形动物，是已经异化、具有慧羽品行的文明动物，镜里、镜外这截然相反的形象，以及面对嘲笑也丝毫不觉得丢面子的那份坦然，标志着格列佛的异化过程基本完成。内心的改造已告结束，余下的就是从外形上（步态、姿势、声音、腔调）加以模仿，做一个表里如一、彻头彻尾的慧骃。"人类憎恶"的骂名不是空穴来风。

居留申请遭到慧骃国全国代表大会的否决后，格列佛不得不挥泪告别，虽然他"宁可受最大的苦，也不愿意回去同野胡们一起生活"。"在遇救船只上，闻到水手身上的那股气味，我都快要昏过去了；到达里斯本后，上街时我总是用芸香（有时也用烟草）把鼻子捂得好好的。"慧骃国那些污秽、肮脏的野胡让格列佛过于反感，使他无法与欧洲的野胡为伍。异化导致了他"与他人的疏离"，这种悲剧在他回到家里时达到高潮。

"但是我必须承认，见到他们，我心中只充满了仇恨、厌恶和鄙视，而一想到自己同他们的亲密关系，就更是如此了。……想到自己曾和一只野胡交媾过，从而成了几只野胡的父亲，这就叫我感到莫大的耻辱、惶惑和恐惧。"

"我一进家，妻子就拥抱我、吻我，多少年不习惯碰这种可厌的动物了，所以她这么一来，我立即就晕了过去，差不多一个小时后才醒来。……我花的第一笔钱就是用它买了两匹马，我把它们养在一个很好的马厩里。小马之外，马夫就是我最宠爱的人了，他在马厩里沾染来的那种气味我闻到就来精神。我的马颇能理解我，我每天至少要同它们说上四个小时。"格列佛无法回避现实，被迫回到了野胡的国度，但他无法直面野胡的存在方式，只得养上两匹小马聊做心灵的慰藉，在物欲横流的野胡世界营造一方小小的纯净天地——毕竟，慧骃才是他认同的镜像。经过数次异化，格列佛不仅认识了人类的本质，而且完成了从"经济人"向"政治人"的过渡。

（三）政治意识的崛起

格列佛的"经济人"特征最初是显露在外的，而"政治人"的品质则首先是隐含的，后来逐步凸显并压倒了"经济人"特征，这种转换正是异化的结果。他第一次出海冒险，主要是由于"待遇优厚的邀请"，而第二次航海的动机就有了明显的变化："我和妻儿一起只住了两个月，我极想去异国他乡观光，不能再住下去了。"第三部游记开始时，他再次点明了自己的政治动机："虽然我有过种种的不幸遭遇，但我要看看这个世界的渴望还是和以前一样的强烈。"鲁滨逊出海的动因是"资本主义的能动倾向本身"，是完成原始资本积累的经济需要，而格列佛的动因则逐步转换成了政治的"观光"——"看看这个世界"，观察海外民族的政治体制和人性状况，为反省英伦群岛的政体、国体提供借鉴。他最初表现在外的是经济人的欲望，但内心涌动的是愈来愈强烈的政治欲望，因此，随着政治思想"教育"（该政治寓言算得上是格列佛的"教育小说"）的深化，格列佛的"经济人"特征愈来愈少,而"政治人"品性则大踏步地凸显出来。正如鲁滨逊在孤岛上看到的只有正待开发的物质世界,格列佛在海外观察到的基本上是突出的政治现象:在小人国,他体验到的是宫廷的败坏和政党的倾诈;到了大人国,他谈论的多是祖国的政体和战争业绩,而且"一说起我亲爱的祖国,说起我们的贸易、海战、陆战、宗教派别和国内的不同政党,我的话就有点多了"。这是他"政治人"习性的无意流露。在第三部游记中,他一路观察的都是滥用科学政治学的恶果;到了慧骃国,他留心的只有真正理性的慧骃和恶毒、堕落的野胡。在所有游记中,格列佛观察到的不是异域风光,也不是海外作为原料产地或商品市场的可能性,而是足以讽刺"政治妈妈"的政治现实。

格列佛"政治人"品性的崛起具有自我批判的精神。在彻底异化之前,他竭力维护"政治妈妈"的荣誉,对于外人的批判总是自然而然地深恶痛绝。

格列佛的视角尚未改变,因此无论现实到底如何,他最不能容忍的就是对"政治妈妈"的批判,任何批判在他而言都是辱骂,都是损害他已认同的镜像和心理归宿。

相比之下,异化过程完成后,格列佛认同了新的镜像,获得了新的视角,就不再维护"政治妈妈"的形象,而是大肆批判"妈妈"的政治腐败和人性堕落。于是,在他看来,出海冒险的人……都是一些亡命之徒,由于贫穷所迫或是犯了什么罪,才不得不逃离故土。有的是因为吃官司弄得倾家荡产;有的则因为吃喝嫖赌把财产全部花光;有的是背叛祖国;还有不少人是因为犯了凶杀、偷窃、放毒、抢劫、假证、伪造、私铸假币、强奸、变节、投敌等罪行才被迫出走。这帮人大多是越狱而跑的,没有一个敢回到祖国去,他们害怕回去受绞刑或者关在牢里饿死,所以只好到别的地方去另寻生路。

这样的分析不但没有掩盖"政治妈妈"的短处,而且刻意放大了她民风的堕落和犯罪的普及,也给欧洲殖民拓荒者当头一棒——鲁滨逊的同伙都是一些"六根不净"的家伙。当然,格列佛的爆料或者斯威夫特的嘲讽并非无中生有,17—18世纪英国国内罪犯横行、无处关押时,澳洲、美洲自然就成了犯人的流放地。

无独有偶,格列佛对欧洲科技文明的叙述也体现了他政治意识的崛起。在巨人国，为了宣扬祖国的"美德和美丽"，证明"与世隔绝"造成的"许多偏见以及某种狭隘的思想"，也"为了讨好国王以获得他更多的宠幸"，格列佛向君王介绍起弹药的威力。

"以这种方法将最大的弹丸打出去，不仅可以将一支队伍一下子整个儿消灭掉，还可以把最坚固的城墙夷为平地，将分别载有一千名士兵的船只击沉海底。……我们就经常将这种粉末装入空心的大铁球，用一种机器对着我们正在围攻的城池将大铁球射出去，就可以将道路炸毁，房屋炸碎，纷飞的碎片还会将所有走近的人都炸得脑浆迸裂。"

言辞中流露着一种炫耀，一种对科技文明的自豪。格列佛企图将这"魅力四射"的发明"献给陛下，略表寸心"，协助他镇压叛乱，不料遭到了猛烈的抨击。相比之下，在慧骃国，为了证明主人见少识寡，格列佛再次拿欧洲枪炮的杀伤威力渲染了一番。

"……载有千名士兵的许多战舰被击沉，双方各有两万人丧生；还有那临死时的呻吟，飞在半空中的肢体，硝烟，嘈杂，混乱，马蹄下人被践踏致死；逃跑，追击，胜利；尸横遍野，等着狗、狼和其他猛兽来吞食；掠夺，抢劫，强奸，烧杀。还有，为了说明我亲爱的同胞的勇敢，我还告诉它我曾亲眼看到在某次围城战役中，他们一次就炸死了一百个敌人，还看过他们在一艘船上也炸死了一百个敌人；看到被炸成粉碎的尸体从云端里往下掉，在一旁观看的人大为快意。"

此刻，格列佛与其说是在夸耀欧洲科技文明的伟大成果，不如说是在抨击战争的血腥和人性的沉沦，话语中充满了讽刺意味。夸耀的表面之下是政治的批判，结果自然是增添了野胡的凶残本性。语气的变换说明，政治意识的崛起左右了格列佛的叙事。

虽然这部寓言故事的确有些情节前后不一，但格列佛的政治化倾向和批判意识的强化是无可置疑的。除了上述政治态度的巨变，向慧骃主人讲解英法百年战争的原因时，格列佛甚至直接将批判的矛头指向了宫廷和教会。

"有时是因为君王们野心勃勃，总认为受他们统治的土地和人民不够多，有时是因为大臣们腐化堕落，唆使自己的主子进行战争，以此可以压制或者转移老百姓对他们腐败的行政管理的强烈不满。意见不合也曾使千百万人丧生，比如说，究竟圣餐中的面包是肉呢？还是肉就是面包？……"

也没有什么战争像意见不合引起的战乱来得那么凶残、血腥而持久,尤其是当他们在无关紧要的事情上意见不合时,战争就更是如此了。

民族之间规模庞大的持久战争并不是由无法调和的民族矛盾触发,而是源自个人的统治野心和政治伎俩,或者源自无关紧要的宗教纷争——这种纷争让人回想起欧洲16世纪的宗教改革和小人国大端派与小端派之间的不和。个人的欲望和无关紧要的事情凌驾于民族的利益之上,即使千百万人丧生,即使战乱来得那么凶残、血腥而持久,宫廷和教会里的政客都在所不惜。在这种直接的批判中,"政治人"的品性显露无遗。

格列佛政治意识成熟的一个重要标志,就是他明显的反殖民意识。在小人国和巨人国,格列佛通过尺度变化获得了陌生化的眼光,能够基本客观地观察两个国家的政体和人性状况,并借用两面镜子反观"政治母亲"的缺陷,而没有直接漫骂人类的劣性和恶行,因而起初他只是潜在的"政治人"。在飞岛国,他的叙事(飞岛对属地的镇压)已涉及殖民这一敏感的政治话题;虽然他仍保持了一贯的冷静作风,但从他在巫人国召见的古代哲人来看,他已不自觉地卷入了政治,可见他的政治意识在逐步发展。经过慧骃国脱胎换骨的心理逆转,他的政治自我成熟起来,所以回国后,他没有像鲁滨逊那样立即安排私人殖民,也没有向政府报请国家殖民。他的反殖民既有他经济自我的考虑(征服小人国得不偿失),也有他政治自我的眼光——"我不主张去征服那样一个高尚的民族,倒希望他们能够或者愿意派遣足够数量的'慧骃'居民来欧洲开化我们。"对于殖民统治的合法性,格列佛岂止是提出了质疑。

比方说吧,"一群海盗……看到的是一个于人无害的民族,还受到友好招待,可是他们却给这个国家起了一个新国名,为国王把它给正式占领了下来,再竖上一块烂木板或者石头当纪念碑。……国王立刻派船前往那片地方,把当地人赶尽杀绝,为了搜刮黄金,还让当地的君主受尽折磨。……"这一帮冒险远征的该死的屠夫,也就是被派去开化那些盲目崇拜偶像的野蛮民族的现代殖民者。在鲁滨逊们的殖民事业方兴未艾的年代,格列佛(斯威夫特)就以锐利的眼光洞察了殖民者残暴、贪婪的本质,把他们称作"海盗"和"屠夫",在距"后殖民"时代还有将近两个世纪的时候就发出了反殖民的呐喊,把投枪掷向了"黑暗的心"。

经过痛苦的心灵洗涤,格列佛终于完成了自我的改造,清醒地意识到现代殖民者不过是一些该死的屠夫而已。在海外殖民如火如荼的奥古斯都时代，这种反殖民思想是一位睿智先知的愤怒呐喊，具有让热衷于开疆拓土、殖民暴富者振聋发聩的力量。格列佛由"冒险号"的随船医生和船长成长为对殖民者的血腥罪恶进行猛烈抨击的反殖民斗士，这是殖民时代人类理性复归的希望和标志。起初，格列佛本质上是"经济人"，但他经历的却完全是"政治人"的冒险故事，因此他不免沾染上政治家的习性。政治自我的崛起是格列佛人物形象的重要特征，这一特征不仅将鲁滨逊与格列佛区别开来，而且也表明作者对格列佛性格的处理并非完全是外在的。

（四）政治人的狂欢化叙事

作为故事中的人物，格列佛船长"从思想上被'异化'了"，从一个显在的"经济人"和隐在的"政治人"跃升为明白无误的彻底的"政治人"，客观上构成了"对鲁滨逊的评论"。为了达到"政治"的目的，作为叙事者，格列佛使用了"污秽"甚至"淫秽"的语言，以一种"狂欢化"的叙事方式讥讽现实政治的腐败和启蒙主义者对人性的乐观精神，逐步揭示他所认识的人性本质。他的"污秽学"是一种指向政治的叙事艺术，在这一点上，世界文坛中恐怕只有作者的都柏林同乡塞缪尔·贝克特（Samuel Beckett，1906—1989年）堪与媲美，虽然后者指向的是解构主体性、回归想象界的心理退化。也正是由于这种"污秽政治学"，格列佛及其造物主都被现代精神分析学家诊断为"处于力比多发育的肛门发泄期"的分裂症患者。如果从政治学的角度来阐释，这种"污秽"甚至"淫秽"只不过是一种"狂欢化"的叙事技巧罢了，大可不必天真地以为是精神疾病的征候。

格列佛政治自我成熟的重要标志之一，就是其不顾文明的禁忌，将"肮脏""淫秽"的人类生理活动述诸笔端，借以嘲弄人是"理性的动物"的启蒙思想。最初，他无意中以身试法，证明了理性的行为未必能得到理性的理解。在小人国，他于危难之中一泡尿浇灭了皇后寝宫的大火，却落得在皇宫内随地小便的罪名。在巨人国，身体尺寸和审美距离的变化，使他独享细察人类丑陋的难得机遇，看到了农场保姆的"乳房布满了黑点、丘疹和雀斑"。

第七章　英美文学作品的文化解读

回国途中,他还拿出从侍女脚趾上割下的鸡眼展示一番:

"为了报答船长的款待,我请他收下这枚戒指,可他坚决拒绝了。我又拿出亲手从侍女脚趾上割下来的一只鸡眼给他看,它有一只肯特郡生产的苹果那么大,长得很坚硬,回英国后我把它挖空做成一只杯子,还用白银把它镶了起来。"

在这"狂欢化"的叙事中,肮脏、病变的事物竟成了需要用白银镶嵌的圣洁之物。审美视角变换后,污秽可以显得洁净,"理性的动物"也可以让人恶心、呕吐。

到后两部游记时,叙事性趋弱,政治性凸显,"肮脏"的叙事愈发让人恶心。在拉格多科学院,格列佛发现实验室遍地污秽,而且科学家竟异想天开地要将粪便还原成食物,还用肛门充气法治疗腹胀:

"……他的脸和胡子呈淡黄色,手上、衣服上涂满了污秽。……他的方法是把粪便分列成几个部分,去除从胆汁里来的颜色让臭气蒸发,撇去浮在表面的像唾液一样的东西。每星期人们供应他一桶粪便,那桶子大约有布里斯托尔酒桶那么大。"

"……要是病情来得顽劣,他就要把吹风器先鼓满气,再将象牙嘴插入肛门,把气打进病人的休内,然后抽出吹风器重新将气装满,同时用大拇指紧紧地堵住屁眼。这样重复打上三四次,打进去的气就会喷出来,毒气就被一同带出,病人也就好了。……那只狗胀得都快要炸了,接着就猛屙了一阵,可把我们熏得够呛。"

科学和理性走向了荒谬,这不禁使人怀疑人类徒有理性的外表,却无理性的内核。政治意识的强化使得叙事的"狂欢化"色彩愈发浓厚,几乎就是对所谓科学和理性的直接谩骂了。对"政治人"而言,叙事必须服从政治的目的。

在慧骃国,格列佛的异化过程基本结束,政治意识达到了顶点。作为讽刺对象或者政治敌人,他所看到的野胡自然更是贪婪刁蛮,屎尿横飞。在"与他人疏离"的过程中,格列佛终于认识了人类的本性——污秽、堕落的畜生。为了发泄愤恨,他再次采用了"狂欢化"的叙事策略,给那些荒淫的野胡下了一剂猛药。

这种药将肚子一松弛,就把里面的东西统统泻了出来,他们管这种药叫泻药或者灌肠剂。根据这些医生说,造物本来是安排我们用长在前面的

213

上孔（嘴）吃喝，用长在后面的下孔（肛门）排泄，而一切疾病的发生，在这帮聪明的医生看来，都是因为造物的一时安排全给强行打乱了，所以为了恢复正常秩序，就必须用一种完全相反的方法来治疗身体的疾病，即把上下孔对调使用，将固体和液体硬从肛门灌进去，而从嘴里排泄出来。

医生开出所谓的泻药和病人上下孔的"对调使用"，都是格列佛泄愤的方式，都是政治手段。如同拉格多科学院治疗腹胀的医生一样，这里的慧骃医生也赞同肛门的妙用，确实难免使人想起"肛门发泄期"的病症。但是，这种"污秽"叙事的背后不是心理障碍，不是贝克特的分裂症，而是难以压抑的政治动机和直接谩骂的强烈冲动。狂欢是表达政治意图的艺术途径。

纵观整部作品，斯威夫特使用"外在"结合"内在"的简笔手法，既简要勾勒了野胡的种种丑陋形象和慧骃的睿智、理性特征，即群体人物和个体人物，又在实现写作意图的同时描绘了中心人物的经济自我、异化过程和政治自我的发展，最终绘制成一幅慧骃反衬下的政治野胡的群像图。他笔下的人物都是政治观念的化身，在完成作者赋予使命的同时获得了自身的生命和身份特征，客观上以种种卑劣、腐化、污秽或者博学、开明、崇高的形象，构成了笛福笔下创业英雄的对立面。在英国小说兴起之初，斯威夫特和笛福各走一端，塑造了对立的两类典型人物：企图颠覆理性的"政治人"和竭力表现理性的"经济人"。如果说伍尔夫在《鲁滨逊漂流记》中只能读到"一只硕大的陶罐"，那么在《格列佛游记》中，她也许只能看到一只愤怒的"野胡"。

第二节 《潜鸟》——加拿大印第安人之悲歌

一、《潜鸟》作品简介

《潜鸟》（*The Loons*）是加拿大女作家玛格丽特·劳伦斯发表于1970年的一篇主题深刻的短篇小说。该作品构思新颖，人物刻画细腻，写作手法朴实，无夸张的渲染和雕饰，景色描绘生动且寓意深刻。其通过描述加拿大印第安族女孩——皮格特·托纳尔的悲剧故事，反映了土著印第安人

第七章 英美文学作品的文化解读

在白人面前丧失平等话语权，被视为"他者"，在以白人为主导的主流社会中被边缘化，在文化融合的尝试中惨遭失败，绝望无奈地逝去。女主人公的命运同当地潜鸟的境遇惊人地相似——都是被白人"入侵者"夺去了自由生存的空间。白人的到来带来了所谓的"文明"，破坏了潜鸟生存的生态平衡，也给土著印第安人带来了长久的灾难。

（一）土著印第安人之生存困境

加拿大印第安人事实上是早于欧洲白人生活并定居于这片广袤富饶的北美大陆之上的，他们应该是加拿大名正言顺的主人。但是，欧洲人于16世纪开始移民到此地，并且随着1876年《印第安人法》的颁布，土著印第安人作为主人所拥有的自治权被来自欧洲的白人剥夺，印第安人的土地被侵占，社会结构也随之发生剧变，白人反客为主，印第安人在自己的家园沦为被监护者，身份地位由主流话语的中心走向边缘。

《印第安人法》影响和界定了印第安人生活的方方面面：它不仅决定谁是印第安人，而且调整诸如法律权利、财产继承、税收、遗嘱及禁酒等事务。它创造了部族政府，规定其权利和成员构成。它还干涉教育及那些处于其管辖之下的公共与私人生活的其他诸多方面。此法律的颁布为白人违背道义的侵略行径找到了道貌岸然的法律依据。因为当时的印第安人还没有形成自己成文的法制，所以只能受制于白人。淳朴友善的印第安人从此丧失自由，甚至连保留地上生产出来的粮食，他们也无权自由出售。

欧洲人移民加拿大之后不仅颁布法令限制印第安人的自由，更是建立殖民地以推行语言文化的同化政策，本土文化受到挑战。法英两国先后建立殖民地，并设法在印第安人中推行法语和英语这两种语言。后来，学校的授课语言也只使用英语，迫使要上学的印第安人后裔只能学习英语。继而，欧洲人更是从思想根源上入手，引入西方宗教信仰（基督教）对印第安人进行彻底同化。这些举措激起印第安人的强烈不满。在印第安人眼里背信弃义的白人所推行的西方文明并不优于印第安土著文化。两种截然不同的文化理念使得印第安人无法轻易地被同化，他们追求自由、维护权益的斗争从未终止过。

加拿大在20世纪六七十年代正遭遇白人和当地土著居民激烈的种族矛盾冲突。后者掀起的屡次抵抗运动因势单力薄、武器落后以失败告终；印第安人在抵抗战争中惨遭无情屠杀。梅蒂族姑娘皮格特的祖辈就是因为参加印第安人的维权起义而受枪伤，被白人镇压，从此意志消沉，一蹶不振，无所事事。小说中皮格特的爷爷、父亲、兄弟都是经常酗酒，甚至打架斗殴，时常被关进监狱。皮格特离异后，也无法承受压力，用酒麻醉自己。女主人公的悲剧是不可避免的。她的童年是在病痛中度过的，然而母亲的出走使她的生存环境雪上加霜。患有骨结核的她要操持琐碎繁杂的家务。虽然白人医生（维内萨慈祥友善的父亲）的同情心给皮格特带来了一个暑期的休息度假时光，但自卑兼自闭的她对于白人的防御心理，使她无法像这位善良的医生所期待的那样——成为维内萨的朋友。惯于劳作的她不懂得享受童年的乐趣，却只是默默地在度假小木屋帮维内萨的妈妈做家务。

　　皮格特和维内萨虽然是同班同学，两人却很少交流，因为种族歧视在偷偷作祟。住宿条件简陋的皮格特，经常因病或因事旷课，衣着邋遢、嗓音形象都让人感觉尴尬，自然难博维内萨的好感。维内萨作为白人，从始至终都对印第安人——皮格特带着自我中心主义的偏见。在她们共度暑假之前，维内萨从来都没有留意过对方的存在，即使她们是同学。然而，在钻石湖度假时，她们之间建立介乎微妙的关系：既非朋友，也非陌路人。童年的维内萨自然不太清楚种族歧视，但自己的母亲和奶奶等白人对有色人种的偏见已经无形中影响了她。整个暑假她尝试着接近皮格特。其一，是出于对父亲意志的尊重，并非对皮格特有好感或者同情心（因为父亲的愿望是让皮格特和维内萨成为好朋友）；其二，维内萨对土著印第安文化的着迷，童真和好奇促使她接近皮格特，揭开其神秘的面纱。尽管维内萨尽力讨好皮格特，皮格特的压抑内敛与她对世事的冷淡态度却使得维内萨的努力白费。沉默自闭的皮格特拒绝交流，维内萨很快失去了兴趣。

　　时隔数年后的再次邂逅，皮格特的外形与性格的巨变都让维内萨无所适从。皮格特的时髦打扮，同男士的谈笑风生，对自己丰富经历的描述，对其白人男朋友的"肆意"夸赞，对周围白人的辱骂，自卑自怜的口吻都招来了维内萨的反感。此时的维内萨无法接受一个沉默自卑的印第安人突然变得自信，争取平等话语权。皮格特的滔滔不绝，以及想融入白人社会的努力让维内萨反感至极。皮格特的打扮让维内萨觉得俗气，皮格特的谈吐举止也不被这个老同学认可，悲惨遭遇亦不能博得维内萨的同情。归根结底，维内萨作为白人的优越感此刻受到了挑战。

皮格特最终的死是她无法融入主流文化绝望的悲歌与无声的反抗。皮格特想通过与白人男子通婚这一捷径快速融入白人圈中，但尝试失败。这无疑说明当时的种族歧视威胁到了她婚姻的稳定。即使她已养育两个孩子，也无法避免离异的尴尬命运。维内萨对她的反感和敌视就是很好的种族歧视的印证。在整个故事的发展中她的性格变化明显经历了三个阶段：少时的自闭冷漠，成年后的热情奔放，离异后的悲观沮丧。这些变化都源于她挑战命运、追求自由权益与幸福的大胆尝试。皮格特的悲剧，托纳尔家族的苦难与消沉主要是白人殖民者带来的。"文明人"的入侵干扰了他们固有的、和谐的社会生活和生态环境。加拿大印第安人之悲歌，正如那里无家可归的潜鸟的哀鸣；印第安人的居住空间与传统文化受到白人的挑战。潜鸟的自然家园也遭肆意侵占，鸟儿只能发出凄厉讥讽的哀鸣，迁徙他处，抑或面临灭绝。印第安人的命运亦是如此。

（二）本土文化遭遇西方文化

欧洲人初到加拿大时，加拿大的印第安人大约有 30 万人。在 15 世纪之前，印第安人信奉原始宗教，主要是萨满教。他们崇拜自然"神圣生命圈"，相信一切动物都有灵魂，迷信善良的精灵、保护神，同时也害怕邪恶精灵作怪，怕它们把天气搞坏，把水弄脏。

从"神圣生命圈"的理念可见加拿大印第安人对自然力量的崇尚。印第安的很多部落视太阳为神，跳太阳舞以表对大自然的敬畏，相信自然界中万物的依存关系，视动物为朋友，提倡人作为自然中的生灵应与自然和谐相处。"神圣生命圈"的概念在印第安神话中有很多生动具体的阐述，并已成为印第安文化的精髓。这一理念还强调人类对世间万物所担负的责任，从印第安人所使用的语言便可见一斑，例如，"母亲"——大地，"父亲"——太阳，"祖母"——月亮，"兄弟"——动物，"姐妹"——植物，等等。这类基本词语既反映了在加拿大印第安人思维意识中人类与宇宙万物联系密切，也折射出其对宇宙万物给予了应有的尊重。从生态文明这一角度来看，印第安人的文化确实有其超越白人文化之处。这和去年的影视巨制《阿凡达》中潘多拉星球的土著人有很多共同点。这些土著人美丽和平的乐园都遭受到"文明人"的入侵，他们的善良给自己带来了灾难。

北美大陆善良的印第安人向初来乍到的欧洲白人伸出援助之手，教会他们最基本的生存之道，传以草药治病之法、对付野兽的技巧，救白人于危难之中。同时，白人向印第安人引入了铁器、火枪、白酒等；这在一定程度上方便了印第安人的生活。但土著印第安人对这些外来物的依赖在随后的经历中暴露出种种弊端。尤其是当印第安人的维权起义被白人镇压后，印第安人开始意志消沉，借酒消愁，一蹶不振。欧洲白人引入加拿大的白酒之于土著印第安人，恰如清末鸦片之于中国人。

印第安人对于这些物品的依赖促使他们大量猎杀动物以获得毛皮向白人殖民者换取上述物品。毛皮贸易给印第安人带来了暂时的便利，但借助枪支对动物进行大规模猎杀，导致海狸之类的动物数量剧减，甚至濒临灭绝。白酒不仅危害土著印第安人的身体，更是消磨他们的意志。沮丧绝望的印第安人酒后滋事，影响当地治安，印第安人部落之间的和谐关系也受到威胁。随着哥伦布发现美洲新大陆，诸如天花、霍乱、伤寒等可怕甚至是致命的传染病也被带到这里。北美土著印第安人的数量因此而锐减。

可见，"文明人"给土著居民带来的危害是全方位的，疾病危害着他们的健康，白酒不仅毁坏了他们的身体，更是麻痹人的斗志，毛皮贸易使珍稀动物濒临灭绝，对新大陆的开发也带来了环境污染。这在《潜鸟》中都可一一得到印证：托纳尔家族成员酗酒成性，意志消沉；皮格特的死；钻石湖周围的环境恶化；潜鸟的悲鸣与消失。小说对避暑别墅的描写充满乡村气息的意象，让人充满了对田园生活的向往，与结尾处的"宾馆、舞厅、灯红酒绿的咖啡馆、四处弥漫着的炸土豆片和热狗的香味"形成鲜明的对比。潜鸟最终还是迫于白人的入侵，离开了自己不舍的家园，生死难卜。潜鸟的悲鸣正是其目睹大自然遭受的破坏而唱起的挽歌。

印第安人本是生活在美洲大陆的自由人，是这片土地的主人，但"文明人"的入侵改变了一切。殖民者认为他们发现了新大陆，自封为主，视原主人为他者。欧洲白人自恃文明开放，带着强烈的优越感对土著文化和人民进行肆意贬低丑化。这就是欧洲白人入侵者控制并重建原住民文化的一种途径。在这里，"原住民不再是早期殖民者的对话者，而是其沉默的他者"。《潜鸟》中以皮格特为代表的梅蒂族人也正是遭遇了西方文化而且无法得到白人主流文化的认可，自身的社会地位和本土文化受到质疑甚至否定,最后沦为沉默者。显然,白人不允许印第安人成为平等的对话者。正像维内萨再次遇见热情奔放、谈笑风生的皮格特时,维内萨无法承受对方的自信抑或是"张狂",她更习惯于以前沉默的皮格特。至少,当时沉默的皮格特没有让维内萨那么厌恶,没有挑战到她作为白人的优越感。

东方文化与西方文化的博弈还一直在演绎,但经济的发达,科技的进步并不能完全等同于文明与真理。西方殖民者永无休止地对未开化的东方进行扩张、占领和统治,这是给被殖民带来了光明呢,还是让人类距离文明愈行愈远呢?小说《潜鸟》中加拿大土著居民的生存困境与当地生态环境的恶化使人很容易联想到直至 21 世纪的今天,整个人类还在见证着西方大国为了将自己"文明的福音"散播世界各个角落而引发的矛盾——地区战争,灾难性气候,地质灾害,环境污染,冰川融化,等等。"盲目趋利",一味追求丰富的经济收益和国家利益,将欲速则不达。生态平衡应该与经济、科技共同发展,从某种意义上讲,加拿大土著居民与《阿凡达》中的潘多拉星球上的土著人所遵从的敬畏大自然、与世界万物和谐相处的生态主义观点才是真正文明之道。

二、《潜水鸟》的生态主义分析

(一)生态女性主义概述

生态女性主义是生态学和女性主义的结合,最早是在 20 世纪 70 年代由法国女性主义者弗朗西丝娃·德奥博纳提出,后来逐渐发展为一种运动。美国女性主义哲学家沃伦提出,之所以女人被男人支配,自然被人类征服,是由于父权制的存在,具体说来,是价值二元对立,价值等级观念以及统治逻辑的哲学论证将贬低女人和贬低自然联系了起来。这里的二元指的是以人与自然以及两性的对立为代表的阴与阳。由此生发出的价值观为阳为尊,阴为卑。男人理应主宰女人、自然将被人类掠夺、有色人种将被白人征服,此种统治逻辑解释了女性危机、生态危机乃至社会的道德危机之间的同步关系。其他的学者也指出,征服、掌控和统治等字眼使得男性与女性、人与自然的二元差异演变成了以一方为中心的不平等对立关系。生态女性主义者不仅提出问题而且尝试解决问题。体现了对性别、种族、阶级以及物种的歧视的传统理性主义应该得到批判。只有否定了这种论证，女性才能获得解放，生态环境问题也才能得到根本解决。在他们看来，各种生命相互关联，每种生命都被尊重，女性和自然应该共同行动，消除父权制权力，反对人类中心主义和男性中心主义，拯救自我。从文学的视角对环境问题和性别问题进行考察和研究始于20世纪90年代，并且生态女性主义在文学批评界吸引着越来越多的人的关注。

（二）父权制下的男性和他者化的女性

皮盖特是一个法裔混血儿，同时也有着印第安血统，她和她的家人们与白人社会格格不入，生活在社会的最边缘。"他们使用的语言是一种既不像法语，又不像克里印第安语的土语。"语言的差异，使他们始终处于这个等级社会的最下层。除了失去语言之外，还因印第安人企图推翻加拿大政府发动暴动而彻底丧失了原本的社会身份，他们像"四不像"一样游离于社会之外。作为有色人种，他们是人类文明发展进程中被征服的对象。坦纳瑞一家生活在远离城市的河谷丛林中，他们有意隔绝了文明社会和有身份有地位的白色人种，这种距离象征着有色人种与白人之间的隔阂与差距。他们生活艰难，只能靠打零工勉强维持生活。家里的小孩为了赚取几枚硬币，在酷夏挨家挨户推销用猪油桶装着的野草莓。在生活的磨炼下，小孩失去了原本纯真的笑容。凡乃莎试着接近皮盖特，却被冷漠对待。这些生活在社会底层的人因悲惨的经历，心理变得扭曲和自卑，他们的一切都是陌生的，但没有人关注他们，更别说亲近他们、了解他们。得知皮盖特要被带去钻石湖，麦克里奥祖母拒绝同往。在充满歧视的社会等级下，白人是至高无上的存在，有色人种的命运必然是被同化、被嫌弃。

皮盖特不仅是深受种族歧视的他者，还是备受性别歧视的他者。西方女权主义认为，妇女受压迫的源头是社会父权制。当家庭面临贫穷、难以生存的处境，男人只能打零工赚钱或坐等救济，不仅无法解决经济问题，还常常因酗酒闹事被抓进铁牢。皮盖特的母亲之所以离家出走，也是因为无法忍受在传统男权家庭中受到的折磨。家庭的重任都落在皮盖特身上，皮肤粗糙，嗓音沙哑，步履不稳，面无表情，患有骨结核……少年原应有的天真与朝气全然不见。由于男性宰制女性的成立，皮盖特为家里这些懒惰的男人们烧火做饭，包揽家务，而自己却衣着脏乱，经常逃课。

"只要她在家,拉扎鲁便什么也不干。""不管怎么说,只要她一回到家里,我看她就很难保养好自己的身体了。"在这个家里,女人的地位是低下的,是被人忽视的他者。皮盖特也曾反抗过,她也有挑战一切的渴望。她离开家以表明对男权的抗争;她改变以往邋遢的形象,变得美丽、活泼,以求赢得尊重;她嫁给英国人来改变自己悲惨的命运。她始终对生活充满希望,但试图通过婚姻改变有色人种的他者地位,只不过是不可能实现的幻想罢了。有了两个孩子后,她的抗争也宣告失败。又回到家中的皮盖特变得和以前一样邋遢,还学会了酗酒,最终在寒冷的冬夜,在烈火中结束了自己的生命。

皮盖特是万千有色女性的缩影,她们游离于社会的夹缝中,忍受着社会对她们的歧视和偏见,还要被男性主宰,饱受种族歧视和性别歧视的压迫。作为父权制社会下的他者,边缘化、从属、低等、被迫害、被排挤、被打击是她们的标签。

(三) 发展的工业文明与消失的自然

神说:"我们要照着我们的形象,按着我们的样式造人,他们管理海里的鱼,空中的鸟,地上的牲畜和地上所爬的一切昆虫。"圣经中蕴含着人类统治自然是上帝的旨意。随着工业时代的到来,人类对自然资源的掠夺愈发严重。

马纳瓦卡是个小镇,在欧洲人还未发现美洲大陆时,印第安人自给自足,与自然共生。小说开头讲述儒勒·坦纳瑞定居时,对自然环境进行了细致的描写:"浑浊的河水沿着布满鹅卵石的河床哗哗地流淌着,河边谷地上长着无数的矮橡树、灰绿色柳树和野樱桃树,形成一片茂密的丛林。"俨然一幅原生态画卷。在印第安人反抗殖民侵略的战争失败后,自然宁静的马纳瓦卡也终于抵挡不住工业文明的浪潮。由于二元价值对立,人类优于自然,统治逻辑使得处于劣势的自然被处于优势的人类所主宰成为必然。湖面碧绿,波光粼粼,浅水湾中有芦苇,鱼儿各种嬉戏,潜水鸟飞来飞去,别墅四周还有青苔和野草莓藤,小松鼠从人的手里叼走面包屑……初次描写的钻石湖仍不失为一个美丽的乐园。然而,"露珠客栈""小憩园"或是"怡神居"之类度假休闲的居所的雅致名字也掩饰不住人类企图征服这个小地方的野心。潜水鸟的悲凄叫声,震慑人心。这是为最后的自由和乐土而哀鸣。当凡乃莎再次去钻石湖时，别墅林立，国家公园建立，商业气息浓郁，是一派繁荣的旅游胜地景象。潜水鸟已没了踪影。在父权制的掩饰下，自然就如同人类社会对面的一个弱势群体一般，被人类恣意无情且心安理得地掠夺与宰制。

（四）女性与自然的"共语"

小说虽然主要描写皮盖特的形象，但作者对潜水鸟以及自然的描写也是精心安排的，表达出作者对大自然和女性的认同与同情。"女性与自然是交织融合、密切联系的，这种联系包括符号上或象征性的、经验上和地位上的联系。"由于父权制的存在，性别压迫总是伴随着生态压迫。以潜水鸟为代表的自然命运与皮盖特的命运非常相似。前者是由于工业文明的到来而惨遭破坏，后者则是在种族歧视和性别歧视的压迫下悲惨死去。"妇女与大自然共语"。多年前只有弱小的皮盖特真正听明白了潜水鸟的凄厉叫声，而这些凡乃莎在长大后才意识到，两相对比，作家笔下的弱势女性显示出了特有的与自然沟通的能力，无声胜有声的共鸣的力量自然是女性凄惨遭遇的唯一慰藉。"我真希望能够回忆出我曾经从皮格特眼睛中看见过的那种神情……"当然，小说结尾描写凡乃莎重回钻石湖时对往日的感怀也表达了作家对人类应重新审视人与自然以及人与人之间关系的呼吁。

小说《潜水鸟》通过对两性、社会族群以及人与自然关系的刻画，强调自然和女性分别被工业文明和父权制忽视，包含着丰富的生态女性主义思想。不同种族、性别的人与人之间应该是平等的关系，要想消除压迫与不平等，就要首先消除人类意识中对自然和女性正当统治的思想。只有解决生态危机，赢得妇女解放，人与自然、人与人之间才能真正平等、和谐、亲密。

第三节　简·奥斯汀《傲慢与偏见》的喜剧美学透视

在众多英国作家中，女作家简·奥斯汀的声望"最为稳固"，在"英国文学最近这一又四分之一世纪的历史上，曾发生过几次趣味的革命。文学口味的更新影响了几乎所有作家的声望，唯独莎士比亚和简·奥斯汀经久不衰"。简·奥斯汀的代表作《傲慢与偏见》被公认为是世界十大小说名著之一，问世至今，一直影响着世界文坛的一些著名小说家。英国文学评论家兼小说家弗吉尼亚·伍尔夫曾这样评论她："在所有伟大作家当中，简·奥斯汀的伟大是最难在一瞬间捕捉到的。"自从简·奥斯汀的小说《傲慢与偏见》译介到我国以后，外国文学界的评论家竞相从多方面对它进行阐释，试图去捕捉她那"伟大的一瞬"。笔者认为简·奥斯汀"伟大的一瞬"是在她作品的喜剧美学特征中表现出来的。本节将从喜剧美学入手，探寻《傲慢与偏见》的不朽魅力。

关于喜剧的含义，一般有两层：一是艺术形式即体裁，二是美的表现形态。《傲慢与偏见》是一种用小说形式写成的典型喜剧，同时又是一种喜剧美的表现形态。本节将着重讨论《傲慢与偏见》里所表现出来的喜剧美学的一般特征。

一、喜剧美学特征

构成喜剧的基础是"丑"，即事物的内在矛盾失去相对平衡，矛盾双方的对立明朗显现而又未达到新的相对平衡时的不协调状态。喜剧所引起的审美效果，是要产生具有审美价值的笑或幽默感。事物的不协调状态因安于其位而造成的内容与形式之间的矛盾能使审美主体产生轻松感，一旦这种不协调状态转化为喜剧动作而与主体的常情、常理相违拗并为主体所领悟时，便由轻松感产生出幽默感。由此可见，喜剧作为一种美学范畴，它表现事物的不协调状态；喜剧人物往往表现出这种矛盾而不自知，并能自安其位。审美主体则可发现由这种矛盾而产生的具有审美价值的笑，达到对"丑"的嘲笑。亚里士多德也曾指出:"喜剧是对于比较坏的人的模仿,然而,还不是指一切恶而言,而是指丑而言,其中的一种是滑稽。"一般而言,喜剧美学具有三个主要特征:人物性格的自相矛盾、喜剧冲突的无害性和喜剧人物思想认识上的"不知"。以下将从这三方面探讨《傲慢与偏见》的喜剧美学特征。

(一) 人物性格的自相矛盾

黑格尔说,在喜剧里有一种自信精神,它依靠某个东西,坚持某个东西,一心一意地追求某个东西,但总是遇到它所探索的那个东西的反面——然而它从不因此存有任何怀疑,也不反过来想想自己,而是始终对自己和自己追求的事物充满信心。一般而言,喜剧人物总是充满信心,或者说是执迷不悟的。

喜剧有否定性与肯定性之分。在《傲慢与偏见》里,这两种因素兼而有之。它的人物亦有否定与肯定之分。伊丽莎白与达西是其中两个中心喜剧人物,属肯定性喜剧人物。作者把伊丽莎白的形象、性格和气质塑造得丰满、鲜明,并富有立体感。她虽有"偏见",但她是作者塑造的正面人物,也是福斯特所谓的"圆形人物"。随着情节的发展,她的认识发生了变化,性格也发生了变化,最后放弃了"偏见",与达西实现了圆满的结合。而贝内特太太、柯林斯先生和玛丽则是另一类喜剧人物,属否定性喜剧人物,他们更具喜剧色彩。下面我们以玛丽为例试析她性格中的自相矛盾状态。

玛丽是贝内特五姐妹中长相最丑、最没有情趣的一个。作者这样评价玛丽:"既没有天赋,又缺乏情趣。虽然虚荣心促使她勤学苦练,但是也造就了她的迂腐气息和自负派头。"她总要时时处处显示自己比别人更有学问和更多才多艺,结果却成为别人的笑柄。作者总是通过人物的对话表现这些自相矛盾与不协调。例如,伊丽莎白想要到内瑟菲尔德去看望生病的姐姐简,玛丽则文绉绉地劝她:"我敬佩你的仁厚举动,但是千万不能感情用事,感情应该受到理智的约束。依我看,做事总得有个分寸。"玛丽说话从选词到句型都想显示她的学问,她背诵了一些理性主义思想家的只言片语,但她食而不化,生吞活剥,所讲内容与她的愚蠢行为形成反差,讲话内容与讲话时间形成反差。再如,卢卡斯小姐、贝内特太太和伊丽莎白在谈论达西的傲慢时，玛丽插话说："我认为，骄傲是一般人的通病。从我读过的许多书来看，我相信骄傲确实很普遍，人性特别容易犯这个毛病。因为有了某种品质，无论是真实的还是假想的，就为之沾沾自喜，这在我们当中很少有人例外。虚荣和骄傲是两个不同的概念，虽然这两个字眼经常被当作同义词混用。一个人可以骄傲而不虚荣。骄傲多指我们对自己的看法，虚荣多指我们想要别人对我们抱有什么看法。"她先像个哲学家似的把人性易犯的错误剖析一番，继而像个学者似的区分两个不同概念，真让人忍俊不禁。首先，这番高论与当时谈话的氛围不协调，形成反差；其次，玛丽"一向自恃见解高明"，说话时的神态俨然是个老学究，与她的智力和年龄形成反差。又如，莉迪亚与威翰姆私奔，全家人心烦意乱，伤心到了极点，玛丽则与众不同，"俨然一副深思熟虑的神气"，利用这桩家庭丑事，板起一副道学家的面孔，进行道德说教，迂腐之极，可笑之至。她说："这件事对莉迪亚虽属不幸，但我们也可以由此引以为戒：女人家一旦失去贞操便无法挽救，真可谓一失足成千古恨，美貌固然不会永驻，名誉又何尝容易保全，对于那些轻薄男子，万万不可掉以轻心。"

玛丽是个典型的"丑而自以为美"的喜剧人物，她一直处于一种自我确信中，认为自己最有学问，最有知识，知书达礼。她不曾放过任何一个炫耀自己学问的机会。尽管别人对她不屑一顾、置之不理，她却"始终对自己和自己的事情充满信心"。

（二）喜剧冲突的"无害性"

喜剧冲突的"无害性"并不是说对喜剧对象性质无害，而是指在特定喜剧情境中，无论对人对己都不造成重大伤害，更不危及人物的性命。这也是喜剧的美学特征所规定的。在《傲慢与偏见》里，达西的"傲慢"令人望而却步，伊丽莎白的"偏见"则使她对真理视而不见，由此构成整部作品喜剧性冲突的主要框架。

奥斯汀在设计喜剧性冲突时，匠心独运，不仅使整部作品充满"误会"和"误解"，而且充分体现了"无害性"这一喜剧美学原则。主人公达西的"傲慢"在另一重要人物伊丽莎白的心里播下了"偏见"的种子，由此导致了一系列误会。误会是推进喜剧发展的重要环节，同时误会又决定了冲突的无害性。误会不断加深，直至总爆发——冲突。在此过程中，正是误会推动着喜剧的发展。当冲突发生时，人物会把一切压在心头的"积怨"倾泻出来，这就导致了解开误会契机的产生。且看作者是如何设计情节，逐渐把喜剧性冲突引入高潮的。

①在第三章的一场舞会上，两位主人公登台亮相，傲慢的达西对伊丽莎白不屑一顾，甚至轻蔑，使得伊丽莎白对他心怀不满，甚至怨恨。

②尼日斐花园主人邀请大姐简参加舞会。简由于淋雨生病在主人家里留宿，便引出伊丽莎白徒步探望姐姐这一情节。探望期间，伊丽莎白一连几个晚上都有机会与达西"斗嘴"。表面上看，两人在"争吵""交锋"，实际上两人在互相试探，了解对方。这是他们交流感情的特殊方式。结果是伊丽莎白对达西的"偏见"不断加深，对他的为人愈发反感；达西则逐渐对伊丽莎白产生了好感。

③威翰姆出场后，他在伊丽莎白面前巧妙地把达西诽谤一番。伊丽莎白信以为真，更加深了对达西的偏见。在此期间，达西对伊丽莎白的好感已上升成为爱情，并暗暗在滋长。他甚至对伊丽莎白说出了这样意味深长的话："我们俩都不愿意在陌生人面前表演。"可见他已把伊丽莎白当作他的知心密友了。

④宾利一行突然离开尼日斐花园，对沉浸在爱河里的简来说无疑是致命一击。伊丽莎白出于不断加深的偏见，认定这是达西先生从中作梗所致。

⑤达西先生向伊丽莎白求婚可以说是喜剧性冲突的高潮，同时亦是两人关系变化的转折点。达西对伊丽莎白的爱终于达到了不可遏制的地步，他衷心地向她表达了"我多么敬慕你，多么爱你"。但是傲慢的达西"吐露出傲慢之情来，绝不比倾诉柔情蜜意来得逊色。他觉得伊丽莎白出身低微，他自己是降格以求，而这家庭方面的障碍，又使得理智与心愿总是两相矛盾"。这种不恰当的求婚理所当然地遭到了自尊心极强的伊丽莎白小姐的断然拒绝，同时他的求婚又给了伊丽莎白一个倾诉内心积怨的机会。她一口气把他破坏简与宾利婚事的"行径"和剥夺威翰姆资产的"丑行"全部抖搂出来。这一场表面看来是情绪激动的伊丽莎白无意地发泄了"积怨"与"愤恨"，实则是作者自出机杼巧妙安排的走向喜剧性和解的关键：伊丽莎白的倾诉暴露了两人之间的一系列误解，达西借此明白了误解的症

结所在。一封"申辩"长信使伊丽莎白的误解顿然冰释,她终于明白了,她曾因抱有偏见,才轻信了威翰姆的谗言。

⑥莉迪亚的私奔与凯瑟琳夫人的来访是促成伊丽莎白和达西姻缘这一喜剧性结局的两个关键性情节。在调停与补救莉迪亚私奔丑闻方面,达西做了许多工作,包括"替威翰姆偿还的债务远远超过一千镑,而且还在莉迪亚名下的钱之外,又给了她一千镑,并给威翰姆买了个官职"。这一切都只是作为他"没有及早揭露威翰姆为人卑鄙"的补偿。达西先生帮忙的细节是莉迪亚在不经意中提到的,伊丽莎白写信追问舅母,从而获得了全部细节。至此,伊丽莎白对达西的偏见完全烟消云散了。凯瑟琳夫人居高临下的来访,试图阻止伊丽莎白与她外甥的婚事,反而坚定了伊丽莎白的信心:"我只不过拿不定主意,觉得怎么做会使我幸福,我就怎么做。"达西则从凯瑟琳夫人那儿获悉:伊丽莎白对他的态度依然是爱恋,这就使他不顾一切来找伊丽莎白。凯瑟琳夫人本意是把她与伊丽莎白会面的情况全讲给达西听,以为纵使伊丽莎白不肯答应放弃这门亲事,她外甥也一定会满口答应。不过活该老夫人倒霉,结果却适得其反,促成了这桩婚事。至此,作者精心设计的喜剧性冲突由发展达到高潮,在喜剧性和解中缔结姻缘,结束全剧。在整个喜剧性冲突过程中,虽有"积怨""误解",甚至还有折磨人的等待,但是总的来说,它还是无害的。这就是喜剧性冲突的特点。

(三)喜剧人物思想认识上的"不知"

喜剧人物大多由于主体性的蒙蔽而处在一种盲目的自我确信中:他们毫无自知之明,以致丧失了正常的思维能力和起码的现实感,固执的心不根据事物来调整思想,却要事物来屈从他们的观念,最终自然会陷入"动机与结果相反"的境地。《傲慢与偏见》里的几位否定性喜剧人物如贝内特太太、玛丽和柯林斯都处在"一种盲目的自我确信中",受尽了捉弄还蒙在鼓里,找错了目标还自以为是。即使现实打破了他们一个又一个美梦,他们仍然执迷不悟。下面我们以柯林斯为例来说明人物的这种"无知"状态。

柯林斯牧师可谓是一个"糊涂、满脑子错觉和自相矛盾"的典型喜剧人物。他这个主观主义者完全生活在"一种盲目的自我确信中"。他盲目自信，受人奚落而不自知，甚至还自鸣得意。且看他与贝内特先生的一段对话。

"你判断得很准确，"贝内特先生说，"而且你也很幸运，具有巧妙捧场的天赋。我是否可以请问：你这种讨人喜欢的奉承话是当场灵机一动想出来的，还是事先煞费苦心准备好的？"

"大多是即席而成的。虽然有时我也喜欢预先想好一些能适用一般场合的简短动听的恭维话，但我总要尽量装出一副信口而出的神气。"

柯林斯牧师还是一个丑而不自知，甚至觉得自己很美的喜剧人物。"找错对象还自以为是"，这一点在第十九章求婚一场表现得最充分。首先，他以居高临下的姿态郑重宣布他将娶贝内特家的一个女儿，以弥补因继承其财产而对其一家人的损害。这完全像是在做交易，而且是散发着铜臭的交易，而他却讲得那样轻松自如。其次，在他向伊丽莎白求婚时，一口气表白了他之所以要结婚的理由，其中包括取悦恩主德·布尔夫人，完全不容伊丽莎白表述自己的观点。他是一个囿于自我幻觉的愚人，自以为只有他挑选别人的权利，别人绝不可能不同意他的选择。当他被伊丽莎白小姐斩钉截铁地拒绝之后，他仍执拗地认定："你拒绝我的求婚，不过照例说说罢了。""你并不是真心拒绝我，我看你是在仿效优雅女性的惯技，欲擒故纵，想要更加博得我的喜爱。"甚至还把自己不相信的理由罗列了一番：他有万贯家产，他与德·布尔府上有特殊关系，伊丽莎白"不幸财产太少"等。这一场戏充分说明：他自视甚高，自视甚美，而在其他人物如伊丽莎白和贝内特先生眼里，他一文不值。这就形成了巨大的反差，令人忍俊不禁。小说中的喜剧人物之所以常常陷入"动机与结果相反"的境地，究其原因，都是他们丧失了正常的思维能力，思想认识上的无知所致。

综上所述，我们认为《傲慢与偏见》不仅是一部典型的喜剧小说，而且它更具喜剧美学的一般特征，即人物性格自相矛盾、冲突的无害性和人物思想认知上的"无知"等。作者奥斯汀是一位赋有高度智慧的女作家，她对人世有她独特的领悟与体味。"她凭借理智理解人生与世事，以喜剧性的态度观照人生，捕捉生活中的不协调因素加以嘲弄。她的小说通篇洋溢着"笑声"，然而这笑里包含了不笑的一面。"（杨绛译）这笑声里有她对人性丑陋一面的嘲笑，也有对人性弱点一面善意的揶揄。总之，奥斯汀"伟大的一瞬"正是显现出了她喜剧美学的特征。

二、喜剧美学与喜剧作品对于人生的启迪

古希腊哲人亚里士多德在他的文学理论经典《诗学》中对悲剧进行了详细的论述，提出了许多经典的观点或许多好的关于悲剧的问题，让后人叹为观止，也促使后人思考关于悲剧的问题，但他著作中有关喜剧的部分却缺失了，这不能不说是一件莫大的憾事。因此，亚里士多德关于喜剧的观点，我们不得而知，只好存疑。德国伟大的哲学家黑格尔在探讨悲剧美学的同时也对喜剧美学进行了可谓翔实的论述，但是他把悲剧视作艺术发展的黄金时代而将喜剧视作艺术的没落和终结，这种理论使他自然把主要的精力和智慧都贡献给了悲剧而不是喜剧，使他笔下的喜剧形象相形失色。喜剧是人类精神发展史上一种独特的、富有魅力的文化现象，但是在西方有一种根深蒂固的扬悲剧而抑喜剧的传统，阎广林先生认为这与基督教有关，此见解不无道理。

虽然如此，我们还是可以从西方喜剧的历史发展脉络中理出一个头绪：古希腊哲学家柏拉图把喜剧人物的可笑之处归结为他的实际情况与他的主观表现之间的不协调，属于人物自身的不协调。德国哲学家黑格尔指出，喜剧一般都要自始至终涉及目的本身和目的内容、主体性格和客观环境这两方面之间的矛盾对立。在喜剧中有一种自信精神，它依靠某个东西，坚持某个东西，一心一意地追求这个东西，而总是遇到它所探索的那个东西的反面——然而他从不因此存有任何怀疑，也不反过来想想自己，而始终是对自己和自己的事情充满信心。俄国美学家车尔尼雪夫斯基认为，喜剧人物的可笑性就在于内在的空虚和无意义，以假装有内容和现实意义的外表来掩盖自己。从这些西方哲学大师对于喜剧的论述，可以勾勒出喜剧人物的可笑性之特点：他们大多是一些没有自知之明的愚蠢之人，但是他们把自己看作是世界上最聪明的人，始终处于这样一种"不知"或"无知"的生存状态之中，沾沾自喜，受到嘲弄还不知道。他们甚至还蔑视别人，瞧不起别人，岂不知他们自己是世界上最傻的人。由这种反差引起的喜剧效果令人忍俊不禁，啼笑皆非。

欣赏喜剧作品，首先必须进入一种状态，我们必须在某种程度上从严肃、认真以及日常生活的真实感情中解脱出来，也就是说，欣赏喜剧必须具备三种心态，即"非英雄化的怀疑心态""非情感化的理智心态"和"非严肃化的玩笑心态"。具备这三种心态的人实际上在居高临下地冷眼旁观生活中那些喜剧人物的充分表演和喜剧事件的发生，看穿一切把戏和伎俩，而表演者还在津津有味地表演着，总以为别人什么也不知道，什么也没有看穿，还以为自己欺骗了所有的人、蒙蔽了所有的人；以这三种心态观察生活的人实际上在智力上大大高于那些喜剧人物，所有喜剧情节的推进和喜剧人物的一切举动和意图都在他们的股掌之中，就像孙悟空无论怎样翻跟斗还是出不了如来佛的手心；以这样一种心态观察生活决然不同于以悲剧态度对待人生，它完全是松弛的，但又看穿了一切。《傲慢与偏见》中的贝内特先生对于生活以及生活中的两个喜剧人物贝内特太太和柯林斯先生都完全是从这一视角俯视的。

例1：在第一章里，作者这样评价贝内特先生和他的太太："贝内特先生是个古怪的人，一方面乖觉诙谐，好挖苦人；另一方面又不苟言笑，变幻莫测，他太太积累二十三年的经验，还摸不透他的性格。"而他太太则"是个智力贫乏、孤陋寡闻、喜怒无常的女人"。贝内特太太智力低下、生性愚笨，又好打听事，先生对她和她要说的事"未卜先知"，而她先生要做什么则是她永远无法知道的。贝内特先生对于贝内特太太总是喜剧应付，百般捉弄，而他太太总是跟他认真谈论事情，并不知道自己在受嘲弄，他总是俯视她、冷眼旁观她。

例2：在第十四章里，贝内特先生先前读柯林斯的信仿佛对他还是有些好感，见面寒暄之后，发现此人愚蠢之极，阿谀奉承别人也像是在背书，因此，贝内特先生就毫不客气地揶揄他说："而且你也很幸运，具有巧妙捧场的天赋。我是否可以请问：你这种讨人喜欢的奉承话是当场灵机一动想出来的，还是事先煞费苦心准备好的？"这显然是在拿他开心，他却浑然不觉、全然不知，非常认真地作答："大多是即席而成的。虽然有时我也喜欢预先想好一些能适用一般场合的简短动听的恭维话，但我总要尽量装出一副信口而出的神气。"这里贝内特先生也是居高临下嘲弄柯林斯先生，而柯林斯先生也处于浑然不知的状态，还认真回答贝内特先生提出的问题。

第七章 英美文学作品的文化解读

面对人生中出现的问题，人们一般有三种态度：逆来顺受、悲剧抗争和喜剧应付。人们之所以选择喜剧应付完全是出于清醒理智的考虑。正是这种理智的考虑，才使得喜剧人物或喜剧作家能够敏锐地捕捉到对象身上那不和谐的矛盾，从而自如地应付困难，化险为夷，解脱自己。人生不如意十有八九，生活中总有许多不和谐的音符，关键的问题是看人们怎样对待。小说中的贝内特先生找到那样一个太太也是他的不幸，当然也是他本人因"贪恋青春美貌"所酿成的不幸婚姻。但是婚姻很难有十全十美的，正如卢卡斯小姐所说："婚姻幸福是个运气问题。"这是人生的常理。贝内特先生对他太太采取一种喜剧应付的态度，了解因婚姻不幸所产生的怨恨。但是他对于妻子的态度，聪明的伊丽莎白"看在眼里，痛在心里"。他嘲弄妻子的做法深深地伤害了女儿伊丽莎白，但是他对柯林斯先生的态度却值得推崇。我们生活中，周围总有那么一些喜剧人物，不自量力，没有自知之明，不知天高地厚，你对他们该怎样应对呢？我以为只有这种喜剧式的应对最为妥帖和合适，因为你既不能逆来顺受，听之任之，更不可能做悲剧般的抗争，因为没有什么可以抗争的。对于身边的喜剧人物，只有用喜剧方式对待，既不失诙谐幽默，又不用大动干戈，一笑了之，轻松自在。为什么人们在大肚弥勒佛像两边写上"大肚能容天下难容之事""笑口常笑天下可笑之人"呢？天下难容之事需要开阔的胸襟包容，但是这还不够，还需要"笑口常开"以"减压"，否则，我们的内心会因包容太多而失衡。这些可笑之人就是生活中的喜剧人物，对他们除了笑或嘲笑，还有什么更好的办法呢？其实，我们每一个人身上都不同程度地存在一些喜剧因素，我们自己往往是非常可笑的，确实需要嘲笑一番，这笑其实也包括笑自己，因此笑既是解嘲，更是自嘲。这笑既有对人间丑陋的人与事的鞭笞，也有对我们人性弱点善意的揶揄。能解嘲与自嘲是一种人生智慧，我们必须努力学习掌握。

奥斯汀创作《傲慢与偏见》就是在这样一种喜剧心态下进行的，她富有极高的人生智慧，把芸芸众生的各种"丑态"都观察透了，仿佛是在云端"背负青天朝下看"，看到了这些"只缘身在此山中"的人们无法看到的可鄙之处，加以善意的揶揄与讽刺，因为她自己毕竟也是人类中的一员。正如鲁迅先生笔下的阿Q一样，你说他是谁？他虽是绍兴郊区的农民，中国人，但也像外国人。阿Q身上所表现出的"喜剧因素"属于"人

231

性的弱点"。所以,中国人看了觉得像自己,外国人看了亦觉得像他们自己。从这样一种角度解读《傲慢与偏见》,我们就会在大笑之后反思自己,因为这笑的背后包含着"不笑的因素"或"让人笑不出的因素",那正是我们需要反思和改正的人性的弱点与不足。

第四节 艾丽斯·沃克《紫颜色》的现代发展心理关照

一、《紫颜色》作品简介

美国当代著名黑人女作家艾丽斯·沃克的小说《紫颜色》(*The Color Purple*)是美国现代文学的经典之作。该书在出版当年即获得了"美国图书奖"与"普利策奖",但同时也遭到了一些评论家的非议。在《紫颜色》中,艾丽斯·沃克从她自己独特的视角描写了美国黑人妇女的绝望、痛苦,剖析了她们"被戕害的"心灵世界,真实再现了她们寻找自我与人格尊严,逐渐成为独立自信的人的过程。沃克写的虽是黑人妇女西丽亚,但已超越了种族与性别,具有了广泛的普遍性,她只写黑人,却囊括了整个人类。国内评论界从女性主义、象征主义等角度对《紫颜色》进行了阐释,颇具启发意义。

《紫颜色》通过书信体展现女主人西丽亚自我复归的心路历程。小说就是主人公西丽亚追求人格尊严的忠实记录。在这一追求的过程中,"女性联系"发挥了举足轻重的作用。沃克选用"紫颜色"作为书名非常具有象征意义,因为在西方,紫颜色是皇家的颜色,象征着君权与威严。沃克把跪着的黑人妇女拉起来,把她们提到王权的高度。本节借助现代心理分析学与发展心理学的一些重要理论剖析西丽亚自我复归的心理历程,追溯西丽亚成长为独立自信的人的过程,揭示沃克小说关于获得真实自我的重要意义。

二、《紫颜色》的现代心理分析

现代心理分析理论认为,女性发展深深植根于母婴间深层次的原始联系。这种联系在女性一生中都需要不断确立。初生婴儿,在心理上与其母融为一体。心理学家温尼科特认为,"没有独立于母亲之外的婴儿",而只有"融为一体的哺育者与被哺育者"。婴儿是在"母婴关系内发展着","发展不是残留在历史中的一系列孤立事件的集合体,而是一个不断发展、不断更新的过程"。少儿的发展"从未充分确立,它随成长而不断加强,这个成长过程总在不断进行,直至老年"。婴儿在形成"自我"的过程中通常要经过若干阶段:"绝对依赖"阶段,在这一阶段,婴儿完全依靠母亲所营造的适合他发育的环境;"相对依赖"阶段,婴儿逐渐学会区分"我"与"非我"。在6—24个月期间,婴儿逐渐意识到自己的"依赖性",意识到母亲对他的至关重要性,他对母亲的实际需要变得强烈,以至不可遏制。2岁时,婴儿开始获得承受打击的能力。3岁之前,失去母亲或其他抚养者无疑会给孩子心灵造成莫大的伤害。婴儿在这些发展阶段都需精心照顾,照顾的过程即是把世界有条不紊地呈现给孩子。

另外,还有几个心理学概念对我们以下的讨论很有帮助。首先,"基本的母亲关注",即将分娩的母亲在临产前和产后几周内都处在一种特殊的心理状态之中,她们全神贯注于将生与新生的婴儿。其次,"好母亲",即倾心关注婴儿需要的母亲,能为婴儿提供一个"安逸舒适的环境"。在这一环境中,婴儿逐渐从与母亲融为一体中分离出来,或把她当作一个独立于自己的"非我"来看待。在这一时期,"好母亲"既是婴儿未成熟的辅助自我,又是婴儿映照自我的一面镜子。当母亲观察婴儿时,她是什么样与她观察到的密切相关。"好母亲"为婴儿提供足够的正面的"自我投影",遂使婴儿逐渐形成"真实自我",甚至会发展并完善自己的"虚假自我"。

下面将根据这些发展心理学理论与重要概念,尤其是"基本的母亲关注""好母亲""安逸舒适的环境""真实自我"与"虚假自我"等分析沃克的"女性联系"及它在西丽亚探索"真实自我"过程中的重要作用。

《紫颜色》里的主人公西丽亚颇像夏洛蒂·勃朗特笔下的简·爱,她童年时备受凌辱，失去父母之爱。在步入成年人的门槛之时，她在情感上感到茫然，不知所措。从她给上帝写的第一封诉苦信，读者仿佛看到了西丽亚那充满着心灵创伤、羞辱与负疚的内心世界。西丽亚曾遭继父阿方索奸污，继而怀孕。她在第一封信里写道："上帝，我14岁，我向来是个好姑娘。也许你能显显灵，告诉我，我究竟出了什么事。"西丽亚把"我是"划掉，改写成"我向来是个好姑娘"。遭奸污之后，她总在自责，认为这些坏事发生在自己身上，是因为自己是坏女孩，所以只配有这种厄运。西丽亚给上帝写信，因为她对发生在她身上的事感到难以启齿，同时也因为阿方索的威胁："你最好什么人也不告诉，只告诉上帝。否则，会害了你的妈妈。"威胁和恫吓使她守口如瓶，保持沉默。这封信以及之后的信，语句短促，结构重复，不带感情色彩。这表明西丽亚受到伤害的认知功能系统已经木然。她仿佛在平铺直叙一个与自己毫无关系的故事。

　　20岁时，西丽亚嫁给鳏夫阿尔伯特。婚后，丈夫百般虐待她。后来，阿尔伯特把他的老情人莎格·艾弗里带回家。在莎格的帮助下，西丽亚看到了妹妹耐蒂写来的信。这些信是耐蒂在随传教士科林和塞缪尔去非洲之后写给姐姐的，全被阿尔伯特藏了起来。耐蒂在信中向西丽亚吐露了一些她所不知道的情况：阿方索并不是她的生父。她一岁时，家庭和睦，父母亲很恩爱。在西丽亚不到两岁时，她父亲的店铺和铁匠铺被人烧毁，父亲三兄弟被白人商人拖出去勒死。父亲被肢解的尸体找回来后，耐蒂降生了。从此，母亲神情恍惚，精神失常了。一夜之间，西丽亚经历了人生中诸多苦难与不幸：慈父见背，良母精神失常，温暖安全的家荡然无存。在其后几个月，西丽亚与妹妹忍饥挨饿，食不果腹。当阿方索出现之后，他"把注意力倾注到这个寡妇与她的孩子们身上"，西丽亚与妹妹的物质需要得到了满足，但是，母亲神志不清、体弱多病，无法像一个"好母亲"那样给予孩子所需要的一切爱。当母亲去看望她当医生的妹妹时，阿方索奸污了西丽亚，从此长期霸占了西丽亚。

　　这些悲惨的经历使西丽亚成了一个典型的受到"心灵戕害"的苟活者。"受到伤害的孩子变成了一个驯服的机器人"，她婚后一直称丈夫为某某先生。当丈夫要她把皮鞭递过来毒打她时，她使自己变得麻木："我拼命忍着不哭。我把自己变成木头。我对自己说，西丽亚，你是棵树。我就这样知道树是怕人的。"由于无法抑制自己的嫉妒与愤怒之情，西丽亚与摧残自己的男人站在一边。当哈波问西丽亚如何使索菲亚听他的指挥时，她说："我没有提醒她，说她现在挺高兴的。她结婚三年了，可她还是高高兴兴地又吹口哨又唱歌。我想到，某某先生一叫我，我就心惊肉跳，而她却显出很奇怪的神情。她好像有些可怜我。打她，我说。"像其他受到"心灵戕害者"一样，西丽亚不仅变成了"一个驯服的机器人"，而且在内心深处还埋藏着"戕害式"的愤怒。童年时，家庭的变故与骤然降临的种种不幸扭曲了西丽亚的人格，不仅使她失去了"真实自我"，而且使她的情感发展处于停滞不前的状态。

艾丽斯·沃克不仅展示了主人公西丽亚扭曲的人格与受到伤害的内心世界，更重要的是描写了西丽亚如何从她心理的"停滞状态"摆脱出来，逐渐达到自我复归。在她自我复归的过程中，若干重要因素起了作用。

①在西丽亚两岁之前，她从温暖的家庭中曾经得到了父母之爱，这是一个不可忽视的重要因素。在充满爱与温暖的家庭里，西丽亚的物质需要与心理需要都得到了满足。西丽亚与母亲密切"联系"在一起，获得了"好母亲"无微不至的爱抚。著名心理学家罗伯特·斯托勒指出："我们的核心性别意识就是我们对自己性别的意识，即男性对自己男性或女性对自己女性的意识。这部分不是完全地与我们所称的性别意识一致——性别意识是个更加宽泛的概念，它是男性与女性特点的结合物，存在于每个人之中……核心性别意识首先产生，它是中心连接物，男性特点或女性特点围绕它而发展。""核心性别意识"一般在两岁时已巩固下来，而性别意识则由诸多因素如生理学、心理学、社会文化等所决定，直到青春期的中期或后期才会趋于成熟。据此，我们认为，西丽亚在两岁之前生活在一个和睦与温暖的家庭，这就为她以后的性别意识发展奠定了基础。

②失去母爱之后的西丽亚充分享受了"母亲替代者"所给予的爱，尤其是"蜜蜂王后"莎格的爱。夜总会歌女莎格既是西丽亚的"母亲替代者""好母亲"，又是她的"情人"。她给予西丽亚"女性联系"，并用自己无私的爱为西丽亚营造了一个"安逸舒适的环境"。西丽亚的自我意识得到进一步发展与完善，从而使她能勇敢地面对生活中的不幸与灾难，形成稳固的性别意识。

莎格作为"母亲替代者"在西丽亚的自我复归过程中起了举足轻重的作用。每当西丽亚看到莎格那"严肃"而"忧伤"的眼睛，她仿佛看到了自己被戕害的心灵深处。当阿方索试图说服阿尔伯特,西丽亚虽丑,但她会成为一个好妻子时,西丽亚拿出莎格的照片,看着她的眼睛。西丽亚总把莎格的眼睛当作一面镜子。莎格就是西丽亚前俄狄浦斯阶段的"好母亲"。后来,阿尔伯特把生病的莎格带回家,西丽亚渴望她早日痊愈。当西丽亚看着莎格时,西丽亚就像一个嗷嗷待哺的婴儿仰望着母亲,"她的脸是黑的……她的鼻子很尖,嘴唇丰润像樱桃,眼睛又大又亮"。西丽亚不仅用眼睛贪婪地望着莎格,而且渴望用嘴唇去吻她。在另一位美国黑人女作家托尼·莫里森的代表作《娇女》(又译《宠儿》)里,也有类似的描写。莫里森用了大量与"吃"有关的语言描写孩子对母亲的渴望。娇女在幻觉中总说母亲瑟思"咬我,把我吞下去了"。娇女与母亲的情感发生在弗洛伊德所称的"口腔阶段",所以,孩子对母爱的渴望都用与"吃"有关的语言来描写。可见西丽亚贪婪的目光乃是对母爱的渴望。正是这一"母婴"联系满足了西丽亚的渴望。西丽亚在童年时失去母爱使她对于母爱处于一种强烈的渴望之中。

在与莎格的"女性联系"中,西丽亚对母爱的渴望得到了满足,因为莎格给她提供了一个"舒适安逸的环境"。西丽亚总是如饥似渴地望着莎格那赤裸裸的身体,"我第一次看到莎格·艾弗里瘦长的黑身体和像她嘴唇一样的黑梅子似的乳头的时候,我以为我变成了男人了"。西丽亚给莎格端来咖啡,点上香烟之后,很想"抓住她的手,把她的手指含在嘴里"。一天晚上,莎格主动要求与西丽亚同床共眠。当莎格问她与丈夫之间的关系怎样时,西丽亚第一次敞开心扉对另一个女人倾诉了自己的衷肠。西丽亚通过"倾诉"衷肠的办法重新"经历了"那痛苦的一幕幕。莎格创造了一个安全的环境,以便使西丽亚与自己那压抑已久的记忆与情感重新获得联系,最终令她摆脱梦魇般的过去的困扰。在此之后,西丽亚的精神状态、情感世界都发生了质的变化,逐渐朝着健康、健全的方向发展。

于是,她们两人成了好朋友,情人般的好朋友。西丽亚在通过倾诉与哭泣卸掉精神包袱之后,仍无法回想起她母亲曾给过她的爱,她抱怨说,"没有人爱我"。莎格立刻回答说,"我爱你,西丽亚小姐。"西丽亚与莎格这种"女性联系"带有一定的同性恋倾向。有些评论家据此指责作者沃克的描写令人作呕,而笔者认为莎格是作为西丽亚的"好母亲"出现的,帮助她在童年就已处于停滞不前的情感不断发展。莎格不仅给西丽亚提供了

第七章　英美文学作品的文化解读

一个舒适的环境，而且使她恢复了"真实自我"。西丽亚与莎格第一次同床共眠之后写道："我和莎格睡得很死。有点像小时候跟妈妈睡觉的样子，不过我简直不记得跟妈妈一起睡过觉。又有点像跟耐蒂一起睡觉，不过跟耐蒂睡觉没有这样香甜。莎格的身子真软和。我觉得像进了天堂一样，这跟和某某先生睡觉完全不一样。"显而易见，她们的关系与其说是同性恋式的爱，倒不如说是一种母女之爱更确切。表面上这是两个女人之间的爱恋关系，而实质上则不然。西丽亚在莎格身上找到了母亲的影子，得到了母爱。这是她多年的渴望。正是这一伟大的母爱拯救了她，使她的情感发展趋于正常。评论界有些人仅仅根据她们两人的爱恋关系，简单化地把她们定义为同性恋，这种看法完全脱离了主人公西丽亚所生活的现实状况，不符合小说中所描绘的实际情况。

　　莎格的"女性联系"唤起了西丽亚的真正自我。莎格告诉西丽亚，阿尔伯特这些年把耐蒂寄来的信全藏了起来，以致她误认为妹妹已不在人间。西丽亚听后怒不可遏，恨不得立刻杀死阿尔伯特。这极度的愤怒险些使西丽亚失去理智，莎格建议她裁剪制服、裤子以排遣自己郁闷的情感，以便她从这强烈的愤恨中解脱出来。另外，她还引导西丽亚欣赏自己的生殖器。以前，西丽亚并不知道自己的女性魅力，甚至错误地认为自己的身体是造成男人虐待她的原因。在莎格的引导下，她开始探索自己身体的秘密，体验肉体带来的愉悦。这使她对自己有了全新的认识，从而使她恢复了自尊，走出了自卑的误区。莎格所扮演的双重角色以及融男女性意识为一体的特点帮助西丽亚完成了她的性意识发展，使她成了一个真正的女人，一个完整的有血有肉的女人。

　　西丽亚自我复归的最后一环是学会过一种独立的生活。在莎格离开她后，她度过了一个有益于她身心健康的悲伤期。"我真希望我能与她一起旅行，但我感谢上帝能让她到处旅行。有时候我很生她的气，气得想把她的头发一根根揪下来。可后来我又一想：莎格有生活的权利，她有权跟她要好的人一起周游世界。我爱她并不等于我能剥夺她的权利……我想她和她的友情……"经过长期痛苦的洗礼，西丽亚终于明白莎格是个独立自主的人，自己不能一味占有与依赖她。在与莎格的"女性联系"过程中，西丽亚得到了"好母亲"莎格的精心照顾，终于在中年后形成了自己成熟、稳固与自主的自我，即心理学家温尼科特所称的"真正自我"。

237

西丽亚的人格发展与她妹妹耐蒂形成鲜明对比。西丽亚从一开始就与自己悲惨的命运抗争，努力寻找"真实自我"与"人格尊严"；而妹妹耐蒂则不同，她先是在姐姐西丽亚的照顾与保护下成长，后又加入黑人传教士科林和塞缪尔的传教队伍，与他们共同生活。她从童年开始就形成了"虚假自我"，并在周围环境与教育的影响下强化与巩固了它。

"虚假自我"产生于客体关系第一阶段，即婴儿能区分"我"与"非我"之前。不称职的母亲把自己的形象投射给孩子，而不是把孩子自己的形象映照出来。这样，孩子就只能感知世界而不能凭借自己已有的经验同化、吸收与阐释新获得的信息。婴儿总是与母亲的需要一致。长此以往，婴儿就开始发展自己人格中虚假的一面，即属于母亲的一面。形成"虚假自我"的成年人总是借此隐藏与遮盖"真实自我"。"虚假自我"总是与环境的要求相一致。具有"虚假自我"的人总是彬彬有礼，一言一行完全符合社会环境的要求与规范，从不显露自己的心迹；具有"虚假自我"的人不可能过一种真正属于自己的、有意义的生活。

西丽亚与妹妹耐蒂出生的家庭状况及个性发展历程迥然不同。西丽亚两岁以前完全生活在一个温暖、充满爱的家庭里，受到父母无微不至的关怀。而耐蒂则不同，从降生之日起，从肉体到情感都遭到残酷的剥夺。父亲已不在人间，母亲精神失常。尽管姐姐西丽亚可能给了她一点点爱，但她毕竟也是个孩子，不能像一个"好母亲"那样照料妹妹。在这种情况下，小耐蒂为了生存很快学会了适应环境、向环境妥协，逐渐形成"虚假自我"。耐蒂接受了姐姐的忠告，努力读书以避免姐姐那样的悲惨命运。后来，塞缪尔与科林邀请耐蒂加入去非洲传教的行列，她欣然允诺了，条件是"他们必须把他们知道的一切教给我，使我成为一个有用的传教士，一个他们可以称之为朋友而不为其感到羞耻的人。他们答应接受这个条件，于是我开始接受真正的教育"。美国当代著名黑人女作家格洛丽亚·内勒对美国的教育也持否定态度。内勒在其杰作《林登山》里，把美国黑人为了在白人圈子里获得成功所付出的代价看作类似于基督徒的堕落，认为引导他们跌入堕落深渊的则是美国教育。在《紫颜色》里，耐蒂的真正教育是她"虚假自我"发展成熟的最后一步。同时，耐蒂的"虚假自我"也是从灾难性童年生活中为了求生不断与外部世界妥协的结果。耐蒂虽然拥有一切世俗的东西，但是她最缺乏的恰恰是"真实的生活"。她的"改善了的生活"不过是一种异化了的、失落了真实自我的生活。她与生活在林登山中的黑人中产阶级并没有什么不同。而姐姐西丽亚则是在经历了丧父和遭受乱伦之害、情感与肉体的蹂躏之后,最终由于"女性联系"与"好母亲"的照料形成了"真实自我",过上一种"真实的生活"。所以,西丽亚既能为生活中不可避免的失去而悲痛欲绝,又能在痛哭流涕之后继续她的真实生活。姐妹俩所走过的人生历程截然不同,由此形成的人格也就完全不同。

沃克把妹妹耐蒂的生活作为西丽亚的对立面来描写,寓意不言自明。西丽亚虽历经磨难、饱受摧残,但她最终成为一个自信自强的女人。在小说结尾处,丈夫送给她一只亲手雕刻的紫色的青蛙,象征着她有权追求幸福,也表明丈夫承认她的尊严。这是她凭借自己的奋斗挣得的尊严,不是任何人送给她的。权利与尊严只有经过自己努力与奋斗才能获得,才真正属于自己。如果是别人慈悲赐予的,那么这样的尊严与权利则会被随时夺走,因为它们本来就没有真正属于你。西丽亚在家里从她丈夫那里获得的尊严是真正属于她的,那是她赢得的,因此它是任何人也剥夺不了的。

本节借心理分析与发展心理学的理论简析了沃克的代表作《紫颜色》。通过描写"女性联系"在西丽亚形成"真实自我"与自我复归中的不可替代作用,沃克向我们展示了妇女摆脱苦难的必由之路,甚至包括整个黑人族群摆脱苦难的道路。黑人族群若要享受获得的自由,首先必须拥有"真实自我",过"真实生活";否则,失落了"真实自我"的人就会像茫茫大海上的一叶扁舟,随风飘荡,任意东西,不知所往,只能过一种异化的、虚幻的生活。获得"真实自我"的黑人族群才能正视自己苦难的生活与悲惨的历史,而有正视苦难生活的勇气便会产生改变现状的冲动与动力。由此可见,"真实自我"的获得是一个至关重要的问题,它既是黑人妇女彻底摆脱苦难的前提,又是黑人族群乃至整个人类把握现实与创造未来的关键。西丽亚的自我复归乃是她彻底摆脱苦难、创造美好未来的开端,她的"自我复归"之路代表着黑人民族未来的努力方向。

参考文献

[1] 崔少元. 后现代主义与欧美文学 [M]. 北京：中国社会科学出版社，2002.

[2] 刁克利. 英美文学欣赏 [M]. 北京：中国人民大学出版社，2003.

[3] 黄吟，王力思，孙浩. 美国作家笔下的美国现代社会 [M]. 北京：北京理工大学出版社，2013.

[4] 王守仁，方杰. 英国文学简史 [M]. 上海：上海外语教育出版社，2006.

[5] 夏光武. 美国生态文学 [M]. 上海：学林出版社，2009.

[6] 于淼，王阳阳，朱丽. 英美文学与女性视角 [M]. 北京：新华出版社，2014.

[7] 张颖. 新编美国文学史及选读 [M]. 西安：陕西师范大学出版社，2012.

[8] 张月娥，韩国军，赵燕. 20世纪美国文学流派研究 [M]. 郑州：河南人民出版社，2013.

[9] 张志庆. 欧美文学史论 [M]. 北京：科学出版社，2002.

[10] 张子清. 二十世纪美国诗歌史 [M]. 长春：吉林教育出版社，1995.

[11] 陈晓兰. 外国女性文学教程 [M]. 上海：复旦大学出版社，2011.

[12] 李美华. 英国生态文学 [M]. 上海：学林出版社，2008.

[13] 侯维瑞. 英国文学通史 [M]. 上海：上海外语教育出版社，1999.

[14] 柏隶. 西方女性主义文学理论 [M]. 桂林：广西师范大学出版社，2007.

[15] 徐颖果. 文化研究视野中的英美文学 [M]. 北京：人民出版社，2008.

[16] 于程. 美国文学与人文视角 [M]. 长春：吉林大学出版社，2016.

[17] 沈莉娟. 学习英美文学的价值和现实意义 [J]. 科技资讯，2009（14）：243—244.

[18] 朱新福. 美国文学中的生态思想研究 [M]. 苏州：苏州大学出版社，2006.

[19] 侯维瑞，李维屏. 英国小说史 [M]. 南京：译林出版社，2005.

[20] 刘文荣. 英国十九世纪文学史 [M]. 北京：中国社会科学出版社，2002.

[21] 曹波. 人性的推求：18世纪英国小说研究 [M]. 北京：光明日报出版社，2009.

[22] 徐宏. 多元文化环境下的外国文学与比较文学 [M]. 长春：吉林大学出版社，2017.

[23] 乔国强等. 美国文学批评史 [M]. 上海：上海外语教育出版社，2019.

[24] 徐双如. 华裔美国文学"身份表演"书写研究 [M]. 广州：暨南大学出版社，2018.

[25] 金学品. 华裔美国文学与儒家文学新探 [M]. 武汉：武汉大学出版社，2016.

[26] 杨周翰. 十七世纪英国文学 [M]. 北京：北京大学出版社，1985.

[27] 殷企平，高奋，童燕萍. 英国小说批评史 [M]. 上海：上海外语教育出版社，2001.

[28] 刘意青. 女性心理小说家塞缪尔·理查逊 [M]. 北京：北京大

学出版社，2007.

[29] 刘岩. 中国文化对美国文学的影响 [M]. 石家庄：河北人民出版社，1999.

[30] 阿克尼斯特. 英国文学史纲 [M]. 戴馏龄等译. 北京：人民文学出版社，1980.